사상과 문화로 읽는 동아시아

동아시아학술원총서 09

사상과
문화로 읽는
동아시아

성균관대학교 BK21 동아시아학 융합사업단 편
책임편집 · 진재교

성균관대학교
출 판 부

이 책은 성균관대학교 동아시아학술원 BK21 동아시아학 융합사업단의 2008년 상반기 신진연구인력 국제학술회의와 신진연구인력 콜로키움의 연구 성과를 집성한 것이다. 동아시아의 문학·역사·사상·정치·미디어·신화·유교·문화 등 다양한 분야의 연구자들이 '사상'과 '문화'를 넘나들면서 다채롭게 엮어 일군 결과물이다.

고대 일본의 신화적 상상력과 '생활인'으로서의 진면목을 드러내는 조선 사대부의 일상, 그리고 소설 텍스트 한편의 미세한 분석에 이르기까지 시공간의 차이를 넘어 새로운 '동아시아학'의 지향을 공유하는 학적 과제를 담았다. 연구자들은 다양한 시각과 독특한 화법으로 논의를 전개하고 있는바, 이 책은 '사상'과 '문화'를 중심축으로 한·중·일 삼국을 입체적으로 탐측한다.

<한국편>에서는 풍석 서유구의 『임원경제지』의 방대한 자료를 바탕으로 '임원경제(林園經濟)'의 역사적 함의를 해명하여, 조선 후기 사대부의 전통적인 산림 처사(處士)적 지향이 임원 경영을 통한 생활이상으로 구현되는 양상을 분석하였다(조창록). 그리고 서재필이 한국에 체류한 시기의 국민·국민국가 구상의 특징들을 분석하여 서구의 이념과 제도가 한국의 맥락에서 수용되는 양상의 일단을 규명하였다. 그 결과 서구의 '이성(reason)'을 '이치(理致)'로 번역, 당위의 논리와 갈등하는 현상으로 포착하였다(손철배).

<중국편>에서는 중국 청대 '지괴소설(志怪小說)'이 신(新) / 구(舊), 귀(鬼) / 괴(怪), 허(虛) / 실(實) 등 다기한 지식 경계선의 동태적 역학 속에서 시대의 지식 개념과 연관 맺은 것을 확인한다. 그리하여 서로 다른 방식의 계보로 청대의 여러 작품에 변주되는 '지괴소설(志怪小說)'의 지속적 변증에 대한 시도를 분석하였으며(高桂惠), 원의 중국 지배가 야기한 중국 서사문학의 구조적 변화 양상에서 아속(雅俗)의 지각 변동의 흐름을 짚어내고(이시찬), 청대 강변(江藩)이 추구했던 한학(漢學)의 학문적 세계를 조명하였다(漆永祥). 또한 태평천국 리더의 민족주의 사상을 서양과 청나라 만주족 등의 대외 인식과 '중국' 개념과 연계하여 근대적인 '국민국가'로의 전환의 가능성을 모색하였고(임태홍), 마오쩌둥이 추구했던 근대화 방식에서 중국적 근대성의 흔적을 주시하고 서구와는 다른 마오쩌둥의 사회주의 중국과 대안적 근대성을 조감한 연구도 있었다(신봉수). 여기에 머물지 않고 중국 근대의 매체 보간(報刊)이 작가·독자·작품의 상품화·문학 관념 등 근대 문학 제도의 각 방면에 개입되는 양상도 분석하였다(李安東).

<일본편>에서는 일본 고대국가 형성기 한반도로부터 이주한 도래의 물결의 파장을 일본 창세신화의 분석을 통해 일본신화의 사료로서의 가치를 복원하려는 시도(최문정)와 주자학 수용 이후 일본의 사상사적 행보를 추적하여 동아시아 유교사에서 오규 소라이(荻生徂徠)의 역사적 위치를 자리매김하

는 논의도 있었다(本鄕隆盛). 또한 『호토토기스(不如歸)』의 텍스트 분석을 통해 서사적 구조의 역학과 역설적인 수용의 과정을 조명하여 일본 근대 '문학' 형성의 계기를 부상시키는 논의(권정희) 등도 흥미롭다.

이러한 논의를 관통하는 핵심적인 의제는 '전통'과 '근대'가 충돌하는 현실의 역동성, 다양한 국면에서 '전통'과의 결별의 방식과 새로운 전환의 모색이라는, 그다지 신선하지 않은 화두이다. 그리고 근대·탈근대의 논의로 포괄되는 패러다임의 전환이 특정한 영역에서 발현되는 다양한 양태의 개별적인 분석들을 총합하지 못하고, 또한 체계적이고 총체적인 사유의 깊이와 엄밀한 구성적 인식을 담보하지 못하는 것도 사실이다. 그러나 거대담론에 길들여진 '학적' 지식인 특유의 지적 독법과 추상적·보편적 이론화의 중압을 잠시 유보한다면, 통계와 연대기적 서술과 요약될 수 없는 인간의 내밀한 심층, 사건과 사물 그 대상 자체의 결을 드러내는 조야한 방식을 재발견할 수도 있다. 여기서 우리는 선제를 아우르는 총론 없는 각론을 읽는 각별한 즐거움과 조우하게 될지도 모른다.

2009년 1월
성균관대학교 BK21 동아시아학 융합사업단
단장 진재교 삼가 씀

머리말 ● 5

1부 한국편

1

2

2부 중국편

1

2

3

3 부 일본편

1

2

3

한국편

사대부의 생활이상과 『임원경제지』

산림의 처사(處士)에서 임원의 생활인(生活人)으로

조창록

1. 머리말

풍석(楓石) 서유구(徐有榘, 1764~1845)가 찬술한 『임원경제지(林園經濟志)』는 다양한 분야의 방대한 자료를 채록한 것으로 유명하다. 그 내용들은 19세기 전후를 살았던 조선의 사대부가 견문할 수 있었던 서책의 거의 모든 범위를 대상으로 하였다고 해도 과언이 아닐 것이다. 「본리지(本利志)」에서 시작해서 「관휴지(灌畦志)」, 「예원지(藝畹志)」, 「만학지(晚學志)」, 「전공지(展功志)」, 「위선지(魏鮮志)」 등, 이 책의 주요 내용들을 보면 그것은 농서(農書)의 성격이 강하다. 또 「전어지(佃漁志)」의 어업, 「정조지(鼎俎志)」의 식생활, 「섬용지(贍用志)」의 건축, 「인제지(仁濟志)」의 의학, 「예규지(倪圭志)」의 상업 등, 그 분류 방식

조창록   성균관대학교 대동문화연구원 책임연구원.

과 서술 체제 등을 고려해 보면 그것은 일종의 유서(類書)라고 할 수 있을 것이다.

조선 후기에는 이와 유사한 책으로 허균(許筠, 1569~1618)의 『한정록(閑情錄)』이 있었고, 이어서 박세당(朴世堂, 1629~1703)의 『색경(穡經)』, 홍만선(洪萬選, 1643~1715)의 『산림경제(山林經濟)』, 유중임(柳重臨, 1705~1771)의 『증보산림경제(增補山林經濟)』, 서호수(徐浩修, 1736~1799)의 『해동농서(海東農書)』 등이 있었다. 또 해외의 것으로는 중국 서광계(徐光啓, 1562~1633)의 『농정전서(農政全書)』, 일본 미야자키 야스사다(宮崎安貞, 1623~1697)의 『농업전서(農業全書)』 등이 있었다. 이러한 예들을 보면 『색경』과 『해동농서』, 그리고 『농정전서』와 『농업전서』의 경우처럼, 그것이 '농서(農書)'임을 표방한 예도 있고, 『한정록』이나 『산림경제』처럼 책의 성격을 언뜻 파악하기 힘든 예도 있다. 『임원경제지』는 후자의 경우가 될 것이며, 그 내용으로 보면 대체로 조선 사대부의 '생활백과사전'이라고 할 수 있을 것이다.

그러나 『임원경제지』의 성격을 농서(農書)나 유서(類書) 혹은 백과사전류의 서책으로 파악한다하더라도, 이 책의 표제인 '임원경제' 혹은 '산림경제'라는 단어는 여전히 오늘날의 언어로 옮겨서 설명하기 곤란한 것임을 알 수 있다. 아마도 중국이나 일본의 서책에서도 이러한 용례가 흔하지는 않을 것으로 추측된다. 이러한 점에서 볼 때, '임원경제'라는 용어는 상당히 특수한 역사적 배경을 갖는 어휘임을 알 수 있다. 그렇다면 '임원경제'라는 말은 구체적으로 어떤 역사적 함의를 가지고 있는가? 필자가 보기에 이 말 속에는 조선 후기 사대부의 생활이상이 고스란히 반영되어 있는 것으로 여겨진다. 본고에서는 이 점에 대해 검토해보면서 『임원경제지』라는 서책이 나오게 된 역사적 배경과 그 의미에 대해 생각해보기로 한다.

2. 산림(山林)과 처사(處士), 그리고 경제(經濟)

일반적으로 '산림(山林 혹은 林園)'이라는 단어와 '경제(經濟)'라는 단어는 잘 조합해서 쓰지 않는 용어이다. 또 그 용례를 보면, '임원(林園)'보다는 '산림'이라는 단어가 좀 더 자주 쓰였음을 알 수 있는데, 여기서 '산림'이란 선비가 벼슬하지 않고 속세를 벗어나 자기 수양을 하는 공간을 뜻한다. 이에 비해 '경제'란 선비가 벼슬에 나아가 '세상을 다스리고 백성을 구제(經世濟民)'하는 행위를 말한다. 즉 산림과 경제는 사대부가 벼슬에 나가느냐 나가지 않느냐의 출사여부(出仕與否)에 따라 구분되는 양면이라고 할 수 있다.[1] 이 때문에 농서류의 서책들은 대개 벼슬에서 떠나 농업에 종사하게 되는 즈음에 찬술되는 경우가 많다. 다음은 각각 박세당과 박지원(朴趾源, 1737~1805)의 말이다.

> 가) 대개 士란 벼슬에 나아가서 그 道를 행할 때는 君子가 되는 것이고, 물러나 田野에서 스스로 생계를 해결할 때는 野人이 되는 것이다. 그런데 이미 들에서 농사짓고 있으면서 야인이 되기를 바라지 않는다면 될 일이겠는가? 게다가 나는 일찍이 벼슬하면서 나의 도가 세상에 뜻 있는 일을 하기에 부족함을 알고서 물러나 내 힘으로 생계를 해결하려고 한 지 오래되었다. 그래서 秘閣의 도서를 열람하였고, 그것을 얻고는 스승을 얻은 듯이 바로 옮겨 적었었다. 이제 그 번잡하고 중복된 것을 제거하여 한 권의 책으로 다듬어 이용하기에 편리하도록 하였으니, '穡經'이라 이름하였다.[2]

> 나) 신의 집안은 청빈하여 본래 田莊이 없고, 서울에서 생장하여 숙맥을 분별

---

1 조선 사대부의 기본 성격에 대해서는, 임형택, 「이조전기의 사대부 문학」, 『한국문학사의 시각』, 창작과비평사, 1984, 359~361면 참조.

1 조선 사대부의 기본 성격에 대해서는, 임형택, 「이조전기의 사대부 문학」, 『한국문학사의 시각』, 창작과비평사, 1984, 359~361면 참조.
2 「穡經序」, "夫士進則立於朝而行其道, 是謂君子, 退則耕於野而食其力, 是謂野人. 吾旣耕於野矣, 求不爲野人, 得乎? 且吾嘗知其道之不足有爲, 於是欲退而自食其力之日, 久矣. 因閱於秘閣圖書, 得此焉而喜, 以爲吾得吾師, 卽竊錄之. 因刪節繁蕪, 除去重複, 釐爲一秩, 以便考覽, 稱曰, 穡經."

치 못합니다. 신의 조부는 亞卿의 록을 받았고, 신은 어릴 적 썩은 법씨를 가져다 마당 가운데 심고는 싹 트기를 기다린 적도 있습니다. 조금 자라서는 선비들과 어울려서 시골 사람이나 농부들과 만나본 적이 없습니다. 중년에 낙척한 신세가 되어서야 비로소 귀농할 뜻이 있어 이른바 농업에 관련된 책을 구해 옮겨 기록하였습니다.[3]

윗글 가)는 『색경』의 서문이며 나)는 박지원이 올린 「진과농소초문(進課農小抄文)」의 일부이다. 이 글에서 박세당은 벼슬을 그만두고 농사를 짓게 되면서 『색경』을 편찬하기 시작하였고, 박지원은 중년에 낙척하여 귀농할 뜻이 생기자 농업에 관련된 책을 구해 보기 시작했다고 하였다. 이 밖에 『한정록』의 경우는 1610년 여름 허균의 나이 42세 때 병으로 관직을 쉬면서 지은 것이고, 『임원경제지』는 1806년 서유구가 정계에서 물러나면서부터 편찬에 들어간 것이다. 또 일본의 『농업전서』는 미야자키 야스사다(宮崎安貞)가 30여 세에 치사(致仕)를 하고 농업에 종사하기 시작하여 8순을 바라보는 나이에 완성한 것이다.[4]

한편 위의 글에서 박세당은 사(士)란 벼슬을 할 때는 군자(君子)가 되고 벼슬하지 않을 때는 야인(野人)이 된다고 하였다. 여기에 산림과 경제라는 말을 대입시켜보면, 산림이란 벼슬하지 않는 야인의 생활을 뜻하고, 경제는 벼슬하는 군자의 생활을 뜻하는 것이 된다. 따라서 일반적으로는 산림 혹은 임원은 경제라는 말과는 어울리지 않는 것이다. 이 점을 의식해서인지, 홍만종(洪萬宗, 1643~1725)은 「산림경제서」에서 다음과 같이 말하고 있다.

---

3 『연암집』 권16, 「進課農小抄文」, "臣家世淸貧, 素無田園, 生長輩轂之下, 目不辨菽麥. 臣祖食亞卿祿, 而臣幼時, 掬其紅腐, 種於庭中, 以待其方苞也. 稍長徵逐儒士, 未嘗與野人佃客相接. 及中歲落拓, 始有志歸農, 求所謂農家者流, 而鈔錄之."

4 『農業全書』 「凡例」, "予 立年<三十>後, ゆく有て致仕し, 民間に隱居し, 農を業とせり. 今我齡すでに八旬に近し. 數十年の勞をつんで, 農術におゐてしるし得る事多し. 又鄕國の郡鄕村落をめぐり, 或 隣國に 遊んで, いよいよ農業の說を聞事詳なり. 又予が稼穡<かくさく>におゐて三折の功あるを取まじへ, 了簡し記之."

山林과 經濟는 길을 달리한다. 즉 산림은 벼슬하지 않고 초야에서 자신의 한 몸 만을 잘 지니려는 자가 즐겨하는 것이고, 경제는 당세에 得意하여 벼슬하는 자가 행하는 것이다. 산림과 경제가 이같이 다르지만 공통된 점도 있다. 經이란 각종 사무를 처리하는 것이고, 濟란 널리 중생을 구제하는 것이다. 조정에는 조정의 사업이 있으니 이것이 곧 조정의 경제이고, 산림에는 산림의 사업이 있으니 이것이 곧 산림의 경제이다. 그러니 처지는 비록 다르지만 경제인 점에서는 같은 것이다.[5]

위의 글을 요약해 보면, 산림과 경제는 비록 다른 길이지만 조정에 사업이 있듯이 산림에도 사업이 있으므로 산림과 경제를 합쳐 '산림경제'라고 할 수 있다는 것이다. 그런데 이와 관련하여 중국 청대(淸代)의 육차운(陸次雲)은 「산림경제책(山林經濟策)」이라는 특이한 제목의 글을 남기고 있어 흥미롭다. 이 글은 어떤 사람이 '선비가 산림에 은거하는데 필요한 계책'을 질문하고 이에 대해 답하는 형식으로 되어 있는데, 다음은 그 질문이다.

묻기를, "선비가 뜻이 높아 벼슬하지 않고 산림에 은거한 것은 오래된 일이다. 그렇지만 목이 마른데 마시지 않을 수 없으며, 배가 고픈데 먹지 않을 수 없으며, 사람과 사귐에 벗이 없을 수 없으며, 거처함에 집이 없을 수 없으며, 안으로는 자기 계발이 없을 수 없고, 밖으로는 세상에 공이 없을 수 없으니, 만약 나라의 부름이 있는 경우 어떤 때 나아가고 어떤 때 떠나야 하는지 …, 이러한 경우에 대처하는 계책을 마련하지 않을 수 없다. 그러니 이를 두고 '(은거하려는 자가) 글은 꾸며서 무엇하겠느냐'는 말로, 나의 질문을 피하지는 마시라"[6]

---

5 「山林經濟序」, "山林與經濟異途, 山林獨善其身者樂之, 經濟得意當世者辦之. 其異若是, 而亦有所同者存焉. 蓋經者經理庶務, 濟者普濟羣品. 廊廟而有廊廟之事業, 則是廊廟之經濟也, 山林而有山林之事業, 則是山林之經濟也. 所處之地雖異, 其爲經濟則一也."
6 『叢書集成續編』 제76책, 「山林經濟策」, "問士人志高不仕, 隱處山林, 尙矣. 然渴不可以無飮, 飢不可以無食, 交不可以無友, 居不可以無室, 內不可無益於己, 外不可無功於世. 徵辟若至, 何去何從, 均不可無策. 處此毋曰焉用文之, 不我以對."

이상과 같이 어떤 사람의 질문이란 '산림의 선비도 세속의 사람들처럼 마시고 먹는 일, 거처하고 교우하는 일, 벼슬에 나아가 공을 세울 일 등에 대한 계책이 있어야 하지 않겠느냐'는 것이다. 그리고 마지막 대목에서 '글은 꾸며서 무엇하겠느냐(焉用文之)'는 말은 한식(寒食)의 유래로 유명한 개자추(介子推)가 은거를 결심하고 모친에게 한 말이다.[7] 개자추의 경우에서 볼 수 있듯이, 동양에서 은거란 그 행위 자체로 존경의 대상이 되곤 하였다. 이에 대해 위의 질문은 아무리 은거라 하더라도 생활의 방도는 있어야 한다는 취지의 말이라고 할 수 있다. 이어지는 글은 이 질문에 하나하나 대답해 나가는 내용인데, 그 중에서 '마시고 먹을 것'에 대한 계책을 논한 부분만을 보면 다음과 같다.

> '목이 마른데 마시지 않을 수 없으며, 배가 고픈데 먹지 않을 수 없다'는 물음에 대답해 보자. 마시고 먹는 일이 어찌 사람에게 누가 되겠는가? 가령 목이 마르다고 해서 꼭 우물을 팔 필요는 없는 것이며, 허기를 면하고자 해서 꼭 밭을 갈 필요는 없는 것이다. 대나무를 잘라 이어 石髓를 끌어오면, 그것으로 차를 끓일 수 있고, 산을 오르내리며 黃精을 캐면 그것으로 양식을 할 수 있는 것이다. 하물며 천연의 열매가 온 숲에 널려 따로 주인이 없으며, 폭포가 여기저기 산길에 있어 내 마음대로 가서 바라볼 수 있음에랴.[8]

위의 글을 요약해보면, 목이 마르고 배가 고프다고 해서 꼭 우물을 파거나 농사를 지을 필요는 없으니, 대나무를 잘라 석수(石髓)를 끌어와서 차를 마시고, 배가 고프면 황정(黃精)을 캐서 양식으로 삼으면 된다는 내용이다. 이어지

---

7 『春秋左氏傳』 僖公 24년조, "其母曰, 亦使知之, 若何. 對曰, 言身之文也, 身將隱, 焉用文之, 是求顯也. 其母曰, 能如是乎, 與女偕隱. 遂隱而死."
8 위의 글, "承問渴不可以無飮, 飢不可以無食, 飮食何足累人哉 如思止渴, 不須鑿井也, 若欲療飢, 無事耕田也. 斷竹續竹, 引石髓, 可以烹茶, 上山下山, 采黃精, 可以作餌. 況乎仙桃千林, 無人作主, 飛泉百道, 任我來觀也哉."

는 대목은 '거처하고 교우하는 일'에 대한 답변인데, 이에 대해서는 '나무로 문을 만들고 띠를 엮어 집을 지어 흰 구름과 밝은 달을 벗 삼는다면, 굳이 혼자 떨어져 사는 일을 걱정할 필요가 없다고 하였다.[9]

여기서 그려진 선비의 삶이란, 세속의 영리와는 단절한 채 자연 속에서 유유자적하는 그런 삶이라고 할 수 있다. 이처럼 이 글에서 산림경제의 계책으로 말한 것 들을 보면 그것이 다분히 도가적인 성향의 글임을 감안하더라도, 계책이라고 하기에는 상당히 비현실적인 것임을 알 수 있다. 말하자면 그것은 산림에 사는 처사의 고상한 삶을 낭만적으로 표현한 것이라고 할 것이다.

이에 비해 서유구는 『임원경제지』 「예언(例言)」에서, '임원이라고 제목을 붙인 것은 벼슬하면서 생활하는 방도가 아님을 분명히 하기 위해서' 라고 하였다.[10] 즉 이와 같은 측면에서 보면 『임원경제지』는 선비가 임원에서 살아가는 계책, 즉 '산림경제의 계책'을 서술한 책인 것이다.

이 짤막한 「산림경제책」을 두고 『임원경제지』를 대비시킬 수는 없지만, 위의 글에서 본 처사적 생활과 서유구가 말하는 임원경제는 좀 다른 차원의 것이라고 생각된다. 물론 『임원경제지』 역시 동양의 처사적 생활이상을 일정 부분 계승하고는 있지만, 그가 말한 '임원경제'는 훨씬 더 적극적인 경제문화 활동의 생활이상을 담고 있다고 할 것이다. 그렇다면 서유구가 생각한 사대부의 '생활이상'이란 어떤 것인가? 이어지는 장에서는 이 점에 대해 생각해 보기로 한다.

---

9 앞의 글, "承問交不可以無友, 居不可以無室, 隱處之室何室, 山林之交何交哉. 有巢氏之民, 不可爲也. 老死不相往來之俗, 無庸效也. 就樹爲門, 可容茶竈, 結茅爲屋, 足繫藤牀, 白雲入戶, 來爲不速之賓, 明月穿牗, 去作忘機之友, 離索可無悲矣."

10 『임원경제지』, 「예언」, "以林園標之者, 所以明非仕官濟世之術也"

3. 사대부의 생활이상과 임원(林園)

앞서 살펴보았듯이, 산림이란 본래 벼슬하지 않는 선비가 자기 수양을 하는 공간이다. 그런데 이 말은 한편으로 그 곳에 사는 선비 즉 '처사(處士)'라는 말과 동격으로 쓰인다. 즉 '산림 처사'라는 말이 그것이다.[11] 그렇다면 서유구를 비롯한 조선후기 사대부들은 산림 처사의 이러한 생활 전통에 대해 어떻게 생각하였을까? 우선 정약용(丁若鏞, 762~1836)의 「오학론(五學論)」(1) 중, 일부를 살펴보기로 한다.

> 옛날에는 道를 배우는 사람을 士라고 불렀는데, 여기서 士란 벼슬하는 사람이라는 뜻이다. 위로는 公에게 벼슬하고 아래로는 大夫에게 벼슬하며, 임금을 섬기고 백성에게 은택을 베풀면서 천하와 국가를 다스리는 사람을 士라고 하는 것이다. 이들은 원래 伯夷·叔齊·虞仲·夷逸과 같이 인륜의 변을 당했을 경우에만 숨어서 은거하는 것이요, 나머지 경우에는 은거하지 않는 법이다. 그래서 성인은 궁벽스러운 것을 캐내고 괴이한 행동을 하는 사람들을 경계한 것이다. 그런데 지금 성리학을 공부하는 사람들은 스스로 隱士라고 자칭하면서 거드름을 피우곤 한다. 그래서 비록 대대로 높은 벼슬을 하여 당연히 국가와 운명을 같이해야 할 처지인 경우에도 벼슬하지 않고, 임금이나 지방에서 충분한 예를 갖추어 여러 번 불러도 나아가지 않는다. 도회지에서 나서 자란 사람까지도 이 성리학을 하게 되면 산으로 들어가게 되므로 이들을 山林이라 이름하는 것이다.[12]

---

11 산림처사의 존재 양태에 대해서는, 이우성, 「이조 유교정치와 '산림'의 존재」, 『한국의 역사상』, 창작과비평사, 1983, 254~258면 참조.

12 『與猶堂全書』一集 권11, 「五學論(1)」, "古者學道之人, 名之曰士. 士也者仕也. 上焉者仕於公, 下焉者仕於大夫, 以之事君, 以之澤民, 以之爲天下國家者謂之士. 其遭人倫之變, 如伯夷叔齊虞仲夷逸之等隱之, 餘無隱也. 故素隱行怪, 聖人戒之. 今爲性理之學者, 自命曰隱, 雖弈世卿相, 義共休戚, 則勿仕焉, 雖三徵七辟, 禮無虧欠, 則勿仕焉. 生長蔘穀之下者, 爲此學則入山, 故名之曰山林."

위의 글은 '산림' 즉 벼슬하지 않고 은거해서 사는 선비에 관해 언급한 것이다. 그 전반부를 보면 정약용은 사(士)란 원래 산림에 숨어사는 존재가 아니며, 다만 인륜의 변을 당했을 때 은거하여 선비의 지조를 지키는 것이라고 하였다. 또 후반부에서는 특히 성리학을 공부하는 이들이 국가의 운영에 적극적으로 참여하지 않는 채로 산림의 은사(隱士)를 자칭하며 거드름을 피우는 행태를 말하고 있다. 말하자면 이 글은 조선후기 산림의 존재 양태에 대한 비판이라고 할 수 있다.

이에 비해 서유구는 사대부의 생활 방식에 대해 어떤 생각을 가지고 있었는가? 참고로 그는 비록 몇 편의 사직소를 올리기는 했지만, 70세가 넘어 수원유수로 나가 직무에 열중할 정도로,[13] 산림처사의 고상함과는 좀 거리가 있었던 인물이다. 다음은 그가 쓴 『임원경제지』 중, 「예규지인(倪圭志引)」의 한 대목이다.

> 우리나라 사대부는 스스로 고상함을 표방하니, 장사를 비루한 일로 여김이 진실로 그러한 예이다. 혹 궁벽한 마을에서 스스로 수양하는 이들 중에는 곤궁한 사람이 많은데, 부모가 굶주리고 떠는 것도 모른 채 처자식의 원망도 아랑곳없이, 손을 무릎에 끼고서 고상하게 性理를 말하곤 한다. 이것이 어찌 사마천이 부끄러워 한 바가 아니었겠는가? 그러므로 먹고사는 일을 강구하지 않을 수 없는 것이다.[14]

잘 알려져 있듯이 「예규지」는 『임원경제지』의 16번째 마지막 편으로, 집안 살림에서부터 전국적인 물산과 유통에 이르기까지 상업 활동 전반에 대한

13 서유구의 수원유수 시절의 행적에 대해서는, 서유규, 「華營日錄」, 『서벽외사해외수』 23, 아세아문화사, 1990 참조.
14 「倪圭志引」, "我邦士大夫, 高自標致, 例以販賣爲鄙事, 固然矣. 或如窮鄕自修, 多貧寠之徒也, 不知父母之飢凍, 不顧妻孥之詈譙, 而攢手支膝, 高談性理, 豈非史遷之所恥乎. 故食之之術, 不可不講."

내용을 담은 글이다. 그 서문이라고 할 위의 글에서 서유구는 스스로 고상함을 표방하여 장사를 비루한 일로 여기고, 굶주리고 떠는 처자식을 도외시한 채 성리(性理)를 말하는 사대부의 생활 방식을 비판하고 있다. '처자식의 원망도 아랑곳없이 손을 무릎에 끼고서 고상하게 성리(性理)를 말한다'라고 묘사한 부분은, 「허생전」의 한 장면을 떠 올리게끔 하는 대목이다. 또 이어지는 글에서는 사대부의 이러한 모습을 「화식열전」을 썼던 사마천도 부끄러워했을 것이며, 사대부 역시 먹고 사는 방도를 강구해야 함을 역설하였다. 그렇다면 그의 이러한 신념은 어디에서 나온 것인가? 그것은 직접 농사일을 경험한 생활 체험에서 비롯된 것으로 보인다. 그 체험의 결과 서유구는 다음과 같이 말하고 있다.

> 나는 세상에 태어나서 지금까지 44년을 살았다. 춥고 더운 1만 7천 3백 여일 동안 겨울에는 솜옷을 여름에는 갈옷을 빠뜨리지 않았고, 때로 겹갓옷과 비단옷을 입기도 하였다. 아침저녁으로 밥을 못 먹은 적이 없고, 때로는 산해진미를 밥상에 늘어놓기도 하였다. 그것들을 차곡차곡 쌓으면 어찌 천만을 헤아릴 뿐이겠는가? 그런데도 나는 쟁기 한번 잡아 본 적 없고, 처자식은 베틀에 앉아 본 적도 없었다. 그런데 이 물건들은 다 어디서 나온 것이겠는가?[15]

위의 글은 서유구가 동생 서유락(徐有樂, 1772~1830)에게 쓴 편지이다. 44년을 살았다고 하였으니, 1807년경에 쓴 글이다. 이때는 서유구가 정계에서 물러나 일정한 거처가 없이 떠돌던 시절로, 그 내용은 동생이 형의 사는 모습을 보고 돌아가서 밥을 먹지 못한다는 말을 듣고 타이른 것이다.[16] 이

---

15 『楓石全集』, 「與朋來書(3)」, "吾自有生以來, 至于今四十四. 寒暑一萬七千三百有餘日. 冬而絮, 夏而葛, 未之或闕焉, 而亦嘗有御重裘被綺縠, 時矣. 朝而飯, 夕而飧, 未之或闕焉, 而亦嘗有兼山海列方丈, 時矣. 銖累寸積, 奚啻千萬計. 然吾未嘗手執末鉏, 吾之妻孥, 目不識纏梭. 此其物, 皆安所出乎.

16 조창록, 「풍석 서유규에 대한 한 연구」, 성균관대 박사학위논문, 2003, 86~87면 참조.

편지에서 서유구는 자신이 사대부로 44년을 살아오는 동안 농사를 짓고 베를 짜는 이른바 '생산적인 활동'과는 너무나 무관한 삶을 살았음을 말하고 있다.

여기서 서유구가 직접 산림의 처사를 거론하고 있지는 않지만, 사대부의 바로 이면이 바로 산림처사라는 점을 고려해 보면, 결국 그것은 처사적 생활방식에 대한 반성이라고 할 수 있다. 결국 이러한 반성과 자각의 바탕 위에 서유구는 임원경제의 생활이상을 품게 된 것이다. 따라서 그에게 있어 임원이란 성리서를 읽으며 유유자적하는 그런 곳이 아니라, 적극적인 경영을 통해 사대부의 생활이상을 구현하는 삶의 터전으로서의 의미를 갖는다.[17] 그렇다면 여기서 말한 임원의 생활이상이란 구체적으로 어떤 것인가? 이와 관련해서 다시 정약용의 글 하나를 살펴보기로 하자.

> 내가 유배에서 풀려 몇 년간이라도 너희들과 생활할 수 있다면 너희들의 몸과 행실을 바르게 잡아 주어 효도와 공경을 숭상하고 화목하는 일에 습관 들게 하며 經史를 연구하고 詩禮를 담론하면서 삼사 천 권의 책을 서가에 진열하고 일년 정도 먹을 양식 걱정 안 해도 되고, 園圃·桑麻·蔬果·花卉·藥草 들을 심어 잘 어울리게 하여 그것들이 무성하게 자라는 것을 구경하면 마음이 즐거울 것이다. 마루에 오르고 방에 들면 거문고 하나 놓여 있고, 주안상이 차려 있으며, 投壺 하나, 붓과 벼루, 책상, 도서들이 품위 있고, 깨끗하여 흡족할 만한 때에 마침 반가운 손님이 찾아와 닭 한 마리에 생선회 안주 삼아 탁주 한잔에 맛있는 푿나물로 즐겁게 먹으면서 어울려 고금의 일을 논의하면서 즐겁게 산다면 비록 벼슬길이 끊긴 집안이라 하더라도 안목 있는 사람들이 부러워할 거고 이렇게 한두 해의 세월이 흐르다 보면 반드시 중흥의 여망이 비치게 될 것이 아니겠느냐?[18]

---

17 조심스럽지만, 혹시 이런 점에서 서유구는 山林과 林園이라는 용어의 뉘앙스를 다르게 쓴 것은 아닐까 여겨지기도 한다.(물론 1차적으로는 먼저 나온 '산림경제'라는 책의 제목과 중복을 피하기 위한 것이기는 하지만······.)

18 『풍석전집』, 「寄兩兒」, "使我而得數年間敕還, 使汝輩而能飭躬礪行, 崇孝弟風敦睦, 研窮經

위는 정약용이 유배지에서 두 아들에게 보낸 편지로, 유배 생활을 시작한 지 만 2년째 되던 1803년 정월 초하루에 쓴 글이다. 그 내용을 보면 한 일년 정도는 먹을 양식 걱정이 없고, 집 주변에는 과수와 뽕나무, 꽃과 약초 들을 잘 어울리게 심어 두고, 사랑에는 거문고를 놓고 손님을 맞으며, 선비로 서 교양과 안목을 유지하는 모습이다. 이 글은 아마도 이 시대 사대부가 바라던 임원의 생활이상을 가장 잘 표현한 글이 아닌가 생각된다. 여기에 묘사된 사대부의 임원 생활을 보면 배고픔을 참으며 성리(性理)를 이야기하는 전통적 산림의 처사와는 사뭇 다른, 교양 있고 경제적으로도 안락한 삶이 묘사되어 있음을 알 수 있다. 단적으로 말하면, 이러한 삶이 바로 서유구가 생각한 사대부의 생활이상이 아닌가 여겨진다. 또『임원경제지』「예언」의 두 번째 항목에서 서유구는 다음과 같이 말하고 있다.

> 시골에 살며 몸과 마음을 수양하는 선비가 어찌 먹고 사는 일에만 힘쓰겠는 가? 화초를 재배하고 서화를 익히며 고상한 일과로 심성을 기르는 방법도 없을 수 없는 것이다.[19]

위의 언급을 보면, 서유구는 단순히 먹고 사는 일 뿐만 아니라, 꽃을 가꾸 고, 글씨나 그림을 감상하는 등 사대부의 문화생활을 중시하고 있다. 이러한 차원에서『임원경제지』의「예원지(藝畹志)」와「향례지(鄕禮志)」, 그리고「유 예지(遊藝志)」와「이운지(怡雲志)」등에는 사대부가 추구한 문화적 생활이상이 곳곳에 담겨 있다. 특히「이운지(怡雲志)」에는 이러한 종류의 글들이 집약되

史談論詩禮, 揷架書三四千卷, 粟可支一年, 園圃桑麻, 蔬果花卉, 藥草之植, 位置井井, 蔭翳 可悅. 上其堂入其室, 有琴一張, 投壺一口, 筆硯几案, 圖書之觀, 雅潔可喜, 而時有客至, 能殺 雞切膾, 濁酒嘉蔬, 欣然一飽, 相與揚扢古今, 則雖曰廢族, 亦將爲具眼, 人所豔慕, 一年二年, 水雲漸邈, 有如是而不中興者乎"
19『임원경제지』「例言」, "居鄕淸修之士, 豈但爲口腹之養哉. 藝苑肆習文房雅課, 以及頤養之 方, 所能已者."

어 있는데, '원림간소(園林澗沼)'와 '재료정수(齋寮亭樹)'라는 항목을 보면 사대부가 거처해야 할 이상적 생활공간인 정원과 가옥에 대해 따로 기술하고 있다.[20] 그 중에서 '재료정수'라는 항목을 보면, '섬포루(瞻蒲樓)'라는 제하(題下)의 다음과 같은 글을 볼 수 있다.

　　남쪽 산기슭의 양지, 혹은 동쪽이나 서쪽 산기슭의 바깥에 언덕이 아담히 둘러쳐진 기름지고 맛좋은 샘이 나는 터를 골라, 3칸 집을 짓고 동쪽과 서쪽에는 누대를, 중간에는 방을 둔다. 방의 북쪽에는 熅閣을 설치하여 農方·穀譜·種藝·占候에 관련된 서적을 소장하고, 동쪽 기둥에는 王楨의 授時圖를, 서쪽 기둥에는 田家月令表를 붙여 둔다. 방의 중앙에는 탁자 하나를 두고, 그 위에 벼루 하나, 필통 하나, 墨狀 하나, 稼穡日錄 한 권을 둔다.[21]

위는 『금화경독기(金華耕讀記)』의 내용을 인용한 구절로, 『금화경독기』란 서유구가 1809년 무렵 머물렀던 "金華"라는 곳에서 쓴 것으로 추정되는 농서(農書)이다.[22] 여기서 섬포루(瞻蒲樓)란 전야(田野)와 원포(園圃)를 바라볼 수 있는 곳에 위치하여, 농사를 감독하고 권려하던 장소였을 것으로 짐작된다. 위의 내용을 토대로 이 집의 쓰임새와 정경을 추측해 보면, 집의 양쪽에 위치한 누대에서는 전야(田野)와 원포(園圃)를 조망하고, 가운데 방에는 농사에 관련된 서적을 비치해 두고, 기둥에는 농가의 연중계획과도 같은 수시도(授時圖)와 전가월령표(田家月令表)를 붙여 두고, 방안의 탁자에는 농사의 일정(日程)과 공과(功課)를 기록하는 『가색일록』을 비치해 둔 모습을 상상해 볼

---

20 이 내용에 대해서는 신영주, 「怡雲志를 통해서 본 조선후기 사대부가의 생활모습」, 『한문학보』 13, 2005, 397~401면 참조.
21 『임원경제지』, 「怡雲志」 瞻蒲樓, "于南麓之陽, 或東西麓之外, 擇嫩岸環拱, 土腴泉甘之地, 建舍三楹, 東西爲樓, 中爲室. 室之北壁, 設熅閣, 藏農方穀譜種藝占候之書, 東楹上粘王楨授時圖, 西楹上粘田家月令表, 中置榻一几, 一几上, 置研一, 筆筒一, 墨狀一, 稼穡日錄一卷."
22 여기서 '金華'는 경기도 포천의 金華山 인근으로 추측된다.

수 있다. 그 곳은 말하자면 서유구가 자신이 경영하는 임원 속에 구현하고자 했던 이상적인 가옥이다.

그리고 또 하나 주목할 점은 서유구가 이러한 가옥을 실제로 경영했을 것으로 추정된다는 점이다. 서유구는 치사를 즈음한 말년에 번계(樊溪)[23]라는 곳에서 직접 임원을 경영하였는데, 이곳에서 나무를 심고 화초를 가꾸는 한편 『임원경제지』를 교정하고 시회(詩會)를 열었다. 이 산장에는 자이열재(自怡悅齋)라는 주거 공간과 자연경실(自然經室)이라는 서재, 그리고 거연정(居然亭)이라는 정자가 있었으며, 광여루(曠如樓)와 오여루(奧如樓)로 이름한 누각이 있었다. 아마도 이 누각이 위에서 살펴본 '섬포루(瞻蒲樓)'의 실제 구현된 모습이 아닐까 추측된다.[24]

이상의 사실로 보면 서유구가 찬술한 『임원경제지』는 사대부가 이상적인 임원 생활을 실현하기 위한 지침서 역할을 하였음을 알 수 있다. 이처럼 서유구의 실학자적 면모는 『임원경제지』라는 임원 생활의 지침서를 만들었을 뿐만 아니라, 실제로 그것을 임원의 현장에서 구현했다는데 가장 큰 의미가 있다고 할 것이다.

4. 맺음말

이상으로 임원(林園)과 경제(經濟)의 의미, 그리고 사대부의 전통적인 처사적 지향이 임원 경영을 통한 생활이상으로 구현되는 양상을 소략하게나마 살펴보았다. 여기서는 그 내용에서 몇 가지 의미들을 추출해 봄으로써 맺음말을 대신하기로 한다.

---

23 지금의 행정구역으로 서울특별시 강북구 번동으로 추정되는 곳.
24 이에 대한 보다 자세한 내용은 조창록, 앞의 논문, 97~113면 참조.

우선 서유구가 임원에서 실현하고자한 생활 방식은, 궁핍하지만 세상의 이익에 아랑곳하지 않고 자연을 벗 삼아 유유자적하는 산림처사의 그것이 아니라는 점이다. 본고에서 살펴보았듯이 서유구는 『임원경제지』라는 임원 생활의 지침서를 갖추고 주도면밀한 임원 경영을 통해 사대부의 품위있는 문화생활을 영위하려고 하였다. 그것은 벼슬을 하지 못하면 산림의 처사로 돌아가 성리서를 읽는 전통적인 사대부의 생활 방식과는 약간 다른 것이다.

이런 점에서 서유구가 추구한 생활이상은 사대부적 삶에 대한 새로운 모색이자 전환이라고 할 수 있다. 또 여기서 말한 임원이란, 현대인들이 도심을 벗어난 곳에서 오히려 생활의 여유와 안식을 추구하듯이, 도시냐 시골이냐 혹은 서울이냐 지방이냐 하는 구분의 문제가 아니라 얼마나 문화적 콘텐츠를 가꾸고 누릴 수 있느냐 하는 문제인 것이다. 바로 이러한 점에 『임원경제지』가 가지는 문명성이 있다고 할 것이다.

2

서재필의 국민, 국민국가 구상의 특징들

손철배

서론

주지하다시피 내셔널리즘(국민/민족주의)은 일정한 사상체계와 행동규범으로 정의하기가 매우 어려운 개념임으로, 그것을 이해하려고 할 때 정확한 정의를 찾는 것보다는 다양한 내셔널리즘 간에 유형을 찾는 비교연구의 방법도 유용하다고 본다. 그러나 본 논문은 서재필(Philip Jaishon, 1864~1951)이 구상한 국민, 국민국가를 연구대상으로 하여 그 자체를 심층 이해하려 하기 때문에, 비교 이해를 위한 유형화 작업보다는 분석의 차원 내지 범주를 설정하여 접근하는 방법이 더 적절하다고 본다.

연구대상 내셔널리즘에 차원을 설정하는 작업에는 그간의 연구들에 의해

▌ **손철배** 성균관대학교 동아시아학술원 BK21 박사후연구원.

발견된 차원이나 범주가 지침으로 활용될 수 있다고 본다. 그간 내셔널리즘 연구는 크게 보아 세 가지의 차원에서 진행된 것이 아닌가 하는데, 즉 국민 / 민족주의를 담론으로 접근하는 연구, 실행 프로그램 / 제도로서의 내셔널 리즘에 대한 연구, 그리고 내셔널리즘의 운영 전개 과정을 연구하는 것으로 구분해 볼 수 있을 것 같다. 물론 이와 같은 차원의 구분은 차원 간의 중첩과 동시성을 배제하지 않기 때문에, 내셔널리즘의 어떤 정연한 발전단계를 의미 하는 것은 아니고 다만 연구의 효율성을 높이기 위한 길라잡이(로드맵)라고 할 수 있다. 그러므로 본 논문이 목적은 서재필이 그의 약 이년 반(1895년 12월~1898년 5월)의 체한기간 동안 피력한 국민, 국민국가의 담론상의 특징 들, 그 전파 방법들, 그리고 그 제도화 시도에서 드러나는 전제들을 파악하여, 서재필의 국민, 국민국가 구상에 대한 이해를 깊게 하고자 한다.

1. 국민, 국민국가의 개념과 제도 수용상의 특징들

1) 국민 담론의 특징들

서재필이 『독립신문』을 통하여 전파하려고 한 서구의 정치사상, 제도의 내용에 대해서는 그간의 많은 연구에 의해 자세히 밝혀져 있다. 그런데 그간 의 대부분의 연구는 서재필이 수용한 서구의 정치사상, 제도의 실체를 규명 하고 그 성격을 밝히려는 작업이었다고 보여진다. 대표적인 연구사인 한국사 학자 신용하와 주진오는 서재필을 비롯한 독립협회 회원들이 한국에 최초로 이식(移植)하려 했던 서구의 내셔널리즘과 민주주의의 내용이 구체적으로 어 떠한 것들이었는지를 밝혔다.[1] 그런데 신용하가 그들의 사상과 행동의 진보 성과 개혁성을 높이 평가한 반면, 주진오는 그들이 전통 계승 노력을 하지 않았다거나, 민중을 계몽의 대상으로만 간주하여 주체성을 인정하지 않는

엘리티즘에 빠졌다는 한계와 문제점을 지적하기도 하였다.[2] 한편 사회과학자들은 독립협회 지도자들이 수용한 국민은 개념상 후대의 민족과는 구별해서 이해할 것을 주문하였고, 특히 김동택은 그들이 서구의 국민주권에 바탕을 둔 국민국가의 개념은 잘 이해하고 있었음에도, 한국에 당장 그러한 국민국가를 수립하는 데는 회의적 태도를 가지고 있었음을 지적했다.[3] 최근에는 한국 민족주의의 역동성에 촛점을 맞추어, 유길준, 서재필 등 서구문명 수용론자들의 '시민적' 내셔널리즘(civic nationalism)이 국권 상실의 위기인 보호조약(1905)을 계기로 반제투쟁론자인 신채호 등의 종족적 내셔럴리즘(ethnic nationalism)에게 그 우월적 지위를 내주었다는 연구가 있다.[4] 아무튼 위의 연구들은 서재필이 도입하려고 한 서구 내셔널리즘의 사상과 제도의 내용 파악과 성격 규정에 주력하였다고 보여진다.

그런데 최근에는 내셔널리스트들의 국민을 담론으로 접근하려는 연구자들이 등장하여 주목을 끈다. 이러한 학자들은 내셔널리스트들이 구상한 국민의 실체가 무었인가보다는 그들이 어떠한 사유 방식으로 국민을 창출하고자 했는가에 더 관심을 가지고 있다. 예컨대, 고미숙은 『독립신문』에서 국민을 계몽하는 위생 담론이 외부와 자아를 배타적으로 배치하는 근대적인 공간 개념에 바탕을 두고 있음을 밝혔고,[5] 박노자는 국민 담론 속에서 배제된 타자들을 통해 그 국민 담론의 성격을 파악하고자 하였는데, 서재필의 경우 한국민들이 절대로 본받지 말아야한다는 청국과 청국인들에 대한 멸시와

---

1 신용하, 『독립협회 연구』, 일조각, 1995, 38~54면, 145~249면; 주진오, 「19세기 후반 개화 개혁론의 전개-독립협회를 중심으로」, 연세대 박사학위논문, 1995, 156~226면.
2 김민석, 「『독립신문』의 독립론과 민권론」, 한양대 석사학위논문, 2007, 1~6면.
3 김민환, 『개화기 민족지의 사회사상』, 나남, 1988; 김동택, 「『독립신문』에 나타난 국가와 국민의 개념」, 2003년 한국문화연구원 봄 학술대회: 한국의 근대와 근대 경험, 2003.
4 Gi-Wook Shin, *Ethnic Nationalism in Korea: Genealogy, Politics, and Legacy*(한국의 종족적 민족주의: 기원, 정치, 유산)(Stanford: Stanford University Press, 2006), 116~124면.
5 고미숙, 「『독립신문』에 나타난 위생 담론의 배치」, 『근대계몽기 지식 개념의 수용과 그 변용』, 이화여대 한국문화연구원, 2004, 305~329면.

배척을 예로 들었다.[6] 본 연구도 국민을 담론으로 접근하여 그 특성을 밝히는 이와 같은 연구 방법을 취한다. 다만, 서재필의 국민 담론에서 그간 밝혀진 전통과 근대를 첨예하게 대립시키는 엄격한 이분법적 사고방식, 또는 국민의 구성에서 일정하게 타자를 배제시키는 타자의식 등보다는 새롭게 발견될 수 있는 담론상의 특징들을 찾아보고자 한다.

(1) 시민적 / 개인적인 국민

서재필이 정의한 국민은 국가라는 정치공동체를 구성하는 자유롭고 평등한 개인 또는 그들의 집합체를 가리킨다. 자유와 평등은 자연이 모든 사람에게 부여한 권리임으로 빼앗을 수도 빼앗길 수도 없는 천부적인 권리라고 한다. 이러한 자유와 평등의 권리를 가진 국민은 영국과 미국의 국가 구성원인 시민과 같은 성격의 존재인 것이다. 그러므로 서재필의 국민은 시민적이고 개인적인 정체성을 갖는 존재라고 할 수 있다. 이와는 대조적으로 신채호, 박은식 등 민족주의자들은 국가의 구성원을 혈통, 언어, 역사경험을 공유하는 민족으로 정의하였다. 그들에게 민족은 종족적, 집단적 정체성을 갖는 존재라고 할 수 있다. 한국의 근대적 국민 / 민족주의 형성에 관한 최근의 연구에 따르면, 1905년(보호조약)을 기점으로 국민 / 민족주의 담론의 무게 중심이 시민적 / 개인적 국민에서 종족적 / 집단적 민족으로 넘어갔다고 한다.

동양의 서구문명 수용론자들은 개인의 권리와 정치참여를 보장하는 서구의 민주제도를 도입해야 하는 당위논리를 모색함에 있어서, 그 출발점을

---

6 박노자, 「개화기의 국민 담론과 그 속의 타자들」, 앞의 책, 227면.

개인보다는 국가로부터 시작하였다는 것은 잘 알려진 사실이다. 1888년 박영효는 망명지 일본에서 내정 개혁을 건의하는 장문의 상소문을 작성하였는데, 인민들이 개명하게 되면 군주의 압제와 폭정에 항거하게 되므로 "君權을 축소하여 인민으로 하여금 정당한 만큼의 자유를 갖게 하고 각자 나라에 보답하는 책무를 지게하면" 한 나라의 부강을 기약하고 종사를 보존 할 수 있다고 하였다.[7] 유길준도 그의 『서유견문』에서, 유럽의 제국들과 미국이 아시아의 군주국들보다 백 배 부강한 이유는 정부제도가 입헌정체 내지 공화제이기 때문이라 하였다.[8]

James B. Palais와 Vipan Chandra가 지적하듯이, 동양의 자유주의 수용론자들은 의회와 같은 서구의 민주제도를 도입해야 할 정당성을 개인의 해방이나 보호보다는 왕과 국민간의 유대 강화 또는 국가의 부강과 번영을 위한 토대 구축에서 찾고 있었다. 아울러 의회는 여론의 통로로써 군주의 통치를 보완하는 역할을 한다고 주장함으로써 왕과 보수파의 공화제에 대한 우려를 불식시키고자 하였다.[9] 실제로 독립협회의 윤치호 등은 의회 설립을 청원하는 1898년 7월 상소에서 다음과 같이 주장하였다.

맹자(孟子)가 말하기를, '나라 사람들이 모두 현명하다고 한 후에 등용하며 나라 사람들이 모두 옳지 않다고 한 후에야 배척할 것이다.'고 하였습니다. 그러니 한 번 등용하고 한 번 배척할 때에 나라 사람들의 의견을 반드시 따라야 합니다. 또한 요즘 구라파(歐羅巴)의 여러 나라들에서 비록 전제 정치(專制政治)

---

7 김갑천 역, 「박영효의 建白書-내정개혁에 대한 1888년의 상소문」, 한국정치연구소, 六日四節, 279~278면.
8 서영희, 「개화파의 근대국가 구상과 그 실천」, 『근대 국민국가와 민족문제』, 지식산업사, 1995, 274면.
9 James B. Palais, "Political Participation in Traditional Korea, 1876~1910," *Journal of Korean Studies* 1(1979), p.93; Vipin Chandra, *Imperialism, Resistance, and Reform in Late Nineteenth-Century Korea: Enlightenment and the Independence Club*(Berkeley: Institute of East Asian Studies, University of California, 1988), pp.185~186.

라고 하지만 국사(國事)를 의논하는 상, 하 양원(兩院)을 둠으로써 국시(國是)를 자문하며 바른말하는 길을 널리 열어 놓았습니다. …… 삼가 바라건대 폐하는 준수하고 훌륭한 선비를 널리 구하고 여론을 굽어 따라서 크고 작은 정사에 대한 지시를 위로는 모든 관리로부터 시작하여 아래로는 백성들에 이르기까지 널리 묻고 널리 받아들여 조치를 실시한다면 만백성에게 매우 다행으로 될 것이며 천하에 더없는 다행으로 될 것입니다.[10]

그런데 여기서 한 가지 주목해야 할 사실은 위와 같이 민주제도와 국가의 통합 내지 부강을 연계하는 담론이 한국의 개종된 자유주의자들이 쓴 상소, 신문 논설, 회보, 일기 등에만 나타나고, 당시 서양인의 한국관련 기록에는 나타나지 않는다는 사실이다. 『독립신문』 영문판(The Independent)에서도 그러한 담론은 찾아 볼 수 없다.[11] 이는 *The Independent*의 편집방침이 서재필, 윤치호와 같은 개종된 한국인 자유주의자들과 반드시 일치하지 않았음을 시사하고 있다고 보여 진다.

(2) 교육에 의한 국민 만들기

한국의 전통과 현실을 인식하고 평가함에 있어서, 서재필은 당시 서구의 지성계에서 통용되던 동양사회에 대한 관점, 편견을 받아들인 것 같다. 즉 서구의 잣대로 동양사회를 재어, 얼마나 부족한가 얼마나 벗어났는가 또는 무엇이 없는가에 따라 평가하는 지적 경향을 받아들인 것 같다. 특히, 그들의 한국, 한국인에 대한 비판적 평가는 선교사 등 서양인 관찰자들의 그것과

---

10 CD-ROM 국역고종순종실록, 고종 35년(1898) 7월 9일.
11 물론 독립협회가 중추원을 議會로 개혁할 것을 요구하는 일련의 상소들이 The *Independent*에 영역 되어 있지만, 그것만으로는 문제가 된 담론을 The *Independent*가 수용했다고 단언하기는 어렵다.

매우 흡사하다. 서재필에게 한국은 아직 문명화된 나라가 아니었다. 따라서 그의 민에 대한 인식은 당시 서양인들의 인식과 다르지 않은데, 부패하고 착취하는 정부의 압제에 시달린 민들은 무기력과 체념의 상태에 빠졌다는 것이다. 착취를 예상한 농민들이 농사짓기나 농지 개간을 고의적으로 태만하여 한국의 농업이 부진을 면치 못하게 되었다고 한다. 따라서 보호 받지 못하고, 무지하고, 무기력한 민들을 정부의 착취와 압제로부터 구제하고 계몽하여 애국적인 생산대중으로 만드는 것이 그들의 국민국가 건설 프로그램의 중요 목표가 되는 것이다. 이러한 민에 대한 부정적 인식과 그 구제책은 당시 한국에 대한 견해를 밝힌 서양인들에게는 공통적인 것으로서, 일례로 조선정부의 외교고문으로 활동했던 Owen N. Denny는 국가 쇠퇴의 원인을 왕실의 무능과 부패와 아울러 농민들이 자신의 노동의 대가를 향유하지 못하여 농업 / 산업 개발에 대한 동기가 자라나지 못했기 때문이라고 보았다. 한국인들은 노동과 상업 활동에 대한 존경과 장려가 국가부강의 열쇠가 됨을 인식해야 한다면서, 농민의 노동에 기생하는 양반들로부터 농민의 잉여 생산물이 보호된다면, 한국은 머지않아 번영하는 나라가 될 것이라고 주장했다.

"노예근성을 가진 대중," "공화국 시민의 천부적 권리에 무지한"[12] 인민들을 인권의식과 정치의식을 가진 애국적 시민으로 거듭 태어나게 하기 위해서는 교육이 유일한 희망인데, 다행히도 한국인들은 교육을 통한 인간개조의 가능성이 매우 높다고 한다. 당시 주류의 서양 지성인들은 교육과 계몽에 의해 인간의 자질 계발은 물론, 개종의 가능성까지 믿는 적극적(positive) 계몽주의자들로서, 어느 인종이건 서양의 기독교를 신봉하고 학문과 기술을 배워서 문명화의 길로 나아갈 수 있고 또 그렇게 해야만 된다고 믿었다. 그러므로 서재필과 한국에서 활동한 서양인 선교사들이 한국인의 교육적 자질을 칭찬

| **12** The *Independent*, December 5, 1896.

한 것은 어떤 객관적 근거에 의한 것이 아니라, 그들이 계획하고 있는 독립 프로그램이나 선교 사업을 한국인들이 충분히 실행할 수 있을 것이라는 주관적 신념을 그렇게 표현한 것이다.

(3) 이치(reason)보다는 당위의 논리

『독립신문』에는 '이치(理致)'라는 말이 꽤 자주 등장하는데, 그 이유는 첫째 인민을 계몽, 설복하려는 것이 『독립신문』 필진의 논조임을 감안하면 이해할 수 있고,[13] 둘째 『독립신문』의 영문판 창간 논설에서 천명했듯이, 신문 발간 목적 중의 하나가 "한국인들에게 종종 이치에 맞지 않게 보이는 일들을 이치로 설명하기 위함"에서 알 수 있다.[14] 즉 『독립신문』은 한국인들이 결별해야 할 것 뿐만 아니라 받아 들여야 할 것들을 제시할 때 이치로써 설득하겠다는 편집방침을 가지고 있는 것이다. 서구의 근대문명이 모든 자연현상과 인간현상을 과학(science)과 이성(reason)으로 설명할 수 있다는 신념을 그 특징으로 한다는 점을 감안하면, 한국인들이 익숙한 것을 버리고 생경한 것을 받아들여야 하는 합리적 이유를 제시하겠다는 천명은 지혜를 유교경전에서 찾으려는 전통적 사고방식과 비교하면 확실히 근대적인 사고방식이라고 할 수 있다. 그럼에도 서재필이 이질적인 서구의 사상과 제도의 수용을 주장하며 근거로 제시한 '이치'들은 그러한 사상과 제도에 정당성을 부여하

---

13 서재필은 개화의 정의를 "개화란 아무것도 모르는 소견이 열려 이치를 가지고 일을 생각하야 실상대로 만사를 행하자는 뜻이라"고 하였다. 『독립신문』, 1896.6.30. 논설.
14 이 구절이 들어 있는 영어 문장은, "…… this sheet as an expression at least our desir to do what can be done in a journalistic way to give Koreans a reliable account of the events that are transpiring, to give reasons for things that often seem to them unreasonable, ……" The *Independent*, April 7, 1896.

는 이성과(합리적 이유) 일치하기도 하고 그렇지 않기도 하여 일관성이 결여되어 있다. 이는 서재필을 포함한 서구 문명 수용론자들이 서구의 문물을 환경이 다른 한국에 이식하려 할 때 불가피하게 마주치는 딜레마를 반영하고 있다고 본다.

사례 ①
서재필의 활동 당시 한국 지방관의 부패, 부정은 너무나 잘 알려진 문제였다. 그런데 서재필은 당시의 상식으로 볼 때 매우 놀랄만할 해결책을 제시하였는데, 그것은 지방관을(관찰사, 군수) 대신과 협판의 천거에 의해 임명하지 않고 해당 지방의 인민이 도나 군의 인망 있는 인사를 투표로 선출하자는 것이었다. 이렇게 매우 생경한 제안을 실행해야 되는 '이치'로서 서재필은 선출된 지방관들이 잘못을 하더라도, 백성들이 정부나 임금을 원망하지 않고 자신들을 질책할 것이며, 그런 자들에게는 다시 투표를 하지 않을 것임으로 정부를 대신하여 벌주는 효과를 기대할 수 있음을 말하고 있다.[15]

그런데, 인민들에게 자신들의 지도자들을 선거하는 참정권을 주자는 한국 역사상 유례가 없는 혁명적 제안의 근거로 제시한 '이치'(합리적 이유)라는 것이 정부가 백성들의 원망을 피할 수 있다든지 부패한 관리들에 대한 응징의 효과를 거둘 수 있다하는 어디까지나 실용적인 이점으로 제시되고 있다. 참정권을 모든 국민이 당연히 가져야 하는 국민 평등사상에서 정당성을 찾는다든지, 아니면 서재필이 숙지하고 있을 미국 독립 전쟁의 하나의 도화선이 된 주장 즉 "대표 없이 과세 없다"는 역사적 선례를 인용하지 않고 있다는 것이다. 결국 서재필은 이 참정권 문제에 있어서는 그가 판단한 한국 대중의 의식 수준이나 보수파들의 반발을 염두에 두고 있었기 때문에, 참정권을

<hr />

15 『독립신문』, 1896.4.14, 논설.

국민의 정당한 권리로서 주장함을 유보하고, 그것이 가져다 줄 수 있는 상식적으로 쉽게 이해되는 이점을 열거함으로써 우회적으로 주장하고 있는 것이다. 그러나 서재필이 제시한 이점들 즉 백성들의 원망을 모면하거나, 탐관오리를 응징하는 효과는 기존의 관리 선발 방식의 충실한 운영에 의해서도 얼마든지 달성될 수 있는 이점임으로 인민들의 선거에 의한 관리의 선발이라는 혁명적 주장에 합당한 '이치'로서는 자격미달이라고 할 수 있다.

사례 ②

서재필은 한국 대중에게 인권의식을 심어 주고, 권리로써 주장하도록 유도하기 위해 많은 노력을 하였는데, 대중들이 일상생활에서 겪게 되는 문제들 즉 소송, 재판, 형벌 등을 관리하는 사법제도와 관행의 비합리성, 비인간성을 폭로하고 시정책을 제시함으로써 대중들을 계몽하였다. 1896년 8월 어느 여름날 서재필이 경무청을 방문해 보니, 싸우다 부상을 당한 사람, 고문을 당해 상처를 입은 죄수들이 의사도 없고 약도 없는 감옥소에 방치되어 병들어 가고 있음을 목격하였다. 서재필은 죄를 지은 사람을 처벌할 때는 법률로 정한 만큼의 형벌만을 주어야 한다며, "개화한 사람의 생각은 사람이 죄가 있어 법률로 재판한 후에 죄가 있으면 형벌을 그 죄에 마땅하게 마련하고 한번 형벌을 정한 후에는 그대로만 형벌을 주는 것이 옳고 그 외에 형벌을 더한다든지 고생을 더 시킨다든지 또 덜 한다든지 하는 것은 법률을 어기는 것이니 이 죄는 법률 맡은 관원이 입어야 옳은지라"라고 주장하였다.[16]

서재필은 죄인들도 치료를 받을 권리를 인정하여 감옥에 의료시설과 약국을 설치하는 근대적 제도의 도입을 제안하고 있는데, 그 '이치'는 죄를 지은 인민들에 대한 처벌은 법률로 정해진 형량을 초과해서는 안 된다는 서구의

---

16 『독립신문』, 1896.8.25, 논설.

합리주의에 근거하고 있다.[17] 여기서는 서재필이 제시한 '이치'가 서구에서 말하는 '이성'(reason)과 일치하고 있다. 서재필이 여기서는 서구제도의 도입의 이유를 우회적인 방식으로 주장하지 않고, 서구사회에서 통용되는 합리적 이유를 들고 있는데, 이는 조선시대에도 남형(濫刑)을 금지하는 행형(行刑)의 원칙이 있었으므로 한국 사람들에게도 쉽게 납득될 수 있는 이유라고 판단했기 때문이라고 본다.

위의 두 가지 사례들로부터 알 수 있듯이, 서재필은 서구의 사상과 제도를 한국에 수용함에 있어서, 해당 사상과 제도가 가지고 있는 내재적인 존재의 정당성 즉 이성을 인용하기도 하고 또는 다른 이유를 들기도 함으로 일관성이 없다. 그러나 두 가지 사례에서 일관성 있게 주장하는 바는 위의 두 가지 권리는 개화된 문명국에서는 시행하고 있는 것들로서 그들 국가의 국민의 이익(interests)에 공헌하고 있다는 것이다. 이는 서재필 등 서구문명 수용론자들이 서구의 사상과 제도를 한국의 맥락에(Korean context) 이식하려 할 때, 그 정당성을 그 사상과 제도에 내재한 이성으로 제시하기가 곤란한 경우가 있었음을 의미 한다. 이러한 경우 서구의 사상과 제도는 결국 문명국이 되기 위해 필요한 자격 요소로서 제시될 수밖에 없었으므로, 즉 '이치'보다는 당위로 제시될 수밖에 없었으므로, 당시 한국의 비 서구문명 수용자들에게는 서재필 등이 이치에 맞지 않는 생경한 서구문물을 일방적으로 부과하려는 집단으로 치부되었을 것으로 생각된다.

2) 문명국을 목표로 한 국민국가론

당시 동아시아의 문명 개화론자들에게 있어서 문명과 미개를 가르는 기준

---

17 *The Independent*, August 22, 1896.

은 서구의 과학 기술문명과 민주주의였다. 따라서 한국과 같이 민들이 참정권을 갖지 못한 나라는 미개한 나라였다. 미개한 나라가 맞이할 운명은 문명국의 식민지가 되는 것뿐이라고 그들은 믿고 있었다. 서재필이 주장한 인민의 참정권은 이러한 문명국의 요건/기준으로서 제시된 점에 주목해야 한다. 당시 동아시아의 문명 개화론자들이 신봉한 사회진화론은 진화의 주체가 서구에서처럼 개인이나 사회라기보다는 국가 또는 인종이었다. 유길준이 세계의 국가들을 문명국/반문명국/미개국으로 분류하는 예가 그러하다.[18] 서재필은 인민에게 참정권이 주어져야 나라의 발전을 위해 일 할 수 있고, 그래야 부강한 주권국가가 되어 세계의 일원으로 인정을 받을 수 있게 된다고 믿었다.[19] 그렇지 못하면, "강한 나라가 약한 나라의 고기를 먹는" 국가 간의 생존경쟁에서 도태되어 그 인민들은 "노예"가 된다고 한다. 결국 인민의 정치참여는 부강한 국민국가 건설을 위한 인민의 자원화를 의미한다.

그런데, 서재필에게 인민의 주권 의식, 정치참여의 확대는 국민국가 건설의 필수요건으로서 중요하지만, 문명국의 일원으로 인정받는 필수요건으로서도 중요했다. 왜냐하면 당시 세계 무대에서 국민국가는 국제적 규범이 되어 가고 있었기 때문이다. 그렇다면 『독립신문』 영문판의 발간 의도가 자신들을 포함하여 독립협회 회원들이 '문명국' 건설을 위해 진력하고 있는 활동상황을 '문명국'에 잘 알려 인정과 지원을 받고자 했음은 충분히 짐작할 수 있다. 따라서 『독립신문』 영문판을 읽을 때, '문명국' 시민을 향한 홍보의 도를 파악하는 작업도 의미가 있다고 본다.[20]

---

18 Gi-Wook Shin, *Ethnic Nationalism in Korea*(한국의 종족적 민족주의), pp.29~30.
19 한국은 작은 나라이지만 세계의 독립국가 대열에 참여할 수 있다는 서재필의 염원은 Pere Hyacinthe가 유대국(Judea)에 대해 한 말에 표현되어 있는 것 같다.
  "작은 나라들이여! 그들은 신의 손으로 이룩되었으므로, 나는 신이 그들을 멸망케 하지 않을 것을 믿는다. 신은 작은 나라들을 큰 나라들 사이에 마치 세계 제국을 부정하는 것처럼 배치시켰다―큰 나라들이 휘두르는 힘과 야심찬 기도를 막아 평화를 지키는 장애물로서." The *Independent*, June 20, 1896.

서재필은 그가 수용하기로 결정한 영 / 미의 의회주의 정치체제를― 즉 참정권을 가진 시민들에 의해 선출된 대표들이 의회를 구성하여 국가의 법률을 제정하는 정치 모델― 더 이상 발전의 여지가 없는 최고의 이상으로 제시하고 있다. 이러한 이상주의적 경향은 그들의 정치 프로그램이 한국의 전통시대 정치체제와 교섭할 가능성을 배제하는 것이다. 다시 말하면, 정치체제 면에서 당시 한국에는 도달해야 할 목표만 있는 것이지, 변화 발전할 과정은 없다는 것이다. 이렇게 이상으로 제시된 정치 프로그램은 그것이 이념의 산물임을 말해 주는 동시에, 그것의 모델이 된 대상의 특성을 반영하는 것이기도 하다. 19세기 말 서재필이 배우고 관찰한 영 / 미의 의회제도는 이미 오랜 기간의 파란 많은 변화 발전의 단계를 지나 적어도 자체 내에서는 심각한 도전이 사라진 안정된 정치제도라고 할 수 있다.[21] 이런 당시의 영 / 미의 상황에서 서재필은 재미 시절 영 / 미의 의회제도를 정치적 격변이나 혼란이 없이 국가를 부강 번영케 하는 이상적 정치제도라고 배웠고 믿었던 것이다. 이와 관련하여 Clarence N. Weems의 서재필에 대한 다음과 같은 관찰이 주목된다.

> 서재필에게 서구에서 발전된 제도는 수세기 동안 성공과 실패를 거듭하며 이룩된 실험이 아니었다. 그것은 실행에 의해 증명된 이상이었다. 더구나 그 제도는 다른 문화의 산물에 의해 비교되고 혹은 수정되어야 할 비교적 가치를 지닌 문화적 산물이 아니었다. 그것은 하나의 위대한 구상으로서 한국 같은 사회에 자유와 힘을 줄 수 있는 것이었다. 그러므로 서재필은 자신의 노선을 보강하기 위하여 토착 동학도들의 이상에서 무엇을 찾는 일은 지적으로나 정서적으로 준비되어 있지 않았다.[22]

---

20 The *Independent*, April 7, 1896.
21 Liah Greenfeld, *Nationalism: Five Roads to Modernity*(민족주의: 근대로 가는 5개의 길), pp.472~481.
22 Clarence N. Weems, Jr., "The Korean Reform and Independence Movement, 1881~1898,"(한국의

2. 국민의식 전파를 위한 계몽사업의 특징들

최근에 문화사가들은 서재필이 『독립신문』을 매개로 창출하려고 한 공공의 영역(public sphere)과 그 성격을 밝히고자 하였다.[23] 위의 연구들이 서재필의 서구문명 수용론의 내용과 전파방식에 대한 우리의 이해를 깊게 하였음은 틀림 없다. 그렇다 해도, 서재필에 의해 조성된 공공의 영역에서 서재필은 여론 형성의 주도적 역학을 하였고, 거기에서 일정한 사상, 가치관, 행동규범의 계몽과 훈육이 이루어 졌다는 사실도 간과해서는 안 된다고 본다.

1) 언론 : 『독립신문』을 통한 여론 형성

서재필은 "신문이 나라에 등잔불 같은 것이오 인민의 선생이라"[24]고 천명했다. 이는 『독립신문』에게 한국의 대중에게 서구의 정치사상을 포함한 서구문화를 소개하고 주입하는 계몽적 역할을 부여한 것임은 잘 알려진 사실이다. 그런데 최근 문화사학자들은 이러한 『독립신문』의 서구문화 전파의 통로서의 기능뿐만 아니라, 개별 독자들이 신문이라는 가상의 공간을 매개로 공통의 정치문제에 대하여 여론을 형성하는 공공 영역(public sphere)의 기능과 그 성격에 주목하고 있다.[25] 서재필 자신도 다음과 같이 신문의 교육적 기능뿐만 아니라 중론 형성의 기능도 강조하고 있다.

개혁과 독립운동,) Ph.D. dissertation,(Columbia University, 1954), p.245.

23 Michael Kim, "Giving Reasons to the Unreasonable: Philip Jaisohn and the New Urban Space of the Independent," *Comparative Korean Studies* 11~2(2003).

24 『독립신문』, 1898.4.12, 「논설」.

25 Michael Kim, "Giving Reasons to the Unreasonable" *Comparative Korean Studies* 11~2: 2003, pp.198~199.

세상 사람들이 그 신문을 보고 생각도 못하던 일을 생각도 하랴 하며 모르던 일도 아는 고로 사람들이 가부간에 의론이 생겨 세계에 중론이라 하는거시 시작이 되는 것이니 그러한즉 신문이 중인을 위하야 시비를 말하며 중인을 각색 일에 교육을 식히는 것이며 또 중론을 만드는 것이라.[26]

이렇게 『독립신문』에 의해 매개된 공공 영역은 전통시대 국정에 직접참여 하거나 영향력을 행사 할 수 있었던 재지사족에 의해 형성된 제한된 공공의 영역을 탈피하여, 이론상 전국가로 확대할 수 있는 것이었다. 그런데 『독립 신문』의 공공 영역에서 주필인 서재필은 주제를 선정하고, 논지를 향도하는 선생의 역할을 담임하고, 독자들은 그 커리큐럼에 따라 배우는 학생이 된다. 『독립신문』의 공공 영역에 참가하는 구성원 간의 관계는 결코 평등하지 않 다는 것이다.

『독립신문』이 서구문화 전파의 통로 및 여론 형성의 공공 영역으로 기능 하는 특징들과 더불어, 중화문명의 일부로 간주되던 한국의 전통과 투쟁의 장으로서 특징에도 주목할 필요가 있다고 본다. 서재필이 『독립신문』을 순 한글(매체화 된 한글)로 창간한 목적은 한국의 정치참여 전통에는 없는 인민주 권 의식, 국가의식, 민권 의식을 대중에게 계몽하기 위한 만큼이나, 중화문명 과 그것에 예속되어 미개해졌다고 여겨지는 한국의 전통과 결별을 도모한 것이다.

사례

1896년 6월 4일 『독립신문』은 들은 바에 따른다며, 학부대신 신기선(申箕 善)이 개화운동에 반대하는 상소(上疏)의 내용을 기사화하였다.[27] 그 상소에서

---

26 『독립신문』, 1897.5.1, 「논설」.
27 이 상소의 원문은 현재 전하지 않는다. 신기선은 이 상소에서 스스로를 탄핵하고 사직을 청하였다고 하는데, 원상소가 내려지지 않아 대략만을 적는다고 하였다. 『국역 승정원일

신기선은 머리를 깎고 양복을 입는 것은 야만이 되는 것이며, "세조대왕이 만드신 조선글"을 쓰는 것은 짐승을 만드는 것이며, 태양력을 쓰지 말고 청국 정삭(正朔)을 받들자고 하였고, 이러한 개화운동은 지난 정부에 있었던 역적들이 한 일이라고 주장했다고 한다. 이어진 신기선에 대한 비난에서는, 국문이란 조선의 글이요 선왕께서 만드신 한문보다 편리한 글인데, 이것을 쓰지 못하게 하는 것은 조선 사람을 위하는 길이 아니라고 했다. 또한 청국 정삭을 받들자는 것은 청국 황제를 섬기자는 것인데, 그렇게 청국 황제를 섬기고 싶으면 청국 신하가 될 것이지 "대군주 폐하의 신하"는 될 수 없다고 공격하였다. 그리고 규칙을 정해 백성에게 자유를 주는 것을 군주권을 빼앗는 것이라는 주장은 전 조선 인민을 천대하는 것이라고 비판하였다.[28] 몇 일 후 서재필은 논설에서도 신기선이 후생을 교육하는 중한 직무를 맡은 대신으로서 세계 각국의 사정에 정통하여 학도들이 "남의 나라 백성들과 같이 저희 님군을 위하고 나라를 사랑하는 마음을 길러 주어야" 함에도 오히려 "학도들의 문명진보 하려는 뜻을 꺽으려 하니" 이렇게 완고한 대신이 정부에 있는 한 한국의 장래는 무망하므로 통곡할 일이라고 한탄하였다.[29]

서재필이 신기선의 상소의 내용을 『독립신문』에 공개한 것은 그 상소의 내용을 개관적 지식으로서 독자들에게 전달하기 보다는 당시 정치세력의 판도를 이분법적으로 구성하는데 유용한 소재로서 활용하려는 의도였다고 본다. 주필이라는 지위를 활용하여 위와 같은 독립국가 건설 세력 대 청국 의존세력이라는 첨예한 대립구도를 구성하여 독자들에게 제시한 것인데, 이러한 대립구도란 현실을 충실히 반영하려는 의도에서 구성된 것이 아니라, 장차 타파되어야할 세력이 누구인지를 적시(摘示)하는 데 유용한 대립구도로

기』1896년 6월 3일조 참조.
28 『독립신문』, 1896.6.4, 잡보.
29 『독립신문』, 1896.6.12, 논설.

구성된 것이었다. 그러므로 서재필이 이러한 대립구도를 조성한 의도는 반대
세력 간에 토론이나 논쟁을 유도하여 해법을 찾거나 그러한 과정에서『독립
신문』이 공론(公論)의 장의 역할을 담당하는 것은 결코 아니었다. 그 보다는
자신의 독립국가 구상에 동조하고 협력할 수 있는 세력들이『독립신문』을
통하여 그들의 의사를 피력할 수 있는 장을 서재필은 제공하였다고 본다.
그런데 이러한 장에 답지하는 동조 의사는 대중 독자들로부터 온 것임으로
그 형식은 분명 여론의 장인 것이고, 이것이 전근대의 의사소통 수단에서는
찾을 수 없는 대중매체로서의 근대 신문이 누리게 된 큰 특권의 하나이다.

　　예컨대, 신기선의 상소 내용이 공개된 지 5일 후(6월 9일), 인천 제물포
백성들이『독립신문』사에 보낸 편지는 서재필의 비난 내용을 부분 반복했을
뿐인데, 다만 그 강도가 높아져 신기선 등의 보수파들을 일정하게 이미지화
하여 성토 내지 조롱하려는 기도가 보인다. 즉 신기선이 그렇게 말하게 된
연유는 "소위 의병인지 동학과 상종이 많아 아마 그 사람들 의견과 같아진
것"이며, 그의 말은 "궁촌에 두문불출 하고 사는 초군의 말과 같다"고 하여
그가 속히 면직 될수록 나라가 진보할 것이라고 했다.[30] 그 후 6월 11일자
잡보기사에서는 사범학교 학도들이 또다시 서재필의 비난 내용을 반복하며,
동맹퇴학 청원서를 학부에 제출하였다고 한다. 이 사건에 대한 단평은 학도
들이 그 "지각없는 사람"에게 연설하여 "꿈을 좀 깨워주는 것이 마땅할 듯"
하다고 하여, 학도들이 학부대신을 계몽하는 웃지못할 역설적 상황을 연출하
고 있다.[31] 결국 서재필은 자신의 독립국가 구상에 적합한 국민이 갖추어야
할 덕목들 즉 개화에 대한 열망, 독립심, 애국심을 주입시키는 사업에 도전하
는 신기선 같은 보수적 인물을 정부 내에서 하차시키기 위해,『독립신문』을
활용하여 여론 형성을 주도하고 있는 것이다.

30『독립신문』, 1896.6.9, 잡보.
31『독립신문』, 1896.6.11, 잡보.

서재필은 신기선의 상소를 이용하여 당시의 정치세력의 판도를 독립국가 지향 세력과 청국 의존 세력의 첨예한 대립구도로 구성하여 『독립신문』의 독자 대중들에게 전달하였다. 이어 서재필의 주장에 전적으로 동의하는 익명의 독자들로부터 동조의 편지가 『독립신문』에 답지하는데, 거기에는 신기선에 대해 의병과 동학과 같은 부류, 세상물정 모르는 벽촌의 나뭇꾼 같은 극도로 폄하된 직유나 은유로써 그를 성토하고 희화화(戲畵化)하고 있다. 이윽고 이 상소에 대한 반대가 행동으로까지 발전하는데, 한 신식학교의 학도들이 학부에 동맹퇴학 청원서를 제출하기에 이른다. 이 사건을 서재필은 개명된 학도들이 완고한 학부대신을 계몽시키는 어처구니없는 소극(笑劇)으로 연출하고 있다. 『독립신문』이 반대 정치세력을 부정적으로 규정하고, 동조세력을 발견하여 소개하고 그들의 행동을 광고하는 일련의 과정은 마치 사전 기획된 시나리오를 보는 것 같다. 이와 같은 수단들을 동원하여 자파에게 유리한 여론을 형성할 수 있는 이점은 근대적 대중매체만이 누릴 수 있는 특권이다. 반면, 신기선의 상소는 애당초 여론을 염두에 두고 쓰여지지도 않았겠지만, 여론에 영향을 미칠 수 있는 내재적 수단을 가지고 있지 않았다.

2) 학교 : 배재학당 토론회 지도

　　협성회는 배재학당의 학생조직인데, 서재필의 지도하에 실시된 토론회가 이 조직의 활성화에 크게 기여했고, 대중에게 공개되어 큰 성황을 이루었다고 한다. 이에 자극 받은 독립협회가 토론회를 시작하였으며, 이는 독립협회가 정치결사체로서의 노선을 가게 된 전기가 되었다고 한다.[32] 결국 독립협회의 정치결사체로서의 연원은 학생과 청중의 교육과 계몽을 위해 만들어진

▌ 32 신용하, 『독립협회연구』, 일조각, 1995, 112~116면.

협성회에 있다고 할 때, 서구의 정치사상으로 계몽된 지식인들이 독립협회 정치세력의 핵심이라고 할 수 있겠다. 이는 독립협회의 운동세력이 사회의 변화 발전에 짝하여 형성된 사회세력이 아니라, 서구문화를 도입하려는 문화적 / 지적 프로그램의 산물이었음을 말해 준다.

문화사가들은 서재필의 정치참여 구상에 등장하는 인민은 문화적 / 지적 프로그램에 의해 산출될 존재라고 주장한다. 그렇다 해도, 그러한 인민의 정치세력화 프로그램에는 서재필은 당시 현실정치에 존재하는 구체적 집단, 즉 신식학교의 학생들, 개명관료들, 기독교 개종자들을 염두에 둔 것이 아닌가 한다.

3) 공공 의식(儀式) / 기념물 / 공간 창출

1896년 9월 2일, 고종 탄생일 경축식에 관민이 모여 애국가를 부르게 한 의식은 민들이 국가의 의식에 일원으로 참여한 최초의 선례로서, 국가적 행사에 민들을 참여케 하여 애국심을 고취시키는 하나의 공공 의식이 창출되었다고 할 수 있다. 1896년 11월 21일 거행된 독립문 정초식 역시 민들에게 개방된 공공 행사로서, 독립을 주제로 한 연설 / 축사 / 축가를 통해 참석한 민들의 독립심을 일깨우고 고양하는 계기가 되었을 것이다. 또한 독립문과 더불어 독립관, 독립공원의 존재는 바라보는 민들에게 독립을 상기시키는 공공 기념물이었을 뿐만 아니라, 대중에게 개방된 토론회, 공공 행사장의 기능을 함으로써 일종의 공공의 영역(public sphere)이 창출된 것으로 볼 수 있겠다. 『독립신문』이 매체화된 지적인 공공의 영역이었다면, 독립문 일원은 조형화된 물리적 공공의 영역이라고 할 수 있겠다. 그런데 이러한 물리적 공공의 영역에서 벌어지는 공적행사는 참가자들의 국가의식을 고취시키고 신문명 도입의 필요성을 인식시키는 기획되고 조직된 실행 프로그램이었다.

남의 나라에서들은 승전을 한다든지 국가에 큰 경사가 있다든지 하면 그 자리에 높은 문을 짓는다든지 비를 세우는 풍속이라. 그 문과 그 비를 보고 인민이 자기 나라에 권리와 명예와 영광과 위엄을 생각하고 더 튼튼히 길러 후생들이 이것을 잊어버리지 않게 하자는 뜻이요 또 외국 사람들에게도 그나라 인민의 애국하는 마음을 보이자는 표라. 만일 그 독립문이 필력이 되거드면 그날 조선 신민들이 외국 인민들을 청하야 독립문 앞에서 크게 연설을 하고 세계에 조선이 독립국이요 조선인민들도 자기들의 나라를 사랑하고 대군주 폐하를 위하야 죽을 일이 있으면 죽기를 두려워 아니 하는 것을 세계에 광고함이 좋을 듯하더라.[33]

독립문은 당대뿐만 아니라 후대의 한국 인민들이 마음속에 간직하고 잊지 않아야 될 국가의 이상들을 끊임없이 상기시키는 기념물인 동시에, 한국도 세계의 독립국들과 애국하는 인민들의 대열에 동참할 자격을 갖추었음을 나타내는 상징물로 묘사되고 있다.

3. 전통시대 정치참여의 주체

주지하다시피, 조선후기에 이르면 중앙관료나 재지사족 공히 왕조의 문물 제도에 내재한 문제점들을 지적하고 그 개선책을 제시하는 움직임이 뚜렷해 졌다. 그러나 왕조의 현행제도나 관습을 비판한다고 해도, 그것은 조선왕조 의 초기에 훌륭히 정비되고 정상적으로 운영 되었다고 믿어지는 제도와 선례 들이, 그 후 어떠한 요인들에 의해 일탈되고 타락되었는지를 밝혀 개혁함으로써, 왕조의 문물제도가 어디까지나 중흥하기를 바라는 목적이었다. 반면, 서재필은 그의 개혁 구상에 배치되고 위협이 된다고 판단되는 전통 제도와

▌ 33 『독립신문』, 1896.6.20, 논설.

가치에 대한 전면적인 배척에 의해 형성되는 일종의 문화적 공백에다가 (cultural vacuum) 당시 서구의 모델에 입각한 제도와 법을 이식하는 목적이었다. 그러므로 서재필의 개혁 구상은 한국의 전통에 대한 부정과 결별에서 출발하는 것이었다.

1) 양반 엘리트의 경우

조선시대에 국정에 관한 견해를 피력할 수 있는 통로는 양반관인으로서 국정의 토론/결정 과정에 참여하거나, 유망한 재지사족으로서 향교나 서원을 중심으로 공론(公論)을 형성하여 상소(上疏)함으로써 중앙정부에 영향력을 행사하는 것이었다. 주지하다시피 조선왕조에서 일반 민들에게까지 국정의 참여를 권리로서 보장해 주는 제도는 없었다. 조선시대에 정치참여란 그 사회의 엘리트 계층인 양반 중에서 국가가 주관하는 시험(과거)에 합격한 관료나 명망 가문의 구성원에게만 인정된 일종의 특권이었다. 조선시대 국정에 참여하는 주체는 이념적으로 유교적 이상사회 실현에 공헌할 의무가 있었다.

2) 민(民)들의 경우

그렇다 해도 일반 민들이 국정에 간접적인 영향을 주거나, 제한된 범위 내에서 정치적 결정에 참여할 수 있는 길조차 막혀 있는 것은 아니었다. 조선왕조 건국의 주역들은 고려왕조를 무너뜨리고 새 왕조를 건국한 그들의 반란행위를 정당화 해 줄 수 있는 근거들을 세우기 위해 부심하였다. 그중의 하나가 고려왕조가 결여하였다는 민본정치를 표방한 것인데, 민들의 생업을 안정시키고 그들을 유교적 도덕으로 교화시켜야 국가의 기틀이 견고해진다는, 민들의 자가발전보다는 위정자의 책임을 강조하는 경세사상이다. 그 중요한 실행방안의 하나로 도입된 것이 소원제도(訴冤制度)인데, 민들이 관리나 개인으로부터 부당한 일을 당했을 때, 국가에 호소하면 국가가 이를 해소해준다는 제도이다. 그 시행의 과정에서 부민고소금지법, 호소 / 고소 가능 사안의 제한 등 정부가 이 제도의 축소시행을 꾀한 듯하지만, 실은 소원제도에 대한 민들의 수요는 매우 높아서 끊임 없이 확대되려는 이 제도의 외연과 강도를 정부가 감당치 못해 내린 조치라고 본다. 그렇다 해도 소원제도에 폭주한 민들은 어떤 민권의식을 관철하고자 한 것은 아니고, 민생의 안정과 유교적 도덕질서의 유지에 대한 정부의 실천의지와 책임에 호소한 것이다. 그러므로 소원제도는 민들의 직접적인 정치참여 제도라고 보기는 어렵고, 다만 민들이 그들의 사정을 정부에 알리고 정부는 그것을 들어 줌으로써, 위정자들의 정책 결정에 일차자료를 제공했다고 할 수 있다. 즉 자신들이 당한 억울하거나 부당한 사정을 정부에 호소하는 소원제도(訴冤制度)가 일종의 언론의 통로였지만, 정책이나 법률에 관한 어떤 제안을 할 수 있는 것은 아니었다.

민들이 제한적이나마 자신들의 문제를 결정할 수 있는 정치행위의 여지가 생긴 것은 조선 후기의 사회 / 경제적 변화와 짝하는 것 같다. 19세기 부세의 도결화에 따라, 지방관들이 촌락민들의 협조를 유도할 필요 때문에 생겨난 향회(鄕會)는 촌락민들이 모여 촌락간의 부세 부담을 결정하는 기능을 하였다. 그리고 동학농민전쟁 기간 중 정부와 화의의 한 조건으로 얻어낸 집강소(執綱所)는 농민군이 군현 단위로 부세 수취뿐만 아니라 각종 민원(民怨) 문제까지 처리하였다. 이러한 향회라는 관행과, 집강소라는 제도를 통해 촌락민들은 향촌사회의 일상적 그러나 생존에 관련된 문제에 대해 직접적인 결정을 내리는 정치행위를 할 수 있었다. 이렇게 민들의 참여가 인정된 향회나 집강소는 민생 안정이 정치체제 안정의 기본이 된다는 유교적 경세사상에 의해 존재의 정당성이 인정되었고, 공동체 구성원들의 최소한의 생존권은 보장해 주어야 한다는 도덕 경제적 원칙에 따라 운영된 것 같다.

4. 국민국가 건설의 주체에 대한 전제들

서재필이 구상한 국민, 국민국가 프로그램은 비단 『독립신문』을 통해 세계와 한국의 현실을 이해하는 새로운 인식의 틀을 제공하거나, 여론 형성의 장을 만드는 차원에서 더 나아가 궁극적으로 서구화된 독립국가를 건설하는 실행 프로그램이었음을 상기할 필요가 있다고 본다. 그러므로 다음에는 서재필의 독립국가 프로그램의 핵심을 이루는 인민 정치참여 프로그램이 실행 프로그램으로서 갖는 특징들을 살펴보려고 한다. 본 연구는 서재필 등 서구문명 수용론자들이 서구문명을 당시 한국의 상황에 도입하면서 누가 어떻게 라는 물음에 서재필의 프로그램이 어떤 답을 가지고 있는가를 규명하는 작업이 되겠다. 서재필의 인민 정치참여 구상은 영/미의 민주주의에 입각한 의회제도를 한국에 이식하려는 것으로서 그 이념이나 제도에서 전통시대의 선례와는 아무런 관계가 없는 것이었다.

그러므로 서재필의 정치참여 구상에서 이념적 또는 제도적 차원에서 한국의 전통을 계승한 측면은 없다고 본다. 그렇다 해도, 조선시대 정치행위와 관련하여 정치행위 주체의 문화적 자격을 전제하는 문화적 전제(cultural assumption)와 제도의 개혁은 관료지식인이 주관했던 오랜 관행의 전제(practical assumption)는 서재필의 구상에서도 계승되는 것으로 보여 진다. 결국 서재필의 국민, 국민국가 창출 구상은 전 인민의 참가하여 전인민의 힘으로 달성하는 것을 전제로 하고 있지만, 이러한 사업의 추동 주체는 현실적으로 제한되어 있었다고 보여진다.

1) 문화적 엘리트에 의한 정치 행위

조선시대에 정치는 유교적 소양과 도덕을 체화한 문화적 지식인이 담당해야 하는 영역이라는 전제가 있었다. 모든 인간이 이러한 이상적 경지에 도달할 가능성을 믿는 것이 유교의 인간관이지만, 실제로 정치행위는 사회의 상위 신분 계층에 국한된 영역이었다. 국가의 제도와 관행에 대한 견해가 소통되는 공간과 통로에 참여할 수 있는 요건은 문화적 / 사회적으로 정해져 있었던 것이다. 서재필의 정치 참여구상에서는 이러한 정치 공간과 통로가 모든 인민들에게 확대되는 것이다. 이론상 공론의 장(public sphere)은 사회 전체로 확대되는 것이라고 할 수 있는데, 이러한 공론의 장에 참여하기 위해서는 서재필이 기대하는 문화적 기준에 부응할 것이 요구되는 그런 공론의 장이었다.[34] 전통시대에는 정치행위자에게 유교적 소양과 덕목이 요구되었다면, 근대에는 서구의 민주주의적 사상들을 체화할 것이 요구되었다. 정치 행위자에게 요구되는 가치의 내용은 달랐지만, 문화적 자질을 갖추어 한다는 전제는 같다고 볼 수 있다.

서재필은 천부 인권 같은 서구의 자연법 사상이 일반 민들에게 생경하고 추상적 개념임을 잘 알고 있었다. 그래서, 인권이 무시되거나 침해되는 구체적 사례들을 『독립신문』에서 많이 인용하고 있는데, 이를 통해 서재필이 의도한 것은 관리들의 권력 남용에 대한 고발만큼이나, 민권의식 획득을 위한 교재인 것이다.

---

34 Michael Kim, "Giving Reasons to the Unreasonable" *Comparative Korean Studies* 11~2: 2003, pp.202~204.

2) 개명관료에 의한 개혁 사업

일반적으로 서재필은 현실정치에 휘말리는 것을 매우 경계했다고 알려져 있는데, 이 말은 서재필이 유리한 기회가 주어졌다고 판단하였을 때조차, 개혁을 위한 정치활동에 소극적이었다고 까지 해석되어서는 안 될 것이다. 실제로, 서재필은 법률의 개폐를 주관하게 될 교전소(校典所)에 많은 기대를 걸었고 위원으로 참가하면서 회의 공개를 주장하는 등 매우 적극적인 활동을 보인다.[35] 이는 도덕적이고 개명된 관료가 개혁사업을 주도한 한국의 정치전통이 서재필에게도 계승되고 있고, 나아가 서재필 이후의 독립협회에서도 계승되는 것으로 보인다. 의회원 설립에 요구하는 『독립신문』의 논설에 이 같은 방향이 잘 나타나 있다.

> 일국 사무를 행정관이 의정관의 직무를 하며 의정관이 행정관의 직무를 하려고 하여서는 의정도 아니 되고 행정도 아니 될 터이라. 그런고로 대한도 차차 일정 규모를 정부에 세워, 이 혼잡하고 규칙 없는 일을 없애라면, 불가불 의정원이 따로 있어 국중에 그중 학문 있고 지혜 있고 좋은 생각 있는 사람들을 뽑아, 그 사람들을 행정하는 권리는 주지 말고 의론하여 작정하는 권리만 주어, ……이해 손익을 공변되게 토론하여 작정하여, 대황제 폐하께 이 여러 사람이 토론하여 작정한 뜻을 품하여 재가를 물은 후에는 그 일을 내각으로 넘겨 내각서 그 작정한 의사를 가지고 규칙대로 시행만 할 것 같으면, 두 가지 일이 전수히 되고 내각 안에 분잡한 일이 없을 터이라.[36]

독립협회가 1898년 3월 이후 정부의 러시아 등의 열강에 대한 이권양여에 반대하여 총대원을 파견하는 등 국정에 적극 개입하면서, 친목 / 교육 /

---

35 The *Independent*, April 22, 24, and 27, 1897.
36 『독립신문』, 1898.4.30, 논설.

계몽 단체에서 정치적 결사체로서의 성격이 농후해졌다는 주장에는 이견이 없다. 특히 1898년 5월~9월 간에 이루어진 반 독립협회 정부고위대신 탄핵운동, 그리고 이어진 의회 설립운동, 만민공동회를 통한 대중운동은 독립협회를 근대적 정치결사체로서의 성격을 분명히 보여주고 있다. 그러나 이 과정에서 조성된 정부와 독립협회 간의 대립/갈등을 국가 대 사회의 대립/갈등으로 이해하는 시각은 타당하지 않다고 본다.[37] 그것은 독립협회가 사회의 변화/발전에서 그 존재의 연원을 찾을 수 있는 사회세력이 아닐 뿐더러, 어떤 사회세력을 대변하고 있지도 않기 때문이다. 근본적으로 독립협회의 정치 운동은 서구의 문명에 의해 개명이 됐다고 믿는 관료지식인들의 이념적 프로그램에 의한 것이다. 그들은 사회적 출신 배경에서 그들의 정적인 보수적 정부 관료들과 다르지 않다. 의회 설립을 위한 독립협회 회원들의 활동 공간은 분명히 현존정부의 밖이었다. 그렇다 해도 그 공간이 사회라고 볼 수는 없다. 그들은 현존정부(real government)에 대립하는 대안정부(virtual government)에서 활동했다고 보는 편이 것이 당시 현실에 합당한 이해라고 본다. 이렇게 볼 때, 독립협회의 의회 설립을 통한 정치참여 구상은 개명된 관료지식인들에 의한 정부의 프로젝트로서 구상되고, 실천되었다고 본다. 이는 제도의 신설/개혁은 정부의 의식화된 관료지식인이 담당했던 한국의 정치문화의 실천적 전통을 계승한 것으로 보여진다.

결론

서재필의 국민, 국민국가 구상은 서구 정치 제도와 사상을 수용하려는

---

37 예컨대, 신용하, 『독립협회연구』; 최형익, 「한국에서 근대 민주주의의 기원」, 『정신문화연구』 27권-3호(2004 가을), 184, 189면.

실행 프로그램임으로 무엇을, 왜, 어떻게, 누가라는 물음에 답하고 있다. 그 답은 이상화된 영 / 미의 의회 제도를 한국에 실현시킴으로써 국민국가를 건설하여 세계무대에서 문명국의 대우를 받아 살아남는 것이었다. 다음으로 어떻게 전파할 것인가 하는 물음에는 민족어 신문매체에 의해 형성되는 공공의 영역, 선교사가 운영하는 신식학교의 토론회, 중화문화 배척의 상징성이 강조된 조형된 행사장 등을 활용하고 있다. 마지막으로 추동의 주체는 누구인가라는 물음에는 서구문명의 세례를 받은 개명관료, 신학교 출신자들, 기독교인들로 제한되고, 이들은 정부를 장악하여 그들의 근대적 국민국가 프로그램을 정부 주도의 사업으로 추진하려고 하였다. 그리고 정부 내의 최고 권력 기관으로써 의회를 설립하여 그 성원 및 운영을 좌우함으로써 전제군주제를 상징적 차원으로 무력화하려고 시도하였다.

중국편

왜 지괴인가?

청대 『요재지이』와 『열미초당필기』의 지속적 변증에 대한 시론

고계혜(高桂惠)

1. 머리말

중국 지괴소설(志怪小說)은 원래 문언소설의 계통에 속한 것으로 본래 기이하고 심오하며 아름답고 그윽한 미학적 풍격을 지니고 있다. 지괴소설의 사상은 우선 한대(漢代)의 신선소설(神仙小說)과 방술사상(方術思想)과 밀접한 관계가 있다. 위진육조(魏晉六朝)의 지괴는 불교의 인과응보와 육도윤회사상이 민간에 심층적으로 영향을 미친 것과 관계가 있고, 명청(明淸) 시기에는 이학(理學)과 심학(心學)과 같은 학술의 발전 및 유석도(儒釋道) 삼교(三敎)가 융합된 것들과 깊은 관계가 있다. 따라서 우리는 '지괴소설'과 그 뒤를 이은 백화(白話) 장회(章回) '신마(神魔)소설'이 풍부한 신구(新舊) 문화적 요소 간의 충돌과

고계혜(高桂惠)   대만국립정치대학 중문과 교수.

조화를 내포하고 있다고 할 수 있겠다. 귀(鬼)와 괴(怪)의 문화는 이성세계의 학술체계에 있어서 서로 참조하는 것 외에도 문화의 여러 가지 층면을 드러내주며, 이러한 자연의 이치나 이성적 지성과 신비한 세계에 대한 다각적인 토론과 해석은 우리가 사회의 정신적 역량의 발전과 순응에 대해 더욱 깊은 이해를 할 수 있도록 한다.

2. 지식관념의 변천 중에 실록(實錄)과 향토에 대한 기억
─기윤(紀昀)의 지괴소설에 대한 문류 성격에서 논의를 시작함

양의(楊義)는 일찍이 "5·4 운동 이래 중국학자들의 고전소설에 대한 연구는 대개 서양의 소설관념을 채용했는데, 이는 소설이 오래되고 자질구레한 평점(評點) 상태에서 벗어나 비교적 깊고 넓은 이론을 형성하게 해서 의심할 바 없이 역사적 의의가 있다고 하겠으나 이러한 연구 방식에는 실제적으로 모종의 이론적 시각의 착란이 숨겨져 있다"[1]고 지적한 바 있다. 그래서 그는 중국소설 본연에 존재하는 역사로 돌아올 것을 주장하며 소설의 본체에서 출발해 연구를 진행했다. 이러한 시각적 착란을 불러일으킨 원인 중 하나는 대개 학자들이 말하는 기초가 여전히 '소설'이 하나의 허구적인 서사문체라고 하는 것 위에 세우고 현대소설의 개념 및 문체특징으로 판단의 표준을 삼으려 한 것이다. 그러나 고대에 있어서 '소설'은 자주 문학적 개념이 아니었고 또 순수한 문체개념도 아닌 하나의 목록학적인 개념이었다.

만약 우리가 이러한 각도에서 고찰한다면 목록학이 가리키는 소설은 실록이 위주가 되지만 그 '실(實)'이라는 것은 사부(史部) 작품의 엄격한 실증적인 것과 비교할 수가 없다. 이것은 『산해경(山海經)』·『목천자전(穆天子傳)』 등의

---

1 楊義, 『中國古典小說史論』, 人民出版社, 1998, 1면.

저작이 『사고제요(四庫提要)』에 실려 있는 위치로부터 사부(史部)와의 차이를 엿볼 수 있다. 『산해경』 제요에는 "도리산천(道里山川)은 대체로 근거를 고증하기가 어렵고, 듣고 본 것으로 살펴보건대 사실인 것이 드물다. 많은 이들이 지리서의 으뜸이라 여기고 있지만 또 그 내용이 옳은 것이라고 여기지도 않는다. 그 定名을 따져보자면 사실인 것은 즉 소설 가운데 가장 오래된 것일 뿐이다"[2]라고 말하고 있다. 『목천자전』 제요에는 "『목천자전』은 옛날에 모두 기거주류(起居注類 : 왕의 일상 언행을 기록한 종류)에 들어가 있는데, 단지 시간적 순서에 따라 서쪽으로 유람하던 일을 서술했으며 문체는 기거주(起居注)에 가까울 따름이다. '實'은 황홀하지만 증명이 되지 않는 것들이며, 또 『일주서(逸周書)』와 견줄 바는 아니지만 고서로 여겨 남겨두는 것은 괜찮거니와 역사라고 여겨 기록하는 것은 역사체로 된 잡사의 예를 깨뜨리는 것이다. 지금 소설가에 넣어 둔 것은 정의상 합당한 것을 구한 것이니 옛것을 변화시켰다고 혐의할 필요는 없다"[3]라고 되어 있다. 『사고전서』는 진실을 구하고 정확한 역사를 존중하는 태도로부터 만들어진 것으로 역사적 사실에다가 다른 것을 억지고 갖다 붙여서 바꾼 전설은 빼버렸는데, "그래서 소설의 지괴류 가운데는 본래 역사에 근거하지 않은 것이 섞여 들어가 있어서, 사부(史部)에서는 마침내 전설이 많이 들어있는 책을 수용하지 않았다."[4]

기윤(紀昀)은 『사고전서』를 편찬할 때 책에 수록된 14가지 종류의 내용에 대해 설명을 했는데, 그 중에 소설가는 "패관이 서술한 것으로 그 일은 말단의 것들이나 견문을 넓힐 수 있고 박혁(博奕)보다는 낮기 때문에 소설가에 넣는다." 그 가치는 "곁에 두어 참고자료로 삼는 것에" 있다. 그래서 기윤은 『열미초당필기』을 시작할 때 『요재지이』가 '저서자지필(著書者之筆)'이 아니

---

2 『四庫全書總目提要』第四冊, 卷142, 子部52 「小說家類三」, 2939면.
3 『四庫全書總目提要』第四冊, 卷142, 子部52 「小說家類三」, 2940면.
4 魯迅, 『中國小說史略』, 第一篇 「史家對於小說之著錄及論述」, 5면.

라 '재자지필(才子之筆)'인 것이 불만이라며 비평을 했고, 이 때문에 『열미초당필기』를 통해 그 소설이념을 구체적으로 실현하고자 했는데, 그 가운데는 소설이 눈과 귀로 본 진실을 서술하는 것이라는 사실을 견지하는 자세를 포함하며, '권계가 깃들어 있고, 견문을 넓힐 수 있고, 고증의 자료가 되는' 작품 내용이 독자에게 전달되기를 희망했다. 기윤은 『사고제요』에서 일반 소설가들의 저속하고 잡다한 습성에 대해 토론을 했는데, 그는 단지 소설로만 치부되는 것이 편치 않았다. 그래서 다른 방도를 강구했는데 응소(應劭)와 왕충(王充)과 같은 사람들의 잡설필법(雜說筆法)을 거울삼아 그 가운데 학문적인 것이 깃들어 있게 하고 아울러 『수신후기(搜神後記)』·『이원(異苑)』·『세설신어(世說新語)』와 같은 필기소설의 간결하고 담박한 언어 풍격을 적극적으로 본받아야 한다고 했다. 그 밖에 기윤은 목록학를 근거로 『요재지이』의 문체에 대해 비판을 가했고, 한걸음 더 나아가서 소설의 습작 방법을 제기하며 문체를 구별하는 것에 집중했다. 비록 여전히 소설공용론의 시각에 사로잡혀 있었지만 이것은 청대에 그 많은 『요재』평론들 가운데 색다른 시각을 제공했다.

만약 사고의 범주를 좀 더 넓힌다면 지괴소설이 명청(明淸)시기에 처한 문학적 상황은 문류(文類) 발전과 문체의 시각을 제외하고 봤을 때, 실제로 명청시기를 관통하는 지식 개념의 변천 과정과 관련이 있다. 전통적 사서(史書)로 대변되는 관방의 지식 체계 속에서 어떤 도서목록은 「예문지(藝文志)」와 「경적지(經籍志)」로부터 시작되는 국가 도서목록 중에서 이미 소실되어 종적을 찾을 수가 없게 되었다. 가장 뚜렷한 예는 '방중술(房中術)'서적이 명청 사적(史籍) 가운데 보이지 않는 것인데, 오히려 통속소설인 '풍월계통(風月系統)'과 '재자가인계통(才子佳人系統)'에는 대량으로 보존되어 있으며 이러한 이야기들은 상당한 정도의 '언정술지(言情述志)'를 담아내고 있다. 청대 문언지괴가 지식과 관련해서 짊어진 역할은 상술한 '정욕논술유형(情欲論述類型)'의 소설처럼 다른 사유를 하고 있는데 역시 관방의 체계와는 분리되어 있다.

기윤은 지괴소설의 서사기능의 사변적 부분에 대해 그가『사고전서총목제요』에서 말한 소설관과『열미초당필기』의 창작경험으로 응답했는데, 그는 지식 가운데 '허(虛) / 실(實)'과 관련된 의제를 나눈 후 지괴체(志怪體)에 지식의 경계선이라는 지위를 부여했다.

그런데 관방의 지식체계 및 상층 문인들의 시각으로 지괴서사를 따지는 것을 제외한다면 사실 행간에 숨겨져서 감지되는 기억 또한 지괴의 중요한 문학적 정취이다. 어떤 학자는 일찍이 포송령(蒲松齡)의『요재지이』와 그의 작품이 '향토기실(鄕土記實)'의 정취를 지니고 있다고 지적했고, 동시에 따뜻한 공동체 의식과 고난에 대한 응시를 갖추고 있다고 했는데,[5] 이것은 기윤의『열미초당필기』의 '향련정결(鄕戀情結)'(향토를 그리워하는 잠재의식)과 상당히 가깝다.[6][7] '향토기실(鄕土記實)'이라는 시각의 제기는 우리가 명청 지괴소설을 이해하는데 아주 큰 도움을 준다. 명청 지괴에서 상당부분을 차지하는 '향토풍정(鄕土風情)'은 위진(魏晋)시기의 그 낯선 곳의 이상한 기록과는 분명히 다른데 그것들은 대부분 '지이성(志異性)'에서 '기실성(紀實性)'으로 기울어진 것으로 일종의 세속을 쫓는 심리상태이기도 하고 이 세계의 공포나 금기에 대한 반응으로 별도로 구제의 통로를 찾는 것이기도 하다. 필자는 일찍이『요재지이』와『열미초당필기』의 연속성 중에서 지괴와 계몽과 반계몽·자아와 타자 등의 관계에 대해 고찰했는데,[8] 기윤의『열미초당필기』의 창작 내용은 상당한 정도의 가세와 건가학풍(乾嘉學風)을 반영하고 있다는 것 외에 그가 창작을 할 때는 종종 고사의 기원에 대해 정리를 해나갔는데 작품 중의 출처를 인용한 것은 대부분 앞서 말한 것에 대해 검증과 분별을 하기 위한

---

5 劉敬圻,「『聊齋誌異』宗教現象解讀」,『文學評論』, 1997年5月, 56~58면.
6 劉樹勝,「論紀昀的鄕戀情結－『閱微微草堂筆記』的主體感之一」,『滄州師範專科學校學報』(2004年 12月), 9~15면.
7 앞의 논문,「論紀昀的鄕戀情結－『閱微微草堂筆記』的主體感之一」, 9~15면.
8 高桂惠,「驚悚·怪誕·另類開賞－『醉茶志怪』中'他者'的在場」,「東西思想文化傳統中的'自我'與'他者'」, 學術研討會, 臺灣大學東亞經典與文化研究計畫, 2007年 6月 23~24日.

것이었으며, 그 가운데는 명물(名物)의 전고(典故)도 들어 있는데 천문지리와 풍속 및 일화 등이 포함되어 있다.

여기서 알 수 있는 것은 많은 문언소설의 작가들이 답습한 '소설' 개념은 여전히 저잣거리의 얘기를 수집해서 편집한 것이라는 것을 드러내고 있으며 이것은 기윤이 『사고전서총목제요』를 편찬할 때 소설에 부여한 '고증의 자료가 되고, 견문을 넓힐 수 있으며, 권선징악이 깃들어 있다'는 함의와 상당 정도 일치한다. 『열미초당필기』는 진송(晉宋) 필기소설의 '간담수언(簡淡數言), 자연묘원(自然妙遠)'의 풍격을 추구했는데, 그것은 그가 허구를 변화시켜 듣고 본 것처럼 쓰는 서사 수법으로 필기소설이 마침내 허구와 사실이 혼재하던 것으로부터 의식적으로 사실적인 것을 쓰게 된 상징으로 발전한 것인데, [9]이러한 창작수법은 아마 『요재지이』와 차별화를 시도한 의도로 삼은 듯하다. 그러나 지식 개념은 만청(晚淸)으로 갈수록 발전해서 『요재지이』와 『열미초당필기』를 뒤이은 작품들은 과학기술 등과 같은 새로운 지식의 중국 유입과 시사문제와 같은 괴이한 현상을 대면했을 때, 현대 서방의 관점을 언급하지 않을 수 없었는데, 이러한 지괴작품들은 괴이한 현상과 문화적 충돌을 설명할 때 본연의 그 '고증의 자료가 되고, 견문을 넓힐 수 있으며, 권선징악이 깃들어 있다'는 식의 기능은 여러 가지 적용되지 않는 것과 조화되는 것들 사이의 곤경을 드러냈으며, 문언소설의 방식이 협소하고 일상생활의 경험이 부족하다는 것을 자주 반영했다.

만청(晚淸)시기에 『요재지이』와 『열미초당필기』의 특색을 합친 것으로 『취차지괴(醉茶志怪)』를 예로 들 수 있는데, 가령 그 책의 「청령자(青靈子)」 같은 작품은 작자가 신선의 입을 빌어 '일식(日食)'을 얘기하는데, 이러한 기록과 토론 방식은 이학화(理學化)된 글쓰기로 이야기속의 괴이한 현상을 해결

---

9 楊子彦, 「化虛構爲見聞－論紀昀 『閱微草堂筆記』的敍事特點」, 『淮陰師範學院學報』(哲學社會科學版), 第26卷(2004年 6月), 793~814면.

하려는 시도라고 볼 수 있다. 비록 진문신(陳文新)이 말한 것처럼 이러한 이야기의 기록은 『열미초당필기』의 '자부(子部)소설의 서사규범을[10] 세우고 완전하게 하기 위해 진력하는' 것을 잇는 것이라고 할 수도 있으나 '견문' 과 '경험론'의 시각하에서는 그와 같은 '세속적인 어투'는 여전히 학술적인 구미와 다르며 오히려 윤리 쪽으로 방향을 바꾼 판단은 이성적인 사변(思辨)의 소외(鄕俗적인 몽매함) 혹은 무력감(군중의 일식에 대한 오해)에 있어서 이러한 지괴가 지속적으로 이어지는 것이 다만 입으로 전승되는 광범위한 배경에만 뜻이 있고, 지식적인 변증과 이성적인 판단은 아닌 것이다. 비록 텍스트의 문자기록이 무수히 많은 입으로 전해지는 희귀한 일에 근거를 두었다고 할지라도 이처럼 지속적으로 이어지는 창작으로 나타나는 것은 작가가 서방의 신지식과 중국 전통 사이에서 사리에 맞는 인식을 하기 위해 노력하는 것으로 보일 수도 있으나 사실은 여전히 진정한 과학적 신지식을 결여하고 있는 것이며, 소설의 서사 담론이 도덕의 범주나 민속적인 사실에서 맴도는 것은 인식의 차이를 드러내는 것이고, 지식의 발전과정에서 모순성과 주관성을 내포하는 것이다.

인류의 지식은 종종 동시에 많은 종류의 지식유형의 경계를 뛰어넘어 표현되는데, 대체적으로 말해서, 문자를 매개로한 지식체계에는 이성과 논리 및 학술적인 색채가 비교적 농후하다. 그러나 말과 동작의 형태로 유지되는 지식체계에는 비이성적이고 서사적이며 무속적인 성분이 비교적 많이 차지한다. 문명화의 과정에서 이성적 지식은 비이성적 지식 가운데 괴이한 것을 제거해가는 과정 중 하나로서, 신화 가운데 구체적으로 괴이한 서사관계는 추상성의 정도가 다른 개념 관계로 전환한다. 중심시대(axial period)가 열린 이래로 '지역성 지식(local knowledge)'은 종종 이성적 지식의 패권적 담론으로

---

10 陳文新, 『傳統小說與小說傳統』, 武昌 : 武漢大學出版社, 2005年 5月 第一版, 166면.

소외되고 상대적인 것이 되었는데, 이때 원래 보편성을 갖추고 있던 원시신화는 지역성 지식의 흡수와 여과 및 종합을 거쳐 지식의 총체라는 신국면으로 탄생하게 되었다. 이러한 새로운 형태의 지식 형태는 비중이 서로 다른 여러 가지 지식유형이 골고루 배치된 결합체이다.[11]

청대 문언지괴소설의 지식 확장은 한편으로는 '필기체'라는 반서사적 경향에 반응하면서 토론지식적인 '담론화된' 글쓰기를 충족시켰고, 다른 한편으로는 조잡한 줄거리와 단순한 제재 가운데 작자가 향토의 구비문학 전통 등의 광활한 배경적 집체의식을 기초로 하는 글쓰기 태도를 전파시켰으나 실제로 자부(子部)의 이성적 구조와 경부(經部)·사부(史部)의 거대한 서사와는 여전히 상당한 거리가 있어서 그것들은 여전히 단편적인 서사로 가득하고 특히 향속기억(鄕俗記憶)과 공연적 성질로 넘쳐난다.

3. 의진(擬晉)과 의당(擬唐)
 ─정신 계보와 지식 계보의 확대 계승

청대 문언지괴는 경(經)·사(史)·자(子) 등의 논술에서 잡문화(雜文化)적 지식으로 변천해갔으나 반대로 문류(文類)와 지식계보 사이의 경쟁을 이끌어 냈다. 그러나 다른 각도에서 보자면 바로 모방과 창조로부터 지식의 동태적인 교섭으로 파생되어 갔다.

노신은 다음과 같이 여겼다. 『열미초당필기』는 비록 '소일거리로' 쓰여진 책이지만, 그러나 책을 쓰는 기준이 매우 엄격하였고, 그 요체를 들어 보면, 질박한 것을 숭상하고 화려한 것을 물리침에 있어 진송(晉宋)을 추종하고 있다. 그 '서문'은 이와 같은 궤범을 따랐기 때문에 『요재』가 전기(傳奇)를 본받

▮ 11 呂微, 『神話何爲─神聖敍事的傳承與闡釋』, 北京: 社會科學出版社, 2001年, 193~199면 참고

은 것과는 그 길이 달랐다. 그러나 진송 당시 사람들의 책과 비교해보면 『열미』는 또 지나치게 의론에 치우쳐 있다. 그것은 아마도 단지 소설을 짓는 것에만 만족하지 않고 오히려 사람들의 마음에 유익한 바가 되고자 했기 때문이었을 것이다. 그러므로 진송 지괴의 정신과는 자연히 어긋날 수밖에 없었다.[12] 『열미초당필기』는 노신에 의해서 의진파소설(擬晉派小說)로 분류되었다.[13] 소위 '의진(擬晉)'이라는 것은 주로 소설의 편폭이 짧고, 줄거리가 거칠어 단지 요지만을 드러내어 줄거리의 곡진함을 그다지 염두에 두지 않은 것이다. 또한 언어는 간결하고 담박하여 세세한 말과 대화를 확대시키지 않으며, 심미적 특징은 뒷맛과 오묘함이다.

기윤의 '진송을 추종한다'는 것을 자세히 분석하면 다음과 같은 것이다. "왕중임(王仲任)과 응중원(應仲遠)"과 같은 작가들은 경서를 인용하고 고서에 근거하여 학식과 조리가 있었다. 도연명(陶淵明)·류경숙(劉敬叔)·류의경(劉義慶)은 짧은 문장으로 간략하게 표현하여 자연스럽고 고상한 풍취가 있었다. 이에 진실로 전대의 선인들이 지은 바를 감히 멋대로 흉내낼 바는 아니나, 대체적인 의도는 풍속과 교화에 어긋나지 않기를 바랐다."[14] 포송령이 굴원(屈原)·간보(干寶)·이하(李賀)·소동파(蘇東坡)를 지괴의 모방 대상으로 삼은 것과는 달리 기윤은 응소(應劭)의 『풍속통의(風俗通義)』와 왕충(王充)의 『논형(論衡)』 등의 비소설적인 학술저작을 모범본으로 삼아서 단지 이야기를 서술하는 것에 만족하지 않고 자기의 뜻을 펼치고, 잘못된 것을 정정하며, 의리를 분별하고, 명물(名物)을 고증하는 것으로 "단지 소설을 짓는 것에 만족하지 않는다"는 것이다. 『사고제요』에서는 응소의 『풍속통의』를 가리켜 "사실에 기인해서 입론하고, 문사(文辭)는 청변(淸辨)하며 박식함을 제공할 수 있는데

---

12 魯迅, 『中國小說史略』 第22篇, 「淸之擬晉唐小說及其支流」, 191면.
13 자세한 내용은 앞의 책 『中國小說史略』, 186~191면.
14 이 단락의 인용문은 紀昀의 『閱微草堂筆記·姑妄聽之弁言』에 보인다.

대체로 왕충의 『논형』과 같다."[15] "잡설(雜說)의 원류는 『논형』에서 나왔다. 그 논설은 혹은 자신의 뜻을 펼치고, 혹은 세속의 거짓된 것을 바로 잡고, 혹은 근자의 소식을 서술하고, 혹은 옛 뜻을 종합한다. 후인이 확대하여 계승하니 필기 저작이다. 대체로 마음가는 대로 기록하고, 양의 많고 적음에 구애받지 않으며 앞뒤 순서를 나누지 않는다. 흥미가 있는 것은 곧 글로 엮어질 수 있다."[16] 이 두 책은 모두 자부(子部) 잡가류(雜家類) 잡설(雜說)에 속한다.

그 밖에 『사고전서』에서는 『세설신어(世說新語)』를 "일화와 소소한 일들은 족히 이야기거리 될 수 있다"[17]고 하고, 『수신후기(搜神後記)』는 "그 책은 문사가 고아하여 당나라 이후 사람들이 지을 수 있는 것이 아니다"[18]고 했으며, 『이원(異苑)』은 "그 문사는 간결하고 담박하며, 소설가의 난삽한 습성도 없으니, 결단코 육조 이후에는 능히 지을 수 있는 것이 아닌지라 당나라 사람들이 많이 인용했다"[19]고 했다. 총체적으로 말하자면 기윤은 『풍속통의』와 『논형』 등과 같은 학술성 저작들의 체례를 표방했었는데, 바로 그 "경서를 인용하고 고서에 근거하며, 학식과 조리가 있는" 학문적 전달성과 이성적 사변성, 그리고 『수신후기』와 『이원』 등과 같은 필기소설의 간결하고 담박한 언어풍격 등이다.

『요재지이』와 『열미초당필기』는 그 계승 과정에서 전통적인 '지이(志異)'·'지괴(志怪)' 속의 특정한 지식적 흥미에 대해서는 서로 다른 것을 지향했는데, 포송룡은 『요재지이』를 편찬할 때 자료를 수집하는 방법으로 홍매(洪邁)가 채집한 방법을 본받았다.[20] 포송령은 민간에서 채집한 방식은 당 전기를 많이 지은 문인들이 '기문이사(奇聞異事)'를 서술한 것과 달랐는데,

---

15 『四庫全書總目提要』第四冊, 卷120, 子部30「雜家類四」,『風俗通義』, 2513면.
16 『四庫全書總目提要』第四冊, 卷122, 子部32,「雜家類雜說之屬後敍」, 2572면.
17 『四庫全書總目提要』第四冊, 卷140, 子部50,「小說家類一」,『世說新語』, 2884면.
18 『四庫全書總目提要』第四冊, 卷142, 子部52,「小說家類三」,『搜神後記』, 2946면.
19 『四庫全書總目提要』第四冊, 卷142, 子部52,「小說家類三」,『異苑』, 2947면.
20 張敦彦,「新聞總入夷堅志－淺談『聊齋志異』的文學繼承」,『浦松齡研究』, 1997年 3期, 25면.

그 「감분(感憤)」시에서 "새로 들은 것은 모두 『이견지(夷堅志)』에 들어가 있으니, 한 말의 술로도 그 큰 수심을 없애기가 힘들다"고 말했다. '신문(新聞)'은 여기서 몸소 다가가서 들은 이야기이다. 동의(董毅)는 포송령의 이 시에서 '신문(新聞)'이라는 단어에 대해 다음과 같은 해석을 했다. "'新聞'이란 비록 사실에 대한 시기적 절적함과 사실적인 반영이라고 말할 수는 없지만 작자가 들은 것이며 그 시대에 발생한 것으로 와전되면서 만들어진 이야기다. 그 당시에 듣고 본 진실성을 지닌 '신선하면서도 독특한' 것을 갖추었지만 또한 전설 이야기에 윤색을 가한 불안정성이 있다. 그것은 현실에 의거한 것이기도 하면서 현실에 국한되지 않는다."[21] 이러한 기록방식은 대부분 들은 소문을 사실처럼 기록한 것으로 기본적으로는 '와전된 기록'이고 '줄거리가 거칠지만', 이야기의 원형은 유지하고 있으며 의론이 많이 없으며 심지어 이것은 누구로부터 들은 것이라고 하는데 비교적 구체적인 기록 방식에 속한다. 지식의 구성과 이야기의 서술이라는 두 가지 취지 가운데 다른 한 방면에서는 '새로 들은 것'의 '기이함'으로 회답한다.

그 밖에 포송령은 또한 순수하게 들은 것을 기록하는 것을 목적으로 삼은 것이 아니라 당송전기와 송원화본의 창작수법을 일정 정도 활용해서 소설 중의 인물형상과 줄거리 내용을 훨씬 풍부하게 했는데, 이렇게 해서 『요재지이』는 지괴소설 중의 실증과 허구를 모두 아우르고, 무형중에 문학서사 전통 중의 의당(擬唐)과 의진(擬晉)이 합쳐져서 전기·지괴·화본 등 여러 종류의 문학장르적 풍격을 넘나들어서 "백년이 넘도록 유행하여 그것을 모방하고 찬미하는 자가 많았다."[22] 청대에 괴이한 일을 기록한 것을 주요 내용으로 하는 소설은 새로운 형식의 전범을 만든 것이다.

당나라 사람들의 창작수법은 종종 초당의 작풍과 창작환경과 결합하였고,

---

21 董毅, 「新聞總入夷堅志－浦松齡的另類'孤憤'」, 『浦松齡研究』, 2005年 2期, 6면.
22 앞의 책, 『중국소설사략』, 190면.

아울러 고심하여 '모범적인 문장'[23]을 만들었다. 시문 가운데 '남녀간의 희롱'[24]과 같은 세세한 부분을 넣어 남녀 주인공이 재색(才色)으로 인해 마주한 상황을 자세하게 밝히고 있다. 소설 중의 남녀는 서로 '신선굴(神仙窟)'과 '문장굴(文章窟)'이라 칭송하며 전고를 이용해서 서로 시험해보는 것은 초당(初唐) 사람들의 해학적인 부분과 시적인 아름다움을 반영한 것이다.[25] 이처럼 강화된 문인의 신분특징과 문인의 장점과 문인의 생계수단 및 시정(詩情)으로 뜻을 말한 중요한 특징은 바로 기윤이 『요재지이』의 "달콤한 말과 야한 자태가 이야기를 세세하고 곡절되게 하며 묘사가 생생하게 되었다"는 부분을 비판하면서 당나라 사람들의 것을 모방한 듯한 인상을 주게 했는데, 이것은 바로 시문의 아름다운 서정이 중요한 창작수단인 전기소설의 핵심 취지이다.

『요재지이』의 시문은 '기(奇)'와 '염(豔)'의 특질을 결합한 것으로 바로 명대 이래의 심미적인 풍조와 기본적으로 상응한다. 명대소설 속의 색정적이고 방종한 일들은 서사 중에 어디서든 볼 수 있다. 미인의 신변에서 일어난 기이한 일은 『염이편(豔異編)』·『광염이편(廣豔異編)』 등의 책에 수록된 주요 내용이다. 『염이편』과 『광염이편』에는 '선(仙)'을 만나는 것에서 '염(豔)'을 만나는 제재로 변하였는데 바로 심미적인 흥미가 통속화된 것이 분명하다. 그리고 혼연관(婚戀觀)으로부터 비롯한 서로간의 행위에는 '리(理)'의 속박도 없고, 도덕적 관념도 없다. 이러한 작품은 도학사상(道學思想)과 유가이론(儒家理論)을 몰아내게 되어서 전복시키는 작용을 했다. '정욕(情欲)'을 거쳐 '기정(奇情)'을 표현해내는 것은 이전과는 다른 새로운 의도이다.[26] 기윤의 포송령

23 李鵬飛, 「『遊仙窟』的創作背景及文體成因新探」, 『山西師大學報』 第28卷 第1期(2001年 1月), 43~48면.
24 法碧恩, 卡斯塔-洛札兹(Fabienne Casta-Rosaz) 著, 林長杰 譯, 『調情的歷史』, 臺北 : 臺灣商務印書館, 2002年, 75~76면.
25 鮑震培, 于燕華, 「邂逅風流 : 唐代小說 『游仙窟』的世俗化特徵」, 『天津大學學報』(2005年 3月), 122~126면.
26 代智敏, 「從 『豔異編』, 『廣豔異編』 看明代中晚期小說審美觀念的發展」, 『文學硏究』(2006年

의 전기체에 대한 비교적 완곡한 비평은 소설의 감성적 줄거리의 팽창과 여성화·낭만화된 서사상태를 말한 것이고 이것은 바로 '염(豔)'과 '이(異)'와 관련한 글쓰기 전통을 언급한 것이다.[27]

역사와 전통의 맥락에서 볼 때, '의진(擬晉)'이건 '의당(擬唐)'이건 모두 '지식상태'와 '서사의 언어환경'과 같은 문제를 언급한 것이다. 또한 바로 위진(魏晉) 현학(玄學)과 건가박학(乾嘉樸學)이 충돌한 것이며 초당(初唐)의 문풍(文風)이 다소 음란스러운 여러 가지 문화현상에 영향을 준 것이다. 포송령과 기윤은 자신들의 글쓰기를 정리할 때 모두 과거의 경전과 서사 계보를 표방해서 『요재지이』와 『열미초당필기』의 '지괴'에 대한 특정 지식의 흥미를 부각시켰다.

4. 맺음말

롤랑 바르트는 일찍이 지적했다. 문학은 많은 과학지식을 포함하지만 그 자체로는 백과전서적인 특징을 지니고 있다. 문학은 이러한 지식에 변화를 불러일으켰는데, 그것은 어떤 한 분야의 지식에 전념하지도 않기 때문에 지식에 간접적인 지위를 부여한다. 이러한 간접적 성질은 바로 문학이 값진 성질을 띠게 하는 것이다. 한편으로 문학은 가능한 지식의 범위를 확정하게 하고, 다른 한편으로 문학이 취합한 지식은 전면적이지도 않고 정확 불변한 것도 아니다. 문학은 무엇을 안다고 말하지 않고 무엇을 들은 적이 있다거나 관련된 어떤 것을 안다고 하거나 관계된 사람의 모든 것을 안다고 한다.

2月), 99~102면.
27 高桂惠, 「豔與異的續衍辯證 : 淸代文言小說 「蒲派」與 「紀派」的綺想世界－以『螢窗異草』爲主的討論」, 『長庚人文社會學報』, 1 : 1(2008), 70~108면.

습작을 통해 지식은 끊임없이 지식에 반응하며, 근거로 삼는 말은 인식적인 성질의 것이 아니라 희극적인 성질의 것이다.[28]

만약 두 종류의 지괴 글쓰기가 그 후에 지속적으로 확대되어 갔다면, 청대 『요재지이』와 『열미초당필기』 속의 여러 작품들에 구현되어 있다. 『열미초당필기』의 '의진(擬晉)' 필법을 고찰해보면 상대적으로 얘기해서 유학을 숭상하고 예법을 지키고, 사람의 일을 중요하게 여기고 하늘의 도리를 가볍게 여기는 것과 같은 것에 깊은 영향을 받았다. 『열미초당필기』가 인용한 제재를 여러 방면에서 고찰해 보면 책 속에 '지역풍토(地域風土)'와 '가족인사(家族人事)' 두 가지 방면의 서사로부터 '의진(擬晉)' 필법은 여전히 목록학가의 '보유(補遺)'의 이념을 지키고 있다. '의진' 필법은 비록 지방지(地方志)와 가전(家傳) 등의 글쓰기 풍격을 유지하지만 여전히 향토의 토속적인 부분을 강화해서 권선징악의 기능과 사실을 기록하는 전통적 문류(文類)의식은 작가가 서로 다른 소설화와 허구화를 부여했고, 간략 담박한 새로운 미학의식은 '진인지미(晉人之美)'의 계승을 가능하게 했다.

『요재지이』의 '의당(擬唐)' 풍조의 표준과 관련해서는 지괴고사가 역사적 사건이나 인물의 심경을 빌어 더 많은 해석과 면모를 부여하고 가장 뛰어난 것과 서민화 경향이 서로 교류하는 것을 표현했다. 원래 『요재지이』의 '광(狂)'·'치(痴)'·'태(呆)'·'졸(拙)'과 같은 인격 상태[29]는 바로 포송령이 '고분(孤憤)'의 처지에 빠진 문인집단 가운데서 생명은 반드시 '선활감(鮮活感)'을 가지고 있다는 것을 나타내는데, '의당(擬唐)'의 취향과 흔적은 바로 여기에 있다.

청대 지괴소설의 지속적인 발전은 『성몽변언(醒夢騈言)』 등의 책이 『요재지

---

28 『寫作的零度』, 羅蘭 巴特(Roland Barthes) 著, 李幼蒸 譯(臺北 : 桂冠圖書, 1994年), 8~9면.
29 陳文新 闡 釋 『聊齋志異』的抒情精神, 論及名士風度、佳人韻致時, 拈出『齋志異』的「狂」(理想的生命形態)·「癡」(知己情結)·「拙」(人格砥礪)是其核心情感(同註10, 頁107).

이』를 모방한 것과 『야우추등록(夜雨秋燈錄)』・『리승(里乘)』・『취차지괴(醉茶志怪)』와 같은 책이 『열미초당필기』를 이어나간 것으로 우리가 문학 경전이 지식의 확장으로부터 인격과 세상물정이 결합한 변론과 관심을 볼 수 있게 한다. 이야기와 거기에 담겨 있는 지식이 무한한 잠재적 생명력을 지니게 하고 그것들과 집체의식의 특징인 향속지식(鄉俗智識)・방지실록(方志實錄) 등의 개념이 합쳐져 '지괴(志怪)'와 '지이(志異)'의 역사적 정서와 시대적 면모를 함께 건설하게 해서 반성과 평가라는 문화적 컨텍스트를 끊임없이 만들어 낸다. 본고가 말하는 것은 다음과 같다. 『요재지이』와 『열미초당필기』은 서로 다르게 '옛것을 계승하는' 특징과 지식계보가 있는데 사변(思辨)과 속연(續衍)은 두 책의 미묘한 차이를 훨씬 더 잘 드러내서 지식상태의 인식경향이 표현적인 성향으로 바뀌게 했다.

이시찬 옮김

為何志怪

試論清代《聊齋誌異》與《閱微草堂筆記》的續衍辯證

高桂惠(臺灣國立政治大學 中國文學系)

一、 前言

中國志怪小說原屬於文言小說系統,素有高奇古奧、綺麗幽秘的美學風格。志怪小說的思想內容首先與漢代神仙小說與方術思想有密切的關係;到了魏晉六朝志怪則和佛教的因果報應、六道輪迴等思想對民間的深層影響有關;明清時期,則又經過理學、心學等學術長期發展以及儒釋道三教的融滲、理觀的再造等面向的影響。因此我們可以說:「志怪小說」與其後承衍之白話章回「神魔小說」,實蘊藏著豐富的文化新舊質素的衝突與調和。鬼與怪的文化,對於理性世界的學術體系,除了互為參照,也呈現出文化的多層面圖景,透過此一天意理智與神秘世界的多重角度之探討及解釋,使我們對於社會精神力量的發展與調適或可有更深一層的理解。

二、 知識觀念變遷中的實錄與鄉土記憶
—從紀昀對志怪小說的文類定調談起

楊義曾指出,「五四運動以來,中國學者對古典小說的研究,大多採用西方的小說觀念,這對於小說脫離古老的、零碎的評點狀態,形成比較深廣的理論形態,無疑是有歷史意義的,但是這種研究模式,實際上隱藏著某種理論視角的錯位。」[1] 因

---

1 楊義:《中國古典小說史論》(北京:人民出版社,1998年10月初版),頁1。

此，他主張返歸中國小說本原性存在歷史，從小說的本體出發進行研究。造成這種視角錯位的一個原因多是因為學者論述的基礎乃建立在「小說」作為一個虛構的敘事性文體之上，以現代小說概念及其文體特徵作為判斷標準，然而在古代，「小說」常常不是一個文學概念，也不是一個純粹的文體概念，而是一個目錄學上的概念。

　　我們若由此一角度考察，目錄學所指涉之小說以實錄為主，但其「實」卻不可與史部作品的嚴格徵實相比擬，這從《山海經》、《穆天子傳》等著作在《四庫提要》的處境可略窺其與史部之差異。《山海經》提要曰：「道里山川，率難考據，案以耳目所及，百不一真。諸家竝以為地理書之冠，亦為未允，核實定名，實則為小說之最古者爾。」[2] 《穆天子傳》提要：「《穆天子傳》舊皆入起居注類，徒以編年紀月，敘述西遊之事，體近乎起居注耳。實則恍惚無徵，又非《逸周書》之比，以為古書而存之可也，以為信史而錄之，則史體雜史例破矣。今退置於小說家，義求其當，無庸以變古為嫌也。」[3] 《四庫全書》出於求真尚實而崇敬信史的態度，對於附會史實而有所改易的傳說予以刪減，「於是小說之志怪類中又雜本非依托之史，而史部遂不容多含傳說之書。」[4]

　　紀昀在編纂《四庫提要》時對於書中十四類的內容加以說明，其中小說家「稗官所述，其事末矣，用廣見聞，愈於博弈，故次以小說家。」其價值在於「旁資參考者也。」因此，紀昀在著手《閱微草堂筆記》時就曾批評是因不滿《聊齋志異》為「才子之筆」而非「著書者之筆」，因此以《閱微草堂筆記》來具體實踐其小說理念，其中包含了對小說述耳目真實見聞的堅持，希冀傳達給讀者「寓勸戒，廣見聞，資考證」的作品內容。紀昀在《四庫提要》中對於一般小說家猥瑣、冗濫的習性進行討論，他不安於僅為小說，所以別立蹊徑，借鑑應劭、王充等人的雜說筆法，寓學問於其中，並極力效法《搜神後記》、《異苑》和《世說新語》等筆記小說簡澹的語言風格。此外，紀昀以其目錄學根柢也對《聊齋誌異》的文體問題予以批判，進而提出小說的寫作方法，聚焦在文體之辨，雖然仍囿於小說功能論的視角，然而於清代諸多《聊齋》詮評中也提供了一種不同的視野。

---

2 《四庫全書總目提要》第四冊，卷一百四十二，子部五十二〈小說家類三〉，頁2939。
3 《四庫全書總目提要》第四冊，卷一百四十二，子部五十二〈小說家類三〉，頁2940。
4 魯迅：《中國小說史略》，第一篇「史家對於小說之著錄及論述」，頁5。

若是放大思考的範疇, 志怪小說在明清時期的文學處境, 除了就文類發展與文體之宜的角度來看, 實牽涉明清整體知識概念的變遷。在傳統史書的官方知識體系下, 有一些圖書目錄開始從〈藝文志〉或〈經籍志〉的國家圖書目錄中早已消失無蹤, 最明顯的例子是「房中術」的書籍不見於明清史籍, 而卻大量存留於通俗小說的「風月系統」與「才子佳人系統」, 而這一類故事的書寫又擔負了相當程度的言情述志。在清代文言志怪對知識的負載功能, 與上述情欲論述類型的小說同為另類思維, 亦由官方體系益形分離。紀昀對志怪小說書寫功能思辨的環節, 也正回應了他在≪四庫全書總目提要≫的小說觀與≪閱微草堂筆記≫的創作經驗, 他將知識中有關「虛／實」的議題予以分梳, 賦予志怪體一個知識邊緣的位置。

　　然而, 除了在官方知識體系以及上層文人的視角考量志怪書寫, 其實隱藏在字裡行間的感知記憶也是志怪重要的文學況味。學者曾指出蒲松齡≪聊齋誌異≫與他的其他作品多帶有鄉土紀實況味, 同時具有溫存的認同與苦難的凝視, [5]這與紀昀≪閱微草堂筆記≫的「鄉戀情結」頗為接近, [67]有關鄉土紀實這一視野的提出, 對我們理解明清志怪小說深富啟發性。明清志怪有一大部分鄉土風情, 與魏晉遠方遐異的蒐錄確有不同, 它們大多由志異性向紀實性傾斜, 既帶有一種隨俗心態, 又是對於此岸世界的恐懼效應、禁忌效應尋求另一些救濟的管道。本人曾在≪聊齋誌異≫與≪閱微草堂筆記≫的續衍中考掘志怪與啟蒙／反啟蒙、自我／他者等面向的關係, [8]指出紀昀≪閱微草堂筆記≫的創作內容, 除了反映了相當程度的家

5　劉敬圻〈≪聊齋誌異≫宗教現象解讀〉一文指出蒲松齡≪聊齋誌異≫的宗教現象具有偶像的蕪雜狀態及其文化淵源, 由於從眾心理, 導致他雖有深具批評鋒芒的困惑型偶像, 也富涵其時代、家鄉及父老親朋們的宗教情緒原生態, 是一個根深葉茂的鄉土文學家。≪文學評論≫1997：5, 56−58。

6　劉樹勝：〈論紀昀的鄉戀情結──≪閱微草堂筆記≫的主體感之一〉, ≪滄州師範專科學校學報≫, 20：4(2004.12), 9-15。

7　紀昀在二十多歲離家之後, 四十多年未嘗返鄉, 紀昀遍嘗人情冷暖, 加之對乾隆皇威的畏懼及士大夫的使命感, 使其在公領域晦言思鄉, 然濃重鄉情, ≪閱微草堂筆記≫在「地域風土」與「家族人事」二方面的高密度書寫, 紀昀數百次提及滄州大小地名, 對當地篤實學風頗為自豪, 對生活週遭小人物的事件描述亦生動入微。至於家族方面, 對於妻族、母族的親戚也多有書寫, 而對於家風展現以及兒時記憶等等的描寫也都如數家珍, 可見少年的家鄉印象對晚年的紀昀而言仍十分珍貴。劉樹勝：〈論紀昀的鄉戀情結──≪閱微草堂筆記≫的主體感之一〉, ≪滄州師範專科學校學報≫, 20：4 (2004.12), 9-15。

8　詳參高桂惠〈驚悚、怪誕、另類閱賞──≪醉茶志怪≫中「他者」的在場〉, 「東西思想文化傳

世與乾嘉學風, 他在創作時往往針對故事來源作了一番梳理, 作品中引述出處, 多是為了與前說印證、考辨, 名物典故錯出其間, 包含天文地理、風俗民情及軼聞軼事。

從這裡可以看出, 許多文言小說作者所承襲的「小說」概念, 仍體現在聽聞街談巷語的收集編輯, 這與紀昀編纂《四庫全書總目提要》時, 賦予小說「資考證、廣見聞、寓勸懲」的內涵有相當程度的吻合。《閱微草堂筆記》追求晉宋筆記小說「簡淡數言, 自然妙遠」的風格, 在於他化虛構為見聞的敘事手法, 把筆記小說從逐混虛實發展到有意寫實的標誌,[9] 這個創作手法或可作為與《聊齋志異》的區隔意圖; 然而, 知識概念越往晚清發展, 《聊齋志異》、《閱微草堂筆記》之後的續衍作品群在面對科技等新型知識的輸入中國、時事的怪異現象時, 又不得不觸及現代、西方觀點, 這些志怪作品群在解釋怪異現象與文化衝擊時, 原本的「資考證、廣見聞、寓勸懲」功能則又呈現諸般扞格與調和的困境, 時而反映出文言小說的格局之狹隘, 以及日常經驗之不足。

以晚清時期融合《聊齋志異》、《閱微草堂筆記》的特色之《醉茶志怪》為例, 如書中的〈青靈子〉一篇, 作者藉神仙之口談論「日食」, 這種紀錄與討論方式, 乃試圖以學理化的書寫調和故事的怪異現象, 雖然如陳文新所言, 這些故事的記載是延續《閱微草堂筆記》某種「致力於建立和完善子部小說的敘事規範」,[10] 但是在「見聞」與「經驗論」的視角之下, 其「世俗語態」仍不同於子部的學術況味, 反而流向倫理轉向的判斷, 對於理性思辨的疏離(鄉俗的矇昧)或無力(群眾對日蝕的誤解), 說明這些志怪一再續衍的可能只是在意口頭傳承的廣闊背景, 而不是知識的辨證與理性判斷。儘管書面文本的文字記錄是建立在眾多口頭異聞的基礎之上, 然而表現在這一類續衍的創作, 作者致力於在西方新知識與中國舊傳統間看似合情理的認知, 其實仍缺乏真正的科學新知, 小說的敘事話語繞著道德語境、民俗

統中的『自我』與『他者』」學術研討會, 臺灣大學東亞經典與文化研究計畫2007年6月23-24日。

9　楊子彥指出《聊齋志異》以筆記體寫傳奇, 一書而兼二體, 代表了清代小說中「明變」的一方; 《閱微草堂筆記》則代表了「暗化」的一方, 保持筆記小說固有文體的特徵。《閱微草堂筆記》化虛構為自述或轉述的見聞, 使虛構成為紀實, 體現為比《聊齋志異》更為正統的一種發展和變革。詳參: 楊子彥〈化虛構為見聞——論紀昀《閱微草堂筆記》的敘事特點〉, 《淮陰師範學院學報》(哲學社會科學版), 第26卷(2004.6), 793-814。

10　詳參: 陳文新《傳統小說與小說傳統》, (武昌: 武漢大學出版社2005年5月第一版), 頁166。

事象呈現不同認知的斷裂落差，涵納了知識衍化的矛盾性與主觀性。

由於人類的知識表達往往同時跨越多種知識類型的疆界，大體而言，以文字為載體的知識系統中，理性、論理與學術的色彩比較濃；而在保持口頭和動作形態的知識系統當中，非理性、敘事與巫術的成分居多。在文明化的進程裡，理性知識對非理性知識祛魅的途徑之一，是將神話中具體異象的敘事關係轉換為抽象程度不等的概念理論(邏輯)關係。呂微指出：從軸心時代(axial period)以後，「地方性知識」(local knowledge)往往反過來將理性知識的話語霸權陌生化、相對化，此時原本具普世型的原始神話經由地方型知識的吸納、過濾與整合，產生了知識叢體的新格局，這些新型的知識格局是由各種知識類型所調配的不同比重的組合體。[11]

清代文言志怪小說的知識衍化，一方面回應了「筆記體」反故事的傾向，充滿了討論知識的「話題化」書寫；另一方面在粗陳梗概、簡淡閒遠的材料中，傳達了作者由鄉土口頭傳統等廣闊背景的集體意識為基礎的書寫姿態，實與子部的理性架構和經部、史部的宏大敘事仍有相當距離，它們仍充滿斷片式的書寫，特饒鄉俗記憶與表演性質。

三、 擬晉與擬唐
　　—精神譜系與知識譜系的承衍

承上所述，清代文言志怪由經、史、子等論述中向著雜文化的知識變遷，反拉出文類與知識譜系的糾葛，然而從另一角度來看，正由於擬仿與新造，衍生出知識的動態互涉。

魯迅認為，《閱微草堂筆記》雖「聊以遣日」之書，而立法甚嚴，舉其體要，則

---

11 吉爾茲提出「地方型知識」(Clifford Geertz :Local Knowledge, New York, 1983)，是指從軸心時代(axial period)開始，佔據該文明中心位置形成自足系統的、以理性為主導的知識整體，因而作為其原始發生基礎的、普遍的神話(此時已異化為地方型知識的他者)，也只有經地方型知識的吸收、過濾、整合，並在其整體性框架中尋找到恰當的位置後，方能繼續行使它曾經擁有的最高話語權力，這在幾大古國的文明史都是通例。詳參：呂微《神話何為 — 神聖敘事的傳承與闡釋》，(北京：社會科學文獻出版社，2001年12月)，頁193-199。

在尚質黜華,追蹤晉宋,其〈弁言〉即自道其創作軌範如是,與《聊齋》之取法傳奇者途徑自殊,然以晉宋人書,則《閱微》又過偏於論議。蓋不安於僅為小說,更欲有益人心,即與晉宋志怪精神,自然違隔。[12]《閱微草堂筆記》被魯迅歸類為擬晉派小說[13],而所謂擬晉,主要在於小說的篇幅短小,粗陳梗概,僅呈大要,不做情節的曲折構想;語言簡淡,不做細膩語與對話延伸;審美特徵為回味與妙遠。

　　細辨紀昀的「追蹤晉宋」,在於「王仲任應仲遠,引經據古,博辨宏通,陶淵明、劉敬叔、劉義慶,簡淡數言,自然妙遠;誠不敢妄擬前修,然大旨不乖於風教。」[14]有別於蒲松齡以屈原、干寶、李賀、蘇東坡為志怪述異的效仿對象,紀昀以應劭《風俗通義》和王充《論衡》等非小說的學術性著作為範本,不僅僅以敘述故事為滿足,還要抒己意、訂俗訛,辨析義理,考證名物,即「不安於僅為小說」。《四庫提要》稱應劭《風俗通義》「因事立論,文辭清辨,可資博洽,大致如王充《論衡》。」[15]「雜說之源,出於《論衡》。其說或抒己意,或訂俗偽,或述近聞,或綜古義。後人沿波,筆記作焉。大抵隨意錄載,不限卷帙之多寡,不分次第之先後。興之所至,即可成編。」[16]二書皆屬子部雜家類雜說。

　　此外,《四庫提要》稱《世說新語》「軼事瑣語,足為談助」[17],《搜神後記》「其書文詞古雅,非唐以後人所能。」[18]《異苑》「其詞旨簡澹,無小說家猥瑣之習,斷非六朝以後所能作,故唐人多所引用。」[19]整體而言,紀昀標榜的是《風俗

---

12 魯迅:《中國小說史略》,第二十二篇「清之擬晉唐小說及其支流」,頁191。

13 魯迅在《中國小說的歷史的變遷》一書中,將蒲松齡《聊齋誌異》與紀昀《閱微草堂筆記》,列為清代小說中擬古派的作品,並闡釋所謂擬古者,是指「擬六朝之志怪,或擬唐朝之傳奇者而言」。見氏著《中國小說的歷史的變遷》,第六講「清小說之四派及其末流」,收錄於吳俊編校《魯迅學術論著》,頁240。魯迅認為蒲松齡《聊齋誌異》是擬傳奇文記狐鬼,而《閱微》與《聊齋》之取法傳奇者途徑自殊,尚質黜華,追蹤晉宋,在魯迅思維裡應是歸類於擬晉小說。詳參氏著《中國小說史略》,第二十二篇「清之擬晉唐小說及其支流」,頁186-191。

14 (清)紀昀:〈姑妄聽之弁言〉,見氏著,王櫻芳、蔡素禎註釋《閱微草堂筆記》,卷十五,頁433。

15 《四庫全書總目提要》第四冊,卷一百二十,子部三十〈雜家類四〉,《風俗通義》,頁2513。

16 《四庫全書總目提要》第四冊,卷一百二十二,子部三十二,雜家類雜說之屬後敘,頁252。

17 《四庫全書總目提要》第四冊,卷一百四十,子部五十〈小說家類一〉,《世說新語》,頁2884。

18 《四庫全書總目提要》第四冊,卷一百四十二,子部五十二,小說家類三,《搜神後記》,頁2946。

19 《四庫全書總目提要》第四冊,卷一百四十二,子部五十二,小說家類三,《異苑》,頁2947。

通義≫和≪論衡≫等學術性雜著的體例，及其「引經據古，博辨宏通」的學問傳遞、理性思辨，還有≪搜神後記≫、≪異苑≫和≪世說新語≫等筆記小說簡澹的語言風格。

在≪聊齋志異≫、≪閱微草堂筆記≫的續衍中，對傳統「志異」、「志怪」裡特定知識的興味是有不同取向的，蒲松齡纂輯≪聊齋志異≫時所搜集素材的方法，是借鑒了洪邁採集的做法。[20]蒲松齡趨向民間的取材方式，有別於唐傳奇多所撰述文人圈之奇聞異事，其〈感憤〉詩說：「新聞總入夷堅志，斗酒難消磊塊愁。」「新聞」在此可解釋作新近聽說的事。董毅對蒲松齡此詩中的「新聞」一詞，有如下的解釋：「『新聞』雖不能說是對事實的及時和如實的反映，卻是作者聽到的，那個時代裡發生的，經過訛變流傳的故事。它具有當時當地耳聞目見的真實性「新鮮而獨特」也有傳說故事添油加醋的不穩定性，多緣飾而矜奇，它既有現實的依據，又不局限於現實。」[21]這種記錄方式多是將聽來的傳聞如實記錄下來，基本上是「傳錄舛訛」、「粗陳梗概」，保持故事的原狀，並不多加議論，甚至註明這是聽誰所說的，屬於一種較為落實的紀聞手法。在知識的建構與故事的拆解之雙向指趨中，另一方面又回應了某種「新聽聞」之「奇」。

此外，蒲松齡似又不以純粹記聞為目的，而是活用了唐宋傳奇、宋元話本的一些創作手法，更豐滿了小說中的人物形象及情節內容，這樣一來，≪聊齋志異≫融會志怪小說中的徵實與虛構，無形中也就是將文學書寫傳統之擬唐與擬晉紹合，融攝了傳奇、志怪、話本等多種文學體裁的風格，「風行逾百年，摹仿贊頌者眾」，[22]在清代為以記載怪誕詭奇之事為主要內容的小說，創設出一種新形式的典範。

唐人小說創作手法往往與初唐風氣、創作環境結合，並刻意製造「範文」，[23] 不

---

20 張敦彥：<「新聞總入夷堅志」 — 淺談≪聊齋志異≫的文學繼承>，≪蒲松齡研究≫1997：3，25。

21 董毅：<新聞總入夷堅志——蒲松齡的另類「孤憤」>，≪蒲松齡研究≫2005：2，6。

22 魯迅：≪中國小說史略≫(上海：上海古籍出版社，2004年7月初版)，第二十二篇<清之擬晉唐小說及其支流>，頁190。

23 李鵬飛引據陳寅恪<讀鶯鶯傳>「仙之一名，遂多用作妖艷婦人，或風流放誕之女餒士之代稱，亦竟有以之目倡伎者」推論≪游仙窟≫女主角真實身分不出女道士或倡伎之流，並以初唐詩中屢見之「觀妓」主題為旁證，說明當時盛行冶游之風。至於文中刻意將女主角設定為大家閨秀，對照作者出身沒落地主人家，又「言頗詼諧」，可能是對於當時大姓不與外族通婚的門第觀念進行的心理補償與諷刺。≪游仙窟≫以簡單情節撐起大篇幅，詩歌贈答為重要特色，究其源流，除模仿民間對歌習俗，應該還包括迎親禮贊習俗與漢譯佛經韻散結合的形式。同時，作者

斷以詩文「調情」,[24]的細節, 闡發男女主人公才色碰撞的展演情況, 小說中的男女互動, 彼此譽為「神仙窟」與「文章窟」, 運用典故彼此試探, 反映初唐人詼諧嘲謔之風, 與情韻之美。[25] 這種強化文人的身分表徵、文人的專長、文人的謀生技能、以及以情寫志的重要表徵, 正是紀昀批評《聊齋志異》「令燕昵之詞, 媟狎之態, 細微曲折, 摹繪如生」給人的擬仿印象; 也是以詩文綺情為重要創作內涵的傳奇小說的核心命意。

《聊齋志異》的詩文綺情結合「奇」與「豔」的特質, 正與明代以來的審美風尚基本上相應, 明代小說裡香豔而放縱之事在敘事中隨處可見, 發生在美人身邊的奇事成為《豔異編》、《廣豔異編》等書收錄的重點。《豔異編》和《廣豔異編》中, 遇「仙」題材演變為遇「豔」題材就是審美趣味明顯的俗化過程, 而由其婚戀觀, 透過與異類的互動, 沒有「理」的約束, 沒有道德的觀念, 這類作品對掃蕩道學思想、儒家理論有顛覆性的作用, 也正是因為如此, 通過「情欲」表達出來的「奇情」更具有了與以往不同的新意。[26] 紀昀對蒲松齡的傳奇之筆比較多的微詞, 應是指小說的情感細節之膨脹與女性化、浪漫化的書寫狀態而言, 而這正牽涉到「豔」與「異」的書寫傳統。[27]

更注意到其和初唐「嘲謔之風」、「酒筵游戲之風」與「詠物詩盛行」三大初唐社會風氣的關係。另外, 作者就張鷟「是時天下知名, 無賢不肖, 皆記誦其文」、「新羅、日本東夷諸蕃, 尤重其文, 每遣使入朝, 必重出金貝以購其文」的生平推敲, 此文創作動機或許不在創作小說, 而是因應時代對其創作「範文」的預期, 有意融合當時流行之各種文體, 借用現成框架(如劉阮入天台)展現詩文長才, 以為逞才場域。詳參: 李鵬飛, <《游仙窟》的創作背景及文體成因新探>, 《山西師大學報》第28卷第1期(2001年1月), 頁43-48。

24 法碧恩. 卡斯塔－洛札茲(Fabienne Casta-Rosaz)談到在調情的愛情遊戲裡, 當人們於岔路裡探險, 卻在模糊界線上不知往哪裡去, 由「調情」除了觀察個人「自尊心的小小迷醉」, 也適合用來探測文化裡對個人進入婚姻社會的設計意涵與界線。詳參: 法碧恩. 卡斯塔－洛札茲(Fabienne Casta Rosaz) 著, 林長杰譯, 《調情的歷史》, 臺北:臺灣商務印書館, 2002年, 75 76頁。

25 詳參: 鮑震培、于燕華, <邂逅風流:唐代小說《游仙窟》的世俗化特徵>, 《天津大學學報》7.2(2005.3):122-126。

26 詳參: 代智敏<從《豔異編》《廣豔異編》看明代中晚期小說審美觀念的發展>, 《文學研究》2006:2, 99-102。

27 本人曾為文考察《聊齋志異》擬仿之作《螢窗異草》的豔異書寫及其傳統, 指出「蒲派」小說《螢窗異草》的綺想世界, 是透過故事的演述, 在「衍古」的氛圍下所集結的傳統士人觀念與世俗人生趣味的集合體。詳參高桂惠<豔與異的續衍辯證:清代文言小說「蒲派」與「紀派」的綺想世界－以《螢窗異草》為主的討論>, 《長庚人文社會學報》1:1(2008), 70~108。

我們若從歷史和傳統的脈絡來看，無論是「擬晉」或是「擬唐」，都是牽涉到「知識處境」與「敘事語境」等方面的問題，亦即：魏晉玄學撞擊乾嘉樸學；初唐文風影響艷異綺思的種種文化現象。蒲松齡與紀昀對於自我書寫脈絡化時，都藉著以往經典譜系與書寫譜系為標榜，突顯了《聊齋志異》、《閱微草堂筆記》的「志怪」對特定知識的興味。

四、結語

羅蘭．巴特(Roland Barthes)曾指出，文學包含很多科學知識，但是由於它本身具有百科全書式的特點，文學使這些知識發生了變化，它既未專注於某一門知識，因而賦予知識以間接的地位，這種間接性正是文學珍貴性的所在。一方面，它使人們確定可能的知識範圍(未被懷疑的，未完成的)；另一方面，文學所聚集的知識既不全面又非確定不變，它不說它知道什麼，而是說它聽說過什麼，或者說它知道些有關的什麼，及它知道有關人的一切。透過寫作，知識不斷的反應知識，所根據的話語不再是認識性的，而是戲劇性的了。[28]

若將兩種志怪書往其後續影響延伸，清代《聊齋志異》與《閱微草堂筆記》的眾多續衍作品之中，我們考掘《閱微草堂筆記》的「擬晉」筆法，相對而言深受尚儒學、守禮法；重人事、輕天道等方面的影響。《閱微草堂筆記》對援引的材料多方考察，書中在「地域風土」與「家族人事」二方面的高密度書寫，足見「擬晉」筆法仍較恪守目錄學家「補遺」之理念。然而「擬晉」筆法雖然保留了方志、家傳等制式書寫風格，仍在強化鄉俗之餘，透過勸懲功能與紀實的傳統文類意識，作家予以不同的小說化、虛化處理，賦予簡淡新的美學意蘊，使「晉人之美」得以傳承。

至於《聊齋志異》的「擬唐」風氣之標舉，乃藉志怪故事對歷史事件、人物情態賦予更多的詮釋與風貌，表現出精英與庶民化傾向的交流。本來《聊齋志異》的「狂」、「癡」、「呆」、「拙」等人格意態，[29]正是像蒲松齡一般帶著「孤憤」際遇的文

---

28 《寫作的零度》，羅蘭．巴特(Roland Barthes) 著，李幼燕 譯(臺北：桂冠圖書，1994年)，頁8-9。
29 陳文新闡釋《聊齋志異》的抒情精神，論及名士風度、佳人韻致時，拈出《聊齋志異》的「狂」(理想的生命形態)、「癡」(知己情結)、「拙」(人格砥礪)是其核心情感。(同註10，頁107)魏晉月旦

人圈中一種生命必須擁有的「鮮活感」,「擬唐」的意趣與印記正在於此。

　　清代志怪小說持續發展,如≪醒夢騈言≫等書對≪聊齋志異≫的續仿;≪夜雨秋燈錄≫、≪里乘≫、≪醉茶志怪≫等書對≪閱微草堂筆記≫續衍,令我們看到文學經典由知識衍化,結合節操人格、練達世情的論辯與關注,使得故事與其裝載的知識有許多潛在的生命力,當它們和集體意識表徵的鄉俗知識、方志實錄等概念合流,共同建構出「志怪」與「志異」的歷史情懷與時代風貌,這些一再被述說的故事,正不斷的製造出反思與評介的文化語境。本文想指出的是:≪聊齋志異≫與≪閱微草堂筆記≫容或有不同的「衍古」特質與知識譜系,經由思辨與續衍,更呈顯二書微妙的區別,乃在於知識狀態的認識性傾向與表演性傾向所致。

　　論文摘要

　　本文主要透過兩個面向討論清代志怪的知識處境:一是由紀昀作為官方目錄學家,他按照當時的知識概念分梳志怪小說的文類定位,並以之批判蒲松齡的創作;二方面指出擬唐與擬晉雖各有其知識譜系與精神譜系,但在鄉土記憶的集體口傳與文字書寫的知識興味上略有不同傾向,其後的許多續衍作品正不斷的製造出反思與評介的文化語境。

　　人物的人格美學,的確也脯育了論學、論世以及論人之樂。

2

원대 문화의 구조와 서사문학의 특징

이시찬

1. 머리말

13세기를 전후하여 약 한 세기 동안 중국 대륙의 지배자로 군림한 몽고족은 유목민족 특유의 개방적인 사유체계로 기존 중국 문화의 각 방면에 적지 않은 변화를 불러 일으켰다. 그러나 이러한 변화는 몽고가 중국 대륙을 완전히 지배하기 이전에 이미 북송(北宋)과 요(遼)나라가 대치하던 시대로부터 元이 남송(南宋)을 멸망시키기까지 점진적으로 형성되었다고 할 수 있다. 다시 말해서 북송 초기부터 계속된 경제력의 발전과 그에 따른 도시문화의 번성은 원이 중국을 정복한 후 큰 무리 없이 지배할 수 있는 물적 토대가 되어주었고, 원(元)보다 한 발 앞서 거란족과 여진족이 북중국을 지배한 경험 역시 이후

▎ **이시찬** 성균관대학교 동아시아학술원 BK21 박사후연구원.

몽고족이 정치적 제도나 문화정책을 효율적으로 펼칠 수 있는 무형의 자산이 되어 주었다. 이런 가운데 원 세조(世祖)인 쿠빌라이칸을 위시한 몽고족 지배층은 오늘날 북경(北京)인 대도(大都)를 수도로 삼은 후 중국 전역에 일대 변혁를 일으키기 시작했다. 필자의 문제의식은 바로 원이 중국을 지배함으로써 중국의 문화에 그 이전과는 분명히 다른 구조적 변화가 일어났을 것이라는 가정에서 출발하며 그 중에서 특히 중국 서사문학의 구조적 변화 양상을 간략하게 살펴보고자 한다.

본고의 서술 과정에 있어서 필자는 다음의 두 가지 사항에 주목해서 논지를 전개하고자 한다. 첫째, 몽고족과 한족 사이에 존재하는 민족적 모순과 문화적 성향의 차이를 알아보고 그로 인해 형성된 사회적 구조와 문화적 현상을 되짚어 보고자 한다.

둘째, 원래 고유의 글자를 갖고 있지 않았던 몽고족이 유구한 문자 생활을 지속해온 한족에 대해 취한 문자정책을 살펴보고자 한다. 이것은 중국 문학사의 전개 과정에 있어서 아주 중요한 마디가 될 수 있다. 특히 한자(漢字)로 된 문언(文言) 위주의 서면문학(書面文學)에 상대적으로 취약할 수밖에 없는 몽고 지배층은 분명 해독하기 쉬운 방향으로 언어정책을 유도했을 것이며, 그 과정에서 언문일치에 가까운 백화문학이 비약적으로 발전하는 계기가 마련되었을 것이라는 전제 하에 논지를 전개시키고자 한다.

이상에서 제기한 문제들과 관련하여 필자는 주로 『원사(元史)』와 각종 필기류(筆記類) 자료에 의거해 역사적인 근거를 찾고, 기존의 연구 성과물들을 통해 논거를 보충하기로 한다. 본 연구의 목적은 중국 문학사의 흐름 가운데서 원의 중국 지배가 차지하는 비중과 중요성을 부각시키는 것이며, 아울러 필자가 향후에 원대 사회와 문학에 대해 더욱 미시적인 고찰을 할 수 있는 계기로 삼고자 한다.

2. 원대 지배구조와 문화적 기호

1) 한족(漢族) 유생(儒生)의 신분 몰락과 활로

주지하다시피 원대(元代) 집권층은 중국 대륙을 정복한 후에 사람들의 신분을 대체로 민족 구분에 따라 몽고인(蒙古人)·색목인(色目人)·한인(漢人)·남인(南人)으로 나누어 제국을 다스렸다. 그 가운데 필자가 눈여겨보고자 하는 것은 한족(漢族)이 중심이 된 한인과 남인인데, 그 까닭은 이들이 주로 한자(漢字)를 사용한 계층이자 문학 창작을 주로 담당했기 때문이다. 그러나 이들의 문학 창작 성향은 아무래도 지배층인 몽고족을 의식하는 과정에서 이루어졌을 것이기 때문에 송대(宋代)와는 상당한 차이가 발생할 수밖에 없었을 것이다.

쿠빌라이칸이 남송을 정복한 이래로 몽고 지배층은 금(金)의 통치권에 속해 있던 한족과 거란족 및 여진족을 '한인(漢人)'으로 구분했고, 한족이 대부분이었던 남송(南宋) 통치권에 속해 있던 사람들을 '남인(南人)'이라 하여 가장 천시했다. 또한 직업에 따라 사람의 고하를 나눈 기록도 보이는데 이른바 '일관(一官)·이리(二吏)·삼승(三僧)·사도(四道)·오의(五醫)·육공(六工)·칠렵(七獵)·팔민(八民)·구유(九儒)·십개(十丐)'의 열 가지 등급이다.[2] 이 분류를 살펴보면 통치계층에 있는 관리 그룹과 종교인들이 주로 상층 부류에 해당하고, 특정 분야의 기술직에 종사하는 사람들이 중간 부류에 해당하며, 이른바 유생으로 대변되는 전통적 한족 사대부 계층은 거지와 함께 가장 낮은 부류로 취급받고 있다는 것을 알 수 있다. 이것은 바로 몽고 지배계층이 한족의 지식인 계층을 무력화시키기 위한 가장 적극적인 정책의 일환으로

---

2 鄭思肖, 『鐵函心史』卷下「大義略敍 …… 鞭撻」, 世界書局, 1956, 78면.

볼 수 있으며, 그 과정에서 대다수 한족 지식인들은 당장 심각한 생계 문제에 직면했을 것이라는 사실을 충분히 가늠할 수 있는 대목이기도 하다. 그 가운데 글에 능통한 유생들이 생계와 관련해 종사한 직업 중 하나로 '서회선생(書會先生)'이라는 것을 들 수 있겠다.

서회선생이란 '서회(書會)'[3]라는 조직에 소속되어 연극 대본이나 당시 이야기꾼들의 저본(底本)에 해당하는 '화본(話本)'을 창작 혹은 편집하는 사람들을 가리키며 '서회재인(書會才人)' 혹은 '재인(才人)'이라고도 불리었다. 그 구성원은 대부분 원대 과거시험의 폐지로 인해 방황하는 이들이었지만 상당한 학문적 소양을 갖춘 인물들이었으며, 또한 낮은 직책의 관료와 의사, 술사(術士), 상인도 다수 포함되어 있었다.[4] 한편 과거라는 출세의 통로가 있었던 남송 시기의 유생들은 대부분 과거준비에 몰두하였고 서회선생으로 전업하는 이들의 숫자는 그리 많지 않았을 것이다. 하지만 과거가 폐지된 원대에 이들은 지향점을 잃음과 동시에 당장 생계의 현장으로 내몰릴 수밖에 없는 운명에 처하게 된다. 그 과정에서 이들이 그나마 실력을 발휘할 수 있었던 공간은 바로 민간 연예인들의 주변이었으며 그 속에서 그들과 함께 대본 등을 편집하고 더 나아가 창작을 하는 단계까지 나아갔던 것이다.

서회라는 문예조직은 남송 시기에도 존재했지만 서회선생이라는 단어가 문학 텍스트에 본격적으로 등장하는 것은 주로 명대에 간행된 문헌들이며, 그것들은 대부분 화본소설이나 잡극 작품에 실려 있다. 구체적인 예를 들면 명(明) 가정(嘉靖) 연간에 간행된 『청평산당화본(清平山堂話本)』의 「간첩화상(簡帖和尚)」과 『수호전(水滸傳)』 120회본 가운데 제46회와 제114회의 내용 가운

---

3 '書會'의 기원이 구체적으로 언제부터인가에 관해서는 고증이 어렵지만 분명한 것은 敍事文學과 관련한 각종 예술이 비교적 발달한 이후일 것이라는 점은 분명하다. 중국 문헌에서 書會라는 단어가 보이기 시작한 것은 南宋 무렵이며 元代의 雜劇이나 話本小說과 관련한 문헌에 자주 등장한다.

4 胡士瑩, 『話本小說槪論』, 中華書局(중국), 1982년, 65~75면 참고.

데 서회선생이 모종의 이야기를 만든 장본이라고 서술하고 있으며, 명대 잡극인 『옥소기(玉梳記)』·『도원경(桃源景)』에도 비슷한 내용이 담겨 있다.[5] 이를 통해 원대에 잡극과 소설 창작에 직접 혹은 간접적으로 참여한 이들이 서회선생이었다는 것을 잘 알 수 있다.

주지하다시피 중국문학사에서 원대(元代)를 대표하는 문학장르는 '원곡(元曲)' 혹은 '잡극(雜劇)'으로 불리는 공연예술과 관련된 것들이다. 원곡(元曲)을 대표하는 작가로 흔히 관한경(關漢卿), 정광조(鄭光祖), 백박(白朴), 마치원(馬致遠)을 꼽으며, 대표적인 작품은 『배월정(拜月亭)』·『천녀리혼(倩女離魂)』·『서상기(西廂記)』·『한궁추(漢宮秋)』 등이다. 이들 작품의 내용은 애정과 혼인이 주가 되지만 그 속에는 고달프고 아픈 시대상이 강하게 잠재되어 있으며 애정을 통해 자유를 갈구하는 한족(漢族)들의 애환이 동시에 투영된다. 원대(元代) 종사성(鍾嗣成)이 집필한 『녹귀부(錄鬼簿)』에 이들과 관련된 기록이 보이는데 관한경과 왕실보와 같은 이들은 '앞선 세대로 이미 작고하신 명공(名公)과 재인(才人)'(前輩已死名公,才人)[6]으로 분류되어 있다. 또한 원대(元代) 주덕청(周德淸)은 『중원음운(中原音韻)』에도 가장 먼저 이들 네 사람을 소개하고 있는데,[7] 이 작가들의 공통점은 당연히 그 작품성이 우수한 것도 있지만 한족(漢族) 유생(儒生)들이라는 것이다. 즉 과거가 폐지되어 입신양명의 길이 막힌 유생들 중 상당수가 민간 예인들 속으로 들어가 그 속에서 자신들의 문학적 재능을 발산했으며 동시에 민간에서 통용되는 문학의 수준을 한껏 제고시켜

---

5 대표적으로 「簡帖和尙」의 내용을 살펴보면 다음과 같다. "한 서회선생이 보고는 法場에서 곡을 하나 만들었으니 「南鄕子」라 했다."(一個書會先生看見, 就法場上做了一隻曲兒喚做 「南鄕子」.)洪楩, 『淸平山堂話本』, 江西古籍出版社, 1994년, 24면. 이처럼 서회선생은 詩나 曲 등을 직접 창작하기도 했다.

6 鍾嗣成, 『錄鬼簿』 卷上,(中國戲劇研究院 編),『中國古典戲曲論著集成二』, 中國戲劇出版社, 1980년), 105면.

7 周德淸, 『中原音韻』 自序 : "其盛, 則自搢紳及閭閻歌咏者衆. 其儔, 則自關·鄭·白·馬一新制作."(『四庫全書·集部·中原音韻』 卷上, 臺灣商務印書館, 1496년), v1496, 661면.

놓았는데, 이것은 중국 서사문학의 구조에 획기적인 발전을 의미한다. 다시 말해 원대 지배구조의 전환 가운데 전통적 유생의 신분 몰락은 그들 자체로는 불행한 일일 수도 있지만 향후 민간 문예의 발전에는 더할 나위 없이 좋은 계기가 되었다고 할 수 있다.

2) 종교와 사상의 개방성

원(元) 제국은 그 영토의 광활함이 보여주듯 오늘날로 치면 영역 그 자체로 이미 국제화의 성격을 지녀서 다양한 인종과 문화가 활발하게 교류될 수 있는 공간이었다고 할 수 있다. 또한 지배계층으로서의 몽고족은 유목민족 특유의 개방성으로 인해 종교와 사상 영역에 있어서 비교적 관대한 정책을 펼쳤기 때문에 문화의 각 영역이 더욱 확장되고 심화되는 계기가 마련된 것으로 보인다. 그러나 한편으로는 쿠빌라이칸이 북경을 수도로 삼은 후 중국 대륙을 중심으로 제국을 경영해 나가면서 몽고의 지배계층은 갈수록 한족(漢族)의 문화에 동화되어 간 것도 사실이다.[8] 다시 말해서 몽고족이 통치했던 약 100년에 가까운 시간 동안 제국을 형성하는 여러 가지 제도와 문화는 기존의 유(儒)·불(佛)·도(道)를 중심으로 하면서 더욱 다양한 문화현상을 촉진하는 방향으로 재편되었다. 우선 종교와 관련하여 주목할 만한 것은 원대에 성행한 각종 종교 가운데 불교와 도교가 가장 우위를 점하면서 지배

---

8 몽고족은 쿠빌라이칸이 즉위한 시점부터 중국 전통의 왕조 연호를 채택해 '中統'으로 삼았으며, 至元 8年(1271)에는 『易經』에 나오는 '大哉乾元'의 뜻을 가져와서 '大元'으로 국호를 정했다. 당시 광활한 제국을 형성하며 여러 문명을 아울렀던 몽고족이 중국의 제도를 통치기준으로 삼은 것은 아마 당시만 하더라도 중국 문명이 유럽을 포함한 다른 문명에 비해 상대적으로 우위를 점하고 있었기 때문일 것이다. 물론 지리적으로 몽고와 가장 근접해 있었다는 사실도 배제할 수 없겠지만 중국이 수천 년 동안 형성해온 여러 가지 제도적 시스템은 제국을 통치함에 있어서 가장 체계적이고 효과적이었을 것이라는 것이다.

층의 사상계를 주도했다는 점이다.[9] 원이 대륙을 지배하기 전에도 불교와 도교는 널리 퍼져 있었지만 한족을 중심으로 한 기존의 왕실과 지배계층은 어디까지나 유교를 사상의 근간으로 삼고 있었고 사회의 질서 또한 유교의 이념에 맞게 유지되고 있었다. 그러나 칭기즈칸의 시대에는 장춘진인(長春眞人) 구처기(邱處機)와 같은 인물이 강한 신임을 받으며 교세를 확장하기도 했고, 세조 쿠빌라이칸이 왕위에 오른 뒤 라마교(喇嘛敎)와 같은 서장(西藏) 불교가 국교의 지위를 누리기도 했다.[10] 결국 불교가 원대 사상계의 중심이 되고,[11] 도교는 유교와 불교의 원리를 전통적 도교의 사상체계와 접목시키면서 문화의 각 영역 속에 상당 부분 영향을 미쳤다. 그 가운데 가장 대표적인 것이 바로 '전진교(全眞敎)'일 것이다.

전진교는 금(金)나라 초기에 중국 북쪽에서 일어난 것으로 도교(道敎)의 새

---

9 사료에 근거하면 그 중에서도 불교가 가장 우위를 점했다. "元이 흥성하자 釋氏를 숭상했으며, 帝師의 지위는 특히 옛날과 같이 논할 수 없을 정도로 성대했다."(元興, 崇尙釋氏, 而帝師之盛, 尤不可與古昔同語.) 『元史』 202권 「列傳」 제89 「釋老」,(『元史』, 岳麓書社, 1998년), 2554면. 新儒學으로 불리는 理學은 太宗 오골타이 때에 耶律楚材의 건의에 따라 통치이념으로 채택된 적도 있으나 몽고족의 통치집단은 강한 거부감을 드러내며 이러한 정책을 폐지시켰다. 그 후 仁宗 조에 과거를 부활시켰고, 文宗 또한 '崇文尊儒'의 정책을 일면 펼치기도 했으나 민족 계급의 차별이 워낙 공고했기 때문에 漢族 출신의 儒生들이 사상계를 이끌어 나가기에는 분명한 한계가 있었다.

10 "中統 元年에 世祖가 즉위하자(八思巴를 국사로 존대하고 玉印을 주었다."(中統元年, 世祖卽位, 尊爲國師, 授以玉印.) 위의 책, 『元史』, 2554면. 漢族 거주지인 남쪽에서는 주로 禪宗 · 華嚴宗 · 天台宗 · 律宗 · 淨土宗 등이 교세를 형성했는데 그 가운데 禪宗이 가장 흥성했다. 또한 藏族이 거주하는 지역인 吐藩에서는 薩迦派 · 寧瑪派 · 噶擧派 등이 큰 세력을 이루고 있었는데, 특기할 사항은 쿠빌라이칸이 국사로 존대한 八思巴는 바로 薩迦派 · 의 領袖였다는 것이다. 즉 남방의 종단과 북방의 종단 세력 사이에서 주도권을 잡은 것은 북방의 종단이라는 것이다. 도교 또한 북방에서 흥기한 세력이 교세를 빠르게 확장하는 추세였던 것으로 보인다. 대표적으로 元代 사회 전반에 널리 퍼졌던 全眞敎는 金朝 초기에 북방에서 흥기한 도교의 別派였다.

11 憲宗(1251~1260) 시기까지만 해도 丘處機는 몽고왕의 개인적인 총애를 받아 도관을 세우고 심지어 佛寺를 파괴하기도 하였으나 헌종 5년부터 있었던 3회에 걸친 종교 논쟁에서 佛僧 八思巴에 의해 邪說로 내몰리고 결국 세조 원년에 八思巴가 國師로 추대되어 라마교가 중추가 되었다. 이와 관련한 자세한 내용은 李龍範 「元代 喇嘛敎의 高麗傳來」(『韓國佛敎學硏究叢書』, 불함문화사, 2004), 385~395면 참고.

로운 종파이며 원래 한족 유생 출신인 왕중양(王重陽)을 그 창시자로 삼고 있다. 이 종파는 도교의 뿌리 위에 유가사상(儒家思想)과 불교(佛敎)의 교리를 접목시켜 전형적인 '삼교합일(三敎合一)'의 성격을 띠고 있다.[12] 『중국풍속통사(中國風俗通史)』에서 관련 내용을 살펴보면 몽고족이 중원을 차지한 이후 많은 사람들이 불교를 신봉하는 가운데 도교의 신도는 대부분 한족(漢族)이었다고 기술하고 있다.[13] 필자의 생각에 아마 전진교에 가장 관심을 가진 계층은 바로 한족(漢族) 출신의 유생이었을 것이다. 왜냐하면 전진교에서 권유하는 유(儒)·불(佛)·도(道) 삼교(三敎)의 경전을 골고루 소화해낼 수 있는 사람은 경학(經學)에 기본적 소양이 쌓여 있는 유생들이기 때문이다. 즉 몽고족의 지배 아래에서 과거의 길이 거의 막힌 상태에서 한족 유생들이 전통적으로 내려오는 경전(經典)들을 지속적으로 접할 수 있는 활로로 종교의 틀을 필요로 했을 수도 있다는 것이다. 다시 말해서 정치적 논리로 유교 경전을 접하거나 받들게 되면 통치계층인 몽고족으로부터 탄압받을 수 있는 빌미가 될 수도 있기 때문에 종교적 방식으로 기존의 경전들을 접하면서 정신적 위안을 받기도 하고 나름대로 전통적인 사상의 맥도 이어갈 수 있었던 것이다.

전진교가 기존의 도교와 구별되는 가장 큰 특징 중의 하나는 연단(鍊丹)이라든가 초제(醮祭)와 같은 형식적인 것에 치중하기보다 '심성을 수양하고'(息心養性), '욕정을 제거하는'(除情去欲) 자기수양의 덕목을 중시했다는 것이다. 이것은 언뜻 보기에도 전통적인 이학(理學)에서 주장하던 유생의 수양 덕목을 계승한 것으로 당연히 원대 한족 유생들에게 호소력이 있었을 것이다.

이상의 내용으로 보건대, 원대 문학의 주축을 담당한 전통적 한족 유생들

---

12 가령 王重陽은 "사람들에게 『般若心經』, 『道德淸靜經』 및 『孝經』 읽기를 권한다."(勸人誦般若心經, 道德淸靜經, 孝經)고 했고, 丘處機의 제자인 李志常은 "『주역』, 『시경』, 『서경』, 『도덕경』, 『효경』"(易,詩,書,道德,孝經)을 왕과 신도들에게 알아야 할 경전으로 권했다. 鄧紹基, 『元代文學史』, 人民文學出版社(중국), 1998, 21~24면 참고.

13 陳高華, 史韋民, 『中國風俗通史』(元代卷), 上海文藝出版社, 2001, 344면 참고.

은 통치계층이 적극 지원하는 불교가 만연하는 사회 속에서 유교와 도교를 접목시킨 다양한 종교 속으로 들어가 그들의 문화적 정체성을 상당 부분 이어나간 것으로 볼 수 있다. 그리고 원대에 존재했던 수많은 종교의 종파들이 말해주는 것은 종교와 사상의 개방성이 다른 그 어느 때보다도 활기찼다는 것이며, 특히 전진교처럼 다양한 사상을 접목시킨 내용은 문학 속에도 잘 반영되어 나타난다. 그 일례로 원 잡극 가운데 유행했던 '신선도화극(神仙道化劇)'을 들 수 있는데, 등장인물과 전체적인 분위기는 대체로 도교적이지만 내용 전개상 현실의 모순을 폭로한다든가 심지어 현실을 부정하며 이상적인 사회를 동경하는 것은 당시 억압받는 한족 유생들의 심리 상태를 대변하는 것으로 볼 수도 있겠다.[14]

3) 아(雅)문학에서 속(俗)문학으로의 이행

송대는 과거제도를 통한 새로운 지식인의 대거 등장으로 문벌 중심의 전통적 귀족사회의 지위가 하향화하는 반면, 또 다른 한편에서는 도시의 경제력을 기반으로 한 시민계층이 당시 문화의 생산자와 소비자의 한 축으로 대두하여 상향화하면서 문화를 향유하는 계층이 다양해지고 그 거리도 좁혀지는 과정에 있었다. 또한 금나라는 원나라에 앞서서 중국을 다스리고 운영한 경험을 가지고 있어 원이 한족 문화에 적응하면서 그것과 효율적으로 융합하는 데 많은 도움이 되었다.[15]

---

14 이와 관련된 내용은 다음과 같은 논문에 비교적 잘 요약되어 있다. 丁春華, 「執着・悲憫・隱忍－從神仙道化劇看元代文人的生存心態」(『浙江工商職業技術學院學報』, 2002年, 第1卷第3期), 賀玉萍, 「論全眞教對神仙道化劇題材結構的影響及其它」(『洛陽工業高等專科學校學報』, 2003年 第13卷 第3期), 左洪濤, 「元代'神仙道化'劇興盛原因考」(『寧波大學報』, 2004, 第17卷 第6期).

송대 시민계층의 심미의식은 기존의 전통적인 사대부 문인과는 달랐다. 그들은 수용면에서 정적이면서 제한적인 서면문학의 울타리를 조금씩 벗어나면서 좀 더 활동적이며 집단적인 '광장식 문화'를 정착시켜 나갔다. 특히 '와자(瓦子)'라 불리는 공연 장소는 당시에 대다수 시민들의 문화중심지로서 창작과 공연 등이 아주 활발하게 진행되던 곳이었다. 당시 문헌 기록에 따르면 이러한 공연 장소는 도시뿐만 아니라 시골에서도 성행했고, 그 중 규모가 큰 극장은 한꺼번에 수천 명을 수용할 정도였다고 한다. 이로 미루어 볼 때, 송대에는 상층의 귀족들뿐만 아니라 다수를 차지하는 하층 민중들도 다양한 문화를 향유할 수 있는 토대가 마련되었다고 볼 수 있다. 그러나 당시 사회를 지탱했던 이데올로기는 여전히 유가적인 가치를 추구했던 정통 사대부들에 의해 더욱 공고해졌고, 문학을 중심으로 후대에 주목을 받는 예술적 성취는 여전히 그들의 손에서 이루어졌다.[16] 이런 견지에서 보면 송대는 한족 중심의 유학을 근간으로 하는 전통 사회의 끝자락에 위치하면서 새로운 문화에 적응하기 위한 토대를 구축하는 중요한 전환점을 마련한 시기라고 할 수 있겠다.

원대는 한족이 아닌 몽고족이 통치계층으로 올라서면서 사회 전반에 걸쳐 대변혁이 이루어졌다. 문화적인 관점에서 볼 때, 가장 두드러지는 것은 바로 몽고 민족의 전통적인 심미의식과 더불어 다민족적인 문화적 성향이 기존의

---

15 송이 원에 완전 정복되기 전에 금과 요와 같은 나라들이 있어서 문화적 완충작용을 했다. 대표적으로 야율초재(耶律楚材)와 같은 金朝 치하의 거란인이나 서하인들이 많은 역할을 하였다. 이들은 모두 몽고인들에게 정주(定住)지대에 대한 정복과 지배가 가능한 것일 뿐만 아니라 그것이 단순한 약탈보다 훨씬 더 많은 대가를 가져다 주는 것임을 인식시켜 주었다. 몽고인의 지배영역이 이처럼 초원세계에서 정주세계로 확대되면서 이같은 현실적인 변화와 상응하는 이념적인 변화가 수반되었으니, 그것이 바로 사해(四海)를 지배하는 보편군주의 이념이 확립되게 된 것이다.(서울대학교 동양사학연구소 편, 『강좌중국사 III』, 2006, 268면, 참고.)

16 송대에 접어들면 雅文學의 대표격인 詩歌 문학에서 기존과는 다른 창작 경향이 일어났는데, 소위 "以文爲詩,以議爲詩"(문으로 시를 짓고, 의로 시를 짓는다) 는 것으로 시문학 본연의 생기가 퇴색하고 오히려 유가적인 색채가 농후해지는 경직성을 일면 띠게 되었다.

한족 문화 곳곳에 깊이 스며들기 시작했다는 것이다. 주지하다시피 몽고는 동아시아에서 유럽에 이르기까지 광활한 제국을 지배한 '다민족공동체국가' 였다. 몽고족은 다른 지역을 점령하는 과정에서 소름끼칠 정도의 잔인성과 파괴력으로 그들의 용맹성을 여실히 드러내었다. 그러나 종교나 문화적인 면에서는 이와 정반대로 아주 포용적이고 개방적인 자세를 보이고 있다. 저항하는 자에게는 처절한 응징을 가하고, 순종하는 자에게는 상당 부분 관용적인 태도를 보이는 가운데 몽고가 점령한 제국에서 문화의 교류와 전파 는 광범위하고도 신속했다.[17] 그 가운데 가장 두드러진 것은 바로 통속문학 의 대두라고 할 수 있다. 원대를 대표하는 통속문학은 '원곡(元曲)'과 '소설(小 說)'을 들 수 있는데 이 두 장르의 공통점은 '시(詩)'나 '당송팔가문(唐宋八家文)' 과 같은 아문학(雅文學)과 대척점에 선 대중 전체를 아우르는 속문학(俗文學)이 라는 것이다. 위에서도 잠시 언급했듯이 송대에도 속문학이 상당부분 유행했 으나 정확하게 말하면 그것은 문단의 중심이 아니라 변방에 놓여 있었다. 그러나 원대에는 이들 장르가 당당히 문단의 중심에 올라서서 다른 장르와 활발하게 소통을 하며 폭발적인 발전을 하게 된다. 즉, 중국 문학사에 있어서 아문학과 속문학의 대지각 변동이 일어난 것은 원대라고 할 수 있으며, 그 주된 이유는 바로 이민족에 의한 중국의 지배가 일차적인 것이며 또한 속문 학이 역량을 발휘할 수 있는 공간이 충분히 마련되었다는 것에서 큰 의미를 지닌다고 할 수 있겠다.

17 원대에는 역참(驛站)제도가 마련되어 기존의 다른 시기에 비해 문화의 전파속도가 상당히 빨라졌다.

3. 원대 언어환경과 서사문학의 특징

1) 몽고족과 한어(漢語)

수천 년의 역사를 자랑하는 중국 역사의 흐름 속에서 한대(漢代)는 한족(漢族)이 역사의 중심세력으로 기술될 수 있는 기반을 마련한 시기로 이른바 사람들에게 '중국문화는 한족문화'라는 관념을 가지게 한 발원지와 같은 시대적 의미를 지닌다. 또한 한족이 이룩한 여러 가지 문화적 성취들 가운데 오늘날까지도 그들을 문화적 중심세력으로 만들 수 있었던 가장 큰 구심점은 아마도 한자(漢字)일 것이다.

중국 대륙의 역사는 다민족이 공유하는 가운데서 점진적으로 발전했다. 기원전으로 거슬러 올라가는 것은 말할 필요도 없거니와 육조(六朝) 시기만 하더라도 서로 다른 종족들끼리 경쟁하면서 정권을 주거니 받거니 했다. 그러나 그러한 와중에 정작 문자생활을 놓고 보면 단연코 한자가 중심이 되었다는 것은 부인할 수 없다.[18] 그러나 몽고족이 중원을 장악한 시기에는 한자를 포함한 한어에 커다란 변화가 일어났다. 그것은 바로 기존에 주로 한족 위주의 상층 권력자와 사대부로 대변되는 문인계층이 지향하던 문언위

---

18 한국만 하더라도 한글이 창제되기 이전에는 한자를 매개로 한 문자생활을 할 수 밖에 없었고, 한글이 창제가 된 이후에도 지식인들 사이에서는 여전히 한자와 경합을 벌여가는 형국으로 몇 백 년을 끌어오다가 결국은 언문일치에 부합하는 한글이 중심이 되어 한국인의 사상과 문화적 전통을 이어가고 있는 것이다. 이것은 역사적으로 동아시아에서 공존했던 여러 민족들이 각자의 고유한 문자를 어떻게 발전시켜 나갔는가 하는 문제와 관련시켜 볼 때 의미심장한 대목이다. 즉 한국이나 일본과 같은 경우는 자신들이 만들어낸 문자 체계에 한자를 잘 조화시켜 사상과 문학 활동 등을 꾸준히 발전시켜 나갔다. 반면 역사의 한 시기에서 중원을 호령했던 거란이나 여진족과 같은 여러 민족들은 비록 한 때는 자신만의 문자를 만들어 사용하기도 했으나 그것이 보편화되지 못하고 결국 민족 단위의 국가형태도 유지하지 못한 채 漢族 중심의 중국에 편입되고 말았다. 필자의 견해로는 소위 오늘날 중국에 편입된 내몽골과 국가 형태를 유지한 외몽골은 그들의 문자정책을 어떻게 펴나가느냐에 따라 향후 국가의 운명이 달라지리라고 본다.

주의 글쓰기 방식에서 원대 권력의 상층부인 몽고족과 색목인 등을 의식한 간결하고 이해하기 쉬운 글쓰기 방식으로의 전환을 말한다.

　　몽고족의 영웅으로 영원히 추앙받는 칭기즈칸은 사실 평생 문맹이었다고 한다. 그렇지만 그는 지식과 학문을 존중했고, 학자들로부터 배우려고 애썼으며, 그들을 자신의 목적에 맞게 등용했다. 파괴한 것은 이용 가치가 없어 보이는 것들이었다. 또한 몽골 부족들은 고유의 글을 가지고 있지 않았고 명령이나 보고 및 규정들은 입에서 입으로 전달되었다. 그렇지만 칭기즈칸은 한 나라에 있어서 글이 가지는 의미를 이해했다. 그는 정복 전쟁 초기에 이미 타양의 재상인 위구르인 타타통가의 제안을 받아들여 투르크계 위구르족의 문자를 사용할 것을 지시했다.[19] 그러나 칭기즈칸이 죽고 정복전쟁의 주무대가 중국대륙으로 옮겨지면서 상황이 바뀌기 시작했다. 우선 칭기즈칸의 셋째 아들인 오고타이는 금의 신하였던 거란인 야율초재(耶律楚材)의 건의를 받아들여 많은 부분에서 한제(漢制)를 사용하였으며 심지어 원의 왕으로서는 처음으로 과거를 실시하기도 했는데, 중국사에서는 이것을 '무술선시(戊戌選試)'라고 부르면서 그 의미를 부여하고 있다. 그 후에 중국 대륙을 완전 장악한 쿠빌라이칸은 상술한 바와 같이 국호와 연호 및 행정제도 등을 대부분 '한법(漢法)'에 따라 제정하는 한편 국사(國師)인 팔사파(八思巴)로 하여금 몽고문자(蒙古文字)를 만들게 했는데,[20] 『원사(元史)』에 자주 등장하는 '국서(國

---

19 타타통가는 칸의 아들들에게 글을 가르치는 임무를 맡았으며 칭기즈칸은 그때부터 자신의 명령에 관인을 찍도록 지시했다.(라인홀트 노이만－호디츠 지음, 배인섭 옮김, 『칭기즈칸』, 한길사, 1999, 16~18면, 82~83면 참고) 『元史』124권 「列傳」 제11 「塔塔統阿」에 관련 내용이 실려 있다.("問是印何用, 對曰 : '出納錢穀, 委任人材, 一切事皆用之, 以爲信驗耳.' 帝善之, 命居左右. 是後凡有制旨, 始用印章, 仍命掌之. 帝曰 : '汝深知本國文字乎?' 塔塔統阿悉以所蘊對, 稱之, 遂命敎太子諸王以畏兀字書國言.") 위의 책, 『元史』, 1702면.

20 『元史』202권 「列傳」 제89 「釋老」 "中統 元年에 世祖가 즉위하자 (八思巴)를 국사로 존대하고 玉印을 주었다. 몽고의 새 문자를 창제할 것을 명령하니, 문자가 완성되자 임금께 바쳤다."(中統元年, 世祖卽位, 尊爲國師, 授以玉印. 命制蒙古新字, 字成上之.) 위의 책, 『元史』, 2554면.

書’, ‘국자(國字)’가 바로 그것이다. 세조 이후부터 관방(官方)에서는 문서에 팔사파자(八思巴字)와 한자(漢字)를 주로 사용했으며 또한 이때부터 타타통가가 제안한 위그루족 문자는 제한적으로 사용되기에 이르렀다.

팔사파(八思巴) 문자의 가장 큰 특징은 자음과 모음을 이용한 소리글자라는 것이다. 다시 말해서 이것은 한글처럼 다른 여러 종류의 언어를 자모(字母)를 이용해 표기할 수 있다는 것이다. 팔사파(八思巴) 문자로 가장 많이 기록된 언어는 당연히 몽고어(蒙古語)였고, 그 다음이 한어(漢語)였다. 원 제국은 광활한 제국의 영토만큼이나 각 민족별로 다양한 언어가 존재했는데 서로가 소통하기 위해서는 상당수의 통역인이 필요했다. 특히 통치계급으로서의 몽고족은 통역인을 통해서 제국을 다스릴 수밖에 없었는데, 일설에 의하면 몽고제국은 아시아 역사상 통역인의 황금시대라고 불릴 만하다.[21] 이처럼 통역가 혹은 번역가에 의해서 한어와 몽고어를 비롯한 수많은 언어들이 팔사파(八思巴) 문자와 한자(漢字)로 기록되는 과정에서 전통적인 한자(漢字)의 기록 방식에도 적지 않은 혼란과 변화가 생겼을 것이다. 그 가운데 우리가 주의할 점은 바로 서로 다른 언어가 교류하는 가운데 적지 않은 단어와 상용어가 서로 영향을 미치며 통용되기 시작했다는 것과 몽고어를 한어로 번역하는 과정에서 발생하는 번역문체의 문제이다. 이러한 구체적인 사례를 우리는 원대의 서사문학 텍스트 속에서도 발견할 수 있는데, 이것은 원대 문학의 특징 가운데 가장 중요한 요소로 꼽을 수도 있겠다.

원이 한화(漢化)하는 과정 가운데서 빼놓을 수 없는 사실은 성종(成宗) 때부터 조정이 공자(孔子)를 특별히 우러러 존경하기 시작했다는 것과 인종(仁宗) 때 과거가 부활되었다는 것이다. 이것은 몽고의 통치계층이 한족 중심의 문화에 동화 내지는 적응하는 가장 상징적인 조치들이라 할 수 있는데 원

---

21 미국 학자 Denis Sinor 「中世紀內陸亞洲的飜譯人」(미국 『亞非研究』 第10卷 第3期), 위의 책 『中國風俗通史』, 514~515면에서 재인용.

말기가 되면 지배자들은 위기를 느끼면서 역으로 중국인들에게 몽고와 색목문자를 배우지 못하도록 했다. 즉 지배층의 문자를 특권화해서라도 권력을 유지하려고 했다.[22]

　몽고의 통치자들은 차츰 한화(漢化)의 과정을 거쳤지만 그들에게 있어 한자(漢字)를 주된 요소로 하는 한어(漢語)는 어디까지나 모국어가 아닌 외국어였고, 통치자의 입장에서 그들은 당연히 모국어인 몽고어를 주로 사용했을 것이기 때문에 언문불일치에서 오는 불편함이 많았을 것이다. 특히 몽고인들에게 있어서 문언(文言) 위주로 된 방대한 중국의 경전을 비롯한 수많은 서적들은 경학과 문학에 능통한 한족의 힘을 빌리지 않고서는 그저 쌓여 있는 종이뭉치에 불과할 따름이다. 따라서 한어에 그다지 능통하지 못했던 상당수의 몽고 지배계층은 주로 통역관에 의지해서 중국문화를 이해하기 시작했고 한 걸음 더 나아가서는 한족에게 몽고족의 기호에 맞는 문화적 창작물을 요구하는 단계까지도 이르렀다고 볼 수 있다. 이처럼 몽고인은 통치계층으로서 이중의 언어생활을 해야 하는 구조 속에서 문화적으로 상대적 우위에 놓여 있는 한족의 문화에 쉽게 동화되어 갈 수밖에 없는 개연성을 지니고 있었다. 하지만 역으로 한족은 몽고족이나 색목인과 같은 지배계층이 비교적 쉽게 향유할 수 있는 방향으로 예술 활동을 점진적으로 변화시켜 나갔다고 볼 수도 있다. 즉 그 방향은 어느 일방에 경도된다기보다는 쌍방의 문화적

---

22 물론 이 과정에서 몽고족이 자신의 뿌리를 잊지 않기 위한 조치들도 분명하게 존재한다. 가령 元의 후기에 세워진 碑銘에는 '大元'이라는 국호가 몽고어로 '稱爲大元的大蒙古國' 혹은 '大元大蒙古國'으로 번역되어 있다고 한다. 또한 황제가 죽고 난 후 蒙古語와 漢語 두 가지 諡號를 병용했다. 가령 쿠빌라이는 한족의 전통에 따르면 '世祖聖德神功文武皇帝'라고 하지만 몽고어로는 '薛禪合罕'(현명한 칸)이라 불렸다.(王天有, 成崇德, 『元明淸史』, 대만, 五南圖書出版股份有限公司, 2002), 38~41면 참고. 또한 元 말기에는 아예 조서를 내려 漢人과 南人에게는 蒙古文字와 色目文字의 번역을 금지 시켰는데 그 까닭은 언어정책으로 계급의 고하를 계속 유지하려는 것이었으나 이미 통치세력의 무능과 말기적 상황을 대변한 것으로 볼 수 있겠다. 『元史』39권『順帝二』에 다음과 같은 기록이 있다. "禁漢人, 南人不得習學蒙古, 色目文字"(한인과 남인은 몽고와 색목문자 배우는 것을 금한다.)

요구가 만나는 접점에서 만들어져 나갔다고 보는 것이 합당하겠다.[23]

위에서 말한 것처럼 정복자와 피정복자의 언어 환경이 상충하는 가운데 피정복자의 문자인 한자가 보편적으로 사용되는 과정에서 여러 가지 새로운 현상이 발생하는 것은 필연적이라고 할 수 있다. 특히 서사문학의 영역에서는 그 독자가 한정된 문언소설은 퇴보할 수밖에 없고 상대적으로 통속적이면서 이해되기 쉬운 백화소설이 급속도로 발전할 수 있는 구도로 재편되고 있었다고 할 수 있다.

2) 문언소설의 퇴보

등소기(鄧紹基)는 『원대문학사(元代文學史)』에서 총 27장 대부분의 지면을 원곡(元曲)과 시문(詩文)에 할애하고, 소설은 '원대화본(元代話本)'이라 하여 짧게 서술하고 있으며, 그 가운데 문언소설과 관련된 부분은 거의 언급을 하지 않고 있다.[24] 또한 오지달(吳志達)의 『중국문언소설사(中國文言小說史)』에도 원대(元代)의 작품은 단지 송매동(宋梅洞)의 전기소설 「교홍기(嬌紅記)」 한 편만 소개되어 있다.[25] 이들 문학사의 기술을 살펴보면 별다른 설명이 없이 원대에는 화본(話本)과 희곡(戲曲)이 문단의 대세를 이루고 문언소설은 쇠퇴했다는 식으로 간략하게 언급하고 있다. 그러나 그 원인을 좀 더 구체적으로 따져보면 위에서 언급한 것처럼 문인들의 지위가 몰락하고 언어 환경에 큰 변화가

---

23 이러한 속성 때문에 위트포겔은 종래 중국을 지배한 이민족들이 중국 문화에 동화돼 버렸다는 소위 '흡수론(吸收論)·한화론(漢化論)'을 부정하고, 정복왕조의 시대에는 중국의 문화와 이민족의 문화가 서로 만나 '문화접변(文化接變;Acculturation)'을 통해 제3의 문화를 이룩한다고 주장하기도 했다. 위의 책, 『강좌중국사 Ⅲ』, 243면 참고.
24 앞의 책, 『元代文學史』, 595면 참고.
25 吳志達, 『中國文言小說史』, 齊魯書社, 2005년, 638~645면 참고. 程毅中의 『宋元小說研究』에 실린 내용도 대동소이하다.(程毅中, 『宋元小說研究』, 江書古籍, 1998년, 198~210면 참고)

오는 데서 찾을 수가 있겠다.

필자는 원대의 문언소설이 이처럼 퇴보하게 된 이유를 크게 두 가지로 보고 있다. 첫째는 바로 전대인 남송 시기의 소설 환경에서 그 원인을 찾을 수 있다. 주지하다시피 중국 고대 문언소설의 전성기는 당대(唐代)이고 그 백미는 바로 전기소설(傳奇小說)이라고 할 수 있다. 그 까닭은 전기소설의 창작 주체는 대체로 문필이 뛰어난 고급 문인들이었고, 이들이 창작한 작품의 상당수가 후세에도 여러 가지 형식으로 끊임없이 재창작되었으며, 후대의 작가들이 문언소설을 쓸 때 일종의 전범(典範)으로 삼았기 때문이다.[26] 그러나 송대(宋代)로 접어들면 전기를 필두로 한 문언소설의 창작열은 감퇴하는 경향을 보이는 한편 도시의 일반 시민들이 즐기는 강창문학(講唱文學)이 성행하게 된다. 또한 뛰어난 서사 구조를 지니고 있는 전대의 작품들은 민간 설화인에게 더없이 좋은 소재가 되어 주었는데, 중요한 것은 소위 설화인의 저본(底本)에 해당하는 '화본(話本)'에서 문체의 변화가 일어난다는 것이다. 그것은 바로 문언(文言)에서 백화(白話)로 이행하는 과도기적 형태의 문체라고 할 수 있는데, 그 가장 좋은 사례로는 송말원초(宋末元初)의 인물로 추정되는 나엽(羅燁)의 『취옹담록(醉翁談錄)』에서 찾을 수 있다.[27]

송대의 도시 형태는 당대와 크게 구별된다. 그중 가장 두드러진 것은 바로 당제(唐制)인 '방시제(坊市制)'의 붕괴와 야간 통행금지의 해제이다.[28] 특히 방

---

26 『鶯鶯傳』・『李娃傳』과 같은 작품들은 후대에 雜劇, 南戲, 話本 등 여러 가지 문학 장르로 끊임없이 재창작되었다. 또한 문언소설의 맥은 明代의 『剪燈新話』로 이어지는데, 그 문체 또한 당 전기를 계승했다.

27 『醉翁談錄』의 서문에 해당하는 「小說開闢」에는 당시 설화인들이 주로 참고한 책으로 『太平廣記』・『夷堅志』・『綠窓新話』 등이 열거되어 있다. 즉 당시의 설화인 가운데 상당수는 이러한 문언소설들을 숙지하고 있었으며, 나엽과 같은 이들은 좀 더 많은 이들이 쉽게 접할 수 있도록 選集을 엮었는데 그 과정에서 '대화체'의 문장이 증가한다든가 의도적으로 문장을 쉽게 써내려가는 현상이 발생했다. 陳文新과 같은 학자는 이런 문체를 가리켜 '話本體傳奇'라고 부른다. 이와 관련한 자세한 내용은 이시찬(李時燦), 『宋元小說家話本文獻傳承硏究』(北京大學 中文科 博士論文, 2007), 91~103면 참고할 것.

28 『唐會要』86卷 「市」條와 『唐律疏議』26卷 「雜律上・犯夜」에 관련 기록이 보인다. '坊'은

시제(坊市制)의 붕괴는 많은 시민들이 모일 수 있는 시장의 기능을 급속하게 활성화시켰다. 그 가운데 시민의 오락과 문화공간이라 할 수 있는 '와사(瓦舍)'라는 곳이 있는데, 이곳에서는 소위 '백희(百戱)'라 불리는 갖가지 상업적 문화공연이 펼쳐졌다. 맹원로(孟元老)의 『동경몽화록(東京夢華錄)』에 나와 있는 기록을 보면 북송(北宋)의 수도인 변경(卞京, 開封)만 하더라도 수많은 기예들이 도시에서 행해졌는데, 그 중에서 서사문학과 관련된 것을 살펴보면 '강사(講史)'·'소설(小說)'·'제궁조(諸宮調)'·'설삼분(說三分)'과 같은 것들이 있다.[29] 이것은 서사문학의 접수계층이 대중으로 광범위하게 확대된 것을 의미한다. 이러한 접수계층의 확대를 다른 각도에서 보면 창작 혹은 공연을 하는 예술인들에게 대중들의 예술적 욕구와 수준을 고려한 예술 활동을 하게 유도하는 기폭제가 된 것이다. 즉 당시 예술인들에게 있어서 소수의 상류계층 문인들만을 위한 창작보다는 대중화를 위한 창작이 생계를 위해서나 여러 면에서 현실적으로 다가왔을 것이고, 그 과정에서 서사문학은 소수만이 향유할 수 있는 문언소설보다는 좀 더 많은 이들에게 직접 혹은 간접적으로 다가갈 수 있는 언문일치적 성격을 띤 방향으로 발전할 수밖에 없다. 또한 야간 통행금지의 해제는 당시 사람들에게 시간과 공간의 제약을 뛰어넘어 문화 소비자의 주체로서 언제, 어디서나 당시의 문화적 산물을 접할 수 있게 했다.

두 번째 원인은 역시 원대에 접어들면서 통치계층의 변화로 인해 문언소설의 입지가 더욱 좁아질 수밖에 없는 처지에 놓이게 된 것이라 할 수 있다. 상술한 바와 같이 대부분의 몽고인과 색목인은 입말인 한어(漢語)는 물론이고

벽으로 둘러싸인 특별구역이고, '市'는 상업구역인데 모두 관가의 엄격한 관리를 받아서 많은 제약이 있었다. 또한 일정한 시간이 되면 시장은 문을 닫게 했으며 야간통행은 금지되어 있었다. 또한 많은 사람들이 모여서 이야기를 듣는 공간도 불교 사찰이나 개인의 대저택 정도에 불과했으며, 시간적으로도 특별한 행사가 있을 때 제한적으로 이루어졌다. 그러나 송대에 접어들면 고정적인 문화시장이 존재해서 가령 설화인의 이야기가 듣고 싶으면 시장에 마련된 공연장으로 가서 언제든지 즐길 수가 있게 되었다.

29 孟元老, 『東京夢華錄』第5卷 「京瓦伎藝」, 대만, 古亭書屋, 1975, 29~30면 참고.

글말인 한자(漢字)에 대한 독해 능력은 말할 나위가 없었을 것이다. 그러나 일정한 줄거리를 알고 있다는 전제하에서 음악을 가미하여 눈으로 즐기는 공연 형식의 예술은 충분히 용납될 수가 있다. 필자의 생각으로는 원대 잡극(雜劇)이 성행한 것은 처음에는 분명 귀와 눈으로 즐기는 공연에 대한 수요 때문이지 눈으로 읽는 서면문학에 대한 수요 때문만은 아닌 것 같다. 오늘날 우리가 접하는 원대의 잡극 대본은 주로 명대에 정리되고 간행된 것이 많은데 이것은 정작 원대 당시에는 잡극 대본 자체를 서면문학으로 접하는 수요자가 극히 제한적이었을 것이라는 것을 반증한다고 볼 수 있다.[30] 화본소설 또한 비슷한 과정을 겪었을 것이라 여겨지는데, 그 까닭은 오늘날 우리가 접하는 대부분의 화본소설은 명대에 간행된 것이고 원대에 간행된 것으로 현존하는 것은 「신편홍백지주소설(新編紅白蜘蛛小說)」의 잔본(殘本) 한 편밖에 없기 때문이다.

원대에 접어들어 전통적인 한족 유생들의 지위하락으로 인해 문언소설은 창작의 동력을 거의 상실했고, 서사문학의 대세는 텍스트 자체보다는 현장에서 공감각적으로 감상할 수 있는 잡극이나 설화와 같은 '연행문학(演行文學)'으로 옮겨진 것은 분명한 사실이다. 또한 원대에 텍스트화된 소설 서사물도 대부분 이러한 연행문학과 관련된 것들이 대부분이다. 주지하다시피 문언소설이 다시 고개를 들기 시작한 것은 원이 멸망해갈 무렵에 집필되기 시작한 구우(瞿佑)의 『전등신화(剪燈新話)』부터라고 할 수 있는데, 중요한 것은 명대에 들어서도 소설의 주류를 이룬 것은 장회소설이나 화본소설처럼 텍스트 속에서 이야기꾼의 목소리를 느낄 수 있는 것들이었다는 점이다.

---

30 여기서 제한적인 수요자란 바로 공연을 담당하는 주체인 배우와 대본을 쓰는 창작집단이 일차적으로 해당될 것이고, 그 밖에 漢語를 이해하는 전통적 漢族 儒生이나 통역과 번역이 가능한 다른 민족 출신의 譯官들이 포함될 것이다. 이들은 마치 오늘날 영화나 연극을 일차적으로 접하고 난 뒤, 책으로 다시 보고 싶어 하는 독자들에 해당된다고도 할 수 있겠다.

3) 통속문학의 비약적 발전

근대에 접어들어 백화문학을 주창했던 호적(胡適)은 일찍이 원대 문학의 특징을 다음과 같이 서술했다. "문학혁명은 원대에 이르러 정점에 올랐다. 그 당시에 사(詞)·곡(曲)·극본(劇本)·소설(小說)은 모두 일류의 문학이었고 모두 리어(俚語)로 되어 있었다."[31] 여기서 '리어(俚語)'라 함은 소위 '지호자야 (之乎者也)'로 대변되는 문언투의 말이 아니라 저자거리에서 일반 서민들 사이에서 통용되는 말을 일컫는 것이다. 즉 호적은 당시 문학텍스트에 주로 사용된 언어에 주목해서 원대문학의 성격을 혁명적이었다고 말한 것이다. 원대 문학을 대표하는 것은 '원곡(元曲)'으로 더 정확히 말하자면 '잡극(雜劇)'과 '산곡(散曲)'을 통칭하는 것이다. 이러한 예술형식은 그 수요자를 주로 일반 백성에 두고 발전한 장르며 현장에서 펼쳐지는 연행(演行)과 밀접하게 연계되어 창작되고 전파된다. 다시 말해서 이들 문학의 최초 발생과 발전은 어디까지나 독서인과 비독서인을 구분하지 않은 채 진행되었으며, 그 과정에서 시나 산문과 같은 전통적인 서면문학에 대비되는 통속문학으로서의 가치를 구현하게 된 것이다. 그러나 종국에는 문인들의 점진적인 참여로 원곡은 서면문학으로서도 그 창작집단과 수요층을 확대시켜 나갔으며, 명대에 접어들어 독서물로 간행되기에 이르렀다.

잡극과 산곡이 원대 문학의 주류를 이룰 수 있었던 원인 가운데 가장 핵심적인 부분은 일반 백성들과의 소통이었다고 할 수 있다. 그리고 그 소통을 가능하게 한 요소 중 빼놓을 수 없는 것은 아마도 음악적 요소일 것이다. 음악은 국가와 민족을 초월할 수 있는 예술 형태이며 구성진 가락에 애절한

---

31 "文學革命, 至元代而登峰造極. 其時, 詞也, 曲也, 劇本也, 小說也, 皆第一流之文學, 而皆以俚語爲之."(胡適 「吾國歷史上的文學革命」, 姜義華 主編, 『胡適學術文集·新文學運動』, 中華書局, 1993, 4면)

가사를 실어 놓으면 비록 가사의 내용을 다 이해하진 못하더라도 듣는 이로 하여금 비슷한 예술적 감흥을 불러일으킬 수 있다. 명대(明代) 문인 왕세정(王世貞)은 『곡조(曲藻)』에서 설명하기를 "곡(曲)이라는 것은 사(詞)의 변형으로 금(金)과 원(元)이 중국을 차지하면서 호악(胡樂)을 사용하여 만든 새로운 곡조"라고 하면서 당시 장강(長江) 이북에서는 '호어(胡語)'의 사용이 점차 증가했다고 한다.[32] 당시 元의 수도였던 대도(大都, 북경)에는 몽고족(蒙古族)이나 한족(漢族)뿐만 아니라 다양한 민족이 공존하고 있었다. 그와 같은 환경 가운데 관한경(關漢卿), 왕실보(王實甫), 장가구(張可久)와 같은 유명한 한족 작가들은 잡극이나 산곡을 창작하는 과정에서 이민족의 음악을 적절하게 소화해서 작곡을 하고, 수시로 이민족의 언어인 호어(胡語)를 삽입시켰던 것이다. 이것은 곧 여러 민족들 사이에 놓여 있는 이질적인 언어 장벽에 대해 소통을 위한 예술적 활용에 해당한다고 볼 수 있겠다.

음악적 요소와 더불어 일반 백성들과의 소통을 위해 당시 작가들이 취한 적극적 조치는 당시 사회에서 통용되는 구어체의 표현을 주로 사용했다는 것을 들 수 있다.[33] 특히 원 잡극은 중국의 문학예술과 문화사상 등 여러 영역에서 자신의 위치를 확립시켰고, 가장 주목할 만한 것은 언어의 사용방면에 있어 특출한 공헌을 했다는 것이다. 하락사(何樂士)라는 학자는 「원잡극어법특점연구(元雜劇語法特點硏究)」에서 다음과 같은 연구 결과를 도출했다.

'戱曲'의 언어를 '變文'의 언어와 비교해보면 언어적 측면에서 총체적인 변모

---

32 "曲者, 詞之變, 自金元入主中國, 所用胡樂, 嘈雜凄緊, 緩急之間, 詞不能按, 乃更爲新聲以媚之. …… 但大江以北, 漸染胡語, 時時采入, 而沈約四聲遂闕其一." 王世貞『曲藻』,(劉禎, 『勾欄人生』, 河南人民出版社, 2001) 22면에서 재인용.
33 당시에 민간에서 주로 사용되던 언어는 여전히 漢語 위주였다고 보여진다. 고려 말에 저술된 것으로 알려진 『老乞大』에 다음과 같은 내용이 들어 있다. "如今朝廷一統天下, 世間用着的是漢兒言語, 我這高麗言語, 只是高麗地面里行的, 過的義州, 漢兒地面來, 都是漢兒言語."

가 생겼으니 '戲曲'은 서면어의 속박을 최대한도로 떨쳐 버렸으며 특히 '戲曲'에 나오는 대화 부분은 대부분 당시의 순수한 口語였다. 관한경은 大都(북경) 사람으로 그의 작품에는 주로 당시 북경의 口語가 반영되어 있으며 현대 한어의 普通話 또한 북경 방언을 기초로 한다. 비록 '戲曲' 언어와 현대 한어에는 여전히 몇 가지 중요한 차이가 있긴 하지만 현대 한어의 대체적인 면모는 원대에 이미 갖추어졌음을 알 수 있다.[34]

이처럼 당시 문화적 제반 환경은 통속문학에 유리하게 조성되어 있었고 창작 집단은 문화의 주요 소비층인 일반 백성을 주로 고려했기 때문에 문학 텍스트에 사용된 언어의 통속화 또한 미증유의 발전을 가져왔다고 볼 수 있겠다.

마지막으로 소설의 대중화와 관련해서 당시 텍스트에 유행하기 시작한 삽화의 기능과 의미를 짚어보기로 한다. 우선 원대 이전에 유행한 삽도는 주로 고사성이 짙은 불교 관련 서적이었다. 그러나 삽화가 소설 텍스트에 본격적으로 들어가기 시작한 것은 원대로 대표적인 판본들로는 『전상평화오종(全像平話五種)』・『삼분사략(三分事略)』 등을 들 수 있다. 주로 역사적인 사실에 근거하여 영웅화된 인물들을 중심으로 구성된 이야기들은 당송(唐宋) 시대부터 민간에서 '설화(說話)'의 형식으로 끊임없이 구술되어 왔다. 특히 『삼국지』와 관련된 내용은 상층 문인부터 동네 아이들에 이르기까지 너무나 익숙한 것이기도 했다. 이러한 구연문학의 발전은 필히 서면문학으로 전환되는 역사적 단계를 거치게 마련이다. 원(元) 지치년간(至治年間, 1321~1323)에 간행된 『삼국지평화(三國志平話)』・『삼분사략(三分事略)』은 저잣거리에서 보고 듣

---

34 "'戲曲'語言與'變文'語言相比, 語言面貌從整體上有了改觀, '戲曲'極大程度地擺脫了書面語的束縛, 尤其是'戲曲'中的對白, 幾乎是當時純粹的口語. 關漢卿是大都(北京)人, 他的作品主要反映當時北京口語, 現代漢語普通話也是以北京方言爲基礎的, 可以看出, 雖然'戲曲'語言與現代漢語還有一些重大差別, …… 但現代漢語的大致面貌在元代已經具備了."(李修生, 『元雜劇史』, 江蘇古籍出版社, 1996) 72면에서 재인용.

는 이야기에서 눈으로 읽는 소설 텍스트로, "이야기에서 책으로"[35] 넘어가는 과정에서 생겨난 현존하는 가장 오래된 소설 삽도본이라고 할 수 있다. 김문경은 초기 소설 삽화와 본문과의 관계를 가리켜 "그림이 본문의 보조라기보다 오히려 본문이 그림의 해설에 해당"한다고 말한 바 있다. 그 까닭은 텍스트가 정교한 그림에 비해 상대적으로 매우 빈약하고, 메모 수준에 지나지 않는 간략한 문장, 지나친 생략으로 비롯된 스토리의 단절 등이 자주 보이기 때문이라고 지적했다.[36] 환언하면 원대에 간행된 초기 소설 삽화본은 청중이 아닌 독자를 의식해서 간행되었지만, 텍스트의 문자적 기능보다는 오히려 그림에 더 신경을 썼고, 원대 독자들 중 상당수는 마치 오늘날 만화책을 보는 방식과 비슷하게 소설 삽화본을 대했으리라 짐작된다. 즉 삽화본을 간행한 주체들은 당시 문자 교육을 제대로 받지 못한 대중들에게 그림이라는 도구를 이용하여 잠재적인 독자층의 영역을 광범위하게 확장시키는 역할을 했다고 할 수 있다. 명청 시기에 소설이 문단의 주도적 위치를 점할 수 있었던 것 또한 원대부터 본격적으로 형성되기 시작한 통속소설의 독자층과 불가분의 관계에 놓여 있다.

4. 맺음말

본고는 수천 년 동안 한족을 중심으로 문학적 전통을 이어가던 중국문학사에서 약 100년에 걸친 몽고족의 지배가 중국 서사문학에 어떠한 구조적 변화를 가져왔는가를 개괄적으로 살펴본 것이다. 우선 원의 대륙지배로 가장 큰 타격을 받은 것은 한족 유생인데 이들은 미증유의 신분 몰락을 경험

---

35 김문경, 『삼국지의 영광』, 사계절, 2002, 68면.
36 김문경, 앞의 책, 61면.

하면서 그들의 학문적 소양과 역량을 전진교와 같은 유불도를 아우르는 종교적 영역과 한자를 이용한 문자생활을 지속할 수 있는 통속문학의 영역에 집중시켰다. 그 결과 원대 문학구조는 소수 계층만이 향유할 수 있었던 아문학(雅文學)에서 보다 많은 대중이 향유할 수 있는 속문학(俗文學) 중심으로 재편되었다.

칭기즈칸을 위시한 몽고의 통치자들은 정복전쟁 과정에서 보여준 잔임함과는 대조적으로 사상과 종교적인 방면에서는 상당히 개방적인 태도를 견지했다. 그러나 쿠빌라이칸이 송을 정복한 후 중국 대륙을 제국의 중심으로 삼고, 통치제도의 근간으로 한제(漢制)를 채택하면서 제국의 문화적 성향은 점차 한화(漢化)되어 갔다. 반면 피지배계층으로 전락한 한족들은 통치계층인 몽고족과 색목인들의 지배를 받으면서 그들의 언어와 문화에 적응해 갔다. 그 과정에서 두 가지 언어 혹은 그 이상의 언어를 구사하는 사람들의 역할은 매우 중요하게 되었으며, 이들 언어의 전달자들에 의해 한어(漢語)는 몽고어를 비롯한 여러 가지 언어의 영향을 받게 되었다. 가장 핵심적인 것은 바로 문자의 표현 방식이 난해한 문언투 위주에서 보다 쉬운 구어투로 변화하는 것인데, 보다 많은 대중을 수요자로 하는 통속문학에서 가장 큰 변화가 감지된다.

지배계층인 몽고족의 점진적인 한화(漢化) 과정과 문화적으로는 상대적 우위에 있었지만 가장 열악한 신분적 구조에 처해 있었던 한족(漢族)이 원(元)제국에 적응하는 과정에서 생겨난 문화접변적인 현상 가운데 '잡극'과 '소설'을 대표로 하는 서사문학의 통속화는 향후 중국 문학의 방향을 예고하는 결정적인 계기가 되었다고 할 수 있다.

3

강번과 청대 한학연구

칠영상(漆永祥)

1. 강번의 생애와 학문

강번(江藩, 1761~1830)의 자는 자병(子屛)이고 국병(國屛)이라고도 했으며, 호는 정당(鄭堂)이고, 만년의 자는 절보(節甫)로 본적은 중국 안휘성(安徽省) 정덕(旌德)의 강촌 마을로 조부는 강일주(江日宙)였는데 양주(揚州)로 옮겨온 후 감천(甘泉) 사람이 되었다.

강번의 부친 강기동(江起棟, 1722~1786)은 오(吳)지방의 명문가인 왕진(汪縉, 1725~1792)·설기봉(薛起鳳, 1734~1774)·여소객(余蕭客, 1729~1777)·강성(江聲, 1721~1799) 등의 인물들과 서로 왕래를 했다. 바로 이런 이유로 강번은 어린 시절 오현(吳縣)에서 성장했고 그가 따르던 스승 또한 그 고장에 있는

▎ **칠영상**(漆永祥) 북경대학 중문과 교수.

부친의 친한 친구였다. 12세가 되던 해에 강번은 설기봉으로부터 구독법(句讀法)을 수학했는데 설씨(薛氏)는 주로 비유를 들어 그의 실력을 함양시켜 주었다. 또 일찍이 왕진을 따라다녔는데 설(薛)·왕(王) 두 사람의 학문은 모두 유교로부터 불교로 들어갔으니, 소위 "배움에 있어서는 공자를 존숭했으나 (薛·王)두 사람 사이에서 노닐었다"[1]라고 말한 것이다. 이 두 사람의 영향을 받아 강기동 본인은 불학을 익혀 거사(居士)가 되었으며, 강번 또한 불학에 깊이 심취해서 불법을 강설했다. 그는 자칭 "예전에 술과 고기를 맛보지 않았을 때 나 역시 바라문의 사람"[2]이라 했으니 바로 당시의 사실을 그대로 반영한 것이다. 동시에 아버지의 권계(勸戒)를 받아 강번은 막 유서(儒書)를 공부하기 시작할 무렵 세간(世間)의 이치를 궁구했다. 15세에 강기동은 여숙객의 집에 머물렀는데 이 때 강번은 풍아(風雅)의 정취를 알게 되었다. 그는 여숙객 밑에서 경학을 배웠고 또 『문선(文選)』을 암송했으며 사부(詞賦)를 익혔는데 그가 여러 학문에 정통한 것은 바로 이 때다. 숙객이 세상을 하직하자 강번은 다시 혜동(惠棟)의 또 다른 제자 강성에게 배웠는데, 강성은 『칠경(七經)』·『삼사(三史)』·『설문(說文)』 및 혜동으로부터 수학한 『역(易)』을 가르쳤다. 강번이 『역』에 정통하고 훈고에 능통하며 혜동의 주역을 보충해서 『주역술보(周易述補)』를 지은 것은 바로 이 시기의 공부가 바탕이 되었다.

25세 이전의 강번은 윤택한 가정에서 생활했으며 그와 부친이 필사해서 집에 쌓인 책이 3만여 권에 달했다. 그러나 장사는 뒷전으로 하고 공부에만 몰두했던 집안의 가세는 기울기 시작했고, 게다가 이 시기에 느닷없이 닥친 천재지변은 경제적으로 그를 더욱 궁지로 몰아넣어 죽을 때까지 향상되지 않았다.

---

1 (淸)王綝,「汪子二錄自序」,『續修四庫全書』 影印嘉慶十年王芑孫刻 『汪子遺書』本, 集部第 1437冊, 284면.
2 (淸)江藩,『伴月樓詩鈔』 卷上「墨莊遠齋宿子家作一宵淸話遠齋有詩記之次韻一韻」, 上海圖書館藏淸鈔本.

건륭(乾隆) 51년(1786), 강번이 26세가 되던 해는 그의 일생 가운데 재기가 한창이었던 때이자 그의 생활이 풍족함에서 빈곤함으로 전환하던 시점이다. 이 해부터 강남에서는 매년 재해가 발생해서 백성들의 삶은 황폐해지고 기아로 사망한 자들이 계곡을 메웠다. 강남으로 말하자면 천재지변 외에도 더욱 심한 인재가 발생했다. 그 해 2월에 아버지 기동이 세상을 하직했고, 그 다음 해에는 어머니 오씨(吳氏)가 돌아가셨다. "형제도 없고 이룬 것도 별로 없는"[3] 가련한 강번은 고난의 상황 속에서 매일 멀건 죽만 먹고 생활을 이어나가는 지경에 이르렀다. 그는 어쩔 수 없이 책을 팔아 쌀을 마련해서 서재는 텅 비게 되었다. 이 시기에 강번은 일이 없을 때 그의 시집 『을병집(乙丙集)』 이권(二卷)을 완성했다. 또 어떤 이에게 부탁을 해서 <서과도(書窠圖)>를 그리게 하고서는 이름난 이들에게 두루 제영(題詠)을 달게 했는데, 마음이 편치 않을 때는 곧 그림을 보고 책장 가득 빼곡한 서가와 사람을 유혹하는 책 향기를 추억하면서 울적하고 적막한 심정을 달래곤 했다.

부모의 상(喪)이 끝나자 강번은 잠시 노모(生母 徐氏)를 떠나 의식(衣食)을 위해 돌아다니는 유랑객의 생활을 시작했다. 건륭 52년, 그는 강서 지방으로 가서 전임(前任) 영국부지부(寧國府知府)이자 성자(星子) 사람인 사계곤(謝啓昆)은 집에서 상(喪)를 치루는 중이었고, 상(喪)이 끝나고서도 병 때문에 집에 있었는데, 강번은 손님으로 남아 호건(胡虔) 등 여러 사람들과 함께 학문을 논했다. 그 다음 해 겨울, 왕창(王和)이 강서 포정사(布政使)로 부임해 가자 강번은 그의 문하로 들어갔다. 54년, 왕창이 형부우시랑(刑部右侍郎)으로 승직하자 강번은 어쩔 수 없이 오(吳) 지방으로 돌아갔다.

강번은 비록 빈곤했으나 독서와 집필을 멈추지 않았으며, 학인들과의 교류가 날이 갈수록 넓어지면서 학술계에서 점점 더 명성을 쌓아 갔다. 당시

3 (淸)江殊, 「小維摩詩稿序」, 嘉慶十六年金陵劉文奎家鏤本, 2B쪽.

사람이 그와 임조린(任兆麟)을 묶어 '오중이언(吳中二彦)',[4]이라고도 했고, 양주 (揚州)에서는 또 그와 초순(焦循) "둘 다 경사(經史)에 박식하고 문학계에서 추 대되니 당시에 '이당(二堂)'이란 칭호가 있었다"[5]라고 했다. 또 초순·황승길 (黃承吉)·이돈(李惇) 등과 더불어 "옛 것을 좋아하는 동학들로 '강초황이(江焦 黃李)'의 칭호가 있다"[6]고 했다.

건륭 56년(1791), 강번은 짐을 꾸리고 북경으로 가서 당시 동각대학사(東閣 大學士)로 예부사무(禮部事務)와 군기대신(軍機大臣)을 관할하던 섬서(陝西) 한성 (韓城)사람 왕걸(王傑, 1725~1805)의 관저에 머물렀다. 당시에 왕걸 등이 편찬 한 청 고종(高宗)의 『어제시오집(御製詩五集)』100권과 목록 12권은 고종 건륭 49년부터 60년(1784~1795) 사이에 지어진 시 8,700여 수를 정리한 후 건륭 60년에 내부(內府)가 간행했다. 강번이 한 일은 시구에 달려진 주를 교감하는 것이었다.

가경 3년, 강번은 실의에 빠져 남쪽으로 돌아와서 다시 강녕(江寧)에서 응 시했으나 역시 합격하지 못했다. 11년, 복건 사람 이병완(伊秉綬, 1754~1815) 은 양주지부(揚州知府)로 있었는데 상중(喪中)이었던 완원(阮元, 1764~1849)과 논의하여 『양주도경(揚州圖經)』과 『양주문수(揚州文粹)』를 엮었는데 강번과 초 순 등을 끌어들여 함께 편찬하였다. 13년, 다시 강녕으로 가서 응시했어나 여전히 합격하지 못했다. 17년, 완원이 조운총독(漕運總督)을 역임하여 산양(山 陽)에 머물 때 강번을 불러 여정서원(麗正書院)을 주관하게 했으니 벼슬이 없던 선비가 여러 유생들의 선생님이 된 것이다. 이 시기에 강번은 각지를 왕래하 며 생계를 도모함과 동시에 단속적으로 『한학사승기(漢學師承記)』등의 책을 집필하고 있었으며 대략 가경 16년에 『한학사승기』의 초고가 완성되었다.

---

4 (淸)張允滋選, 任兆麟纂, 『吳中女士詩鈔』卷2 江珠『靑藜閣詩·讀松陵任夫人春日閒居詩卽 次原韻奉寄』, 乾隆己酉刊本, 第1冊, 12A면.
5 (淸)王豫, 『群雅集』卷25 「焦循小傳」注, 嘉慶壬辰王氏種竹軒刻本, 第6冊, 7B면.
6 (淸)黃承吉, 『夢陔堂文集』卷5 「孟子正義序」, 1939, 燕京大學鉛印本, 第2冊, 14면.

북쪽에 머물면서 이미 실의하기도 했고 양주(揚州)에서는 의지할 곳 하나 없었던 강번은 마침내 남쪽으로 내려와 운이 따라주기를 바랬다. 마침 가경 22년(1817)에 완원은 호광(湖廣)에서 양광총독(兩廣總督)으로 관직이 바뀌었다. 23년, 완원은 『광동통지(廣東通志)』를 주관해서 만드는 중인지라 강번은 영남으로 갔다. 바로 이 해에 그는 완원의 지지를 받아 마침내 『한학사승기(漢學師承記)』와 『경사경의목록(經師經義目錄)』을 간행하게 되었다. 그 다음 해에 『광동통지』가 편찬되기 시작했는데 강번은 편찬 책임자 가운데 한 명이 되었다. 3년째에 강번은 다시 조경지부(肇慶知府) 도영(屠英)의 요청을 받아 『조경부지(肇慶府志)』를 수찬하였다. 그 후 배를 타고 북쪽으로 돌아가서 고향에서 쉬었다.

강번의 생애는 대체로 이상과 같다. 그는 성격이 호방하고 음주를 좋아했는데 술을 마시다가 귀가 먹을 정도였다. 또 손님과 친구를 좋아하고 돈을 헤프게 썼다. 그래서 완원은 "계략이 뛰어나고 호방하여 말을 타며 창을 뺏을 수도 있다. 술을 많이 마시고 손님을 좋아하여 집안이 곤궁해졌다"라고 했다.[7]

2. 『한학사승기(漢學師承記)』와 청대(淸代) 한학(漢學)

1) 『한학사승기』의 편찬 환경과 성립 시기

중국 고대 학술사에서 학술사와 관계있는 인물의 사적(史籍)은 줄곧 두 가지 방식을 취했다. 그 하나는 중앙 정부에서 만든 정사로 『사기(史記)』로부

---

7 (淸)阮元 『定香亭筆談』 卷4, 『叢書集成新編』本, 第79冊, 620면.

터 계속된 『유림전(儒林傳)』이고, 두 번째는 개인적으로 편찬한 역사서로 주희(朱熹)의 『이락연원록(伊洛淵源錄)』의 영향이 가장 크다. 건륭 초기에 이르러 『명사(明史)』가 완성되고 난 후 이러한 화제는 학자들의 관심을 별로 끌지 못했다. 그러나 청조(淸朝)의 『국사(國史)·유림전(儒林傳)』을 어떻게 편찬해야 하는가의 문제에 대해서 국사관(國史館)은 마땅한 방법을 갖고 있지 못해서 결국에는 "유림과 관련한 자료가 없어서 백여 년 이래 손을 댄 사람이 없는"[8] 곤란한 국면에 이르고 말았다. 어쨌든 간에 『유림전』에 어떠한 표준으로 인물을 수록할 것인가는 여전히 의견이 분분했다. 예를 들어 옹방강(翁方綱)은 주장하기를 "금일 유림 항목은 반드시 정(程)·주(朱)의 전통을 이어 규정해야 한다"[9]고 했다. 가경 15년(1810), 당시 면직되어 북경에 있던 완원은 국사관 총재(國史館總裁)를 자임하여 『유림전』을 편집함과 동시에 그의 친한 벗들인 초순(焦循)·장용(臧庸)·주석경(朱錫庚)·제자 장감(張鑑) 등에게 널리 의견을 구했는데 다들 나름의 의견을 내놓았다. 예를 들어 초순은 "사마천이 『유림열전』을 만들 때 공자를 근본으로 삼고 육예(六藝)를 받들었으며, 반고는 그것을 따르니 열거된 인물들이 모두 경학의 반열에 올랐다"[10]고 주장했다. 장감은 의리(義理)와 고거(考據) 및 명물(名物)의 학문을 두루 갖추어야 하며 '심성(心性)' 두 글자에 얽매일 필요는 없다고 했다.[11] 그리고 완원은 당시의 학술이 존숭하는 특징으로 "송학(宋學)의 성도(性道)를 존숭하고 한유(漢儒)의 경의(經義)로써 그것을 실증한다"[12]는 점을 지적했다. 완원은 관방의 입장에서 당연

8 (淸)阮元, 『揅經室一集』 卷2, 『擬國史儒林傳序』附阮福案語, 淸阮元撰·鄧經元點校, 北京中華書局 1993, 上冊, 38면.

9 (淸)翁方綱, 『復初齋文集』 卷11 「與曹中堂論儒林傳目書」, 『續修四庫全書』 影印淸李彦章校刻本, 集部 第1455冊, 444면.

10 (淸)焦循, 『雕菰樓集』 卷12, 「國史儒林文苑傳議」, 1985年 北京中華書局重印, 『叢書集成初編』本, 第2193冊, 181면.

11 (淸)張鑑, 『冬靑館甲集』 卷5, 「再答阮侍郎師書」, 『續修四庫全書』 影印 『吳興叢書』本, 第1492冊, 56면.

12 『淸史稿』 卷480, 「儒林傳序」, 北京中華書局 1987年 點校本, 第43冊, 13099면.

히 한(漢)과 송(宋)의 학문을 균등하게 지지하는 골격을 유지하려 했으나 실제로는 여전히 한학(漢學)이 위주가 되었다. 이것이 당시 관방에서 『유림전』편찬을 둘러싸고 생겨난 의견들이며, 강번의 『한학사승기』 또한 바로 이러한 분위기에서 만들어졌다.

이와 동시에 건륭 후반기의 송명이학(宋明理學) 또한 강희(康熙)시기 '작은 성행'의 국면을 거친 후 쇠미해서 진작되지 않았으나 그것을 대신해서 흥기한 혜동(惠棟)·대진(戴震)·전대흔(錢大昕)·기윤(紀昀)·주균(朱筠)을 대표로 하는 고증학파(考據學派)들은 청 정부가 사고전서관을 연 이후에 그 곳의 인물들은 대부분 고증학자가 구성되었고, 고증학파 또한 그에 따라 최고조에 달했다. 그러나 조정의 국사관이든 민간에서 개인이 편찬한 서적이든 도리어 고증학이 흥성했다는 이 학술계의 현실을 보여주지 못했다. 황종희(黃宗羲)의 『명유학안(明儒學案)』은 체재상으로는 비록 서사방식을 바꾸었지만 서술한 내용은 여전히 송명이학의 맥을 이은 것이었다. 그 밖의 저서는 여전히 주희의 『이락연원록(伊洛淵源錄)』에 관한 것으로 이학가들의 권위를 높여주는 것이었다. 이 모든 것들은 분명 강번이나 고증학파의 학자들이 보고자 했던 학술 사전(史傳)이 아니었다.

이 뿐만이 아니라 가경시기에 청 왕조 또한 최고 전성기를 지나 쇠퇴하기 시작했다. 이것과 좋은 대비가 되는 것은 『사고전서』의 편찬이 완성되고 강영(江永)·혜동·대진·전대흔처럼 지도자 기질과 모범적인 역할을 하는 대학자들의 후퇴와 더불어 고증학자들은 어느 한 영역에만 집중하여 깊이 연구하기 시작했다. 고증학 또한 쇠퇴의 길로 접어들자 학술계는 그에 대해 나날이 비판이 늘어갔다. 그리하여 고증학파 내부에서는 학자들 또한 의식적으로 당대의 학술을 총결산하고 그 득실을 분석하기 시작했다. 이것은 한편으로는 학자들의 성과를 정리하는 것으로 나타났고, 다른 한편으로는 고증학자들의 업적을 세우는 것으로 나타났다. 주로 완원·초순·릉정감(凌廷堪)·강번 등을 대표로 들 수 있는데, 그 가운데 영향력이 가장 큰 것으로 완원이 주도한 『황청경해(皇淸經解)』・『십삼경주소(十三經注疏)』・『경적찬고(經籍纂詁)』・『주인전(疇人傳)』 등의 서적과 강번이 편찬한 『국조한학사승기(國朝漢學師承記)』 등의 책이 있으며, 학술사의 연구에 있어서 『한학사승기』의 영향이 가장 크다.

위에서 말한 것처럼 비록 학술계의 객관적인 정세는 학자들이 한 시기의 학술사를 편찬하는 임무에 달려 있었지만 이 임무는 강번이 완성했으며 학술계의 인정을 받았다. 또 강번은 자신만이 갖춘 여러 가지 대내외적 조건이 있었다. 첫째, 고증학파들은 사승관계를 가장 따지는데 강번 본인은 멀게는 한대(漢代)의 정현(鄭玄)을 이어받아 스스로 정당(鄭堂)이라 호를 지었는데, 가장 주요한 것으로는 당시 학계의 대사(大師)인 혜동의 직계 제자로 소위 말하는 '紅豆門生第一人'[13]라는 것이다. 둘째, 강번 자신의 학술적 기초로 말하자면, 그는 경학에 정통하고 사법(史法)에 능통하고 문선(文選)을 깊이 익혔으며 사장(詞章)에 능해서 사전(史傳)을 편찬할 수 있는 조건을 두루 갖추었다. 셋째, 강번이 『한학사승기』를 편찬할 때, 혜동・강영・대진・전대흔・왕명성(王鳴盛)・왕창(王昶)・주균・기윤과 같은 당시 학술계의 대가들이 모두 세상을 떠나고 그들이 남긴 많은 저작들이 간행되어 세상에 유통되었다. 동시에 그들이 죽은 후에 자손과 친구 및 문하생들이 그들을 위해 많은 행장(行狀)・묘명(墓銘)과 전기(傳記)를 썼다. 특히 전대흔이 저술한 『잠연당전서(潛研堂全書)』의 발행은 직접적으로 『한학사승기』의 편찬을 촉진시켰다. 넷째, 강번은 그 밖에 다른 하나의 조건을 구비하고 있었는데, 그는 어릴 때 소주(蘇州)에서 자랐고, 중년에는 양주(揚州)에서 생활했는데, 이곳은 청 중엽 강남지역에서 학술이 가장 활발한 두 곳이었다. 동시에 강번은 중년 후에 남북을 오가면서 많은 사람들과 교유했는데 『한학사승기』 중의 인물 중 적지 않은 사람이

---

13 (淸)汪喜孫, 『抱璞齋詩集』 卷55, 「哀詩江鄭堂先生」, (淸)汪喜孫撰・楊晉龍主編, 『汪喜孫著作集』本, 臺灣中央研究院文哲所 2003, 上冊, 359면.

바로 그의 스승과 학우였으며 그는 이러한 학자들과 끊임없이 왕래하며 학문을 논하고 술잔을 돌리며 시를 주고받았던 것이다. 따라서 그들의 행동거지 하나하나와 생김새와 웃는 모습까지 모두 강번의 머리속에 자세하게 남아 있었기 때문에 이후에 그들을 위해 전기를 쓸 때 강번은 많은 일차 자료를 이용할 수 있었다. 그리하여 그의 붓 아래서 묘사된 인물들은 개성이 뚜렷하고 특징이 잘 나타나 있어 학술, 인품 등 모든 면에서 이해되기가 좋다.

『한학사승기』는 비록 강번이 젊었을 때 편찬 계획을 세워 놓은 것이지만 실제로 편찬한 시간은 가경 12년에서 16년(1807~1811)에 집중되어 있다. 책이 전부 완성된 후 약간 수정을 가했고 가경 23년(1818)에 광주로 내려가서 책 전체를 간행하게 되었다. 또 다른 강력한 증거는 전대흔의 차남 전동숙(錢東塾)이 가경 11년에서12년 사이에 『잠연당전서』를 간행한 것이다. 강번이 전대흔 부분을 편찬할 때 『잠연당문집』과 『십가재양신록(十駕齋養新錄)』과 같은 책을 참고로 했다는 점이다. 이 뿐만 아니라, 강번의 전체 서적 가운데 3분의 1의 전기는 바로 『잠연당문집』에 의거해서 일정정도 문자를 바꾼 것으로 이 시기와 위에서 추정한 시간은 서로 모순되지 않을 뿐 아니라 공교롭게도 서로 증명이 되어 준다.

2) 한학(漢學)이란 무엇인가?
─『한학사승기』 서명과 청대 한학의 함축적 의미

강번은 그가 지은 책 이름을 『국조한학사승기』라고 했는데 그가 전달하려고 한 깊은 뜻은 무엇이었을까? '국조(國朝)'는 옛 사람들이 그 당시의 조정을 올려 부른 말이었는데, 강번의 서명(書名) 중의 '국조' 두 글자 또한 이것에 의거해서 해석해야 할 것이다. 그러나 '한학'과 '사승'의 명칭은 의미심장하다. '한학(漢學)'은 '송학(宋學)'과 상대적인 개념으로 나온 것이며 옛 사람들 역시 그렇게 이용했다. 청초의 학자들 또한 한학이란 말을 썼으나 자신이 종사하는 학술을 '한학'이라고 강조해서 사용하지는 않았으며, 자기가 종사하는 학술 표준을 '한학'과 '송학'처럼 상대적으로 사용했는데, 혜동 때부터 시작해서 후인들은 청대의 고증학을 가리켜 '한학'이라 부르게 되었다. 만약 우리가 건륭시기 학자들의 사유방식으로 당시 한학의 특징을 세분해서 본다면 한과 송을 상대적으로 두어 아래의 몇 가지 특징으로 개괄할 수 있다.

첫째, 한유(漢儒)는 과거로 가도 그 뜻이 멀어지지 않고 70여 제자의 대의(大義)를 얻을 수 있으나 송유(宋儒)는 과거로 갈수록 요원해져 공문(孔門)의 참뜻을 얻기가 힘들다. 둘째, 한유는 훈고(訓詁)를 중시하고 사승관계를 따지며 원류가 명확한데 반해 송유는 훈고를 버리고 사법(師法)을 따지지 않으며 근본이 미약하다. 셋째, 한유는 실사구시를 치학(治學) 방법으로 삼아 고증을 중시하는데 송유의 치학방법은 공허하고 거의 억측에 의존한다. 넷째, 한대 경학은 직접적으로 70제자를 거쳐 직접적으로는 70제자로부터 위로는 공자와 맹자에 가까우나 송유는 불교와 도교를 유교에 대입시켜 경학을 혼합시켜 쇠퇴시켰다. 다섯째, 전통적인 경학의 '의리지학(義理之學)'을 배제하지 않고 다만 대진이 말한 소위 "글자로부터 그 단어를 알게 되고, 단어들로부터 그 도(道)와 통하게 된다"는 것이다. 여섯째, 송명(宋明) 학자들의 '정심성의(正心誠意)'와 '입신제행(立身制行)'의 학문은 크게 반향을 일으켜 모범적인 사례가 되었다.

이상의 말을 종합해보면 건륭시기 학자들의 소위 '한학'이란 것은, 필자가 보기에 장이전(張爾田)이 왕흔부(王欣夫)의 『송애독서기(松崖讀書記)』에 쓴 서문 중에 한학을 논한 구절이 있는데 상술한 것들을 가장 잘 개괄한 것이며 또한 청유(淸儒)의 본뜻에 가장 가깝다. 그 구절에서는 다음과 같이 설명하고 있다.

고증학과 한학이라는 것이 있다. 音讀을 바르게 잡고, 訓詁를 통하게 하고, 制度를 고찰하고, 名物을 변별하는 것으로 이것이 바로 고증학이다. 師說을 따르고, 家法을 밝히며, 실사구시의 자세로 앞선 성현들의 微言과 70제자들의 대의를 밝히는 것이 漢學이다.[14]

장이전이 말한 한학의 뜻은 청유(淸儒)의 사상에 근원을 두고 말하자면 아주 지당하다. 한학의 최종 목적은 바로 '성현들의 미언(微言)과 70제자들의 대의를 밝히는 것'이다. 공자와 70제자는 이미 갔지만 그들의 '미언대의(微言大義)'는 여전히 오경(五經) 중에 남아 있어 진한(秦漢)의 경학을 다시 연구하고 회복시키는 것이야말로 성인의 본뜻과 가까워지는 것이다. 이러한 청유(淸儒) 치학방식 또한 강번의 『한학사승기』 가운데 '한학'의 대의(大義)이다.

'사승'으로 말하자면, 바로 한유(漢儒)가 말하는 사법(師法)·가법(家法)의 학문이다. 그래서 청(淸)의 피석서(皮錫瑞)는 다음과 같이 설명했다. "한인(漢人)들은 사법(師法)을 중시했다. 스승이 전달하고 제자는 전수받으니 한 글자도 마음대로 다루어서는 안 된다. 스승의 학설에 위배되면 인용하지 않는다. 사법의 엄중함이 이와 같다."[15] 청유(淸儒)가 사법(師法)을 중시한 것은 혜동부터 시작되었는데, 혜동이 제창한 이래로 한유의 이러한 사법과 가법을 중시하는 전통한 또한 건가학자(乾嘉學者)들에 의해 받아들여졌고 바로 사승과 가법을 중시하여 청유(淸儒)가 경학을 함에 있어서 사승과 가법을 가장 중요한 것이 되었는데 특히 혜동 일파(一派)가 더욱 그러했다. 따라서 완원이 강번이 쓴 이 책의 취지를 논할 때 '이 책을 읽으면 한세(漢世) 유림(儒林)들의 가법의 전승관계를 알 수 있으며 청대 학자들의 경학의 연원과 미언대의가 끊어지지 않는다는 것을 알 수 있으며, 두 사람의 말이 어긋나지 않는다.'고 했다. 다시 말해서 강번의 서명에 보이는 '사승(師承)'에는 두 가지의 깊은 뜻이 있다. 첫째는 한유(漢儒) 학자들의 가법지학(家法之學)으로 바로 '한세유

---

14 王欣夫撰, 鮑正鵠·徐鵬整理, 『蛾術軒篋存善本書錄·甲辰稿』卷3, 「松崖讀書記」, 上海古籍出版社 2002, 下冊, 1317면.
15 (淸)皮錫瑞 著, 周予同注 釋, 『經學歷史』3, 「經學昌明時代」, 北京中華書局, 1959, 77면.

림가법지승수(漢世儒林家法之承授)'라는 것이고, 둘째는 청유(淸儒) 학자들의 원류로 '국조학자경학지연원(國朝學者經學之淵源)'이다.

그래서 『국조한학사승기』를 한마디로 개괄하면 전기체(傳記體)의 사저(史著) 형식과 정사(正史) 『유림전』의 사법(史法)을 이용하여 청조 한학파 학자의 경학 전통 및 사승 관계와 경학의 성과를 기술한 당시의 학술사(學術史)라고 할 수 있겠다.

이와 동시에 강번은 별도로 경사경의목록(經師經義目錄)을 만들었는데 그것과 사승기와의 관계를 이자명(李慈銘)의 말을 빌어 말하자면 바로 '반고(班固) 『유림전(儒林傳)』·「예문지(藝文志)」 가법(家法)'이다. 다시 말하자면, 『사승기』는 『유림전』으로 여러 유학자들의 사승 관계와 경학 성과들을 서술한 것이고, 『경사경의목록』은 「예문지」로 여러 경전들의 전승된 원류와 제자백가들의 대표성 저술을 서술한 것이다. 이 둘은 서로 보충을 하며 뗄 수 없는 총체이다.

3) 『한학사승기』 인물 선별의 원칙과 표준

『한학사승기』의 인물 선별 원칙에 대해 학술계의 평가는 한결같지 않다. 필자의 생각으로는 강번의 인물 선별 원칙과 표준은 주로 아래의 4가지로 나타낼 수 있다고 본다.

첫째, 학자는 반드시 경학 분야에서 특출한 성과가 있어야 한다. 학술 방향은 한(漢)을 으뜸으로 삼는지와 사승 관계를 중시하는가의 여부가 절대적인 원칙이 되는데, 이것은 강번의 책에 수록되는데 있어 필요충분조건이다. 둘째, 시간적으로 하한선은 당시에 이미 고인이 된 학자를 위주로 했으며 건강하게 활동 중인 사람은 기록하지 않았다. 이것은 강번의 원칙이자 중국 전통 사학이 따르는 원칙 — '개관론정(蓋棺論定)' — 이다. 셋째, 명말청초에서 강번이 활동하던 당시의 인물을 선택함에 있어 건가시기(乾嘉時期)의 학자에 중점을 두었다. 만약 강번의 생각을 세세하게 따져본다면 대략 다음과 같은 세 가지의 원인이 있을 수 있다. ① 시간적으로 가까운 것은 자세하게 기록하고, 먼 것은 대강을 기록한다는 것은 역사가들에게서 늘 보이는 법칙으로 강번 또한 예외는 아니다. ② 건륭(乾隆) 중엽 이전의 학자들 가운데 그 경학 저술이 인정을 받은 것은 모두 이미 『사고전서』에 들어가 있으므로 특별히 부각시킨 것은 자연히 건륭 중엽 이후부터 강번이 살던 시기가 중점이 된다. ③ 청대 한학의 발달은 건가시기와 맞아떨어지므로 강번은 당대의 학자에 초점을 맞추었다. 넷째, 기존에 빠뜨렸거나 학문에 충실했으나 이름이 전하지 않는 학자들을 유념해서 수록했다. 이것은 강번의 또 다른 저술 동기이자 그가 인물을 선별한 중요한 원칙으로 불린다.

그러므로 강번의 책 가운데 40명의 정전(正傳)과 17명의 부전(附傳)에 또 62명을 덧붙여 모두 119명이 되었다. 만약 우리가 사람 수로만 말한다면 건가시기의 고증학자들은 거의 다 망라해서 수록한 것이라 할 수 있다.

4) 『한학사승기』의 분류와 의도

강번은 『한학사승기』를 8권으로 나누었는데 청초에서 가경시기의 치한(治漢)학자들을 수록했다. 학술계에서는 줄곧 강번이 1권에는 청초 남북에서 활동하던 치한(治漢)학자들을 수록하고, 2·3·4·7권에는 오파(吳派), 즉 혜동학파(惠棟學派)의 학자들을, 5·6권에는 강영(江永)·대진(戴震) 등 환파학파(晥派學派)의 학자들을, 8권에는 황종희(黃宗羲)·고염무(顧炎武) 등의 비한비송(非漢非宋)의 학자들을 다루었다고 여겼다. 필자는 이러한 학설에 동의하지 않는데, 왜냐하면 필자는 당시 강번의 가슴 속에 오파(吳派)와 환파(晥派)의 분계선이 나누어져 있었다는데 동의하지 않기 때문이다. 그렇다면 여기서 강변의 분류와 의도에 대해서 분석해보기로 하자.

1권에 수록된 사람들은 청초 남북의 치한(治漢)학자들이다. 2권에 수록된 인물은 동오(東吳)의 혜동과 그 제자들이다. 이 2권의 인물 분류는 앞선 사람들의 분류와 다르지 않다.

3권에 열거된 왕명성(王鳴盛)·전대흔(錢大昕) 두 사람과 그 제자들 및 친척들은 모두 가정(嘉定) 지역의 학파이다. 가정(嘉定)의 학풍은 혜동과 대진과 달리 독자적으로 특색을 갖추고 있기 때문에 억지로 오파(吳派)나 환파(晥派)로 귀결시켜서는 안 된다.

4권의 왕창(王昶 : 附袁廷檮·戴東元·王紹蘭·鈕樹玉)와 주균(朱筠 : 附朱錫卣·朱錫賡·李威·孫星衍·吳甫) 두 사람은 강변의 스승으로 왕창은 풍회(風會)를 이끌며 원매(袁枚)에 맞섰고, 주균은 영락대전을 집록할 것을 주창하며 청조정에서 사고전서를 편찬할 기초를 열었으며, 안휘(安徽)에서 학정(學政)을 하며 설문해자를 교감하고 고학(古學)을 제창했다. 왕창과 주균은 또 고증학자를 육성하느라 여념이 없었다. 그리고 무억(武億)과 홍량길(洪亮吉) 두 사람은 모두 주균의 제자이자 강변의 친구이다. 그러므로 이 권에 기록된 것은 강변 사제(師弟)의 학문으로 혜동의 학맥과는 차이가 있다. 만약 왕창이 혜동의 영향을 받았다고 한다면 그나마 억지로 통할지는 모르나 주균이 혜동의 영향을 받았다고 하는 것은 전혀 관계가 없는 일인 것이다.

5권은 강영(江永)·금방(金榜)·대진(戴震) 사제(師弟)의 학문으로 모두 휘학(徽學)의 대표적인 인물이다.

6권의 상황은 가장 복잡한데 수록된 인물 가운데는 북방과 남방의 인물이 거의 절반씩 차지하고 있다. 그래서 강변은 그들을 한 권으로 묶었는데, 필자의 생각으로는 1권에 수록된 청초 남북 각 학파를 이어서 건가시기(乾嘉時期) 남방과 북방의 치한(治漢)학자들의 학문을 기록한 것으로 보인다.

7권에 기록된 것은 기본적으로 양주(揚州)의 학자들로 양주의 학문이 주가 된다. 이전 사람들은 그들을 혹은 오파(吳派)로 귀결시켰고, 혹은 환파(晥派)로 귀결시켰는데 치학(治學)의 풍격(風格)으로 말하자면 어느 한 파에 귀결되지 않는다. 즉 왕중(汪中)과 릉정감(凌廷堪) 등은 대진(戴震)에 가까워서 오파(吳派)로 끌어들인 것은 비약이 심했다고 할 수 있다.

8권에는 황종희와 고염무 두 사람을 기록했다. 학술의 근원으로 말하자면 황종희는 정(程)·주(朱)에 반대하고 육(陸)·왕(王)을 존중했지만, 고염무는 육(陸)·왕(王)을 반대하고 정(程)·주(朱)를 존중했다. 그들은 비한비송(非漢非宋)에 속하지만 청 중엽에 한학의 발전에 있어서 선도적인 역할을 했기 때문에 강번은 따로 한 권으로 분류해서 끝부분에 두었다.

따라서 강번의 분류와 의향을 살펴볼 때, 강번이 사승(師承)과 지역(地域)의 관계를 충분히 고려한 것은 틀림이 없다. 왜냐하면 그의 목적은 '국조한학사승(國朝漢學師承)'을 기술하는 것이기 때문이다. 그러나 여기서 우리는 오파(吳派)나 환파(晥派)가 나누어진 것을 볼 수 없고, 오파(吳派)를 강조하고 환파(晥派)를 덜 중시하는 그 어떠한 흔적도 찾을 수가 없다.

3. 『한학사승기』의 청대 한학연구(漢學硏究)에 대한 영향

1) 『한학사승기』의 총체적 평가와 영향

『한학사승기』에 대한 평가는 이 책이 나오기 전부터 이미 있었다. 강번은 초고가 완성된 후 친구인 공자진(龔自珍)에게 책의 서문을 부탁했다. 공자진은 청대 중엽 학술의 특징은 '도문학(道問學)'이며 '존덕성(尊德性)'은 결여되었다고 여겼는데 이러한 학술환경이 강번 본인의 학술 성향 또한 '도문학(道問學)'으로 귀결되게 했다. 강번이 책을 간행할 때 완원(阮元)의 지지를 받았는데 완원은 『한학사승기』의 서에서 책 내용을 평가하기를 독자들로 하여금 '한세유림가법(漢世儒林家法)의 전수 과정과 국조(國朝) 학자들의 경학의 연원'[16]을 충분히 파악할 수 있게 되어 있다고 했다. 이것은 우리가 앞에서 이미 서술한 것으로 강번 저술의 핵심 논제이며 그가 달성하고자 한 주요한 목적이다. 그 밖에 왕희손(汪喜孫)·오숭요(伍崇耀)·이자명(李慈銘)·황식삼(黃式三)·사장정(謝章鋌)·피석서(皮錫瑞) 등 여러 사람들이 책의 체례와 편찬 방법 및 수단, 사승관계 등에 대해서 총체적으로 긍정을 했다.

그러나 사승기에 대해서 비평이나 부정적인 태도를 견지하는 이들도 적지 않았는데 가장 대표적인 것이 방동수(方東樹)이다. 그의 『한학상태(漢學商兌)』는 완전히 『한학사승기』를 겨냥해서 지어진 것으로 책 곳곳에서 강번 및 다른 고증학자들에 대해 반박을 하고 있다. 다른 여러 학자들이 강번의 책에 대해 논한 허실은 각 문호(門戶)에 대한 견해로 강번의 책에 내려진 공인된 결함이다. 그 밖에 착오들 또한 적지 않다.

『한학사승기』에 대한 이전 사람들의 총체적인 평가와 부족한 점은 대체로 위에서 서술한 것들이다. 필자는 『한학사승기』에 대해 아래와 같은 평가를 내릴 수 있다고 생각한다.

첫째, 『한학사승기』는 실제로 『경학사승기』이며 강번은 청대 유학은 위로는 양한(兩漢)을 계승하고 아래로는 당시의 학문을 개척한 것이라 여겼으며 기본적으로 청대 한학은 사승관계를 중시하고, 연원을 되짚어 가고, 고훈(古訓)을 따르며, 증거를 중시하고 억측과 같은 학술을 경시하는 특징을 정확하게 파악하고 있다. 비교적 객관적이면서 전면적으로 청대 초기부터 청대 중엽까지 고증학의 학술연원과 사승관계, 학술목표, 대표인물 및 성과와 득실 등에 대해 최초로 전반적인 총괄을 하고 평가를 한 전문 저술이다.

둘째, 작자 본인이 한학자이면서 또 당시의 사람이 당시의 일을 기록했을 뿐만 아니라 '실사구시(實事求是)'와 '술이부작(述而不作)'의 원칙을 견지했기

16 (淸)江藩纂,鍾哲整理,『國朝漢學師承記』, 阮元序, 1면.

때문에 강번이 여러 학자들의 학술에 대해 기록한 것은 비교적 강한 학술성과 신뢰성을 지니고 있다.

셋째, 책의 전체 체제와 편찬 방식으로 말하자면 인물 선별의 원칙이나 내용의 차례와 『경사경의목록(經師經義目錄)』의 표준은 모두 비교적 전면적으로 건가(乾嘉)고증학의 각 방면을 다 포괄하고 있으며, 당시 고증학 연구 가운데 특히 경학의 최고 성과를 잘 반영하고 있다. 후세 사람들이 강번이 금문경학(今文經學)에 다소 소홀했다고 논하기도 했는데 사실 양한(兩漢)시기에 정말로 금고문경학(今古文經學)의 논쟁이 있었는가의 문제에 대해서는 지금 역시 논쟁이 되고 있는 문제이다. 강번은 당시 상주(常州)의 학자 장존여(莊存與) 등을 금문경학파로 보지 않았으며 류봉록(劉逢祿)은 당시에 아직 생존해 있었기 때문에 열전에 넣지 않았다. 공자진은 외조부 단옥재(段玉裁)를 스승으로 모셨고, 강번이 보기에 자신과 친한 사이였기에 공자진에게 책에 서문을 써달라고 부탁했다. 따라서 강번이 금문경학파에 대해서 소홀했다는 지적은 억지로 흠을 잡으려고 하는 것 같다. 왕창(王和)과 주균(朱筠)이 전(傳)에 포함된 것은 한편으로는 이 두 사람이 강번의 스승이었고, 다른 한편으로는 그들이 다른 상황 속에서 한학을 지원했기 때문에 이들이 선택되어 들어간 것도 이해할 만하다. 류사배(劉師培)는 강번의 책이 청대 유학의 계통성을 거치지 않았다고 말한 바 있는데, 왜냐하면 강번의 책은 한학가(漢學家)들을 위해서 전을 쓴 것이기 때문에 당연히 훨씬 더 많은 학자들을 고려하지 않은 것인데 이것으로 강번을 비판한다면 강번은 아마 받아들이지 않을 것이다.

넷째, 전기체(傳記體)로 된 사서(史書) 체재의 한계로 말미암아 강번의 책에 기록된 것은 당대의 학술사로 체례(體例)는 인명에 따라 구성되었기 때문에 당연히 계통적이고 한 시대의 경학사를 꿰뚫을 수는 없다. 이것은 다름 아닌 체례와 시대와 관련한 한계라고 할 수 있다.

다섯째, 강번의 인품과 관련해서 강번의 책에 거론된 왕창의 '태구도광(太邱道廣)'의 사건 및 자신과 홍량길 사이의 나쁜 관계에 관한 일을 예로 들면,

이와 같은 기록 방법은 역대 역사책에도 많이 존재하기 때문에 강번의 인품에 문제가 있다는 증거로 삼을 수 없다. 가령 왕수민(王樹民) 선생은 강번이 기록한 홍량길과의 일을 '이 책은 아주 실사구시적인 것으로 개인의 은혜나 원한을 옮기지는 않았다'[17]고 했다. 이로써 알 수 있듯이 이러한 문제는 보기에 따라 저마다 다를 수 있다. 총괄해서 강번의 책이 역사적으로 교량적인 역할을 담당한다고 말할 때, 주여동(周子同)은 다음과 같이 언급하고 있다.

> 강번은 순수하게 後漢 古文學家의 입장을 견지하며 청대 '漢學'의 대가들에 대해 개별적인 기술을 하고 있는데, 위로는 黃百家 · 全祖望의 『宋元學案』과 황종희의 『明儒學案』을 잇고, 아래로는 章炳麟의 『檢論 · 淸儒』篇과 양계초의 『淸代學術槪論』의 장을 열어준 것으로 중국학술사의 저서 가운데 아주 중요한 지위를 차지하며 『唐鑑國朝學案小識』 등과 함께 논할 수 없다.[18]

그리고 왕수민은 "학술사적으로 말하자면 『한학사승기』의 범위는 좁다고 할 수 있지만 청대 사람의 저서 중에 아직 이것을 뛰어넘을 수 있는 것은 없다"[19]고 했다. 이 두 가지 평가는 『한학사승기』의 역할과 영향을 가장 잘 설명한 것이라고 할 수 있다.

2) 『한학사승기』의 청대 한송문호(漢宋門戶)에 대한 명확성

강번이 『한학사승기』를 편찬한 목적은 한학(漢學)을 장려하고 송학(宋學)을

---

17 王樹民, 「江藩的學術思想及漢學與宋學之爭」, 『河北師範大學學報(哲社版)』, 1999, 第2期, 122면.
18 周予同, 『淸朝漢學師承記 · 序言』, 50면.
19 楊向奎, 『淸儒學案新編』, 八王樹民, 『子屛學案』, 濟南齊魯書社, 1994, 第8冊, 314면.

공격해서 학술사에 있어서 한학의 계통적 지위를 확립하려는 것이었다. 그는 주로 아래의 네 가지 방면으로 한학(漢學)의 문호(門戶)를 확립했고, 송학(宋學)을 배척했다.

첫째, 송학(宋學)을 공격하는데 여력을 아끼지 않았다. 사승기를 펼쳐 보면 강번은 먼저 선진(先秦)부터 명(明)에 이르는 경학사에 대해 간단한 회고와 평가를 하는데 송명경학(宋明經學)에 있어서는 완전히 부정적이다. 둘째, 송학(宋學)과 관련된 인물을 깎아내리는 것으로는 전(傳)을 쓰지 않음과 동시에 사료(史料)의 선택에 있어서도 송학(宋學)과 관련된 이광지(李光地)·유대괴(劉大櫆)·방포(方苞)·요내(姚鼐)·진영(秦瀛)·여정찬(餘廷燦)·장학성(章學誠) 등이 남긴 자료는 하나도 참고하지 않았다. 셋째, 동일한 자료 가운데 한학(漢學)에 유리한 자료를 선택하고 송학(宋學)에 유리한 자료는 빼버렸는데 이러한 예는 아주 많지만 편폭의 제한 때문에 여기에 일일이 열거하지 않는다. 넷째, 왜곡된 사료로 한학(漢學)의 지위를 끌어올리는 것에 개의치 않았다. 예를 들어 강번의 책 가운데 방포(方苞)를 다룬 것은 그를 폄하한 것으로 이는 개인의 의지로 사료를 왜곡한 것이다.

그 밖에 흥미로운 것은 어떤 학자는 본래부터 송학(宋學)을 견지하고 한학(漢學)을 반대했으나 강번이 그의 저술을 미처 보지도 못했고 또한 그 인물을 이해하지 못해서 한학가(漢學家)로 오해해서 기록한 것이 있는데, 가장 전형적인 것은 7권에 실린 정진방(程晉芳) 편이다. 실제로 정진방의 학행(學行)을 자세히 따져보면 그는 한학(漢學)을 주로 하지 않았을 뿐만 아니라 반한학가(反漢學家)였다. 그는 정주지학(程朱之學)을 주된 것으로 삼았고, 육왕지학(陸王之學)을 부수적인 것으로 삼았으며 또한 당시 한학가들의 폐단을 논하며 당시 사람들이 감히 하지 못한 말들을 했다. 강번은 이처럼 정진방의 학문 방향을 파악하지 못하고 단지 그 영향 관계만을 사승기 속에 실었다.

3) 『한학사승기』의 후대 오파(吳派)와 환파(晥派)에 대한 분기 역할

『한학사승기』의 권별 분류는 강번이 예상하지 못했던 영향도 가져왔다. 예를 들어 1권과 8권에 담긴 청초의 학자들을 제외한 2권에서 7권에 담긴 사람들은 나중에 장병린이 오파(吳派)와 환파(晥派)를 나누는 근거가 되었다. 장병린 뒤에 양계초는 한 발 더 나아가 "吳·晥派之說은 강번의 『한학사승기』에서 나왔다"라고 직접적으로 논하기도 했다.

실제로 건가(乾嘉) 학자 혹은 강번 자신의 본뜻으로 말하자면, 그들은 종종 혜동(惠棟)과 대진(戴震)을 함께 받들었으니 바로 왕중(汪中)이 말한 두 사람은 "모두 학자들의 으뜸이다"[20]라는 것이다. 또 임조린(任兆麟)이 말한 "海內에 「惠戴」를 칭하지 않는 사람이 없다"[21]라는 것이다. 강번의 책에서는 강번이 비록 혜동의 제자이지만 혜동을 일방적으로 감싸고 대진을 폄하하지는 않았으며 혜동과 대진의 학문을 논할 때는 "삼혜(三惠)의 학문은 吳 지방에 성하고, 강영(江永)·대진(戴震)과 같은 이들은 뒤따라 일어나니 이로부터 한학은 흥성하게 되었다"[22]라고 하며 혜동과 대진을 함께 존중했다.

그러나 장병린은 강번의 책에 의거해서 오파(吳派)와 환파(晥派)로 나누었고 양계초와 같은 사람들에게서 호응을 받으니 학술계에서는 마침내 건가(乾嘉) 고증학을 오(吳)와 환(晥)의 양 계파 혹은 오(吳)·환(晥)·양주(揚州)의 세 파로 분류하여 거의 정론이 되다시피 했다. 또한 혜동의 폄하하고 대진을 존숭했다거나 또 반대로 강번이 혜동을 존숭하고 대진을 폄하했다고 말하기도 했다. 예를 들어 장병린은 강번의 책을 들어 "대진과 뜻을 달리한다"[23]고 했다.

---

20 (淸)汪中, 『述學外篇·大淸故候選知縣李君之銘』, 臺灣廣文書局, 1970, 影印本, 9B면.
21 (淸)任兆麟, 『有竹居集』卷10, 「戴東元先生墓表」, 嘉慶元年兩廣節署刻本, 第11冊, 31B면.
22 (淸)江藩纂, 鍾哲整理, 『國朝漢學師承記』卷1, 6면.
23 章炳麟, 『太炎文錄初編』卷1, 「說林」, 『續修四庫全書』, 影印民國, 『章氏叢書』本, 集部 第1577冊, 394면.

또 양계초는 "자병(子屛)의 주관과 선입견은 너무 깊어서 그는 한학을 으뜸으로 삼아 대체적으로 혜동의 일파"[24]로 칭하기도 했다. 또 릉선청(凌善淸)은 "강번은 당시에 혜동의 적파(嫡派)였다. 그는 오파(吳派)를 정통에 두었기 때문에 대진 등 환파(晥派)의 인물들을 끌어들여 자신들의 진지를 공고히 하고 송학에 대항하니 청학 즉 한학의 얼개가 만들어졌다"[25]고 여겼다.

사실 필자는 강번의 심중에는 오파(吳派)와 환파(晥派)을 구분하는 생각이나 의식이 없었다고 생각한다. 또한 『한학사승기』에는 "혜동을 존숭하고 대진을 폄하"하거나 "오파를 자세하게 기술하고 환파를 대충 기록"하는 확실한 증거도 없다. 상술한 근래 학자들의 말은 모두 온당치 않은 말이다. 강서가 기록한 양주학자(揚州學者)에 관해서 부사년(傅斯年)은 "지방의 관념이 너무 강해서 그렇게 많은 「吳下阿蒙」이 뒤섞여 들어왔다"고 비유했다. 이것은 한편으로는 위에서 말한 것처럼 양주학자들은 수명이 그다지 길지 못하고 중년에 세상을 하직한 이들이 많았기 때문이고, 다른 한편으로는 그들의 신분이 하층에 속해 있었으나 그 학행은 실제로 기록할 만한 것이 있었기 때문이다. 그렇기 때문에 그들이 설령 강번의 동향 친구라고 할지라도 『한학사승기』에 기록된 것은 체례상 용납될 수 있으며 이치적으로도 마땅하다. 동향 사람을 감싸고 친구를 편애하는 것은 자고로 사가(史家)들에게 흔히 있는 일이기 때문에 강번의 '편호(偏好)'와 '사의(私誼)'는 너그럽게 봐줄 만한 것이다.

4) 강번의 학술적 지위

백여 년 동안 학술계가 건가고거학(乾嘉考據學)에 대해 칭찬보다는 폄하하

---

24 梁啓超, 『梁啓超論淸學史二種』, 438면.
25 凌善淸, 『標點漢學師承記·緖言』, 民國二十年 上海大東書局排印, 『國學門徑叢書』本, 14면.

는 영향을 받아서 강번과『한학사승기』의 평가 또한 폄훼를 당했다. 필자는 여기서 강번의 학술적 지위에 대해 다음과 같이 평가한다.

　　강번은 혜동의 제자로서 혜동학파 제3대 학자들 가운데 가장 특출한 대표적 인물이다. 왕희손(汪喜孫)이 말한 "혜동의 제자 가운데 으뜸이다"라는 평가는 결코 미사여구가 아니며 당시 학술계의 실제적인 평가이다. 강번은 중년이후에 왕중(汪中)·완원(阮元)·릉정감(凌廷堪) 등과 운문으로 문장을 짓는데 힘을 기울인 시초였고, 당송팔대가(唐宋八大家)를 비난하며 동성파(桐城派)와 고문(古文)의 정종(正宗)을 다투었다. 그 치학(治學)은 단지 한학(漢學)만을 잘하는 것이 아니라 제 학문에 두루 통하여 양자학자들은 여러 학문에 두루 통하는 학문적 특징을 지니게 되었고 강번은 또 양자학자들 가운데 중요한 대표인물로 손꼽힌다. 학문적 업적으로 말하자면 현존하는 책 가운데 강번은 경사사부(經史四部)에 모두 저술을 남겼으며, 그가 다룬 학문으로는 경사(經史)·소학(小學)·천산(天算)·지리(地理)·금석(金石)·악률(樂律) 등 거의 모든 것을 포괄하여 모든 학문에 능통하다는 특징을 가지고 있다. 당시의 학자들 예를 들어 초순(焦循)·완원(阮元)·릉정감(凌廷堪)·홍량길(洪亮吉)·고광기(顧廣圻) 등과 비교해보면 강번은 저서의 수량과 질, 영향 등에서 절대 손색이 없다. 특히『한학사승기』는 그가 생전에 얻은 가장 큰 수확물이었다. 한 명의 유명한 경사학자(經史學者)와 학술사 연구 전문가로서 중국경학사와 학술사, 청대고증학 등의 연구 영역에서 강번은 상당한 지휘와 영향력을 지닌다. 그리고 강번의 일생은 주로 식객으로 일정한 거처가 없이 남의 집에 머물렀다. 그래서 그는 전대흔(錢大昕)·왕명성(王鳴盛)·왕창(王昶)들처럼 여러 곳에서 벼슬을 하며 서원 등지에서 학문을 익혀 그 이름과 학식, 저술, 제자가 온 천하게 가득 차지는 않았다. 또한 기윤(紀昀)이나 완원(阮元)과 같이 조정의 중신이었다가 학계의 태두가 되고, 서적편찬을 주관하여 명성을 날리지도 않았다. 생활이 곤궁하고 후손이 없었기 때문에 그의 저술은 많이 없어졌고 존재하는 것도 그다지 널리 퍼지지 않았다. 이러한 것들은 강번이 살아

있을 때의 학술발전과 죽은 후 그에 대한 연구를 함에 있어 모두 부정적인 한계와 영향을 남기고 있다

하지만 어찌되었건 간에 강번은 청대 중엽에 혜동을 계승해서 홀로 '한치(漢幟)'를 표방한 후, '한학사승(漢學師承)'을 전문적인 연구거리로 삼아 저술을 하고 학설을 세운 첫 번째 사람이다. 그는 당시의 학술사를 연구했을 뿐만 아니라 그 자신 또한 한학(漢學)의 진영에서 대장과 같은 역할을 했다. 이처럼 당대의 학자가 혼신의 힘을 기울여 자신이 종사한 학술분야에 대해 총괄하고 연구하며 아울러 불후의 거작을 완성했는데 근대에는 단지 양계초의 『중국근삼백년학술사(中國近三百年學術史)』만이 겨우 강번의 저작을 따라간 것이라고 할 수 있으며, 또한 그것은 분명하게 강번으로부터 영향을 받은 것이었다.

이시찬 옮김

江藩与清代汉学研究

漆永祥(北京大学 中文系)

内容提要：本文对江藩生平与学行、≪汉学师承记≫之编纂与成书、清代汉学之含义、汉学特徵与分派等，进行了论述与研究。认为江藩虽仕路不广、坎坷一生，但他转益多师，精于经史诸子及佛学，又深谙≪选学≫，这为他编纂≪汉学师承记≫打下了坚实的基础。通过对≪汉学师承记≫编纂的研究，进一步分析了清代汉学的概念与汉学家之标准，指出後世吴、皖分派之说，实际是对江藩≪师承记≫卷帙安排的一种曲解，汉、宋门户的确立，正是以≪师承记≫著成与刊行为标志。江藩成为清中叶汉学研究之第一人，并对近代以来的清代学术史研究产生了很大的影响。

关键词：江藩 ≪汉学师承记≫ 清代汉学

一、江藩生平与学行

江藩(1761~1830)，字子屏，一作国屏，号郑堂，晚字节甫，本籍安徽旌德之江村(今旌德西乡白地镇)，其祖父日宙，徙扬州，遂为甘泉(今江苏扬州)人。

江藩父起栋(1722~1786)，与吴地名家汪缙(1725~1792)、薛起凤(1734~1774)、余萧客(1729~1777)、江声(1721~1799)等相过从。也正因为如此，江藩少年时是在吴县成长，他所从之师也是他父亲的这几个当地老友。十二岁，江藩从薛起凤受句读，薛氏即谕以涵养工夫。又尝从汪缙游，薛、汪二氏之学皆由儒入佛，所谓「为学知尊孔子，而游乎二氏者」[1]。受此二人影响，江起栋本人学佛成了居士，而江藩也深溺佛学，讲佛说法。他自称「昔日不味荤与酒，我亦婆罗门里人」[2]，即当时之真实写照。同时受父亲劝戒，江藩才开始读儒书，究世法。十五岁，起栋馆余萧客於家，江藩始知风雅之旨。他不仅从余氏受经，亦从其诵≪文选≫，学词赋，江藩精於选学，基於此时。萧客卒，江藩又从惠栋的另一弟子江声学习，江氏教之读≪七经≫、≪三史≫及≪说文≫，乃从其受惠栋≪易≫。藩之精於汉≪易≫，深通训诂，补惠栋周易述而成≪周易述补≫，其初轫即在这一时期。

二十五岁以前的江藩，生活在殷实富足之家，他与父亲两代人的搜觅钞录，使家中积书达到三万馀卷。然而，放弃经商而业儒的江藩，家道开始中衰，而此期间突如其来的天灾人祸，则更使他从此与贫苦困顿结下深缘，终其一生，再未改变。

乾隆五十一年(1786)，江藩二十六岁，这是他一生风华正茂的时期，也是他的生活由富足跌向贫穷的转捩点。这年开始，江南连年遭灾，赤地千里，百姓流离失所，饥死沟壑。对於江藩而言，天灾之外，更叠人祸。当年二月，父亲起栋唱佛名辞逝。翌年，母吴孺人随之撒手人寰。可怜「既寡兄弟，又少期功」的江藩[3]，在丧荒猬集之下，到了每日只能喝一碗稀粥以维持活命的地步。万般无奈之下，他只好将书籍用来易米，使书仓为之一空。这段时间，江藩在无事时就删选自己的诗作成≪乙丙集≫二卷。又请人画了一幅≪书窠图≫，遍请名流题咏，心绪不甯时，他就从画中追忆当年的森森插架与诱人书香，并聊以慰藉颓顿落寞的心情。

料理完父母的丧事，江藩暂离家中的老母(生母徐孺人)，开始了为衣食奔波的客游生活。乾隆五十二年，他南下江西，时前任甯国府知府、星子人谢启昆丁忧在家，虽然服阕但以病在籍，江藩客其家，与胡虔诸人论学。第二年冬，王昶赴江西布政使任，江藩遂转投其师门下。五十四年，王氏升任刑部右侍郎，江藩只好复归吴下。

虽然身处贫困，江藩仍读书撰著不辍，随著交游日广，学问日增，江氏此时在学术界也渐渐有了声名。在吴门，时人将他与任兆麟有「吴中二彦」之目[4]；在扬州，

1　清汪缙≪汪子二录自序≫，≪续修四库全书≫影印嘉庆十年王芑孙刻≪汪子遗书≫本，集部第1437册第284页。
2　清江藩≪伴月楼诗钞≫卷上≪墨庄远斋宿予家作一宵清话远斋有诗记之次韵一韵≫，上海图书馆藏清钞本，无页码。
3　清江珠≪小维摩诗稿序≫，嘉庆十六年金陵刘文奎家镌本，第2B页。

又以他与焦循「皆以淹博经史，为艺苑所推，时有『二堂』之目」[5]；又与焦循、黄承吉、李惇等「嗜古同学，辄有『江焦黄李』之目」[6]。

乾隆五十六年(1791)，江藩负笈北上入京，馆于当时的东阁大学士兼管礼部事务、军机大臣陕西韩城人王杰(1725~1805)府第。当时由王杰等人为总纂，编纂清高宗的《御制诗五集》一百卷、目录十二卷，凡编高宗自乾隆四十九年至六十年(1784~1795)所作诗共8700馀首，编成後乾隆六十年由内府刊行。江藩所做的工作是查核与校订诗中大量注文。

嘉庆三年，江藩落魄南归，复至江宁应试，仍不中。十一年，福建人伊秉绶(1754~1815)官扬州知府，与丁忧在籍之阮元(1764~1849)议编《扬州图经》与《扬州文粹》，延江藩、焦循等共任编纂。十二年，仪征令颜希源议修县志，江藩应阮元之邀助其编纂。十三年，再至江宁应试仍不中。十七年，阮元任漕运总督，驻山阳(今江苏淮安)，延江藩主丽正书院，以布衣为诸生师。这段时期，江氏往来各地谋生，同时断断续续地撰写《汉学师承记》等书，大概到了嘉庆十六年时，《师承记》的初稿就基本完成了。

江藩北上既已失意，而在扬州又无可依凭，於是遂有转而南下碰碰运气的想法。恰好在嘉庆二十二年(1817)，阮元由湖广改任两广总督。二十三年，阮氏主修《广东通志》，於是江藩遂饥驱而赴岭南。也是在此年，他得到阮元的支持，终于绌力刊刻了《汉学师承记》与《经师经义目录》。第二年，《广东通志》开纂，江氏任总纂之一。三年，江藩又受肇庆知府屠英之邀，前往修《肇庆府志》。後掉舟北返，退息里门。

江藩一生的经历大致如上，他性格豪爽，强饮无度，以至於喝酒喝到耳聋。又好客任侠，随手挥霍。故阮元说他「为人权奇倜傥，能走马夺槊。豪饮好客，至贫其家」[7]。虽然一生南北奔波，身类浮屠，但据笔者统计，江氏所著、所参编、所整理之书达39种之多。现存世者，当以《国朝汉学师承记》八卷《国朝经师经义目录》一卷，

4 清张允滋选、任兆麟纂《吴中女士诗钞》卷2江珠《青藜阁诗·读松陵任夫人春日闲居诗即次原韵奉寄》，乾隆己酉刊本，第1册第12A页。
5 清王豫《群雅集》卷25《焦循小传》注，嘉庆戊辰王氏种竹轩刻本，第6册第7B页。
6 清黄承吉《梦陔堂文集》卷5《孟子正义序》，1939年燕京大学铅印本，第2册第1A页。
7 清阮元《定香亭笔谈》卷4，《丛书集成新编》本，第79册第620页。

最为其代表作，後来不断刊刻，成为风行不衰的学术史名著。

二、≪汉学师承记≫与清代汉学

1. ≪汉学师承记≫之编纂环境与成书时间

在中国古代学术史上，记述学术史与相关人物的史著，向来是走两条线：其一是官方正史自史记以来的≪儒林传≫；其二是私家修史，以朱熹≪伊洛渊源录≫影响最大。至乾隆初，≪明史≫修订完成，从此这一话题不再对学者有吸引力。但是，清朝的≪国史·儒林传≫应该如何编纂，国史馆却无有成法，以至於造成「儒林无案据，故百餘年来人不能措手」的困局[8]。尽管如此，≪儒林传≫以何为标准收录人物，仍是有争议的。例如翁方纲就主张，「今日儒林之目，必以笃守程朱为定矩」，[9]。嘉庆十五年(1810)，夺职在京的阮元自愿兼任国史馆总裁，纂辑≪儒林传≫，同时他向自己的好友焦循、臧庸、朱锡庚、弟子张鉴等人徵求意见，诸人皆有论说。如焦氏主张「太史公创≪儒林列传≫，推本孔子，尊崇六艺，班氏踵之，所列之人，皆经学也」[10]。张鉴则以为需要义理、考据、名物之学兼顾，不必拘牵「心性」二字[11]。而阮元指出，当代学术尊尚的特点是「崇宋学之性道，而以汉儒经义实之」[12]。阮氏是站在官方立场上，当然要摆出持汉宋之平的架式，实际是仍是以汉学为主。这是当时围绕官修≪儒林传≫而产生的议论，而江藩≪汉学师承记≫也正是在此氛围中产生的。

---

8 清阮元≪揅经室一集≫卷2≪拟国史儒林传序≫附阮福案语，清阮元撰、邓经元点校，北京中华书局1993年≪揅经室集≫本，上册第38页。

9 清翁方纲≪复初斋文集≫卷11≪与曹中堂论儒林传目书≫，≪续修四库全书≫影印清李彦章校刻本，集部第1455册第444页。

10 清焦循≪雕菰楼集≫卷12≪国史儒林文苑传议≫，1985年北京中华书局重印≪丛书集成初编≫本，第2193册第181页。

11 清张鉴≪冬青馆甲集≫卷5≪再答阮侍郎师书≫，≪续修四库全书≫影印≪吴兴丛书≫本，第1492册第56页。

12 ≪清史稿≫卷480≪儒林传序≫，北京中华书局1987年点校本，第43册第13099页。

与此同时，在乾隆中後期，宋明理学也经过康熙朝「小盛」之局後，衰微不振，而代之而起的是以惠栋、戴震、钱大昕、纪昀、朱筠等为代表的考据学派，随著清廷开四库全书馆，馆中人物，多为考据学家，考据学随之达到鼎盛。然而，无论在朝廷国史馆还是民间私撰之书，却都没有能显示出考据学兴盛这一学术界的现实。黄宗羲明儒学案，虽然从体裁上改变了一种敍事方式，但其所述仍是宋明理学之统绪。其他撰著，仍多从朱熹≪伊洛渊源录≫之绪馀，为理学家树碑立传。所有这些，显然不是江藩与考据学派学者所想看到的一代学术史传。

不仅如此，在嘉庆时期，清王朝也走过了其极盛的时代，由盛转衰。而与此成正比的是，随著≪四库全书≫的编纂完成，以及江永、惠栋、戴震、钱大昕这些具有领袖气度与典范作用的大师的凋谢，考据学家开始趋向於在某一领域做窄而深的研究。考据学也走向衰微，学术界对其抨击也日增一日。因此，在考据学派内部，学者也开始有意识地总结当代学术，分析利弊得失。这一方面体现在整理刊刻学者成果，另一方面则体现在为考据学家树碑立传。而主要以阮元、焦循、凌廷堪、江藩等人为代表，其中影响最大的是阮元主纂的≪皇清经解≫、≪十三经注疏≫、≪经籍篡诂≫、≪畴人传≫诸书和江藩编纂的≪国朝汉学师承记≫等书，而在学术史的研究中，则尤以≪汉学师承记≫影响为最大。

如前所述，虽然学术界的客观情势需要有学者来完成编纂一代学术史的重任，但这一工作由江藩来完成，并且得到学术界的认可，也是江氏自身具备各种条件所致：其一，考据学家最讲师承家法，而江藩本人远绍汉代郑玄，自号郑堂；最主要的还是他是当时学界大师惠栋的再传弟子，即所谓「红豆门生弟一人」[13]。其二，江藩本身的学术功底而言，他精於经学，兼擅史法，精熟文选，妙於词章，具备了编纂史传的条件。其三，江藩开始编纂≪汉学师承记≫的时候，当时学术界名家如惠栋、江永、戴震、钱大昕、王鸣盛、王昶、朱筠、纪昀等已经过世，他们都留下了大量著作，且多已刊刻行世。同时，他们卒後，其子嗣与门生故旧又为他们撰写了大量的行状、墓铭与传记。尤其是钱大昕≪潜研堂全书≫的刊版流布，直接促进了≪汉学师承记≫的编纂。其四，江藩另外具备的一个条件是，他从小生长

---

13 清汪喜孙≪抱璞斋诗集≫卷55≪哀诗江郑堂先生≫，清汪喜孙撰、杨晋龙主编≪汪喜孙著作集≫本，台湾中央研究院文哲所2003年版，上册第359页。

在苏州地区，中年后在扬州生活，这是清中叶江南学术最为活跃的两个地区。同时，江氏中年后，又北上南下，交游所至，莫不名家，《汉学师承记》中人物，有不少都是他的师长与学友，他与这些学者多有交往，论学切磋，饮酒唱和。故其言谈举止，音容笑貌，都深刻地印在江藩的脑海中，所以日后在为他们树碑立传时，江氏自己就掌握了许多第一手的史料。因此他笔下的人物，多个性鲜明，特点突出，正是因为对其身世、人品、掌故与学术都非常了解的缘故。

《汉学师承记》一书，虽然是江藩年轻时就已谋画已久的编纂计画，但其主要动笔编纂的时间，则集中在嘉庆十二年到十六年(1807~1811)间，尤其是后两年。全书完成后，尚有小的修改，直到嘉庆二十三年(1818)他南下广州，才将全书刊板行世。我们还有一个强有力的证据，就是钱大昕的次子钱东塾正是在嘉庆十一年至十二年间刊行了《潜研堂全书》家刻本。江藩编纂钱大昕时参考了钱氏《潜研堂文集》与《十驾斋养新录》等书。不仅如此，江氏全书中几乎有三分之一的传记是据《潜研堂文集》中的碑传文字改编的，这一时间与以上推定之时间不仅不矛盾，而且恰好是可以互证的。

2. 何为汉学？—《汉学师承记》书名与清代汉学含义

江藩将自己的书取名为《国朝汉学师承记》，他想表达的深义究竟是什麼呢？

「国朝」是古人对当朝的尊称，江藩书名中的「国朝」二字，亦当依是例而解释。而「汉学」与「师承」之取名，却深可玩味。「汉学」一词，是相对「宋学」提出来的，古人偶亦用之。清初学者，亦称汉学，但并未强调「汉学」者即自己从事之学术，将自己从事之学术标举为「汉学」与「宋学」相对，始於惠栋，后人将清代考据学称为「汉学」，亦因此之故。如果我们站在乾隆时学者的角度思维来看，将当时汉学特徵细加分别，汉、宋相对，可以概括为如下几点：

其一，汉儒去古未远，所得多七十子大义；宋儒去古已远，难得孔门之真义。其二，汉儒重视训诂，讲师承，明源流；宋儒鄙弃故训，无师法，少本根。其三，汉儒治学实事求是，讲求证佐；宋儒治学空衍虚理，全凭胸臆。其四，汉代经学直接七十子而上溯孔、孟，最为纯正；宋儒则援释、道入儒，经学淆杂衰微。其五，不排除传统经学中的义理之学，但主张由考据以通义理，亦即戴震所谓「由字以通其词，由词以通其道」。其六，对宋明学者的正心诚意、立身制行之学，大加赞同，且树为楷模。

综上所论，乾嘉时期学者所谓的「汉学」，笔者以为，张尔田为王欣夫《松崖读书记》所撰之序中论汉学之语，最能概括上述诸说，也最为符合清儒之原意。其曰：

有考据学，有汉学：正音读，通训诂，考制度，辨名物，此考据学也；守师说，明家法，实事求是以蕲契夫先圣之微言，七十子後学之大义，此汉学也。[14]

张氏论汉学之义，从清儒的思想而言，至为精当。汉学的最终目的是「契夫先圣之微言，七十子後学之大义」。孔圣与七十子皆已往矣，而他们的「微言大义」却皆存乎五经之中，考辨恢复秦汉之经学，即离圣人之真意不远。此清儒矻矻治学之原委，亦江藩《汉学师承记》中「汉学」之大义。

就「师承」而论，清儒有所谓师法、家法之学。因此，清季皮锡瑞说「汉人最重师法。师之所传，弟之所授，一字毋敢出入；背师说即不用。师法之严如此」[15]。清儒重师法，始自惠栋，经惠氏提倡，汉儒这种重师法、家法的传统也为乾嘉学者所接受，正因为守师承家法如此重要，所以清儒治经，即极重师承家法，尤其是惠栋一脉，更是如此。故阮元论江氏此书之宗旨是「读此可知汉世儒林家法之承授，国朝学者经学之渊源，大义微言，不乖不绝，而二氏之说亦不攻自破矣」。[16]阮氏之说，一语中的。也就是说，江藩书名中的「师承」有二种深意：一是远绍汉儒家法之学，即「汉世儒林家法之承授」；二是近述清儒传授源流，即「国朝学者经学之渊源」。

因此，《国朝汉学师承记》用一句话来概括就是：用传记体史著之体裁，用正史《儒林传》史法，用以记述清朝汉学派学者之经学传授渊流、师承与经学成就的一部当代学术史。

---

14 王欣夫撰，鲍正鹄、徐鹏整理《蛾术轩箧存善本书录·甲辰稿》卷3《松崖读书记》，上海古籍出版社2002年版，下册第1317页。

15 清皮锡瑞著、周予同注释《经学历史》3《经学昌明时代》，北京中华书局1959年版，第77页。

16 清江藩纂、锺哲整理《国朝汉学师承记》卷1，北京中华书局1983年版，第1页。

与此同时，江藩另辑经师经义目录，其与师承记之关系，用李慈铭的话来说，就是「殊有班氏《儒林传》、《艺文志》家法」[17]。也就是说，《师承记》为《儒林传》，述诸儒师承关系与经学成就；《经师经义目录》为《艺文志》，述诸经承传之源流与诸家代表性著述。二者相互补充，不可或缺，是不可分割的一个整体。

3.《汉学师承记》选人之原则与标准

关於《汉学师承记》的选人原则，学术界也是评价不一。笔者认为，江藩的选人原则与标准主要体现在下面四方面：

其一，学者必须在经学方面有突出成就，在学术取向上以是否宗汉与是否重师承等为绝对原则，这是要入选江书的充分必要条件。其二、时间下限以当时已逝之学者为主，健在者不为做记。这既是江氏著书之原则，亦为中国传统史学所共遵的原则——「盖棺论定」。其三，对自明末清初至江藩当时人物的选择上，重点为乾嘉时期的学者。如果细绎江藩的想法，大概有三个原因：详近略远是史家常见之法则，江藩亦不例外；乾隆中叶以前的学者，其经学著述为众所认可者，多已纂入《四库全书》中，故大力表彰者，自然应当以乾隆中叶以後至江藩当时为重点；与上述时代成正比的是，清代汉学的发达，也恰好在乾嘉时期，因此江藩把笔墨的重点放在了为当代学者树碑立传的基点上。其四、著意收录遗落草泽、踏实治学而默默无闻的学者。这是江书另一个著书动机，也可以称为是他重要的选人原则。

因之，江氏书中凡正传40人，附传17人，又附62人，总计119人。如果我们只按人头来数的话，实际上乾嘉时期考据学家大多被网罗进去，遗漏甚少。

---

17 清李慈铭著、由云龙辑《越缦堂读书记》同治癸亥十月初四日条，上海书店2000年版，第478页。

4. ≪汉学师承记≫卷帙之分合与意向

江藩将≪汉学师承记≫全书分为八卷，以收录自清初至嘉庆时学者治汉学者。学术界向来以为，江藩在卷一记清初南北治汉学者，卷二、卷三、卷四、卷七为吴派亦即惠栋一派学者，卷五、卷六为江永、戴震等皖派学者，卷八黄宗羲、顾炎武为清初非汉非宋之学者。笔者不同意此说，是因为笔者不同意江藩当时胸中横亘者一条吴、皖分派的分界线。在此我们试分析江氏卷帙分合与其意向：

卷一所记诸人，为清初南北治汉学之学者。卷二所收人物，为东吴三惠及其弟子之学。此二卷人物归类，我们与前人之说并无分别。

卷三所隶为王鸣盛、钱大昕二人及其弟子与戚属，皆为嘉定一地之学。而嘉定之学，非惠非戴，自具特色，不可强判入吴派，亦不可硬隶归皖派。

卷四中，王昶（附袁廷檮又附戴东元、王绍兰、钮树玉）、朱筠（又附朱锡卣、朱锡赓、李威、孙星衍、吴鼐）二氏乃江藩尊礼之师，王昶主持风会，与袁枚相对抗；朱氏倡言辑永乐大典，启清廷纂四库全书之轴，其在安徽学政任，校刻说文解字，提倡古学。王、朱二氏又扶植考据学家，不遗余力。而武亿、洪亮吉（附张惠言、臧琳又附庄炘、赵怀玉、董士锡、臧庸、刘逢禄）二人，则皆为朱氏弟子，江藩友人。故是卷所记，为江藩师友之学，其与惠栋一脉，亦有区别。如果说王昶受惠氏影响，尚勉强可通；但如果说朱筠受惠氏影响，则实是风马牛不相及矣。

卷五乃为专记江永、金榜、戴震师弟之学，皆为徽学之代表人物。

卷六情形最为复杂，所收人物其中北方、南方人各居其半。因此，江藩将他们归隶为一卷，笔者以为主要是承卷一清初南北各家后，记述乾嘉时期南、北方治汉学的学者。

卷七所记，基本上为扬州一府之学者，是为扬州之学。前人将他们或归吴派、或归皖派，从治学风格而言，如果非要归隶一派，则汪中、凌廷堪诸人，於戴震为近；隶之吴派，失之过远。

卷八所记黄宗羲、顾炎武二人。从学术宗主上来说，黄宗羲反对程、朱，而尊陆、王；顾炎武反对陆、王，而尊程、朱。他们属於非汉非宋，但又皆对清中叶汉学的发达有导夫先路的作用，因之江氏另编一卷，置诸卷末。

因此，从江藩的卷帙分合与意向看，如果江氏充分考虑到了师承与地域等关系，肯定是没错的，因为他的目的就是记述「国朝汉学师承」。但我们却无论如何也看不出所谓吴、皖分帜，或者强吴弱皖的丝毫迹象。

三、《汉学师承记》对清代汉学研究的影响

1. 《汉学师承记》之总体评价与影响

对《汉学师承记》的评价，在此书未刊行之前就已经有了。江藩在全稿初成之后，就请友人龚自珍为该书作序。龚氏认为，清中叶学术的特质是「道问学」，而缺少「尊德性」，这一大的学术环境决定了江藩本人的学术也只能是「道问学」。在江书刊行时，得到阮元的支持，阮氏在《汉学师承记》序中评价江书所记，能使读者知「汉世儒林家法之承授，国朝学者经学之渊源」[18]，这点我们在前面已有述说，这是江藩全书的核心论题，也是其要达到的主要目的。另外如汪喜孙、伍崇耀、李慈铭、黄式三、谢章铤、皮锡瑞诸家，又从全书体例、编纂方法与手段、谨守师承等方面予以总体性的肯定。

而对师承记持批评或者否定态度的，也为数不少，首当其冲的是方东树，其《汉学商兑》一书，完全是针对《汉学师承记》而作，全书处处驳难江藩及其他考据学家。至于其他诸家之论江书之失，有门户之见，是公认的江书最大缺失。其他错讹，亦多有之。

前人对《汉学师承记》的总体评价与缺失，大致有如上的观点。笔者以为，对《汉学师承记》一书，我们可以做出如下的评价：

第一，《汉学师承记》实际上就是《经学师承记》，江藩认为清儒之学上承两汉、下启当时，基本上准确地把握住了清代汉学重师承，溯渊流，遵古训，重证佐，轻臆说的学术特徵；较为客观、全面地对自清初至清中叶考据学之学术渊源、师承关系、学术宗旨、代表人物及成就得失等，是最早对清代汉学进行全面总结与评价的专著。

---

18 清江藩纂、锺哲整理《国朝汉学师承记》阮元序，第1页。

第二，由於作者本人既是一位汉学家，又是以当时人记当时事，且谨守「实事求是」、「述而不作」的原则，故江氏对诸家学术记述有较强的学术性和可靠性。徐复观讥其对钱大昕的文字「妄加删窜，点金成铁」，显然有失公允。

第三，就全书体例与编纂方面而言，无论是选入原则、卷帙排次与≪经师经义目录≫的收书标准，都比较全面地覆盖到了乾嘉考据学的各个层面，反映了当时考据学研究的最高成就，尤其是突出凸现了经学研究成就。後人所论江藩对今文经学有所忽略，事实上在两汉是否真正有今、古文经学之争，在今日也是争论之话题。江藩当时更不将常州学者庄存与辈视为今文经学，至於刘逢禄，当时还活在世上，故不为列传，但在又附中曾提及。龚自珍师从外祖父段玉裁，在江藩看来，更是自家人，故还请龚氏为己书撰序。因此，说江藩忽略今文学派，似有强行扣帽子之嫌。至於王昶、朱筠入传，一方面这二人是江藩的业师，另一方面他们在不同场合支援汉学，将其入选，也可以理解。刘师培谓江书未通清儒之统系，因为江书是为汉学家立传，当然他不会过多地考虑其他学者，以此批评江藩，恐江氏不受。

第四，由於传记体史书体裁所限，江书所记，乃当代学术史，而体例又是人各为记，当然不可能成为一部有系统的、纵贯通代或一代的经学史，这是体例与时代的局限。

第五，至於议及江藩的人品，如举江书中论王昶「太邱道广」事、论自己与洪亮吉交恶事，这种记事方法在历代史著中也大量存在，不能做为江书有失体裁，或者江氏人品有问题的证据。也有学者认为，此正好体现其实事求是的一面。如王树民先生论江氏记载其与洪亮吉交恶事，反映「其书颇能实事求是，不为个人恩怨所转移」。[19]可见这样的问题，是仁者见仁，智者见智了。总起来说，在谈到江书承上启下的作用时，周予同论曰：

江氏立场於纯粹後汉古文学家的见地，对於清代「汉学」大师为个别的记述，上继黄百家、全祖望的宋元学案与黄宗羲的明儒学案，下开章炳麟的检论清儒篇与梁启超的清代学术概论，在中国学术史的著作里，实占有异常重要的地位，而迥非

---

19 王树民≪江藩的学术思想及汉学与宋学之争≫，≪河北师范大学学报(哲社版)≫1999年第2期，第122页。

唐鉴国朝学案小识所可相提并论呢。[20]

而王树民亦称「从学术史方面说，≪汉学师承记≫之范围虽狭，在清人之著作中，尚未有能逾之者」。[21] 这两段话非常好地说明了≪汉学师承记≫的作用与影响。

2. ≪汉学师承记≫明确了清代汉宋门户

江藩编纂≪汉学师承记≫的目的，就是为了彰显汉学，打击宋学，以确立汉学的学术统系与地位。他主要通过以下四个方面来确立汉学门户，排斥宋学：

其一，抨击宋学，不遗余力。师承记开卷，江藩先对自先秦至明的经学史进行了简明的回顾与评价，对宋明经学，江氏基本上是完全否定的。其二，摈斥宋学人物，不为立传，同时在史料选择上，对宋学派人物如李光地、刘大櫆、方苞、姚鼐、秦瀛、馀廷灿、章学诚等所写传状、墓志等，一概不加参考。其三，在同一史料中，选择对汉学有利之材料，删削对宋学有利之材料，此类例子很多，限于篇幅，在此不一一列举。其四，不惜歪曲史料来抬高汉学。例如江藩书中，凡涉方苞者，屡鄙薄之，以至曲意改纂史料。

另外有趣的是，也有学者本持宋学，反对汉学，而江藩未见其著述，亦不了解其人，故反误为汉学家而录入者，这其中最典型的就是卷七程晋芳一篇。实际详考程氏学行，其非但不主汉学，且为反汉学者，其言程朱之学为正，陆王为偏，又论当时汉学诸家之弊，皆敢言时人所不敢言者。江藩实不知程氏所治何学，惟于影响之间，遂入师承记中。对於全书体例甚严的江藩而言，羡入程氏，实可谓自毁其例。

20 周予同≪清朝漢學師承記·序言≫，第50页。
21 楊向奎≪清儒學師新編≫八王樹民≪子屏學案≫，濟南齊魯書社1994年版，第8册第314页。

3. ≪汉学师承记≫开启了後世吴皖之分派

≪汉学师承记≫的卷帙之分，还带来了江藩所难以料及的影响。如果把卷一、卷八所记清初诸人除外，则卷二一卷七适为後来章炳麟划分吴、皖两派的直接依据。章氏之後，梁启超更是直接论「吴、皖派之说，出自江氏≪汉学师承记≫」。

实际上，如果从乾嘉学者或江藩本人的本意来讲，他们往往是惠、戴并尊，即汪中所论二人「咸为学者所宗」。[22] 又任兆麟所谓「海内考据家无不称『惠戴』」[23]。就江藩之书而论，江氏虽为惠门高弟子，但并不褒惠而贬戴，其论惠、戴之学时称「三惠之学盛於吴中，江永、戴震诸君继起於歙，从此汉学昌明，千载沈霾，一朝复旦。」[24] 也是惠、戴并尊。

但自章炳麟本江藩之书而划分吴、皖两派并得到梁启超等人的应和之後，学术界遂将乾嘉考据学分为吴、皖两派或吴、皖、扬州三派，几成定论。且多贬惠而尊戴，且反谓江藩褒惠而贬戴。如章炳麟论江书「与戴君鉏铻」，又「坚贞守师，遂擅其门，以褊心訾异己」。[25] 又梁启超称「子屏主观成见太深，其宗汉学，大抵右元和惠氏一派」。[26] 又凌善清更以为「江藩在当时，是惠栋的嫡派。他想把吴派奉为正统，故不惜自乱其例，将戴震等皖派人物拉拢进来，以巩固自家的壁垒，对抗宋学，大有清学即汉学之概」。[27]

其实笔者认为：在江藩心中，没有吴、皖两派分争角立的思想与意识；而≪汉学师承记≫书中，也无有「尊惠贬戴」或「详吴略皖」的确凿证据。上述近今人的说法，皆为皮附不当之语。至於江书所记扬州学者，傅斯年讥其「地方观念太重，所以许多『吴下阿蒙』都搅了进来」。这一方面如上所述这些扬州学人多年寿不永，中年即逝；另一方面他们身处下层，其学行实有可书者，因此尽管他们多

---

22 清汪中≪述学外篇·大清故候选知县李君之铭≫，台湾广文书局1970年影印本，第9B页。
23 清任兆麟≪有竹居集≫卷10≪戴东原先生墓表≫，嘉庆元年两广节署刻本，第11册第31B页。
24 清江藩纂、锺哲整理≪国朝汉学师承记≫卷1，第6页。
25 章炳麟≪太炎文录初编≫卷1≪说林≫，≪续修四库全书≫影印民国≪章氏丛书≫本，集部第1577册第394页。
26 梁启超≪梁启超论清学史二种≫，第438页。
27 凌善清≪标点汉学师承记·绪言≫，民国20年上海大东书局排印≪国学门径丛书≫本，第14页。

为江氏故友同里, 但为≪汉学师承记≫采录书中, 亦是体例所允, 情理所宜, 祖护同乡, 私诸友朋, 自来史家, 即是如此, 我们似可以原谅江氏的这点「偏好」与「私谊」吧。

4. 简论江藩之学术地位

百馀年来, 由于受学术界对乾嘉考据学整体贬大于褒评价的影响, 故对江藩与≪汉学师承记≫的评价也常被任加贬斥。笔者在此对江氏学位地位简评如下:

江藩做为惠栋的再传弟子, 成为惠派传人第三代中最为特出的代表人物。汪喜孙「红豆门生弟一人」的评价并非虚美, 而是当时学术界实事求是的定评。而江氏在中年以後, 与汪中、阮元、凌廷堪等人力主韵文为文章之祖, 贬斥唐宋八大家, 与桐城派争古文正宗。其治学不仅独擅汉学, 又博通诸学, 具有扬州学者诸学兼通的学术特质, 使他又成为扬州学术的重要代表人物。就学术成就而论, 即现今存世之书, 江氏在经史四部皆有著述, 其所治之学, 经史、小学、天算、地理、金石、乐律等, 无所不包, 有著诸学会通的特点。与当时学者如焦循、阮元、凌廷堪、洪亮吉、顾广圻等人相比, 江藩无论在著述的数量、品质与影响方面, 都毫不逊色, 尤其是≪汉学师承记≫为他赢得生前身後之大名。做为一名出色的经史学家与学术史研究专家, 在中国经学史、学术史、清代考据学史等研究领域, 江藩都应有其相当的地位与影响。而江氏一生, 终以监生, 客幕求食, 居无定所。因此, 他既不能像钱大昕、王鸣盛、王昶等人那样, 宦海浮出後, 复优游林下, 课艺书院, 名满天下, 学满天下, 著述满天下, 弟子满天下。更不能像纪昀、阮元等人那样, 既为朝廷重臣, 复为学林泰斗, 主持风会, 奖掖後学, 主纂书籍, 名实兼得。由于生活窘迫, 又殁後无子, 故其著述如戴氏考工车制图翼等十馀种, 散佚无存, 即存世者也流传未广, 这些对江藩在世时的学术发展与後世对他研究, 无疑都造成了相当负面的局限与影响。

但无论如何, 江藩是清中叶继惠栋独标"汉帜"後, 以"汉学师承"为专门研究物件著书立说的第一人, 他不仅是研究当代学术史, 而且其本人也是汉学阵营中的大将。这种以当代学者身体力行的对自己从事的学术进行总结与研究, 并写出不朽巨著的，在近代也只有梁启超的≪中国近三百年学术史≫才可以踵足江书，而且明显受到江藩的影响。

4

태평천국의 민족주의 사상

임태홍

中國

머리말

중국민족주의

'민족주의(nationalism)'에 대해서 고찰한다는 것은 마치 커다란 산을 분석하고 연구하는 일과 같다. 멀리서 보면 그 윤곽이 분명하고 특성이 명확한 것 같지만, 가까이 다가가 보면 전혀 다른 문제들이 나타나 뭐가 뭔지 모르게 돼버린다. 산 전체의 모습은 이미 시야에서 사라져버리고 바위, 골짜기, 나무

임태홍 성균관대학교 동아시아학술원 BK21 연구교수.
* 이 글은 한국정치사상학회 발간 학술지, 『정치사상연구』 제14집 2호(2008.11.15)에 실린 논문 「태평천국의 민족주의 사상-'중국' 개념의 분석을 중심으로」를 일부 수정한 글이다.

숲 등등 개개의 사물에 압도되는 것과 같다. 그렇다고 멀리서 바라보았던 그 '산'에 대해서 말하지 않을 수는 없다. 분명히 그 실체가 있기 때문이다. '민족주의' 연구도 그렇다.

중국민족주의에 대한 논의는 매우 다양하다. 학자마다 관점이 다르고 관심이 다르기 때문이기도 하지만, 중국민족주의 자체가 그 긴 역사만큼이나 복잡하기 때문이다. 언뜻 떠올리게 되는 관련 개념만 하더라도 중화사상(中華思想), 화이관념(華夷觀念), 문화민족주의, 대민족주의, 천하관(天下觀), 천자(天子), 조공(朝貢) 등, 단어 하나하나가 단순치 않다.

최근에 국내 학계에는 유난히 많은 중국민족주의 관련 연구 성과들이 발표되었다. 그중에 천성림의 「20세기 중국 민족주의의 형성과 전개 – 문화적 민족주의를 중심으로」, 김소중의 「중국 민족주의 역사와 전망」, 이정남의 「천하에서 민족국가로 – 중국의 근대민족주의의 형성 및 현재적 의미를 중심으로」, 남정휴의 「중국 근대국가 형성과정을 통해서 본 중국의 민족주의」 등 4편의 논문을 소개하면서, 우선 최근에 중국민족주의가 어떻게 연구되고 있는지 살펴보기로 한다.[1]

천성림의 논문은 1900년~1940년 사이에 형성된 중국의 문화적 민족주의, 즉 '문화민족주의'에 주목한 것이다. 중국에서는 전통적으로 중국의 선진 문화가 퍼져있는 곳을 화(華), 그렇지 못한 곳을 이(夷)로 구분하는 '화이관념'이 있었다. 종족의 구분에 따라 피아를 구분하는 방식이 아니라 문화의 같고 다름에 따라 민족을 구분한 것이다. 이러한 사조가 1905년에 성립한 국학보

---

1 김소중, 「중국 민족주의 역사와 전망」, 『동양정치사상사』 제5권 1호, 2006.3; 이정남, 「천하에서 민족국가로 – 중국의 근대민족주의의 형성 및 현재적 의미를 중심으로」, 『中蘇研究』 제30권 제1호, 통권 109호, 2006년 봄; 천성림, 「20세기 중국 민족주의의 형성과 전개 – 문화적 민족주의를 중심으로」, 『동양정치사상사』 제5권 1호, 2006.3; 남정휴, 「중국 근대국가 형성과정을 통해서 본 중국의 민족주의」, 『한국동북아논총』 제10권 제4호 통권 37집, 2005.

존회의 국수운동을 기점으로 1920년대의 국고파(國故派)와 학형파(學衡派), 그리고 1930년, 40년대의 문화건설론, 항전시기의 학술활동과 신유가에 이르기 까지 중단 없이 전개되었는데 천성림은 이를 문화민족주의의 형성과 전개로 파악한 것이다. 그는 이러한 문화민족주의가 중국민족주의의 전부라고는 할 수 없지만, 중국정부의 공자선양, 중국학계의 '문화붐', '신유학 연구붐' 등을 살펴볼 때 중국민족주의의 주류가 되어 패권주의 성격을 띨 가능성도 있다고 본다.[2]

천성림이, 중국 민족주의 내부를 분해하여 그 성격을 찾아내는 데 관심을 가졌다고 한다면, 김소중은 중국민족주의가 가질 수 있는 '태도'에 관심이 있다. 예를 들면 김소중은 민족주의가 저항적인지, 공세적인지, 침략적인지, 약탈적인지, 상생적·협력적·이성적인지 하는 태도에 관심을 가지고, 중국 민족주의의 역사와 전망을 살펴보았다. 그의 결론에 따르면 고대부터 손문 시대까지의 민족주의(BC.11C~AD.1920)는 방어적, 저항적 민족주의였으며, 중국공산당의 민족주의(1921~1949) 역시 통일전선에 기초한 저항적, 비타협적 민족주의 고취가 무엇보다도 가장 우선시 되었다. 그 후 중국사회주의적 민족주의(1949~2005)는 상생적·협력적·실용적인 민족주의를 지향하고 있다고 보았다.

남정휴는 앞서 소개한 연구들과는 또 전혀 다른 시각에서 중국민족주의에 접근하고 있다. 그는 중국의 민족주의가 서구의 민족주의 논리나 사상을 가지고는 설명이 어려운 독특한 측면이 있다는 점을 중국 근대국가의 형성과정을 통해서 밝히고자 하였다. 그의 결론에 따르면 중국에는 민족을 지고의 가치로 여기는 '민족주의'와는 달리 '문화'를 중시하는 문화주의가 있다고 한다. 중국의 정체성, 중국인의 정체성은 '문화'에서 찾아야 할 것이라고

---

2 천성림, 「20세기 중국 민족주의의 형성과 전개－문화적 민족주의를 중심으로」, 앞의 책, 204면 참조.

까지 지적한다. 그리고 서구나 다른 지역의 민족주의가 발전되는 과정에서 중요한 역할을 하였던 '근대화'가 중국민족주의에는 오히려 상충되는 역할을 하였다고 지적한다. 서구에 대한 나쁜 기억, 그리고 마르크스레닌사상이 중국을 지배하게 된 상황에서 중국민족주의는 근대화와 상충되는 길을 걷게 되었다. 나아가 중국민족주의는 '민족'이나 '국가' 개념이 근대민족주의 일반의 성격과는 다르다. 어떤 점은 중국이 공산주의를 채택하였기 때문에 그렇기도 하며, 어떤 점은 중국에서 근대국가가 형성되는 과정 중에서 그러한 독특한 성격을 지니게 되었다. 그렇기 때문에, 남정휴는 중국의 민족주의를 논할 때는 서구의 이론이나 잣대로 해석해서는 안 된다고 지적한다.[3]

한편 이정남의 논문은, 현재 중국의 민족주의적인 흐름의 강화가 서구에서 우려하는 중국 위협론의 근거가 될 수 있는가, 중국이 패권적인 민족주의로 나아가고 있는 것인가 하는 문제를 제기하고 이에 대한 해답을 찾기 위해서 중국 근대민족주의의 형성 과정을 고찰한 것이다. 그는 근대 중국의 민족주의는 서방 열강의 침입에 따른 민족의 위기에 대응하고 서방의 침입에 맞서기 위한 과정에서 형성되었다고 지적하고, 따라서 근대민족주의는 자립과 자강을 통해서 자신의 생존을 지키고자 하는 민족자위의식과 운동을 중심내용으로 한 자위형, 방어형 민족주의 성격을 강하게 띠었다고 보았다.[4] 이러한 전제를 가지고 그가 내린 결론은, 1990년대 이래 강화되고 있는 중국의 민족주의는 중화민족주의를 통하여 과거의 중화 세계의 영광을 되찾기 위한 패권적이고 공격적인 민족주의로서의 성격보다는 방어적이고 자위적인 성격이 강하다고 볼 수 있다고 하였다.[5]

---

3 남정휴, 「중국 근대국가 형성과정을 통해서 본 중국의 민족주의」, 앞의 책, 98면.
4 이정남, 「천하에서 민족국가로-중국의 근대민족주의의 형성 및 현재적 의미를 중심으로」, 앞의 책, 81면.
5 이정남, 「천하에서 민족국가로-중국의 근대민족주의의 형성 및 현재적 의미를 중심으로」, 앞의 책, 86면.

이렇듯, '중국민족주의'에 대해서 최근에 발표된 네 학자의 논문을 살펴보았는데, 서로간의 문제관심이 다른 만큼 그 내용이나 결론도 상당히 다르다. 일부 논문은 중국학자의 견해를 지나치게 무비판적으로 수용하여 현실과는 다소 동떨어진 진단을 하기도 하였는데, 대체적으로 '중국민족주의'의 내용이 그만큼 복잡하다는 것을 알 수 있을 것이다.

태평천국의 민족주의

이 글은 태평천국(太平天國, 1851~1864)의 민족주의 사상을 다룬 것이니, 앞서 소개한 중국민족주의 보다는 그 주제가 좁은 편이다. 그렇지만 이 논의도 역시, 역사적으로 중국 민족주의의 한 부분을 이룬 태평천국의 민족주의 사상에 대한 것이니 만큼, 논자에 따라 아주 다양한 방식으로 논의 전개가 가능할 것이다. 따라서 미리 혼란을 방지하기 위해서 글의 방향을 명확히 해두고자 한다.

이 글은 태평천국의 지도자들인 홍수전(洪秀全, 홍 시우취엔), 양수청(楊秀淸, 양 시우칭)과 홍인간(洪仁玕, 홍 런깐)의 문장에 나타난 '중국(中國)'이라는 단어의 개념을 분석하고, 그것을 상호 비교하여 태평천국의 리더들이 가지고 있던 민족주의 사상의 실체를 파악하고자 한다.

특히 그들의 '민족주의' 사상을 세 가지 측면에서 살펴보려고 한다. 하나는 대외적인 관념으로, 태평천국 사람들이 '중국'의 타자로서 서양이나 다른 나라들을 어떻게 인식했는지 하는 문제다. 또 하나는 태평천국 리더들이, 타도하고자 하였던 청나라 만주족에 대해서 어떠한 인식을 하였는가 하는 점이다. 마지막으로 서구의 근대민족주의가 가지고 있는 제도적인 측면을 태평천국 리더들은 어떻게 인식했는가 하는 점이다. 서구의 근대민족주의는 '민족국가'를 세운다고 하는 제도적인 측면도 중시하였기 때문이다.[6]

일반적으로 중국에서, 근대적인 민족주의, 즉 '국민적인 상상'으로서의 근대민족주의가 성립한 것은 일본에게 전쟁에 패한 1894년(청일전쟁) 이후로 본다.[7] 이 글에서 분석하는 태평천국 리더들의 민족주의 사상은, 그러므로 일반적으로 말하는 근대민족주의 출발보다 약 30~40년 정도 앞선다.(앞서기 때문에 태평천국의 민족주의가 더 선진적이라든지, 아니면 중국의 근대민족주의 성립 시기 설정이 잘 못되었다든지 하는 점을 부각시키고자 하는 것은 아니다. 이러한 점들을 검토하기 위해서는 별도의 연구가 더 필요할 것이기 때문이다. 다만, 여기에서는 태평천국의 지도자들이 살았던 시기가 '국가', '국민', '시민', '사회', '정치', '경제' 등의 근대적인 개념들이 아직 일반화되지 않았던, 전근대(前近代), 즉 전통시대의 끝자락이었다는 점을 환기시키고 싶다.)

중국민족주의에 대한 연구는, 앞서 연구자들의 연구 성과를 살펴보았듯이, 전 세계의 정치, 경제에서 차지하는 비중이 갈수록 커지면서, 현실적인 측면에서 적지 않은 관심을 끌고 있다. 그런데 근대민족주의에 관한 연구란 결국 국가의 탄생에 관한 연구라고 할 때, 문명사적인 관점에서, 중국의 경우는 또 하나 흥미를 끄는 문제가 있다. 그것은 왜 중국에서는 광대한 지역에 하나의 근대국가만이 탄생하였는가 하는 점이다. 유럽에 많은 나라들이 등장하였듯이, 중국에도 많은, 독자적인 나라들이 등장할 수도 있었다. 태평천국은 그러한 독립국 중 하나일 수 있었다.

태평천국은 유교, 불교, 도교가 지배인 중국에서 기독교를 받아들여 국교로 삼았을 뿐 아니라, 수뇌부가 객가인들이고 핵심 부대가 광서와 광동지방

6 서구의 근대민족주의가 근대국가의 다양한 제도와 밀접한 관련이 있다는 점에 대해서는 황영주의 「민족주의 이론의 재검토: 근대국가와 민족주의의 상관관계에서」, 『국제정치연구』 5-1, 2002, 67~70면 참조.
7 李國祁, 「中國近代民族主義思想」, 李國祁等 編, 『近代中國思想人物論－民族主義』, 台北 : 時報文化出版, 1980, 21면; 佐藤愼一, 「儒教とナショナリズム」, 中國社會文化學會, 『中國社會と文化』, 4号, 1989, 36면; 村田雄二郎, 「ナショナリズム」, 小島晋治・並木賴壽 編, 『近代中國研究案內』, 岩波書店, 1993, 252면.

사람들이었다는 점을 염두에 둔다면 지역과 종족적 특색을 앞세워 중국남부의 소국으로 만족할 수도 있었다. 새로운 근대국가로서 새로운 '민족'의 탄생도 가능하였을 것이다. 이러한 가능성을 버리고, 태평천국은 어떻게 전 중국을 통합할 수 있는 자기 정체성을 형성해나갔는지도 함께 살펴볼 예정이다.

홍수전, 양수청, 홍인간

1850년부터 1864년까지 약 15년간의 태평천국 역사에서 홍수전, 양수청, 홍인간 등 세 사람은 각기 독특한 자신의 역할을 수행하였다. 홍수전이 태평천국 사상의 기초를 형성하였다고 한다면, 양수청은 그러한 사상을 군사, 정치적인 목적에 맞추어 실용화하는 역할을 하였으며, 홍인간은 태평천국 후기에 등장하여 태평천국 사상에 서구사상을 도입하여 새로운 전환을 시도하였다.[8] 이러한 흐름을 염두에 두고 태평천국운동 과정에서 나타난 각자의 특징적인 일면을 소개하면 다음과 같다.

태평천국은 1850년에 광서성에서 홍수전(1814~1864)이 배상제회(拜上帝會) 회원들을 거느리고 만주족 지배에 반기를 들어 봉기함으로써 순식간에 중국 남부 전역을 휩쓸고 남경으로 진출하여 세운 국가다. 태평천국의 성립은 남경 진출 전 1851년경에 선포되고 영안(永安)에서 중요 조직이 형성되어 국가체제 정비가 이루어졌다. 그리고 약 15년 뒤, 1864년에 증국번(曾國藩, 1811~1872)이 이끈 청나라 군대에 멸망하였다. 배상제회는 서양의 기독교를 믿는 신앙집단이었는데 홍수전을 예수의 동생으로 믿고, 그를 하늘에서 최고

---

8 김의경, 『홍인간과 태평천국 ─ 그의 사상의 이론적 근거와 개혁안』, 이화여자대학교 석사학위 논문, 1984, 74면 참조.

신 여호와의 명령을 받고 지상으로 내려온 존재로 신앙하였다.[9]

한편 양수청(?~1856)은 배상제회를 실질적으로 조직하고 이끌었던 풍운산(馮雲山, 1822~1852)이 전도한 사람이었는데 나중에 신비적인 종교체험을 겪고 나서 스스로 하늘에서 내려온 최고신 천부(天父)로 자임하였다. 그는 예수, 즉 천형(天兄)으로 자임한 소조귀(蕭朝貴, 1820~1852)와 함께 배상제회의 핵심인물로 떠올라, 초기와 중기 태평천국의 중심인물로 활약하였다. 양수청은 1856년에 태평천국 내분으로 사망하였는데, 그 자리를 메운 사람이 후기 태평천국의 리더였던 홍인간(1822~1864)이었다.

홍인간은 홍수전의 친척으로 어려서부터 같은 마을에 살면서 함께 과거시험을 준비하고 교사 일을 하기도 하였다. 같은 지식인으로 중국의 앞날에 대해서 고민하기도 하고 서양 기독교에 대해서 남다른 관심을 갖기도 하였다. 특히 홍인간은 홍수전이 이상한 종교체험을 겪고 변형된 기독교를 전파하기 시작했을 때, 누구보다도 먼저 홍수전의 종교를 지지하고 열렬한 신도가 되었다.

그러나 홍수전이 고향마을인 광동 화현(化縣)에서 멀리 벗어나 광서지방에서 반청투쟁을 시작하였을 때, 홍인간은 합류하지 못하고 관리들의 추적을 피해 홍콩으로 도망갔었다. 그때 홍콩에서 만난 선교사가 데오도르 햄버그(Theodore Hamberg)였는데, 햄버그는 홍인간의 증언을 토대로 나중에(1854년) 홍수전과 그 혁명에 관한 유명한 책자(*The Visions of Hong Siu Tsheun and Origin of the Kwang si Insurrection*, Hong Kong: The China Mail Press. 이후 『홍수전의 환상』으로 약칭함)를 영어로 발간하여 서구사회에 태평천국과 홍수전의 활동을 널리 알렸다.

홍인간은 몇 차례인가 남경으로 들어가 태평천국에 합류하려고 하였으

---

9 배상제회는 '상제교' 집단으로 불리기도 한다. 상제교 창립과 전교활동에 대해서는 최진규, 「홍수전의 환몽과 상제교의 창립」, 『사총』 43, 1994, 173~184면 참조.

〈표〉 연도별로 보는 홍수전, 양수청, 홍인간 관련 주요 문장

연도 天國 年号	홍수전 주요문장	양수청 관련문장	홍인간 관련문장	태평천국 주요 사건
1843			全能天父是爲神詩[1]	홍수전, 선교시작
1845	原道救世歌 原道醒世訓			
1848	原道覺世訓		太平天日[2]	
1850	時勢詩[1]			금전(金田)에서 봉기
1851 辛開元年	天命詔旨書[4]	果然忠勇 果然堅耐		태평천국 선포 홍수전, 천왕즉위
1852 壬子二年	永安破圍歌	天父下凡詔書一	舟中詩[3] 洪秀全來歷	영안(永安) 점령
1853 癸好三年		天父下凡詔書二 天命詔旨書[4] 誥四民安居樂業諭 諭英使文翰 奉天討胡激文 奉天誅妖救世安民諭 奉天討胡檄布四方諭 救一切天生天養中國人民 諭		남경(天京) 점령
1854 甲寅四年	誅妖詔 戒吸鴉片詔	天父聖旨(1856년까지)		햄버그, 『홍수전의 환상』 출판
1856				천경사변 발생 양수청, 사망
1859 己未九年	天曆每四十年一斡詔		資政新編	홍인간, 천경입성
1861 辛酉十一年	上天親征詔		英傑歸眞 欽定軍次實錄 勸諭棄暗投明檄[5]	
1864 甲子十四年			洪仁玕自述	홍수전 사망 태평천국 멸망

1) 햄버그의 저서 『홍수전의 환상』에 수록되어 있다.
2) 『태평천일(太平天日)』은 홍수전이 집필하였다고 하는 주장도 있다.
3) 1852년의 「선중(舟中)」 시는 『홍인간자술(洪仁玕自述)』에 수록되어 있다.
4) 홍수전의 「성지(聖旨)」는 1851년부터 1853년까지, 양수청과 소조귀(蕭朝貴)의 '성지'는 1849년부터 1852년까지 기록되었다.
5) 「勸諭棄暗投明檄」은 홍인간 외에도 충왕(忠王) 이수성(李秀成), 영왕(英王) 진옥성(陳玉成) 등 7인의 연명으로 포고된 격문이다.

나 실패하고, 1858년 6월경에야 홍콩을 떠나 1859년에 천경으로 들어갔다.[10] 이후 한 달도 지나지 않아 홍수전의 전폭적인 지지를 받아, 양수청 사망 이후 내분에 휩싸인 태평천국의 중심인물이 되었다.

양수청 관련 문장은 태평천국의 초기(1851~1853) 리더들의 사상을 나타낸다. 앞에 제시한 <표> '연도별로 보는 홍수전, 양수청, 홍인간 관련 주요 문장'을 살펴보면 양수청의 주요문장은 혁명이 시작되고 나서 초기 3년간에 집중되어 있다. 이 시기에 홍수전보다 더 많은 문장을 발표하였는데, 그것은 그가 혁명운동의 전면에 나서 태평천국을 이끌어간 상황과 관련이 있다.

반면에 홍인간 관련 문장은 후기(1858~1861) 리더들의 사상을 대변한다고 할 수 있다. 태평천국운동의 말기라고 볼 수 있는 1859년~1961년에 그의 문장이 특히 많이 발표된 것으로부터도 그러한 사정을 파악할 수 있다. 이때는 태평천국의 내분으로 양수청을 비롯하여 위창휘, 석달개 등 많은 장수들이 사살되거나 태평천국을 떠났다. 그러한 혼란스러운 상황에서 홍인간은 홍수전을 도와 후기 태평천국을 지휘하게 된 것이다.

1. 홍수전과 민족주의

중국의 '민족주의' 운동에 대한 태평천국의 영향은 매우 크다. 특히 손문이나 마오쩌둥에 미친 사상적인 영향이 적지 않았다.[11] 간우문(簡又文, 지엔여우원)은 '주원장이 원나라를 뒤엎고 명나라를 세운 것, 태평천국이 만주족을 토벌하고 한족의 나라를 세운 것 그리고 손문이 국민혁명을 창도하여

---

10 夏泉, 「洪仁玕在香港停留時間辨析」, 『廣東史志』, 2001, 제1기, 47면.
11 趙矢元, 「孫中山論太平天國革命」, 『太平天國史學術討論會論文選集』 第三冊, 中華書局, 1981.

만주족의 청나라를 타도하고 중화민국을 건립한 것, 이러한 사실들은 육백년 동안 중국에서 면면히 계승된 민족혁명운동'[12]이라고 하였다. 특히 그는 태평천국이 세 가지 '대혁명운동'을 일으켰다고 보았는데, 그 세 가지로 종교혁명, 정치혁명 그리고 민족혁명을 들었다.[13] 태평천국운동은 민족주의 운동이기도 하였다는 것을 알 수 있다.

태평천국의 민족주의에 관해서는 지금까지 적지 않은 연구성과가 발표되었지만,[14] 이러한 성과들은 일반적으로 태평천국의 민족주의를 '배만흥한(排滿興漢)의 민족주의', 혹은 '근대민족주의의 맹아' 등으로 평가한다. 이국기(李國祈, 리 꿔치)의 경우는 '편협한 민족주의' 또는 '편협하고 급진적인 한족 민족주의'라고 정의하기도 한다. 그는 덧붙여서 태평천국의 민족주의가 "왕선산(王船山) 등의 종족주의에 입각한 극단적 민족사상을 계승한 것"이라고 지적하기도 하였다.[15]

앞서 소개한 간우문과 같은 학자들은 '중화민국 성립이전에 민족주의는, 중국을 멸망시켜 한족을 노예로 삼았던 만주족 청나라를 타도하고 중국 민족의 자주 독립을 회복하는 것이었다. 그 후 민족주의는 진보하여 새로운 의의를 갖게 되었다. "국내의 각 민족은 단결하여 대중화민족을 완성하자" 이것이 손문이 소위 말하는 "적극적인 민족주의"다.'[16] 홍수전과 태평천국이 제시한 '도만흥한(到滿興漢)'의 민족주의를 '소극적인 민족주의'로 보고, '대중화민족'을 완성해나가는 과도기적인 과정으로 평가하기도 하였다.

12 簡又文, 「再論太平天國與民族主義」, 『中國近代現代史論集③ 第3編 太平天國』, 臺北 : 商務印書館, 1985, 83면.
13 簡又文, 「太平天國与中國文化」, 『中國近代現代史論集③ 第3編 太平天國』, 臺北 : 商務印書館, 1985, 19면.
14 小島晋治, 「太平天國の對外觀念の変化-変相の華夷思想から民族主義の萌芽」, 『太平天國と現代中國』, 東京 : 硏文出版, 1993; 盧泰久, 『韓國民族主義의 政治理念-東學과 太平天國革命의 比較』, 새밭, 1981.
15 李國祈, 「中國近代民族主義思想」, 앞의 책, 29~30면.
16 簡又文, 「再論太平天國與民族主義」, 앞의 책, 83~84면.

마오쩌둥은 태평천국운동을 제국주의에 대한 중국인민의 인식이라는 측면에서 검토하여, 태평천국운동을 의화단운동과 같이 막연한 '배외주의적인 투쟁'으로 표면적인 '감성적 인식'의 단계로 보았다. 그 다음 단계를 '이성적 인식'의 단계로 상정하고, 1919년 5·4 운동을 전후로 하여 제국주의 안팎의 여러 가지 모순을 간파함과 동시에 제국주의가 중국의 매판계급 및 봉건계급과 연결하여 중국 인민대중을 억압, 착취하고 있는 본질을 인식하기 시작하였다고 지적하기도 하였다.[17] 이러한 지적은 태평천국운동이 청나라 만주족의 지배에 항거한 반봉건적 운동이었으며, 동시에 서구의 침략에 저항한 반외세적인 '민족주의' 운동이었다고 하는 관점에 입각한 것이었다.

위와 같은, 태평천국과 홍수전의 민족주의에 대한 여러 가지 설명은 매크로적인 관점에서 설명한 것이다. 중국 역사의 긴 흐름에서 볼 때, 혹은 유물론적인 역사인식의 관점에서 볼 때 그렇게 설명할 수도 있을 것이다.

'민족주의' 운동 또는 사상이란, '민족공동체'를 소중히 여기고, 그것을 어떤 것보다도 최우선시하는 '감정'을 배경으로 한다고 하는 점에서는 매우 단순한 것이지만, 그 내용은 매우 복잡하다. 홍수전과 태평천국 리더들의 민족주의 사상도 감정적인 요소를 벗겨내고 그 안에 들어 있는 내용을 살펴보면 여러 가지 다양한 모습이 나타날 수밖에 없을 것이다. 그들의 사상은 미묘하지만 시간이 흐름에 따라서, 그리고 자신의 입장에 따라서 조금씩 변화하고 또 새롭게 추가되기도 하였을 것이다. 이러한 가설을 가지고, 여기서는 우선 홍수전의 민족주의 사상을 대략 3가지 내용으로 정리해 본다.

---

17 毛澤東, 「實踐論」, 『毛澤東選集』 第一卷, 北京 : 人民出版社, 1968, 429면.

1) '번국'과 대응하는 '중국'

태평천국 성립이전에 홍수전은 여러 문장에서 '중국'이라는 단어를 자주 사용하였다. 그때 사용된 '중국'은 대부분은 '번국(番國)'의 대응 개념이었다.

예를 들면 "가깝게 중국은 황상제가 주재하여 다스리는데, 먼 곳의 '번국'도 그렇다. 먼 곳의 '번국'은 황상제가 낳고 양육하고 보호하는데, 가깝게는 중국도 그렇다"[18]라는 구절이 그렇다. 최고의 존재인 '황상제'가 중국을 주재하고 다스리듯이 먼 곳의 '번국'도 그렇다는 말은 '중국'이나 '번국'이나 신의 활동에 있어서 별다른 구별이 없다는 의미다.

「천조서(天條書)」라는 문장을 보면 "무릇 황상제를 숭배하는 이 큰 길을, 중국과 번국의 역사를 살펴보면, 당초에 수 천년 동안 중국과 번국은 모두 함께 걸어왔다. 그렇지만 서양의 각 번국은 이 큰 길을 끝까지 걸어온 반면에, 중국은 진나라와 한나라 때까지 걷다가 그 후에는 귀신의 길로 접어들어 염라요(閻羅妖)에게 붙잡히게 되었다"[19]고 하여, 중국은 잘못된 길을 걸어왔는데 서양 번국은 바른 길을 잘 걸어왔다고 하기도 하였다.

여기에서 '번국(番國)'이란 '藩國' 또는 '蕃國' 등으로 표기되기도 하는 변방의 국가 또는 지방을 말한다. 변두리 나라, 오랑캐 나라, 제후 나라라는 의미로 같이 사용되기도 하지만, '藩'과 '蕃'은 경우에 따라서는 다른 의미로 사용되기도 한다.

번(番)은 우거지다, 번성하다, 번식하다라는 뜻으로, 고대에는 중원으로부터 멀리 떨어진 '외족(外族)'에 대한 통칭으로 사용되기도 하였다. 번(番)자를 대신 사용하기도 하는데, 『주례(周禮)』(秋官·大行人)에서는 '구주의 바깥을 일

---

18 洪秀全, 「原道醒世訓」, 羅而綱 編註, 『太平天國文選』, 上海人民出版社, 1956 : "近而中國是皇上帝主宰理化. 遠而番國亦然. 遠而番國是皇上帝生養保佑. 近而中國亦然."
19 太平天國歷史博物館, 『太平天國印書』 上冊, 江蘇人民出版社, 1979, 27면.

러서 번국이라 한다(九州之外, 謂之蕃國)'고 하였다.[20] 송나라 때에는 이슬람교도들이 주로 많이 살았던 외국인 거주지를 '번방(蕃坊)'이라고 불렀으니 번(蕃)은 먼 곳의 이민족을 가리키는 뜻으로 사용되었음을 알 수 있다.

번(藩)은 '덮다', '두르다', '지키다'라는 뜻으로 당송시대에 번진(藩鎭)이라는 행정조직이 있었는데, 이는 절도사(節度使)를 최고 권력자로 한 지방의 지배체제 또는 군사기관을 일컬었다. 중국 천하의 외곽을 지키는 방어부대 역할을 하기도 하였으니, 이때 '번(藩)'이란 지키다라는 뜻이었다. 청나라 때는 행정구역으로 번부(藩部)라는 것이 있었다. 이는 내몽고, 외몽고, 신강, 티벳, 청해(靑海) 등 지역을 모두 합하여 '번부'라고 하였다. 이 '번부'를 다스리는 행정기관으로 이번원(理藩院)이 있었다. 이것을 보면 '번(藩)'은, '번(蕃)'보다는 좀 더 중앙에 가까운 곳을 가리키는 뜻이 있다고 할 수 있다.

역사서적에는 '번국(番國)'이라 표기하는 사례도 있다. 『명사(明史)』(列傳·鄭和편)를 보면 선덕제(宣德帝)가 "여러 번국 중 멀리 있는 나라들이 여전히 조공을 하지 않았기 때문에, 정화와 왕경홍에게 다시 명하여 호르무즈 등 열일곱 나라를 다녀오게 하였다(諸番國遠者, 猶未朝貢, 於是和、景弘, 復奉命歷忽魯謨斯等十七國而還)"고 하였는데 이 때 '番國'이라는 표현이 사용되고 있다. 『명사』(列傳·西域편)에는 "서천아난공덕국은 서방의 번국이다(西天阿難功德國, 西方番國也)"라는 표현도 있다.

홍수전이 번국을 '藩國'이라 표시하지 않고, 굳이 '番國'이라 표시 한 것은 '번국(蕃國)' 즉 중국에서 멀리 떨어진 이민족의 나라라는 뜻을 강하게 드러내고자 하였지 않나 판단된다. 특히 그가 '번국(番國)'을 말할 때는 기독교를 믿는 '서구의 나라'라는 의미가 포함되어 있었다. 예를 들면 그는 '이상한 사람들의 허튼 소리에 의하면 염라요가 생사를 주관한다고 하였다. 중국의

---

20 13경주소, 『시경』(商頌·殷武)의 疏에는 '九州之外, 謂之藩國'라고 하여 藩國으로 표시한 경우도 있다.

경전과 역사서적은 이것을 언급하고 있는가? 말 하건데 그렇지 않다. 번국의 성경은 이것을 기재하고 있는가? 말 하건데 그렇지 않다'[21]라고 하였는데, '번국의 성경'이란 표현에서 그러한 의도를 읽을 수 있다.

홍수전의 '번국'이 고대 중국의 '번국'개념과 다른 점은, '번국'을 업신여기는 감정보다는 기독교 국가로서 흠모하는 감정이 강하다고 하는 점이다. 문명이 발달되지 못한 '오랑캐'나라 이상의 우호적인 인식을 하고 있었음을 알 수 있다.[22]

이러한 인식은 홍수전이 서양 기독교를 받아들여 그 신을 믿고 그 경전을 읽게 되어 자연스럽게 그러한 감정이 생겼다고 할 수 있지만, 당시 중국을 둘러싼 국제적인 정치 상황의 변화에 따른 측면도 있었을 것이다. 1840년부터 1842년 사이에 아편전쟁이 일어나 광주와 상해 인근 지역 사람들은 서양인들의 군함과 대포를 직접 목격할 수 있었다. 또 전쟁에 패배했기 때문에 서양인들의 군사력과 문물에 대해서 과거와는 다른 인식을 하게 되었다. 전쟁 패배로, 홍콩이 영국에 할양이 되고 서양 상인들이 개항장에 활개를 치고 다니며, 선교사들이 공공연하게 중국에 들어와 서양 종교를 포교하게 된 상황을, 광주에서 가까운 곳에 살았던 홍수전은 잘 목격할 수 있었다. 이러한 경험 때문에 그의 문장에 보이는 '번국'은 고대 중국인들이 야만 지역에 대해서 부르던 그러한 '번국' 개념과는 다를 수밖에 없었다. 말하자면 '근대성'이 가미된 '번국' 개념인 것이다.

---

21 洪秀全, 「原道覺世訓」(羅而綱 編註, 『太平天國文選』) : "據怪人妄說閻羅妖注生死. 且問中國 經史論及此乎? 曰,無有. 番國聖經載及此乎? 曰,無有."
22 임태홍, 「근대 중일양국 사상가의 자국인식 비교-홍 시우취엔의 '中國'과 나카야마 미키의 '日本'」, 『일본사상』 11, 2006.12, 3~4면 참조.

2) 만주족의 통치를 받는 '중국'

만주족에게 토지를 빼앗긴 '국가', 그렇기 때문에 '수복'되고, 원래상태대로 회복되어야할 '중국' 인식이다. 햄버그가 지은 『홍수전의 환상』에 이러한 언급이 있다.[23]

> 홍수전은 홍인간에게 자신이 가지고 있던 비밀스런 생각이나 만주인에 대한 증오를 내비치면서 다음과 같이 말했다. "신이 세상의 나라들을 분할하여 대양을 만들어 서로간의 경계로 삼은 것은 마치 아버지가 자기 자산을 아이들에게 분배해주는 것과 같다. 그래서 모두는 아버님의 의지를 존중하여 평화스럽게 자기들의 재산을 관리해야 한다. 그런데 어찌해서 지금 이들 만주족들은 멋대로 중국에 침입하여 자기 형제들로부터 재산을 빼앗고 있는 것일까?"

만주족들이, 신이 정해준 영역을 넘어서서 중국에 침입하였다고 본 것이다. 중국은 말하자면 만주족에 의해서 부당하게 침입을 당한 나라로 묘사되어 있다. 계속해서 햄버그는 홍수전의 말을 이렇게 전하고 있다.

> 만약 신이 나를 도와서, 우리들의 토지를 회복시켜준다면 나는 모든 사람들을 향해서 서로 상처를 입히거나 빼앗는 일이 없이, 각자는 각기 자신의 재산을 소유하라 라고 가르칠 계획이다.[24]

홍수전이 이러한 말을 한 것은 혁명운동이 시작되기 직전이었다. 홍수전은 이러한 인식 위에서 반청운동을 시작한 것이다.

태평천국이 중국의 남부에 만족하지 않고, 중국 전역을 대상으로 혁명운

---

23 Theodore Hamberg, *The Visions of Hong Siu Tsheun and Origin of the Kwang si Insurrection*(Hong Kong: The China Mail Press, 1854), p.29.
24 Theodore Hamberg, *The Visions of Hong Siu Tsheun*, 앞의 책, p.30.

동을 전개한 것은 바로 위와 같은 홍수전의 인식과 밀접히 관련된다. 즉 홍수전이 비난하였던 대상은 '중국'에 침입한 만주족이지, 중국의 어느 한 지역에 침입한 만주족이 아니다. 또 그가 '신이 나를 도와서, 우리들의 토지를 회복시켜준다면'이라고 했을 때, 그 토지는 바로 만주족이 통치하고 있던 중국 전역을 지칭한 것이었다. 그의 운동이 어느 한 지역이나 한 종족만을 대상으로 하지 않고 중국 전체를 대상으로 전개된 것은 이러한 그의 인식 때문이었다.

3) '신의 나라'로서의 '중국'

혁명운동이 진척되면서 홍수전은 '중국'이라는 단어 사용을 줄이고 대신 '신주(神州 : 신의 나라)' 혹은 '천국(天國 : 하늘의 나라)' 등의 명칭을 사용하였다. 특히 태평천국 시기에 홍수전은 '중국' 대신에 '천국'이라는 단어를 사용하였는데, 이는 하늘에 있는 '천국'이 지상으로 내려온 나라라는 의미였다. 영역적으로 중국과 별개의 지역을 확보한 국가라는 뜻으로 사용된 말은 아니었다.

또 나아가 이 시기에 홍수전의 '중국'인식은 다소 변하게 되었는데, '번국'과 중국을 대등하게 보려는 이전의 인식, 즉 다소 객관적인 상황에서 중국을 보려는 입장에서, 중국을 '신이 직접 통치하는 나라'라는 주장을 강하게 내세우게 되었다. 좀 더 자국 중심주의적인 입장으로 변한 것이다. 이러한 입장은 사실 전통적인 중국 중심적인 천하관, 즉 중화사상과도 흡사한 것이었다.

이러한 변화는 태평천국운동의 흐름과도 맞물려 전체적으로는 홍수전과 태평천국의 독특한 민족주의 사상을 형성하였다. 멀리 떨어진 국가들의 실체와 실력을 인정하면서도, 또 한편으로는 자국의 우월한 지위를 강조하는 다소 이율배반적인 '민족주의' 사상이 형성되었다. 그가 일부러 전통시대의 중화사상을 강조한 것은 아니었지만, 신이 직접 통치하며, 신의 아들이 하늘에서 직접 내려와 통치하는 국가라는 관념을 강하게 주장함으로써 전통의 천하관과 전혀 다름없는 새로운 내용의 '중화사상'이 형성된 것이다.

2. 양수청의 '중국' 인식

태평천국에서 1850년경부터 1856년까지, 표면적으로는 홍수전이 제일인자였으나 군사, 정치 방면에서 실질적인 제일인자는 양수청이었다. 양수청은 1848년 배상제회의 지도자들인 홍수전과 풍운산이 배상제회를 잠시 떠나 있는 사이에 스스로 하늘에서 내려온 상제로 자처하기 시작하면서 배상제회 내에서 권위를 확보하였다. 이후 수시로 홍수전과 풍운산의 권위를 위협하고 나중에는 급기야 이들의 권위를 압도하며, 군사적인 주도권을 잡기 시작하였다. 사정이 이렇게 된 것은 양수청이 배상제회 내부의 회원들로부터 신망을 얻었던 것도 있지만, 그가 스스로 '상제'로 자처함으로써, 상제의 아들로 존경을 받고 있던 홍수전은 어쩔 수 없이 그의 '아들'이 될 수밖에 없었던 이유가 있었기 때문이기도 하였다.[25]

양수청은 군사적인 능력도 겸비하여 소조귀와 함께 태평천국의 군사적인 활동 전반을 장악하였는데, 왕경성(王慶成, 왕 칭청)이나 고지마 신지(小島晋治)는 홍수전이 갑자기 혁명을 꿈꾸고, 사상적인 전환을 하게 된 것은 이러한 양수청 때문이었다고 해석하기도 한다.[26] 그만큼 양수청의 영향력은 막강하

---

25 양수청에 대해서는 정항시, 「태평천국 지도층인물에 대한 고찰」, 『현대이념연구』 5, 1990, 46~47면 참조.
26 王慶成, 「論洪秀全的早期思想及其發展」, 『太平天國的歷史和思想』, 中華書局, 1985, 39면; 小島晋治, 「太平天國運動の母体-拜上帝會」, 『太平天國と現代中國』, 東京 : 硏文出版, 1993, 41면; 小島晋治, 「한국판 서문」, 崔震奎譯, 『洪秀全』, 高麗苑, 1995(원저는 小島晋治 著, 『洪秀全-ユートピアをめざして』, 中國の英傑 10, 集英社, 1978年 出版). 이러한 판단은

였다. 이러한 양수청의 '중국'인식을 두 가지 측면으로 나누어 살펴본다.

1) 대외적인 '중국' 개념의 변화

배상제회 초기, 즉 양수청이 아직 배상제회에서 확실한 권위를 인정받기 전에 출판된 자료를 보면 홍수전이 즐겨 제시하던 '번국'과 거기에 대응하는 '중국'의 개념이 그대로 남아 있었다. 예를 들면 다음과 같은 기록들에서 그렇다.

> ① 중국은 처음에 황상제가 돌보아 주었고, '번국'과 마찬가지로 함께 같은 길을 걸었다.[27]
> ② 황상제를 섬기는 이러한 큰 길을, 중국과 번국의 역사를 살펴본다면 당초에 수천년 동안 중국과 번국은, 모두 같은 큰 길을 함께 걸었다.[28]

①은 배상제회에서 편찬한, 아이들을 위한 교과서 「삼자경(三字経)」의 문장이다. 1853년경에 출판되었는데, 배상제회의 역사나 배상제회가 믿는 종교 신앙 등에 대해서 서술되어 있다. 여기에 나타나는 중국의 개념은 홍수전의 '번국과 대응하는 중국'개념과 매우 유사하다. 중국과 번국이 마찬가지로 황상제의 도움을 받고 있으며 한가지로 공통의 길을 걷는다는 뜻이다.

②의 내용도 ①과 대동소이하다. 중국과 번국이 함께 황상제를 섬기는 길을 같이 걸어왔다는 내용이다. ②는 「천조서(天條書)」의 문장으로, 태평천

'해석'일 뿐이지, 뚜렷한 증거가 있는 것은 아니다. 다만, 홍수전은 종교적인 성향이 강했고, 양수청은 혁명적, 군사적인 성향이 강했다.
27 「三字経」, "中國初, 帝眷顧, 同番國, 共條路."
28 「天條書」, "蓋拜皇上帝這條大路, 考中國番國鑑史, 當初幾千年中國番國, 俱是同行這條大路."

국 이전에 상제교의 기도서로 편찬된 서적이었다. 「삼자경」과 유사한 시기에 발간된 것으로 추측되는 데, 두 서적에 나오는 '중국' 개념이 매우 유사하다. 아직 홍수전의 영향력이 남아 있음을 볼 수 있다.

그러나 이러한 '중국-번국'이라는 대응구조는 양수청과 소조귀의 활약을 담은 「천부하범조서(天父下凡詔書)」에서부터 별로 보이지 않게 된다.

> ① 천부가 말씀하셨다. 지금 '중국'에 내려온 지 햇수가 꽤 오래되었다. 그런데도 사람들이 아직 나를 존경하지 않는데, 너는 그것을 아는가?[29]
> ② 종전에 중국이 나를 존경하지 않은지 매우 오래되었다. 나는 그것을 모두 용납할 수 있다.[30]

위의 인용문 모두 '중국'만 언급하고 있다. 양수청은 자신을 하늘에서 내려온 '천부(天父, 하느님아버지)'로 자임하고 그런 천부의 입장에서 '중국'을 언급한 것이다.

이러한 내용이 시간이 좀 더 지나면서 또 변화한다. 예를 들면 「천부하범조서이(天父下凡詔書二)」[31]를 살펴보면 다음과 같다.

> 우리 천왕(天王, 홍수전)은 천하만국의 참다운 주인이시다. (…중략…) 우리들과 천하만국(天下萬國)의 자매형제들을 교도하시기 위한 것이다.

이 인용문에서는 '중국'이 직접 언급된 것은 아니지만, '천하만국의 참다운 주인', '천하만국의 형제자매'라는 말 가운데, 변화된 중국의 위상을 가늠해볼 수 있다. '중국-번국'의 2항 대립적인 구도가 아니라 중국과 다수의

---

29 「天父下凡詔書」, "天父曰, 今凡間中國, 年載久矣. 未曾敬我, 爾知麽."
30 「天父下凡詔書」, "從前中國不敬我庶久, 我都容得他."
31 「天父下凡詔書二」, "我天王爲天下萬國之眞主,(中略)卽是敎導我們及天下萬國之弟妹也."

번국, 즉 '천하만국'이 존재하는 일대 다(多)의 구도가 된 것이다.

한편 또 다른 문장에서 양수청은 다음과 같이 말하기도 하였다.

> 6년 이래, 천부와 천형은 각각의 일을 지도해왔다.(중략) 천왕을 비호하고 이 땅을 통치하였다. 너희 해외의 영국 백성은 천리도 멀다하지 않고 이곳까지 와서 우리 조정에 귀순하는구나.[32]

이러한 문장에서 홍수전이 말한 '번국 – 중국'의 대응구조는 보이지 않고, '중국'이 영국 백성들을 맞이하고, 그들의 귀순을 환영한다고 하는 중국 중심적이며, 우월주의적인 인식이 보인다. 여기에서 태평천국은 '천조(天朝)'이며 이 '천조'가 현실적으로 통치하는 지역이 '중국'이다. 천하만국(天下万國)을 태평천국이 통치한다고 하는 인식이 나타나 있다.

양수청은 배상제회에 가입하기 전에는 광서성의 산골에서 농사를 짓고 석탄을 캐어 팔던 사람이었다. 그는 나중에 여호와 하느님의 성령이 자신에게 씌웠다고 하여, 미신적인 방법으로 배상제회 회원들의 지도권을 장악하고 홍수전의 인정을 받기는 하였지만, 교육을 제대로 받지 못한 사람이었다. 그의 외국에 대한 인식은 아무래도 외국인들이 많고 홍콩에 가까웠던 광주에 가까이 살았던 홍수전이나 풍운산보다는 빈약했을 것이다. 그렇기 때문에 그의 '중국'에 대한 인식은 홍수전 등을 뛰어넘지 못하고 전통시대 중국인들의 인식에서 벗어나지 못한 것이다.

영국이나 프랑스 등 서구 열강의 외교관들은 태평천국의 이러한 인식에 특히 거부감을 느꼈다. 국가와 국가 사이의 관계가 평등하지 못하고 태평천국은 천하만국의 통치국으로서 인정해야했기 때문이다.[33] 태평천국과 주고

---

32 「諭英使文翰」, "六年以來, 天父天兄指導各事,(中略) 庇護天王, 統治斯土. 爾海外英民, 不遠千里而來歸順我朝."

33 태평천국 시기, 태평천국의 대외관계에 대해서는 최진규, 「상제교와 태평천국의 대외관

받는 문서나 의례가 마치 청나라 조정이 서구 열강에 취하던 그런 태도와 마찬가지였다. 오히려 청나라 조정이 더 유연하다고 느껴질 정도였다. 이러한 것을 보면, 홍수전의 '번국－중국' 인식이 태평천국 시기에 들어오면서 전통시대의 '번국－중국' 인식으로 되돌아간 것을 알 수 있다. 이러한 경향은 바로 이 시기에 군사적, 정치적으로 주도한 양수청의 인식을 상당부분 반영한 것이라고 할 수 있을 것이다.

2) 만주족 지배에 항거하는 '중국'

광서성 금전(金田)지역에서 봉기가 일어나고 약 2년 뒤에 배포된 「봉천토호격문(奉天討胡檄文)」(1852년)에 다음과 같은 글이 실렸다. 이 격문은 양수청과 소조귀가 공동명의로 반포한 것이었다.

중국은 머리고 오랑캐는 발이다. 중국은 '신주(神州, 신의 나라)'고 오랑캐는 요사스런 인간들이다. 중국의 이름이 '신주'라는 것은 왜 인가? 천부 황상제는 진정한 신이시며, 천지와 산 바다는 모두 그분이 조성한 것이다. 그러므로 옛날부터 중국에 '신주'라는 이름을 붙인 것이다.[34]

중국에는 중국의 형상이 있다. 지금 만주족은 모두 삭발을 하고 머리 뒤에 긴 꼬리를 달고 있는데, 이것은 중국의 인민들로 하여금 금수와 같이 변하게 하는 것이다. 중국에는 중국의 의관이 있다. 지금 만주족은 따로 의관을 두고 오랑캐 의복과 관을 사용케 하여 선대의 의관을 훼손하니 이것은 중국인으로 하여금 그 근본을 잊게 하는 것이다. 중국에는 중국의 인륜이 있다. 사악한

계」, 『명청사연구』 11, 1999, 117~112면 참조.
34 「奉天討胡檄文」, "夫中國首也, 胡虜足也. 中國神州也, 胡虜妖人也. 中國名爲神州者何. 天父皇上帝眞神也. 天地山海是其造成, 故從前以神州名中國也."

요마 강희는 몰래 명령하여 만주족 1인이 10곳의 집을 관리하도록 하여 중국의 여자들을 음란하게 더럽혔다. 이는 중국인들을 모두 오랑캐의 종족으로 만들어 버리려는 것이다. 중국에는 중국의 배우자가 있다.[35]

중국과 중국인 그리고 중국의 풍습이 오랑캐의 그것과 다르다는 점을 강조하고 있다. 이 문장은 나아가 '천하', 즉 '전 세계'도 오랑캐의 천하가 아닌 '황상제'의 천하, 즉 태평천국의 천하임을 주장하였다.

천하라는 것은 상제의 천하이지, 오랑캐의 천하가 아니다. 입을 것과 먹을 것이 상제의 것이지 오랑캐의 것이 아니다. 자녀 인민은 상제의 자녀 인민이지 오랑캐의 자녀 인민이 아니다.[36]

이러한 문장은 태평천국의 군대가 영안에 머물던 시기 직후에 반포되었는데, 중국인들의 민족주의적인 감정에 호소하여 자신들의 '반란'운동을 정당화한 것이다. 태평천국이 혁명 초기에 순식간에 강력한 세력을 형성하였던 것도 이러한 적극적인 만주족 타도의 호소에서 그 원인을 찾을 수 있을 것이다.

중국과 '오랑캐(夷狄)'를 구별하여 중국을 우위에 두고 '오랑캐'의 천하지배를 인정하지 않으려는 주장은 태평천국 리더들이 새롭게 제시한 것은 아니다. 이미 원나라 몽고족에 대항한 주원장의 언급에서도 그러한 내용의 발언이 보인다.

---

35 「奉天討胡檄文」, "夫中國有中國之形像, 今滿州悉令削髮, 祁一長尾於後, 是使中國之人, 變爲禽獸也. 中國有中國之衣冠⋯, 中國有中國之人倫⋯, 中國有中國之配偶⋯"
36 「奉天討胡檄文」, "予惟天下者, 上帝之天下, 非胡虜之天下也. 衣食者上帝之衣食, 非胡虜之衣食也. 子女民人者, 上帝之子女民人, 非胡虜之子女民人也."

옛날부터 제왕이 제위에 올라 천하를 다스릴 때는, 중국이 안에 거처하여 오랑캐(夷狄)를 통제하고, 오랑캐는 바깥에 거처하여 중국을 받들었다. 오랑캐가 중국에 거처하면서 천하를 다스렸다는 말은 들어보지 못했다.[37]

나에게 귀화하는 자는 중화(中華)에서 영원히 평안하게 살도록 할 것이나, 나를 배반하는 자는 변방의 바깥으로 스스로 도망가 숨을 것이다. 무릇 우리 중국 사람들은, 하늘이 반드시 중국 사람으로 하여금 편안하게 한다. 오랑캐가 어찌(중국 사람들을) 다스릴 수 있겠는가?[38]

'중국'이 '오랑캐'를 다스려야 한다는 내용이다. 이러한 '중화주의적'인 사상이 「봉천토호격문」으로 이어지고 있는 것이다. 「봉천토호격문」에서는, 중국과 오랑캐를 대비시키고, 중국을 머리라고 하고 만주족을 발, 중국을 '신주'라고 하고 만주족을 요마라고 까지 비난한다.

전통적인 화이(華夷)사상이 '문화'를 그 경계로 삼았듯이, 양수청은 만주족을 '요마'라고 불러 구분하고 있다. 참다운 상제를 믿는 중국과 상제를 믿지 않고 악마를 따르는 만주족을 대비시켜, 그들을 타도하자고 민중들에게 호소한 것이다.

양수청과 소조귀의 이러한 '중국'개념은 홍수전이 앞서 제시한 '만주족의 통치를 받는 중국'개념보다 더 자극적이며 선동적이다. 또 만주족을 '형제'라고 칭했던 홍수전의 문장보다 '중국'과 '만주족'이 더 극명하게 차별적으로 표현되어 있는 점도 특징적이다.

최진규는 이러한 문장가운데 나타난 내용을 '한족(漢族) 민족주의에 입각한 멸만흥한의 논리'[39]로 보았는데, 문장 자체만으로 엄밀히 본다면 양수청 등

---

37 中央研究院歷史語言研究所校刊, 『明太祖實錄』 卷26, 『明實錄』, 中文出版社, 1964: "自古帝王臨御天下, 中國居內以制夷狄, 夷狄居外以奉中國. 未聞以夷狄居中國治天下者也."
38 앞의 책, 『明太祖實錄』 卷26, "歸我者, 永安於中華, 背我者, 自竄於塞外. 盖我中國之民, 天必命中國之人以安之. 夷狄何得以治哉."

은 '한족'을 내세우지는 않았고, '중국인' 또는 '중국'을 내세웠다. 이러한 사실은 앞서 소개한 인용문, 즉 주원장의 발언에서도 마찬가지다. '한족'보다는 중국 또는 중국인을 더 자주 언급하고 있다.

그러나 '멸만흥한'의 주장은 양수청 문장 곳곳에서 나타나 있다. 「봉천토호격문」에, '오랑캐는 반드시 멸망할 징조가 있다(胡虜有必滅之徵)', '요마의 자식들을 쓸어 없애자(掃除妖孽)', '오랑캐의 티끌을 소탕하자(掃蕩胡塵)' 등의 언급이 그것이다.

이는 홍수전이 "만약 신이 나를 도와서, 우리들의 토지를 회복시켜준다면 나는 모든 사람들을 향해서 서로 상처를 입히거나 빼앗는 일이 없이, 각자는 각기 자신의 재산을 소유하라 라고 가르칠 계획이다"[40]라고 한 말 보다는 좀 더 나아가 강력한 반정부 투쟁의 의지를 드러낸 것이라고 할 수 있을 것이다.

원래 전통적인 문화민족주의적 발상에 따르면, 화이(華夷)의 차이는 문화의 차이에 기인한 것이지, 민족이나 종족의 차이에 기인한 것이 아니다. 주원장도 다음과 같이 언급한 적이 있다.

> 몽고인이나 색목인은 비록 중화민족이 아니지만, 천지 사이에 똑같이 태어났기 때문에, 예절과 의리를 알 수만 있다면, 신민(臣民)이 되고자 원할 경우, 중화 사람들과 함께 보살피고 부양하는데 차별이 없을 것이다.[41]

예절과 의리를 알 수만 있다면 중국 사람들과 다르지 않는 대우를 받을 수 있다. 전 세계를 통치한다고 하는 '천자'의 입장에서 보면 중국 사람들만

---

39 최진규, 「태평천국과 상제교」, 『동양사학연구』 55, 1996, 130면.
40 Theodore Hamberg, *The Visions of Hong Siu Tsheun*, 앞의 책, p.30.
41 앞의 책, 『明太祖實錄』 卷26, "如蒙古色目, 雖非華夏族類, 然同生天地之間, 有能知禮義, 願爲臣民者, 與中夏之人, 撫養無異."

이 피통치자는 아니다. 중국문화를 받아들이고 '천자'의 신민이 되고자 한다면, 그들을 천하의 신민에서 배제할 필요가 없는 것이다.

그러나 「봉천토호격문」은 이러한 인식에서 좀 더 나아가, 만주족 오랑캐는 요마이며, 완전히 소탕해야할 대상으로 간주한 것이다.

3. 홍인간의 '중국' 인식

일반에서 인식되고 있는 홍수전의 모습 중 상당 부분은 홍인간의 설명에 의존한다. 햄버그의 저서 『홍수전의 환상』에 나타난 홍수전 관련 글 전체가 실은 홍인간의 진술에 기초하여 집필된 것이기 때문이다.[42]

또 『태평천일(太平天日)』은 홍수전이 태평천국 이전에 활동한 내용을 기술한 홍수전 전기와 같은 것이며, 『영걸귀진(英傑歸眞)』이나 『홍인간자술(洪仁玕自述)』도 홍수전을 소개하는 부분이 많다. 그러므로 현실적으로는, 홍수전이 홍인간에 사상적인 영향을 미쳤을 가능성이 많지만, 자료적인 관점에서 말한다면, 홍인간이 홍수전의 모습이나 사상을 규정해버린 측면도 있을 것이다.

그렇기 때문에 홍인간의 문장을 통해서 홍인간의 사상과 홍수전의 사상을 명확히 구분해내기가 매우 어렵다. 여기에서는 홍수전의 말을 전하거나 홍수전의 사상을 묘사하는 부분도 포함해서 홍인간의 '중국'인식을 살펴보기로 한다.

---

42 이 때문에 햄버그의 저서에 제시되어 있는 시문의 상당 부분이 홍인간의 위작이라는 설도 제기되고 있다.(沈茂駿, 「洪秀全早期反淸詩是洪仁玕的僞作」, 『學術月刊』 134, 1980, 제7기)

1) '번국'에 대한 근대적인 인식
　- '근대민족주의' 사상의 소개

　홍인간이 태평천국으로 입국하기 위해서 몇 차례의 실패를 거친 후에, 입국에 성공하여 수도 천경(天京, 지금의 남경)으로 들어간 때는 1859년 봄이었다. 이후 한 달도 되지 않아 그는 천왕(天王) 홍수전으로부터 관직을 부여받아 '간왕(干王)'으로 임명되어 조정의 일을 총괄하게 되었다. 이 당시 그가 집필하여 천왕에게 제출한 문장이 『자정신편(資政新編)』이었다.

　이 문서의 첫 부분을 보면 홍인간은 "제가 우리의 진실한 성주(聖主) 만세 만세 만만세 폐하 앞에서 무릎을 꿇고 여러 방책을 나열하여 말씀 드리는 것은 국정을 개선하고 민덕(民德)을 새롭게 하고자 하려는 것입니다. 아울러 무릎을 꿇고 폐하의 의견을 여쭙는 것입니다. 제가 광동에서 이곳 천경까지 갖은 어려움을 마다하고 오게 된 것은 벼슬이나 봉록의 영광을 도모하기 위함이 아니라 실로 이러한 방책을 낱낱이 올려서 폐하의 견식을 더욱 넓히고, 폐하께서 베풀어주신 지우(知遇)의 은혜에 보답하기 위함 입니다"[43]라고 자기가 이러한 방책을 올리게 된 이유를 서술하고 있다.

　『자정신편』의 전반적인 내용은 정치, 경제, 사회의 각종 정책과 제도에 관한 것으로 채워져 있다. 예를 들면 중앙집권적 정치체제의 수립, 신문의 발행, 신문관(新聞館) 및 우편제도의 실시, 지방자치제도의 실시, 연좌법의 폐지와 행형제도의 개선, 근대적인 자본주의체제의 도입, 전국적인 도로망과 운수수단의 발전계획, 은행의 설립과 지폐의 발행, 각종 과학적 발명의 장려와 특허제도의 실시, 각종 자원의 개발, 회계제도와 관세제도의 실시, 미신의 타파와 예배당 및 의원의 설치, 유아의 살해나 노예 매매 금지 등이다.[44]

---

43 홍인간, 『資政新篇』, 羅而綱編註, 『太平天國文選』, 上海人民出版社, 1956, 117면.
44 정항시가 「태평천국 간왕 홍인간의 정치사상－자정신편을 중심으로」, 『군산대학 논문집』

이러한 여러 가지 제안에 대해서 천왕은 대부분 긍정적인 결론을 내리고 간행하여 반포하도록 하였다.

홍인간은 방책을 서술하기 전에 서양과 동양의 여러 나라에 대한 간략한 소개를 먼저 하고 그들 나라의 제도와 문명을 받아들일 것을 주장하였다. 예를 들면 영국, 미국, 독일, 스웨덴, 덴마크, 노르웨이, 프랑스, 러시아, 페르시아, 이집트, 태국, 일본, 페루, 오스트레일리아 등에 대해서 소개하였다. 영국과 미국에 대해서 언급한 내용을 살펴보면 다음과 같다.

> 영국은 속칭 홍모방(紅毛邦)이라 부르는데 개국한 이래 1천 년 간 국왕의 성씨가 바뀌지 않았다. 지금은 최강의 나라로 불리는데 그 이유는 법이 잘 되어 있기 때문이다. 다만 그 나라 사람들은 대부분 지력(智力)이 있으나, 성격이 교만하고, 다른 사람 밑에 있으려 하지 않는다.[45]

> 화기방(花旗邦)은 즉, 아메리카인데, 예절과 의리가 풍족하며 그것을 최고로 삼는다. 국력은 비록 강하지만 인접국을 침범하지 않는다. 금과 은의 산이 있는데 다른 나라 사람들을 불러서 채굴하도록 한다. 다른 나라 사람이라도 유능한 사람은 책봉하여 관리로 삼는다. 이것이 그 나라의 의리다.[46]

홍수전이나 양수청이 그동안 언급하지 않았던 소위 '번국'의 정치조직, 법제도, 경제, 행정, 국민의 성격 등을 간단하나마 제시하고 있다. 심지어는 동양의 여러 나라에 대해서도 언급하였는데, 일본의 경우를 보면 "일본국은 최근에 미국과 통상을 함으로써, 여러 가지 기예(技藝)를 얻어 이를 모범으로 삼고 있어서 장래 반드시 기교가 출중하게 될 것이다"[47]라고 하여 상당히

9, 1984.12, 251~259면에서 정리한 내용을 참조함.
45 홍인간, 『자정신편(資政新篇)』, 羅爾綱篇註, 『太平天國文選』, 上海 : 上海人民出版社, 1956, 121면.
46 홍인간, 『자정신편』, 앞의 책, 121면.

깊이 있는 내용까지 파악하고 있었음을 알 수 있다.

홍인간이 이렇게 외국 사정에 밝았던 이유는 그의 특별한 경험 때문이었다. 그는 혁명운동이 시작된 뒤 바로 홍수전 진영에 합류하지 못했다. 태평천국이 남경에서 자리를 잡기 직전(1852년)에 그는 홍콩으로 피신하였다. 거기에서 선교사 햄버그를 만나 성경과 서양 서적을 읽었다.

그리고 2년쯤 지난 후, 태평천국으로 들어가기 위해서 상해로 갔는데, 상해에서 천경으로 들어가는데 실패한 뒤, 상해에 남아 서양 선교사들과 사귀거나 교회 일을 돌봐주면서 서양의 문화와 과학 지식을 배울 수 있었다. 영국런던 전교회가 상해 조계에 설립한 묵해(墨海)서원에서 천문, 수학 등 과학 문화지식을 학습하고, 상해에 5개월 정도 체재하면서, 죠셉 에드킨스 (Edkins, Joseph, 1823~1905, 중문 이름 艾約瑟)의 집에서 많은 서적을 찾아 읽기도 하였다.[48]

1854년 겨울에 다시 홍콩으로 돌아가 1858년 6월에 태평천국을 향해 떠날 때까지 줄곧 그곳에 머물면서 서양에 대해서 공부할 수 있었다. 그는 홍콩에서 전도사로 일하면서 서양의 종교사상과, 서양지리, 세계 역사, 천문 역법, 정치 경제제도, 문화, 과학기술 등 서구 문명 전반에 대한 견식을 넓힐 수 있었다.[49] 많은 외교관과 전도사들을 사귀기도 하였다. 그가 홍콩에 체류한 기간은 모두 합하여 4년이 넘었다.[50]

이러한 배경이 있어 '번국'에 대한 인식이 홍수전이나 양수청과는 달리 더욱 구체적이고 실재적이었던 것이다. 그는 외교 문서나 회담에 대해서도 다음과 같이 언급하였다.

---

47 홍인간, 『자정신편』, 앞의 책, 124면.
48 賈熱村, 「洪仁玕與洋兄弟的恩怨」, 『學術論壇』, 1994, 제1기, 89면.
49 김의경, 「홍인간과 태평천국─그의 생애와 이론적 근거를 중심으로」, 『이대사원』 22, 23 합집, 1988, 255~256면 참조.
50 夏泉, 「洪仁玕在香港停留時間辨析」, 앞의 논문, 47면.

영국 사람들과 주고받는 언어나 문서에 대해서는, 조회(照會), 우호, 통화(通和), 친애 등의 뜻을 지닌 말은 사용할 수 있겠지만, 기타 '만방래조(萬邦來朝)'나 '사이빈복(四夷賓腹)' 및 오랑캐(夷狄戎蠻), 마귀(鬼子) 등 일체의 경멸적인 언어를 사용해서는 안 된다. 경멸적인 말투는 사적인 말싸움에서 상대방을 이기려고 사용하는 것이지 국가 경륜의 대사에 어울리지 않을 뿐만 아니라, 화를 자초할 뿐이다.

그동안 중국에서는 천하 세계의 중심국으로서, 그리고 천하의 통치자인 '천자(天子)'로서 당연시되어 왔던 문장표현이나 외교적 언사에 대해서 이의를 달고, 영국에 대해서 '국가 경륜의 대사'에 어울리는 표현을 사용할 것을 촉구한 것이다.

그는 단지 영국뿐만 아니라 당시까지 중국에서 조공 받는 것을 당연시하였던 동양의 작은 나라들에 대해서도 이렇게 말했다.

가까운 곳의 태국이나 베트남, 일본, 유구(琉球) 등 작은 나라들에게(경멸적인 언사를 사용―필자주) 하더라도 반드시 복종하지 않을 것이다. 사실 사람들은 비록 밑에 있을지라도 마음은 밑에 있고자 원하지 않는다. 혹시 밑에 있고자 원한다면 그것은 세에 밀려서 그럴 뿐이지 충성스러운 마음을 가지고 그러는 것은 아니다. 만약 반드시 다른 나라사람들을 심복시키고자 한다면, 권력을 가지고 그렇게 할 수는 없고, 반드시 안으로는 국정을 잘 이끌고 밖으로는 신의를 보여주어야 가능할 것이다. 이러한 방법이 실로 고차원적이고 심원하지 않겠는가?

이러한 지적은, 부분적으로는 유교적인 왕도정치의 사상이 내포된 것이라는 점을 배제할 수는 없으나,[51] 홍인간이 서양과 근대 문명에 대해서 견문을

---

51 홍인간은 유교이념과 태평천국의 대의를 통합적으로 실천하기 위해서 정책적으로 여러 가지 노력을 기울인 인물이다. 그는 태평천국의 국사를 총괄하게 된 후에 의욕적으로 과거제도를 정비한 바 있다. 또 그는 태평천국의 기독교적인 사상에 '유교이론의 요소를 가

넓힌 결과라고 볼 수 있다. 주변 국가를 '번국'이라고 하여 문명이 덜 발달된 나라, 오랑캐 나라, 조공을 바쳐야 하는 나라라는 인식에서 벗어나고 있음을 위의 인용문에서 확인할 수 있다.

홍인간의 이러한 인식이 태평천국의 외교 정책에 그대로 반영된 것은 아니다. 일부 외교 문서상에 '천하만국의 참다운 주인', '진공(進貢)', '내조(來朝)', '천국의 신민(臣民)' 등의 용어는 사라지고 귀국, 외국, 외국의 왕 등의 용어가 사용되기는 하였으나,[52] 홍수전이 반포한 시문, 이수성이 외국에 보낸 외교문서상에는 여전히 태평천국을 '천자(天子)'의 국가로, 천하만국의 주인으로 묘사하였다.[53] 홍수전과 이수성이 주도하는 후기 태평천국의 경직된 분위기 속에서 홍인간의 제안은 큰 힘을 발휘하지 못한 것이다.

그러나 그동안 대중화주의(大中華主義)나 화이사상의 전통적인 세계관에서 벗어나지 못하고 있던 태평천국 사람들에게 서양 국가들에 대해서 소개한 사실은 근대민족주의 사상의 소개라는 측면에서만 보더라도 그 의의가 크다.

중국은 세계의 중심이며, 중국의 천자는 천명을 받아서 전 세계를 통치한다고 하는 전통 관념은 태평천국의 많은 사람들에게도 뿌리 깊게 남아 있었다.[54] 오히려 유일신 황상제가 세계를 다스린다고 믿는 태평천국의 종교관에 의해서 그러한 전통사상은 더욱 강화된 측면이 있었다. 서양의 나라들을 주권국가로 존중한다거나 그들의 영토권이나 국경을 인정하지 않는 것은

미하여 하나의 통합된 이념체계로 내세워서 청조에 대항할 수 있게 하고 더 나아가서는 중국의 전통적인 가치체계를 대체하고자 하였다.'(김의경, 『홍인간과 태평천국』, 앞의 논문, 46~47면)

52 최진규, 「상제교와 태평천국의 대외관계」, 앞의 논문, 117면; 노태구, 「중국태평천국의 민족주의 정치사상」, 『국제정치논총』 36~2, 1996, 319면 참조.
53 홍수전의 문장으로는 1860년에 지은 「夢兆詔」, 1861년에 지은 「上天親征詔」 등을 들 수 있다. 「夢兆詔」에는 "천하에는 버릴 땅이 없다. 하늘 아래 모든 것은 하느님과 예수와 나의 땅이다. 모두 수복해서 회수해야 한다"는 문구가 보인다. 이수성과 관련한 기록은 최진규의 「상제교와 태평천국의 대외관계」(앞의 논문, 117~119면)에 인용된 이수성자술 원고와 이수성이 엘긴에게 보낸 공개서한을 참조.
54 노태구, 「중국태평천국의 민족주의 정치사상」, 앞의 논문, 318면 참조.

당연한 일이었다. 그러한 상황에서 홍인간은 영국이든지 미국이든지, 더 작은 나라들도 각기 독립국가로서 존엄을 가지고 있으며 모두 자기의 독특한 문화와 역사, 정치제도가 있다는 설명은 바로 서양 근대민족주의 사상의 소개이기도 하였다.

2) 고통에 처한 '중국'과 중국인
― 정서적 민족주의의 호소

앞에서 자료로 소개한 『자정신편』은 홍인간이 태평천국에 들어간 직후에 쓴 글로 새로운 의욕이 넘치는 분위기에서 집필된 글이다.

이 보다 2년 뒤인 1861년에 집필한 『영걸귀진(英傑歸眞)』, 『흠정군차실록(欽定軍次實錄)』 등의 글은 그러한 패기가 위축되고 태평천국이 처한 현실, 그리고 천국내부의 경직된 분위기에 압도되어 발표된 글이다. 정원(程遠, 청웬)의 지적에 따르면, 1859년 천경에 도착한 홍인간은 신속히 간왕에 임명되어 정치 전반을 통괄하는 임무를 담당하게 되었다. 그러나 바로 그때 그는 중대한 선택에 직면하게 되었는데 이상을 추구할 것인가 현실에 굴복할 것인가 하는 선택이었다. 이상의 추구는 홍수전과 또는 태평천국의 현실과의 충돌을 의미했다. 홍인간은 이러한 상황에서 이상을 포기하고 현실과 타협을 택했다.[55]

홍인간이 택한 현실적인 입장이 『영걸귀진』에 나타난다. 홍인간은, 만주족에 대한 홍수전의 불만을 이렇게 전하였다.

---

55 程遠, 「洪仁玕的思想特點及其發展歷程探析」, 『西北大學學報(哲學社會科學版)』 34~3, 2004.3, 135면.

나는 중국의 땅에 태어나, 18성이나 되는 큰 땅임에도 불구하고 3성의 작은 땅에 살던 개 같은 만주족의 통제를 받고 있다. 5억조의 중국인이 수백만의 달단족 요마에게 통제를 당하고 있으니 참으로 치욕스럽기 짝이 없다. 뿐만 아니라 매년 중국의 금은 화폐 수천만을 아편으로 날리고, 중국인민의 피와 땀을 거두어 화장품으로 날리고 있다. 한해가 이렇고 매년 이러하여 지금까지 2백년이 되었다. 중국의 백성은 부자라도 어찌 가난해지지 않을 수 있으며, 가난한 사람들은 어찌 법을 지킬 수 있겠는가?[56]

1845, 6년경에 홍수전이 자신에게 하였다고 하는 이 말은 햄버그도 저서 『홍수전의 환상』에서도 나오는 기록이다.[57] 이 자료는 햄버그의 기록보다 좀 더 구체적이고 신랄하게 만주족을 비난하는 것이 특징이다. 특히 위 인용문을 보면 '18성의 중국 땅과 3성의 만주 땅', '오억조의 중국인과 수백만의 달단족', '중국의 백성(花人)과 개 같은 만주족(滿洲狗) 또는 달단족 요괴(韃妖)', '중국의 금은과 아편', '중국인의 피땀과 만주족의 사치(花粉, 화장품)' 등 대립적인 개념을 구사하여 중국인의 민족 감정에 호소하고 있음을 알 수 있다.

홍인간은 다른 문장에서, 직접 이렇게 호소하기도 하였다.

천하라고 하는 것은 중화의 천하이지 오랑캐의 천하가 아니다. 천자의 소중한 자리는 중화의 자리이지 오랑캐들의 자리가 아니다. 자녀들이나 옥과 비단은 중화의 것이지 오랑캐들의 것이 아니다.[58]

---

56 홍인간, 『英傑歸眞』, 羅爾綱篇註, 『太平天國文選』, 上海人民出版社, 1956, 18면 : "弟生中土, 十八省之大, 受制於滿洲狗之三省. 以五萬萬兆之花人, 受制於數百萬之韃妖, 誠足爲恥爲辱之甚者. 兼之每年化中國之金銀幾千萬爲烟土, 收花民之脂膏數百萬爲花粉. 一年如是, 年年如是, 至今二百年. 中國之民, 富者安得不貧, 貧者安能守法."

57 Theodore Hamberg, The Visions of Hong Siu Tsheun, p.29.

58 홍인간 등, 「勸諭棄暗投明檄」, 羅爾綱篇註, 『太平天國文選』, 上海人民出版社, 1956, 88면 "夫天下者, 中華之天下, 非胡虜之天下也. 寶位者, 中華之寶位, 非胡虜之寶位也. 子女玉帛者, 中華之子女玉帛, 非胡虜之子女玉帛也."

이 문장은『영걸귀진』과 비슷한 시기(1861년경)에 집필된 것으로 홍인간 외 6인이 연명으로 포고한 격문이다. 충왕(忠王) 이수성(李秀成), 영왕(英王) 진옥성(陳玉成) 등의 이름도 보이고 홍인간은 가장 중앙에 "總裁開朝精忠軍師殿右軍干王洪"이라는 타이틀로 표시되어 있다. 그러므로 여기에 나타나 있는 관념은 홍인간 개인이 아니라 당시 태평천국 지도부의 의견 전체이 반영한 것으로 보아야 할 것이다. 이 문장은 중국과 오랑캐, 즉 만주족의 경계를 명확히 하고, 약탈당한 '천하'나 빼앗긴 천자의 자리가 원래 모두 중국의 것임을 주장한 것이다.

홍인간은 또 귀순한 청나라 관리와 면담을 통해서 '만주족을 위해서 일하는 관리는 모두 중국의 죄인'[59]임을 암시하고, 통치자인 만주족을 위해 일하는 사람들을 질책하였다. 또 '요사스러운 만주족이 중국인들을 농락한 것은 먼저 관직을 가지고 한다. 너희들은 생각해 보거라. 좋은 자리나 중요한 직책은 모두 만주족 요괴들이 차지하고 번잡하거나 피곤하고 어려운 자리는 중국인들에게 맡긴다'[60]라고 하여 좋은 자리를 독차지한 만주족의 부당함을 지탄하기도 하였다.

이외에도 머리 모양을 만주족 같이 하지 말고 길러야한다면서 다음과 같이 호소하기도 하였다.

> 만주족 오랑캐 요마의 굴레에서 벗어나 천조에 투항하여, 중국의 민중을 위해서 일하고자 한다면, 반드시 머리를 길러 부모가 낳고 키워주신 은혜를 온전히 보존해야하며 그럼으로써 상제가 낳고 이루신 은혜에 순응하도록 해야 한다. 절대로, 머리를 깎아 하늘에 거슬리고 불효하는 죄를 지어서는 안 된다.[61]

59 『英傑歸眞』, 앞의 책, 24면, "依殿下寶諭所言, 則凡爲韃子官者, 皆爲中國之罪人矣."
60 「勸諭棄暗投明檄」, 앞의 책, 89면, "夫韃妖之籠絡華人, 首以官職. 爾等試思, 凡有美缺要任, 皆係滿妖補受, 而衝繁疲難者則以華人當之."
61 『欽定軍次實錄』, 太平天國歷史博物館, 『太平天國印書』下冊, 江蘇人民出版社, 1979, 784면. "凡欲脫滿洲韃子妖魔之軛, 投誠天朝, 仍爲中國花民者, 必須留髮, 以詮父母鞠育之恩, 以順

그리고 또 홍인간은,

> 천부 천형은 친히 참다운 성주(聖主) 천왕에게 명령을 내리셔서, 하늘의 뜻을
> 받들고 나아가 정치를 함으로써 태평스럽게 주재하도록 하였다. 이에 우리 중국
> 백성들은 장차 이를 의지하고 따름으로써 요사스러운 만주족의 해악으로부터
> 벗어날 수 있을 것이다.[62]

라고 하여, 만주족으로부터 중국인을 해방시키는 사명을 홍수전이 하늘로
부터 부여받은 것이라고 호소하기도 하였다.

이상의 문장들에 나타난 사상이 홍인간의 독창적인 것이라고는 할 수 없
다.[63] 일부는 홍수전의 발언을 옮긴 것도 있고, 또 일부는 태평천국의 다른
지도자들과 같이 연명으로 문서를 만들 경우도 있다. 어찌 되었든 이 문서는
태평천국 민족주의 운동의 가장 큰 동력이었다고 할 수 있는 만주족에 대한
저항정신을 민중들에게 호소하고, 청나라 조정의 부당한 통치에 대한 '중국
인'의 각성을 촉구한 것이다.

이외에도 홍인간은 중국인들이 서로 연대할 것을 호소하면서, '중국의 백
성들로 하여금, 진실로 충심으로 연대하게 할 수 있다면, 복된 천국을 다시
회복하고 예의(禮義)의 천조를 부흥시키는 일이 어찌 어렵겠는가?'[64]라고 하

上帝生成之恩. 切不可剃之, 致有逆天不孝之罪."
62 『英傑歸眞』, 앞의 책, 25~26면, "幸蒙天父天兄親命, 眞聖主天王承天出治, 主宰太平. 吾中
土之人, 將有倚賴而得脫於妖孽之害矣."
63 唐自斌과 같은 학자는 '반청사상'에 있어서 홍인간의 주체적인 역할을 강조하기도 한다.
(唐自斌, 「洪仁玕反淸思想略論」, 『湘潭師範學院學報』 13-2, 1992.4, 34~35면) 그는 홍수전
의 초기 반청시(反淸詩)는 홍인간의 위작이라고 하는 沈茂駿의 설(「洪秀全早期反淸詩是洪
仁玕的僞作」)을 근거로 홍인간의 자신의 반청사상을 홍수전의 입을 빌려 표현하였다고
보았다. 그러나 沈茂駿의 설도 그 근거가 분명하지 않을 뿐 아니라 홍인간은 태평천국운
동에 초기부터 참가하지 않았다. 홍인간으로서는 여러 가지 사정이 있었겠지만 그는 태평
군에 합류할 수 있는 몇 번의 기회를 거절하거나 놓쳤다. 홍인간의 강점은 그러한 점보다
오히려 서양의 종교나 문물을 홍수전이나 다른 태평천국 지도자들 보다 더 진지하게 학
습하고 받아들이고자 한 점일 것이다.

기도 하였다.

3) 국민국가 건설의 제안
─ 제도적인 민족주의의 호소

홍인간이 태평천국에 입국하여 안팎의 중요한 일을 총괄하는 역할을 맡으면서 제시한 『자정신편』에는 앞에 소개한 외국의 사정 외에도 태평천국을 위한 근대적인 개혁과 제안이 다수 포함되어 있었다. 주요한 것만 살펴보면 다음과 같다.

1) 민간이 병원, 교회, 학교 등을 창립하는 선행을 한다면 격려하고 상을 주자.
2) 기선, 기차, 시계, 온도계, 기압계, 해시계, 망원경, 지구의 등은 유용한 발명품이므로 소중히 여기자.
3) 법에 의한 통치를 하자.
4) 대소 상하의 모든 권력을 하나로 집중하여, 내외와 균형을 이루게 하여 대중에게 넓히자. 아울러 상하 의견이 서로 잘 소통될 수 있도록 신문의 발행과 판매를 인정해주자. 각 성에 신문관을 설치하자.
5) 차량이나 말에 의한 교통을 활발하게 촉진하고, 배를 이용한 사람과 물자 운송을 활발하게 하자.
6) 기구나 도구 만드는 기술을 발전시키고 금, 은, 동, 철, 주석, 석탄, 소금 등의 '보물'을 개발하자.

---

64 『英傑歸眞』, 앞의 책, 25면, "使中土花人, 誠能忠心連絡, 何難復富有之天國, 興禮義之天朝也."

7) 조정의 문서를 운송하기 위해서 '우편소(郵便所)'를 설립하자. 또 각성이나 군, 현에 전곡고(錢穀庫)를 설치하여 문무관원의 봉급이나 행정비에 충당하자.

8) 각지에 공사를 설치하고 엄정한 인물을 관직에 보내 공업, 상업, 육상, 수상의 관세를 관리시키자.

9) '사민공동 모임[士民公會]'을 일으키자. 향관(鄕官)을 모집하고 향병(鄕兵)을 배치하자.

10) 병원을 세워서 병의 고통에서 벗어나자.

11) 죄의 처벌은 죄인의 부인이나 그 권속에 미치지 말도록 하자. 노예매매를 금지하고 술 및 일체의 담배, 아편을 금지하자.

12) 음양팔괘의 미신을 제거하고, 절이나 도관에서 제례, 의례를 금지하자. 올바른 직업에 종사하지 않은 사람, 예를 들면 역으로 점치는 자나 게으른 자 등 부류는 없애자.

13) 맹인, 농아자 등을 수용하는 시설을 설립하고, 미망인, 홀아비, 고아 등을 돌보는 복지시설을 설립하자.

14) 관위나 칭호를 매매하는 폐해를 없애고 개인적으로 연줄로 고관을 알현하는 것을 금지하자.

15) 가벼운 죄를 짓는 자는 잘 대우하여 음식물이나 제복을 지급하고, 도로나 도랑의 청소, 보수 등에 종사하도록 하자. 사형이 처해야 되는 큰 죄를 짓는 자는 교수형에 처하고 이를 공표함으로써 경각심을 불러 일으키자.

위와 같은 제안에는 교육, 의료, 복지, 군사, 행정, 산업, 금융, 법률, 정치 등 소위 근대사회에 필요한 거의 모든 분야가 망라되어 있다. 홍수전은 이러한 제안들에 대해서 일일이 읽어보고 거의 모든 항목에 "타당하다"는 표시를 하였다. 또 몇몇의 제안에 대해서는 이의를 제기하기도 하였다. 예를 들면

4번의 신문발행 관련 항목에는 "이 방책은 요마를 격멸하고 나서 실행해도 늦지 않을 것"[65]이라고 기록하였다. 『자정신편』은 태평천국에 공식적으로 반포되었기 때문에, 홍수전이 '타당하다'고 한 사항들은 시행할 수도 있었지만, 당시 태평천국은 청나라 군대의 강력한 공격을 받고 있었으며 내부적으로도 혼란 상태였기 때문에 실천까지 이르지는 못하였다.[66]

중국의 학자들은 대개 이러한 『자정신편』의 제안에 대해서 서양의 제도와 문물을 적극적으로 받아들이려고 하는 자세나 사상에 대해서는 높이 평가를 하지만, 그 내용이 '자본주의적'이라 보고 그 점에 대해서는 비판을 한다.[67] 사실 앞에서 소개한 항목 3(법에 의한 통치)이나 항목 10(병원 설립)은 반드시 자본주의 체제에서만 필요한 것은 아니다. 그보다는 서구 근대사회가 이룩한 문화적 성과로서의 제도라고 할 수 있는 것들이다. 물론 이러한 문화들은 많은 경우, 근대민족주의 형성과도 깊은 관련이 있다.

민족주의의 관점에서 본다면 위의 제안들은 어떤 의미가 있을까? 류장강(劉長江, 리우 창지앙)의 지적에 따르면 '애국주의' 사상의 발로라고 하였다. 그가 지적한 '애국주의'란 '자기 조국에 대한 일종의 가장 심오한 감정'이라 정의하였는데, 조국과 민족을 위험으로부터 구하고자 하는 홍인간의 애국주의가 서구 사회를 배우고 자본주의국가의 선진적인 제도나 과학기술을 채용

---

65 홍인간, 『자정신편』, 앞의 책, 124면.
66 실질적인 성과를 보지 못했다는 점에 대해서는 劉長江, 「淺論洪仁玕『資政新篇』中的愛國主義思想」, 『川東學刊』 제4권 제4기, 1994.10, 25면; 李登詳, 「開朝精忠軍師頂天扶綱千王洪仁玕」, 『史學』 21, 1995.6, 26면 등 많은 연구자들이 언급함.
67 羅玲玲, 「論≪資政新篇≫的歷史地位 - 太平天國向西方學習的思想」, 『黔南民族師範學院學報』, 2002년 제1기, 80~81면 참조 홍인간의 사상은 '개량주의'이며, '자본주의 사상을 전파한 계몽주의자'라는 평가도 많다.(崔岷 등, 「洪仁玕研究述評」, 『廣西師範大學學報』, 2003.1, 제1기, 123면 참조.) 趙春晨도 홍인간의 이러한 제안은, 홍인간이 홍콩과 상해에서 장기간 거주하면서 서방의 '자본주의 문화'를 대량으로 접촉하고 학습하였기 때문에 이루어진 것으로 설명하여, 홍인간이 제안한 내용을 서양의 '근대문화'가 아니라, '자본주의 문화'라고 하는 시각에서 보고자 하였다.(「太平天國與近代早期的中西文化交流」, 『廣州大學學報(社科版)』, 2002.9, 34면)

하여 중국을 개조하고 자본주의를 발전시키며 근대화를 실현하고자 하는 방안으로 제시된 것이라고 지적하였다.[68]

한편 정항시는 홍인간을 '중국 최초의 근대적 민족주의자'라고 평하였는데, 홍인간은『자정신편』을 통해서 새로운 국가건설의 구상과 정치사상을 제안하여 실현하지는 못하였으나, 전통적인 중국의 지식과 서구적인 지식의 양자를 겸비한 선구적 지식인이 중국의 발전을 위하여 혼신의 노력으로 공헌하려했던 하나의 전형을 그에게서 찾아볼 수 있다고 하였다.[69]

류장강이나 정항시가 주목한 홍인간의 '민족주의'는 정서적인 의미의 민족주의로 애국주의 또는 애국심과 같은 의미의 민족주의이다. '국민국가 건설'이라고 하는 정치 제도적 차원에서의 민족주의에 대해서는 의미 있는 평가를 하지는 않았다.

그러나 홍인간의 제안을 보면, 그는 중국에서 '국민'의 탄생과 '국민국가'의 건설을 준비하는 제도적인 차원의 '민족주의적' 정책과 제도를 제안한 것이다. 예를 들어 학교의 설립을 촉진하자는 제안에는 '근대적 국민'의 양성이 전제되어 있다. 또 교통과 물자운송을 활발하게 촉진시키며, 관세를 관리하자고 하는 제안에는 근대적 국민경제로의 지향이 전제되어 있다. 법에 의한 통치와 상하 의견의 상호소통 제안은 근대적인 법치국가와 의회정치[70]의 내용이 고려되어 있다고 볼 수 있다. 홍인간이『자정신편』에서 '법에 의한 통치(法法類)'라는 타이틀로 법의 중요성을 설명하고 서양 각국의 사정

---

68 劉長江,「淺論洪仁玕『資政新篇』中的愛國主義思想」, 21면 참조.
69 정항시,「태평천국 간왕 홍인간의 정치사상」, 262면. 이외에도「태평천국 간왕 홍인간 소고」(정항시,『군산대학 논문집』7, 1984.2, 382면)에 홍인간의 민족주의 정신 고취에 대해서 언급하였으나 정항시가 주목한 홍인간의 민족주의는 애국심 또는 애국주의와 같은 정서적인 민족주의에 한정된 것이다.
70 홍인간은 서구의 입법제도나 사법제도 그리고 삼권분립에 입각한 의회정치의 메카니즘을 정확히 파악하지 못하였던 것 같다.(劉長江,「淺論洪仁玕『資政新篇』中的愛國主義思想」, 23면 참조; 김의경,『홍인간과 태평천국』, 53~55면 참조.)

을 소개하면서 법 관련 사항을 강조한 것은 그러한 증거라고 할 수 있다.

결론적으로 홍인간이 『자정신편』을 통해서 홍인간이 구상하고 제안한 국가는 서구사회의 조직과 제도를 모방한 '근대 민족국가'[71]였다고 할 수 있다. 물론 이러한 제안은 중국의 학자가 지적하듯이 '천조상국(天朝上國, 태평천국이 상위의 나라다)'[72]의 관념에서 완전히 벗어나지 못한 한계를 가진 것이었다. 그리고 실현되지 못한 제안에 그치기는 하였지만, 그 나름대로 태평천국의 민족주의가 단순히 감정적인 차원에만 그친 것은 아니었다는 것을 보여주는 중요한 증거라고 할 수 있다. 아울러 태평천국운동이 서구에서 출발한 '근대 민족주의' 운동을 상당한 정도로 수용하고자 하였다는 것을 말해준다.

맺음말

이상으로 홍수전, 양수청, 홍인간의 '중국'개념을 분석하여 태평천국의 민족주의 사상을 살펴보았다. 이들 3인의 민족주의 사상은 전체적으로 하나로 통합되어 태평천국의 민족주의 사상을 형성하고 있지만, 각자는 나름대로 수행한 역할과 활동 배경 나아가 각자의 경험이 달랐기 때문에 각기 독특한 특징을 가지고 있다.

홍수전의 경우를 보면, 그가 제시한 '중국'은 대략 3가지 측면에서 검토가 가능하다. 첫째는 '번국(蕃國)'과 대응되는 '중국'개념이다. 이는 전통적인 중화주의적 화이사상에서 발전하여 약간 유연하게 변모한 개념이다. '번국'이 야만의 국가가 아니라 '성경'을 가지고 있고 '하느님'을 모시는 '문명국'으로

---

71 김의경도 홍인간이 『자정신편』을 통해서 구상한 국가는 서구식의 '근대 민족국가'였음을 지적하였다.(김의경, 『홍인간과 태평천국』, 앞의 논문, 70면, 72면.)
72 趙春晨, 「太平天國與近代早期的中西文化交流」, 앞의 논문, 35면.

묘사된다. 둘째는 만주족에 침략을 당한 '중국'의 개념이다. 청나라 만주족이 부당하게 중국을 지배하고 있다는 주장은 바로, 피통치자인 중국인들에 대한 민족주의적인 호소인 것이다. 그리고 셋째는 최고신 천부(天父, 하느님아버지)가 직접 통치를 하는 '중국', 즉 태평천국으로 재생한 '중국' 개념이다. 이러한 개념은 어떤 의미에서는 전통적인 중화사상으로 다시 되돌아간 것이라고 볼 수 있다.

이러한 홍수전의 '중국'인식은 태평천국 시기 내내 태평천국인들의 민족주의 사상을 규정하고 그 운동의 방향을 제시하는 역할을 하였다. 홍수전으로부터 권한을 위임받아 태평천국을 이끌었던 양수청이나 홍인간도 그러한 사상의 영향권을 벗어나지 못하였다.

다만 태평천국 초기에 군사적으로 맹활약을 하였던 양수청의 경우는 홍수전의 첫 번째 '중국'개념(번국과 대응하는 '중국')과 세 번째 '중국'개념('천부'가 통치하는 '중국')을 결합하여, 모든 '번국'들, 즉 천하만국은 '천조(天朝)'인 중국의 권위에 귀순해야하며 통치를 받아야 한다는 개념으로 발전시키고, 이를 청나라 만주족에 대항하는 태평천국운동의 이념으로 삼았다. 나아가 홍수전의 두 번째 '중국'개념, 즉 만주족에 침략을 당한 '중국'의 개념을 더욱 강화시켜, 혁명운동의 전면에 내걸었다. 홍수전이 그동안 제시하였던 '요마 처단'의 사상적인 언어가 청나라 만주족의 지배에 항거하는 혁명 구호로 전환된 것이다.

태평천국 후기에 입국하여 홍수전을 도왔던 홍인간의 경우는 앞의 두 사람 보다는 좀 더 근대적인 인식을 보여준다. 그는 홍콩과 상해에서 선교사들과의 접촉과 독자적인 학습을 통해서 서구 사회와 문화에 대해 좀 더 현실적으로 이해할 수 있었다. 이러한 경험을 바탕으로 종전에 홍수전이 말한 '번국'이란 하나의 집단적인 '주변'이 아니라 다양한 나라들이 존재한다는 것을 지적하였다. 그리고 그러한 나라들의 사회체제와 정치문화, 그리고 법률과 제도, 과학기술 및 산업 등에 대해서 소개하였다. 홍인간이 제시한 이러한 비전은 당시에 비록 실현되지는 못했지만 근대적인 국민국가로서의 '중국'을 제안한 것으로 파악할 수 있다. 사실상 이는, 서양의 근대적인 민족주의 개념을 태평천국 사람들에게 전파한 것이다.

태평천국 리더들은 '태평천국'이 성립되고 난 뒤에 '중국'이라는 명칭보다는 '천국', '천조' 등의 명칭을 사용하기를 선호하였다. 태평천국의 영역도 중국전체에 이르지 못하고 남경과 중국 남부의 일부에 한정하였다. 그리고 그들은 객가인, 광동과 광서 지역의 하층민들이 주요 세력이었다. 이들은 서구의 프랑스나 영국처럼 한 지역과 한 종족을 기반으로 강력한 근대적 국민국가를 지향할 수도 있는 조건이었다.

그러나 이들은 '태평천국'의 타자로서 내부적으로는 청나라 만주족을 상정하고, 외부적으로는 '번국'을 주목하였다. 또 '태평천국'을 '중국'과는 별개의 나라 혹은 '중국'의 일부분으로 여긴 것이 아니라 '중국'을 대신하는 개념으로 이해하였다. '천국'은 바로 '중국'을 의미하기도 하였다. 그것은 동시에 전통중국에서 사용된 '천하'를 대신할 수 있는 단어이기도 했다.

또 태평천국 내부에서 '천왕' 홍수전은 최고신 천부의 아들로 자처하였기 때문에 전통적인 '천자'와 전혀 다르지 않은 존재이기도 했다. 이렇게 '전통'과 '근대'가 교묘하게 조합된 민족주의가 바로 태평천국의 민족주의였다. '천하국가'의 외형적인 기반, 즉 그 '사람'과 '영역'은 '국민국가'의 '국민'과 '영토'로 재해석되었다. 태평천국의 민족주의 사상은 바로 전통의 '천하국가'가 그 외형적인 모습을 바꾸지 않고, 근대적인 '국민국가'로 전환하는 사상이었다고도 할 수 있을 것이다.

5

마오의 사회주의 중국과 대안적 근대성[*]

신봉수

1. 들어가는 말

근대, 근대화, 근대주의, 근대성 등은 마오쩌둥(毛澤東, 이하 마오로 약칭)이 본격적으로 사용한 적이 없는 개념들이다. 하물며 이런 개념 앞에 탈(post)을 쓰고 나타난 탈근대, 탈근대화, 탈근대주의, 탈근대성 등은 말할 것도 없다.[1]

신봉수 성균관대학교 동아시아학술원 BK21 연구교수.

* 이 글은 「中蘇硏究」 제120호(2008년 겨울)에 실린 글을 전재한 것이다.

1 근대, 근대화, 근대주의, 근대성 등은 개념적으로 뚜렷한 차이를 내포하고 있다. 이 글에서 근대의 의미는 역사를 시간적으로 서술할 때 전통과 구별되는 시기를 뜻하며, 따라서 "현대"는 모두 "근대"로 표기한다. 근대화는 산업화, 도시화 등과 같은 의미를 가지며, 전통사회와 계량적, 기술적으로 구별할 수 있는 현상을 설명할 때 사용된다. 근대주의는 근대화의 주체이자 대상인 인간이 근대적 세계를 이해하고, 그 속에서 편안함을 느끼려고 하는 것을 말한다. 근대성은 근대화로 인해 변화된 환경인 산업화, 도시화의 조건 속에서 형성된 역사적 경험과 이런 경험을 통해 만들어진 가치관이며, 서구적 근대성은 신 중심

마오사상에 직접적인 영향을 미친 마르크스도 이런 점에서는 마찬가지이다. 그럼에도 불구하고 마오와 마르크스는 탈을 쓴 근대담론 속에 포위된 채 그들이 내리는 긍정적 혹은 부정적 평가에 휘둘리고 있다.

탈근대주의자들은 인류의 역사발전을 경제구조와 계급관계 등과 같은 거대담론으로 설명하는 마르크스주의를 근대주의라고 비판한다.[2] 이에 대한 마르크스주의자들의 반론은 역설적일만큼 적극적이다. 그들은 오히려 마르크스가 탈근대담론의 서막을 열었다고 주장한다. 이들은 마르크스를 서구의 근대성에 대해 근본적으로 문제를 제기한 사상가로 보고 있다. 심지어 일부는 탈근대주의자들의 담론에 토대를 제공한 니체와 비교하여 마르크스를 탈근대의 선구자로 평가하기도 한다.[3] 이들은 마르크스가 헤겔 철학 이후 최초로 근대의 산물인 이성, 의식, 주체 등의 개념을 해체했다고 주장한다. 그리고 헤겔주의적 거대서사와 보편적 역사인식론에 반기를 든 사상가로 마르크스를 재조명하고 있다.

이처럼 마르크스는 양극단의 평가를 동시에 받고 있다. 한편에서는 계몽정신에서 비롯된 서구의 근대주의를 이어 받는 사상가로 해석하지만, 다른 한편에서는 정반대로 이런 서구의 근대주의에 대해 의문을 제기하고, 대안적 근대성[4]을 모색한 사상가로 평가한다. 마르크스는 근대주의자이면서 탈

사회에서 인간 중심사회로 전환의 계기가 된 계몽시대 이후 서구사회의 경험을 통해 형성된 가치관이다. 그리고 탈근대, 탈근대화, 탈근대주의, 탈근대성 등은 근대, 근대화, 근대주의, 근대성에 대해 시간적, 기술적, 이데올로기적, 가치적 비판을 토대로 형성된 개념으로 정의된다.

2 P. M. Rosenau(eds.), *Post-modernism and the Social Sciences: Insights, Inroads, and Intrusions*(Princeton: Princeton University Press, 1992).

3 Michael Ryan, *Marxism and Deconstruction: A Critical Articulation*(Baltimore: Johns Hopkins University Press, 1981).

4 대안적 혹은 복수의 근대성은 근대성에 대한 서구사회의 헤게모니적 지위를 부여하는 시각에 대해 비판하고, 근대성은 역사적 문화적 특수성에 따라 지속적인 변화과정에 있다는 입장을 반영한 개념이다. 따라서 대안적 혹은 복수의 근대성 개념 속에는 서구적 근대성과 다른 근대성을 인정해야 한다는 관점이 반영돼 있다. S. N. Eisenstadt, "Multiple Modernity",

근대의 사상적 기반을 제공했다는 극단적으로 대비되는 평가를 동시에 받고 있는 셈이다.[5]

탈근대의 담론이 마르크스주의를 근대라는 미끼로 불러내고 있는 것과 마찬가지로 탈근대의 담론은 마오사상을 대상으로 끊임없이 말을 걸어오고 있다. 마르크스처럼 마오도 근대 혹은 탈근대라는 용어를 본격적으로 다루지 않고 있다. 그럼에도 불구하고 마오가 사회주의 중국을 건설한 이후 실시한 일련의 근대화 정책으로 인해 이런 말걸기를 마냥 회피할 수 없는 상황이기도 하다. 마오가 추구했던 중국의 근대화 방식은 소련과 마찬가지로 자본주의 근대성을 비판한 마르크스주의에서 출발하고 있다. 그러나 중국의 근대화 방식은 소련의 근대화와 구별할 필요가 있다. 왜냐 하면 마오에게 근대화의 우선목표는 소련과 달리 중공업을 중심으로 한 경제발전이 아니었기 때문이다. 이는 사회주의 중국이 건설된 이후 마오가 실시한 두 가지 특징적인 정책, 즉 대약진운동과 문화대혁명에서 잘 드러나고 있다.

대약진운동은 마오가 경제결정론적인 소련식 사회주의 근대화 방식을 폐기하게 되는 계기를 제공하게 된다. 특히 1960년대 이후 소련과의 관계악화로 인해 마오는 소련의 과학과 기술에 의존하던 근대화 방식에서 벗어나 대약진운동에서 나타난 것처럼 중국인민들의 육체노동에 의존해 근대화를

Daedalus, Vol.129, No.1(Winter 2000).
5 마르크스와 근대의 상관관계는 다양한 방식으로 분석되고 있는데, 첫째 근대와 탈근대를 대립적인 위치에 두고, 마르크스를 통해 탈근대를 비판하는 시각이다. 이는 Alex Callinicos, *Against Postmodernism: A Marxist Critique*(New York: St. Martin's Press, 1989)을 참조; 둘째, 근대와 탈근대를 이분법적으로 인식한 것은 같지만, 마르크스가 탈근대의 지평을 연 동시에 이를 극복하려고 했다는 시각이다. 이는 이진경, 『맑스주의와 근대성－주체생산의 역사이론을 위하여』, 문화과학사(1997)를 참조. 이에 대한 비판은 류동민, 「노동가치론과 (탈)근대성－이진경의 '맑스의 근대비판: 정치경제학 비판을 위하여'에 부쳐」, 『경제와 사회』, 1998년 제39호를 참조; 셋째, 근대가 안고 있는 모순 속에서 근대를 극복하려고 했다는 시각에 대해서는 Marshall Berman, *All That is Solid Melts into Air: The Experience of Modernity*(New York: Simon and Schuster, 1982)을 참조. 이에 대한 비판은 David Bathrick, "Marxism and Modernism", *New German Critique*, No.33(Fall 1984)을 참조.

추구하게 된다. 이런 마오의 근대화 방식은 당과 국가의 관료체계를 해체한 문화대혁명에서 더욱 구체화되어 나타난다. 마오는 이 시기에 서구적 근대성을 구성하는 주요한 요소인 관료주의와 합리성을 배격하고, 노동자와 농민, 도시와 농촌, 정신노동과 육체노동의 3대 차별을 해소하기 위한 정책들을 추진했다. 이를 위해 마오는 제도로부터 인간주체를 해방하기 위해 지속적인 계급투쟁을 역설하게 된다. 그러나 대약진운동과 문화대혁명은 이데올로기를 생산력과 경제발전보다 우위에 둠으로써 "철저히 반근대적인 노선"을 걸었으며, "근대화의 그림자"는 전혀 찾아보기 힘든 사건으로 평가받기도 했다.[6]

이 글은 마오가 추구했던 근대화 방식에서 중국적 근대성의 흔적을 찾아보려는 노력의 일환으로 작성됐다. 앞에서도 언급했듯이 마오는 근대의 문제를 본격적으로 다루지 않고 있다. 따라서 이 글은 마오의 글과 행위를 해석학적으로 분석하여 그가 갖고 있던 근대에 관한 생각들을 드러내 보이고, 그런 생각의 조각들을 연결하여 그 원형을 발견하는 작업이 될 것이다. 이런 작업에서 발견한 결론은 마오의 근대화 방식은 소련은 물론 서구의 방식과 달랐으며, 그가 추구했던 것은 대안적 근대성이었다고 주장한다. 특히 대약진운동은 기술과 과학에 의존하지 않고, 순전히 인민의 의지에 의존하는 새로운 형태의 생산양식이었으며(따라서 전근대적이라는 평가에서 자유롭지 못하며), 문화대혁명은 이런 새로운 생산양식을 뒷받침하기 위한 문화혁명(따라서 탈근대적이라는 평가를 받게 된 것)이었다고 주장한다.

이 글은 서론에 이어 2장과 3장에서는 사회주의 근대성과 자본주의 근대성이 갖는 특징을 각각 비판적으로 분석하고, 4장에서는 마오가 추구했던 근대화의 방식을 대약진운동과 문화대혁명에서 나타난 특징들을 통해 살펴

---

6 金耀基, 『中國的現代轉向』, 香港: 牛津大學出版社, 2004, 58~59면.

보게 된다. 결론에서는 마오가 추구했던 근대화의 특징들을 토대로 개혁개방 이후 중국이 추진하고 있는 자본주의 방식의 근대화가 안고 있는 문제점들을 살펴본다.

2. 사회주의와 근대성

근대성의 자기 모순적 특징은 당연한 것으로 여겨지는 것에 대해 의문을 제기하면서 형성된다는 것이다. 그래서 근대적이 된다는 것은 철저하게 반근대적이 되는 것이다. 베르만(M. Berman)은 근대성의 이런 자기모순은 근대화 과정에서도 잘 드러난다고 주장한다. 그에 따르면, 과학적인 발견, 산업화, 도시화, 민족국가의 등장 등과 같은 근대화 과정은 근대성의 형성을 위한 토대를 제공하는 한편, 자본주의의 발전으로 이어져 왔다. 그러나 이런 과정은 근대성에 내재된 모순성이 표면화되는 계기를 제공하기도 하였다. 인간의 합리성에 대한 무한한 신뢰와 이로 인한 자연과 사회 환경의 파괴는 이런 모순을 잘 대변하고 있다. 그래서 그는 "완전하게 근대적이 된다는 것은 반근대적이 되는 것이다"[7]고 쓰고 있다.

이처럼 근대적인 된다는 것은 모순을 배태하고 있다. 예를 들어 인간의 합리성에 대한 신뢰는 과학적 사고와 비판적 이성에 기초하여 세상을 인간의 조건에 부합되게 개선할 수 있다는 믿음을 주었다. 그렇지만 다른 한편으로 바로 이런 과학적 사고에 내재한 파괴성으로 인해 인간의 조건에 부합되게 주변 환경을 파괴하는 결과로 이어졌다. 그리고 이는 질서와 안정을 보장했던 사회적 관계의 파괴로 이어졌다. 더구나 근대사회의 막강한 관료조직은 공동체를 통제하여 질서를 유지하는 한편 바로 그 공동체를 파괴하는 힘으로

---

7 M. Berman, *All That is Solid Melts into Air*, 앞의 책, p.14.

사용되기도 했다. 따라서 근대성은 태생적으로 자기 모순적일 수밖에 없다. 만약 이런 가설을 인정한다면 자본주의 근대성에 반대하여 사회주의 근대성이 그 대안으로 등장한 것은 인간의 자기반성에 따른 결과로 볼 수 있다.

이런 측면에서 사회주의 혁명의 목표는 프랑스혁명 이후 서구사회가 근대화 과정을 경험하면서 형성한 근대성을 반대하는 것이 아니라 바로 그 서구의 자본주의적 근대성을 극복하여 대안을 마련하기 위한 시도였다는 사실을 이해할 수 있게 된다. 그리고 프랑스혁명의 계몽적 정신인 인간해방에 더욱 철저하게 복무할 수 있는 근대성을 마련하는 것이었다. 자본주의에 대한 대안적 근대성으로 사회주의는 적용된 과학에 의한 합리적 통제와 참여를 통한 적극적 자유에 대한 열망을 조정할 수 있는 능력을 갖고 있는 것으로 인식된 적이 있다.[8]

그러나 1992년 소련의 붕괴는 이런 대안적 근대성에 대한 희망을 말살하였다. 그리고 자유시장과 자유민주주의 등과 같은 서구 중심의 근대성이 인간에게 보편적으로 적용될 수 있는 규범이라는 믿음을 더욱 강화시켜주었으며, 이는 부분적으로 부인될 수 없다. 그러나 이런 관점은 근대성을 근대화로 이해하는 것이다. 사회주의 국가체제로서 소련은 서구 자본주의적 근대화에 대한 대안으로 사회주의가 본래 추구했던 근대성과는 다른 것이었다. 따라서 소련의 근대화 실패를 대안적 근대성에 대한 희망의 소실로 인식하는 것은 잘못된 추론이다. 사회주의 국가체제로서 소련의 근대화모델은 사회주의가 목표로 삼았던 대안적 근대성과는 완전히 구별되는 자기 파괴적인 것이었다. 소련의 붕괴는 근대화의 실패이지 대안적 근대성으로 사회주의의 유용성이 사라진 것을 의미하지는 않는다. 왜냐하면 소련의 발전모델에서 알 수 있듯이, 국가에 의해 주도되고 통제되는 근대화는 자본주의 근대성에

---

8 Johann P. Arnason, "Communism and Modernity", *Daedalus*, Vol.129, No.1(Winter 2000), p.82.

반대해 온 사회주의의 유토피아적 관점을 포기하는 것에 불과하기 때문이다.

실제, 마르크스의 자본주의 근대성에 대한 비판은 철저하게 주체로서의 인간을 해방하는 것으로서 유토피아적인 특징을 갖고 있었다. 아너슨(J. Arnason)에 따르면, 마르크스가 구상한 탈자본주의적 근대성은 생산자들의 자유연합으로 인해 국가와 시장이 불필요한 미래였다. 비록 제도적으로 대안이 제시된 것은 아니지만 이는 기존에 있던 서구의 경제적 정치적 근대성을 대체하는 것이었다. 특히 문화적 차원에서 공산주의사회는 급진적인 변화를 예상할 수 있는데, 즉 문화적 측면이 인간본질의 표현으로 환원되는 것이다. 그리고 이런 인간본질을 공유하면서 균형 잡힌 발전을 이룩하는 것이 최고의 문화적 가치로 설정되는 것이었다. 마르크스의 이런 관점은 서구 근대성에 대한 전통주의적인 비판이며, 유토피아적인 전망을 담고 있는 것이었다. 이런 점에서 생산자자유연합은 일에 대한 공동체적 통제와 공동체에 대한 전통적 관점에 기초하고 있는 것이었다.[9]

이런 마르크스의 근대적 기획과 달리 소련은 공산주의체제를 근대화시키는 것을 우선적인 목표로 삼았다. 그리고 그 실현방식은 산업화로 대표되는 서구식 근대화를 단기간 내에 조속히 실현하는 것이었다. 이를 위해 소련은 마르크스의 비판적 관점을 단순하게 차용해 그 이론적 관점은 도외시한 채 시장을 없애고 계획을 통한 제국적인 국가중심의 근대화를 도모했다. 그러나 서구식 근대화라는 이런 낡은 방식의 차용을 통해 산업화를 서두른 것이 오히려 위기와 쇠퇴의 원인으로 작용했다. 이로 인해 소련의 경제정책은 대안으로서 의미보다 낡은 방식의 채택에 따른 실패를 가져오게 되었다.

정치적 측면에서 사회주의 국가체제가 갖는 근대화의 또 다른 특징은 근대적 국가의 건설이었다. 당-국가 일원체제를 통해 근대국가를 건설하는

---

9 Arnason, "Communism and Modernity", p.69.

과정은 소련의 경우, 과거의 제국주의적 구조를 다시 구축하는 것이었다. 그것은 근대화를 먼저 달성한 서구 강대국들과의 경쟁에서 승리하기 위해 자신의 주변 국가들을 위성국가로 전락시켜 제국적인 지위를 이용해 근대화를 추진하는 것이었다. 이는 서구국가들이 제국주의적 식민지 경영을 통해 근대화를 가속시킨 방식과 유사하다고 할 수 있다. 소련의 근대화 모델이 갖는 이런 특징은 마르크스의 관점에 러시아의 제국적인 전통이 결합된 것으로 볼 수 있다. 이런 방식은 서구의 근대화 과정에서 나타났던 잘못을 답습하는 것이었으며, 사회주의 근대성을 부정하는 결과를 초래하였다. 따라서 서구의 근대화 과정을 급격히 따라잡기 위한 소련의 몸부림은 오히려 자신을 해제하는 내적 요인으로 작용하게 되었다.

결론적으로 소련모델은 이미 근대화된 서구국가들을 따라잡기 위해 제국주의적 국가권력과 계획경제가 손을 잡은 것으로 이해될 수 있다. 물론 그 결과는 전체주의적 통제를 수반하게 되었다. 이런 폐쇄적 체제는 학습과 변화를 용인하지 않았으며, 서구의 근대화에 중요한 계기가 됐던 경쟁을 통한 생산력 향상이라는 근대적 생산방식 역시 도외시하였다. 이로 인해 내부적으로 소련은 해체의 길을 가게 되었으며, 외부적으로 사회주의 근대성이 갖는 대안적 역할에 대한 회의를 확산시키게 되었다.

3. 자본주의와 근대성

자본주의 근대성은 바야흐로 모든 사회에 보편적으로 적용할 수 있는 규범으로 점차 자신의 위상을 정립해가고 있다. 특히 자본주의 근대성의 대안으로 생각되었던 사회주의 정치체제가 소련을 시작으로 차례로 붕괴되면서 그 위상은 더욱 강화되는 양상이다. 그러나 이런 흐름과 함께 문화와 전통에 기반을 둔 "복수의 근대성"에 대한 논의도 동시에 부상하고 있다.[10] 이런 반발하는 힘의 근원을 찾기 위해서는 자본주의 근대성의 토대가 되었던 근대의 출생과정부터 짚어보는 것이 순서일 것이다.

근대는 역사서술방식에서도 알 수 있듯이 철저하게 전통과 구별되는 지점에 서있다. 이런 근대와 전통의 단절은 서구의 경험에서 비롯된 근대성이 갖는 주요한 특징 가운데 하나다. 실제, 하비(D. Harvey)는 근대성을 다음과 같이 정의한다.

> 근대성은 전근대의 사회질서는 물론 심지어 그 자신의 과거에 대해서마저 최소한의 관심도 가지지 않는다. 사물의 순간성은 역사적인 지속성을 유지하게 힘들게 만든다. 만약 역사에 어떤 의미가 있다면, 그 의미는 변화의 소용돌이 내부로부터 정의되고 발견돼야 한다. 변화의 소용돌이는 토론의 조건은 물론 토론해야할 대상에 대해서도 영향을 미친다. 따라서 근대성은 앞선 모든 역사적 조건과 완벽하게 단절될 뿐만 아니라 그 내부에서 분절과 단절이라는 지속적인 과정을 겪게 된다.[11]

이처럼 전통과의 단절은 근대담론에서 떼어 놓을 수 없는 특징이다. 이런 특징은 외부의 영향에 의해 형성된 것이 아니라 근대담론의 생성과정에서 발생한 것이었다. 대표적 사회학자들인 퇴니스(F. Toennies)와 파슨스(T. Parsons) 등이 전통과 근대라는 이분법을 통해 사회발전과정을 설명한 것도 이 때문이다. 사회적 차원에서 합리적 추산과 제도, 그리고 부의 형성과정에서 종교적, 관습적, 공동체적 특징에 반대하고, 법적 계약과 개인적 결단에 기초한 것에 대해 의미와 정통성을 부여하는 것 등은 이런 이분법이 낳은 결과이기도 하다. 이런 근대주의자들에 따르면, 한 사회가 덜 전통적일

---

10 Arif Dirlik, "Global Modernity? Modernity in an Age of Global Capitalism", *European Journal of Social Theory*, Vol.6, No.3(2003).

11 David Harvey, *The Condition of Postmodernity*(Cambridge: Blackwell, 1989), pp.11~12.

수록 더욱 근대적이게 된다. 그리고 그런 사회는 훨씬 더 지속적인 발전을 도모할 수 있고, 새로운 문제에 직면하여 이를 훨씬 더 잘 해결할 수 있고, 제도적인 발전을 지속적으로 도모할 수 있게 된다.

이런 사회학자들의 영향을 받은 근대주의 정치학자들은 사회학자들의 전통과 근대라는 패러다임을 그대로 적용하여 정치발전이론을 만들었다. 이들은 정치발전을 근대화된 서구사회의 자유민주주의 정치제도가 근대화에 뒤쳐진 개발도상국가와 신생국가들에게 확산되는 것으로 인식하게 만들었다.[12] 그러나 이런 시각은 동아시아의 발전모델에서 알 수 있듯이, 특정한 전통적 문화요인이 오히려 성공적인 근대화를 가져온 사실에 직면하면서 낭패를 겪게 된다.

서구국가들이 전통과 단절하고 근대를 받아들이면서 형성한 근대성이 다른 역사적 문화적 전통을 가진 국가들과 다를 수밖에 없는 이유가 여기에 있다. 서구국가들이 전통과 단절하는 과정은 자신들의 자발적인 선택이었으며, 서구의 근대화 경험을 이식해야 했던 국가들의 입장에서는 이는 강요된 것이었다. 전자가 자발적인 단절이었다면 후자는 강요된 단절이었다. 다시 말해 전자가 근대성을 형성하는 과정은 자신의 의지에 의해 전통으로부터 해방된 것이었다면 후자의 근대성 형성과정은 자신의 의지와 무관하게 자신의 근대성을 찾기보다 서구의 근대성에 구속되는 과정으로 이해될 수 있다. 예를 들어 서구의 근대는 신 중심에서 인간 중심으로 전환되는 계몽정신을 기반으로 하고 있다. 그리고 이런 계몽정신은 과거 신중심의 사유체계를 철저하게 부정하는데서 출발하고 있다. 이와는 달리 중국의 경우 전통적 사유체계는 신 중심이었다기보다 오히려 인간중심이었다. 따라서 인간중심

---

12 Richard A. Higgott, "From Modernization Theory to Public Policy: Continuity and Change in the Political Science of Political Development", *Studies in Comparative International Development*, Vol.15, No.4(Winter 1980), p.29.

의 전통과 단절하여 근대성을 추구하는 것은 무리한 것이다. 더구나 문화적 차원에서 이런 중국의 전통과 단절을 요구하는 근대성은 중국의 대안이 될 수 없었다.

전통과 단절한 서구의 근대성은 다른 국가들에 적용할 경우에도 이런 불일치가 나타난다는 것은 제도적 측면에서도 발견할 수 있다. 비트록(B. Wittrock)은 근대성의 제도적 기획은 문화적 구성과 분리할 수 없다고 주장한다. 그는 근대적 제도가 형성되는 기반에 있는 문화적 특징을 배제함으로서 사회과학은 자기모순적인 상황에서 벗어나지 못하게 된다고 강조한다. 근대성에 기초가 되는 문화적 기반에 대한 이해를 배제할 경우 근대성은 서구의 근대적 제도에서 찾을 수밖에 없으며, 이런 제도는 유일하고 보편적이 될 수밖에 없게 되는 것이다.[13]

따라서 서구의 근대화 과정에 나타난 이런 제도적 특징과 이에 대한 비서구 국가들의 대응은 이들 제도에 대한 지속적인 선택과 재해석, 재구성의 과정이 될 수밖에 없다. 이런 점에서 비서구 국가들은 이중적인 모순에 처해 있다고 할 수 있다. 이는 자신들을 근대세계의 일원으로 자리매김하는 한편 일정 수준에서 보편성을 확보하고 있는(혹은 지배적인 지위를 확보하고 있는) 서구의 근대성에 대해 모호한 태도를 보일 수밖에 없기 때문이다. 이런 모순과 갈등을 해결하는 방식은 각 국가마다 달랐다. 일본의 경우, 전통적 요소에 자본주의 근대성을 접목하는 방식을 채택하였다. 이는 불분명한 국가와 시민 사회의 경계, 미약한 유토피아적 전망, 국가에 대항하는 신념에 찬 저항운동의 결핍, 다른 사회와 달리 집단적 정체성을 형성하는데 기여하는 요소들을 중요시한 점 등에서 잘 나타난다. 이런 일본의 방식과 달리 중국은 사회주의 혁명을 통해 자본주의와 다른 대안적 근대성을 모색했다. 중국의 이런 사회

---

13 Bjorn Wittrock, "Modernity: One, None, or Many? European Origins and Modernity as a Global Condition", *Daedalus*, Vol.129, No.1(Winter 2000).

주의 혁명방식이 갖는 특징은 전통과 지속적으로 대화를 유지하는 가운데
형성되었다는 특징을 갖고 있다.

4. 마오의 대안적 근대성

마오는 자본주의가 아닌 사회주의 방식으로 중국의 근대화를 도모했다는
점에서 자본주의 근대성을 반대하는 지점에서 출발하고 있다. 이는 중국의
담론에서 근대화 개념이 사회주의 이데올로기의 내용과 가치관을 담고 있다
는 사실에서 잘 드러난다. 그래서 왕후이(汪暉)는 마오사상의 특징을 "반근대
성적인 근대성"이라고 이름 붙인다.[14] 유럽과 미국자본주의에 대한 마오의
비판은 근대화 그 자체에 대한 비판이기보다 자본주의 근대화 방식에 대한
비판, 즉 서구의 근대성에 대한 비판이었다. 대약진운동이 한창이던 1958년
9월 마오는 브라질의 기자들과 인터뷰하는 자리에서 서방의 근대성에 대해
갖고 있던 자신의 비판적 관점을 피력하고 있다. 그는 당시 인터뷰에서 "서
방에 대한 숭배는 일종의 미신이며, 이는 역사적으로 형성된 것"이라고 강조
하고, "지금 이런 미신은 점차 타파되고 있으며, 서방이 선진적이라는 것도
일종의 미신이다. 정반대로 그들은 낙후돼 있다. 물론 그들은 약간의 철강과
원자탄을 갖고 있지만, 이는 놀라울 것이 없다. 왜냐 하면 그들은 정치적으로
낙후돼 있고, 부패해 있고, 저속한 취향을 띠고 있기 때문에 업신여길 수
있다"고 주장했다.[15]
경제적 성취와 기술발전으로 대표되는 서방의 근대화를 마오는 정치적인
측면에서 비판하고 있다. 서방의 근대화 방식에 대한 마오의 이런 관점은

---

14 汪暉, "當代中國的思想狀況與現代性問題", 『死火重溫』, 北京 : 人民文學出版社, 2000.
15 『建國以來毛澤東文稿』 7, 北京 : 中央文獻出版社, 1992, 373면.

일시적으로 사회주의 근대화 방식을 중국의 모델로 삼게 만들었다. 그러나 마르크스-레닌주의자로서 마오는 역사발전론을 굳게 믿었지만, 소련의 발전 방식과는 곧 결별하게 된다. 그는 대약진 혹은 혁명이라는 방식을 통해 근대화라는 목표를 향해 나아갔다. 그가 시행한 공유화 운동, 특히 대약진운동 당시의 인민공사제도는 농업국가에 대해 사회적 동원을 실현하여 모든 사회조직을 국가의 주요목표에 복무하도록 했다. 또한 문화대혁명은 새로운 생산양식에 부합하는 공산주의자들을 길러내고, 이들이 서로 평등하게 협력할 수 있도록 노동자와 농민, 도시와 농촌, 정신노동과 육체노동의 3대 차별을 해소하는 것을 주요목표로 삼았다. 따라서 마오의 사회주의는 일종의 근대화 이데올로기인 동시에 유럽과 미국식 자본주의 근대화는 물론 소련식 발전모델에 대한 비판과 대안을 담으려고 시도한 흔적을 발견할 수 있다.

1) 전통과의 대화

마오는 서구의 근대성이 철저하게 전통과 결별한 것과 달리 중국의 전통 속에서 그 해답을 찾으려고 했다. 그는 중국의 오랜 역사 속에서 귀중한 유산들을 끄집어내어 중국적 근대화를 모색하려고 했다. 전통에 대한 마오의 관심은 혁명과정에서도 일관되게 나타나고 있는데, 그는 중국의 역사유산을 학습하고 마르크스의 방법을 이용해 비판적인 결론을 얻는 것이 공산당의 임무라고 전제하고, 공자에서 쑨중산(孫中山)에 이르기까지 귀중한 유산을 계승해야 한다고 주장했다.[16] 마오에게 전통과 단절된 근대는 서구의 근대성일 뿐이었다. 그는 수천 년의 역사와 귀중한 유산을 가진 전통을 이어받아 이를

---

16 『毛澤東選集』 2, 北京 : 人民出版社, 1991, 533~534면.

마르크스주의와 결합해 사회주의운동을 실천했다.

마오사상이 마르크스레닌주의의 중국화로 평가받는 것도 전통에 대한 마오의 이런 관심에서 비롯된 것으로 볼 수 있다.[17] 그는 서양의 것을 받아들이는 것도 필요하지만 전통 속에서도 필요한 것들이 많다는 점을 언어에 비유해 설명하고 있다. 예를 들어 그는 중국에 있는 어휘로는 충분하지 않아 외국으로부터 들어온 어휘들이 많은 것처럼 외국의 선진적인 원리나 규칙들을 받아들일 필요가 있다고 강조했다. 이와 마찬가지로 그는 옛 사람들의 언어 가운데 생명력이 있는 것들은 반드시 배워야 하고, 중국의 대중들이 환영하는 중국적인 태도와 기질을 가져야 한다고 주장했다.[18]

아이젠스타인(S. N. Eisenstadt)에 따르면 중국의 근대화에 미친 전통적 요인은 강력한 정치이데올로기 중심이었으며, 이런 중심은 공산당 내에서 결집된 혁명엘리트들에 의해 형성되었다. 그리고 중국의 혁명엘리트들은 민족해방전쟁을 목표로 설정하여, 개혁적인 근대와 농촌의 혁명적인 전통을 서로 충돌하지 않도록 결합시켰다.[19] 실제, 마오는 혁명엘리트들을 강력한 정치이데올로기의 중심축으로 만들기 위해 노력하였다. 이는 마오가 말한 "주요한 권력은 독점하고, 주요하지 않은 권력은 배분한다."는 원칙 속에서도 잘 드러난다.

> 주요한 권력을 독점한다는 말은 개인이 독단적으로 처리한다는 뜻으로 사용되어 왔다. 그러나 이 말은 주요한 권력은 중앙과 지방의 당위원회 같은 집단에 집중되어야 한다는 뜻이며, 분산주의에 반대하여 사용된 것이다. 주요한 권력이 분리될 수 있는가? 그리고 국가기관과 기업, 합작사, 인민단체, 문화교육기관에

---

17 Benjamin Schwartz, *Chinese Communism and the Rise of Mao*(Cambridge: Harvard University Press), 1951.

18 『毛澤東選集』 3, 앞의 책, 830~846면.

19 S. N. Eisenstadt, *Tradition, Change, and Modernity*(New York: John Wiley and Sons, 1973), pp.261 ~267.

있는 당원들은 당원이 아닌 사람들과 접촉하여 함께 의논하고, 연구하여 적당하지 못한 부분은 수정하여 다수가 통과시킨 이후에 일을 처리해야 한다.[20]

이처럼 마오는 주요한 권력은 엘리트집단이 갖고 있지만, 이런 권력을 행사하는 과정에서는 철저하게 인민대중의 견해를 반영해야 한다고 강조하고 있다. 인민대중의 의견을 반영하는 방식의 하나로 마오는 당의 간부들이 인민대중들과 그들의 언어로 끊임없이 소통하라고 주문하고 있다. 농민이 다수를 차지하는 인민대중의 언어는 그들의 전통적 가치관에서 비롯된 것이었다. 따라서 인민대중의 의견을 반영하는 과정은 당의 간부들이 그들의 전통적 가치관을 수렴하는 과정으로 볼 수 있다.

우리는 혁명당이며, 군중을 위해 일을 하는 것이다. 만약 군중의 언어를 배우지 않으면, 일을 제대로 처리할 수 없는 것이다. (…중략…) 우리는 옛사람들의 언어 가운데 생명력을 가진 것은 배워야 한다. 우리가 이런 언어를 배우기 위해 노력하지 않는다면 옛사람들의 이런 언어들을 충분히 활용하지 못하게 된다. 물론 이미 사어가 된 어휘를 사용하는 것은 반대하지만 훌륭한 것은 계승해야 한다.[21]

산업화가 낙후한 중국은 대부분의 인구가 농촌에 거주하고 있었으며, 이로 인해 이들이 사용하는 언어와 생활은 전통적인 요소를 다분히 내포하고 있었다. 더구나 당시 중국이 직면한 내우외환으로 인해 농촌에는 혁명적인 분위기가 확산되고 있었다. 따라서 마오는 이런 농촌의 혁명적 열기를 효과적으로 활용하기 위해서는 전통과의 지속적인 대화가 반드시 필요하다고 판단했다. 실제, 마오는 대약진운동 시기에 단행했던 인민공사제도의 근원을 중국

---

20 『建國以來毛澤東文稿』 7, 앞의 책, 57면.
21 『毛澤東選集』 3, 앞의 책, 837면.

의 역사 속에서 찾기도 했다. 예를 들어 한(漢)나라 말기에 유행했던 오두미도(五斗米道)에 대해 마오는 "여기에서 말하는 군중에 대한 의료 활동은 인민공사의 무료진료와 흡사하다"고 주장하고, "길가에 식당을 차려놓고 무료로 식사를 제공한 것도 인민공사에서 실시한 공공식당제도의 효시였다"고 강조했다.[22]

중국의 전통 혹은 혁명경험과 자신의 근대화 방식을 접목하려고 시도했던 마오의 이런 노력은 1958년 스탈린의 저서인 『소련사회주의 경제문제』의 내용 가운데 주석을 달아놓은 부분에서도 읽을 수 있다. 스탈린은 이 책에서 "새로운 사회주의 경제형식은 선례가 없기 때문에 새롭게 만들어 가야 한다"고 적고 있다. 이에 대해 마오는 "중국은 선례가 있다."고 주석을 달고 있다. 그리고 마오는 "생산력이 변하게 되면 이에 걸맞게 생산관계도 변할 수밖에 없다"고 쓰고 있다.[23] 마오는 대약진운동에서 인민의 노동력에 의지하여 생산력을 강화하려고 시도했다. 그리고 이 과정에서 중앙집중식 계획경제 대신 지방에 상당한 자율성을 보장하는 근대화 방식을 추구했다. 이로 인해 생산관계 역시 불가피하게 변할 수밖에 없었다. 그리고 마오는 이런 생산관계의 변화에 걸맞는 새로운 생산양식을 문화대혁명을 통해 구축하려고 했다.

그러나 마오가 추구한 이런 근대화 방식은 혁명엘리트들을 강력한 정치이데올로기의 중심으로 만드는 과정에서 개인숭배와 전체주의라는 덫에서 빠져나오지 못하였다. 소련은 서구의 자본주의 방식을 모방하여 근대화를 달성하려고 하였지만, 마오는 소련의 발전모델과 결별하면서 문제의 일부는 극복하였다. 그러나 그는 또 다른 한계에 직면하게 됐다. 그것은 자본주의 방식을 모방한 소련의 근대화 이데올로기를 폐기하여 제국주의적 길은 벗어났지만, 개인숭배와 전체주의라는 대가를 지불한 것이었다. 이는 문화대혁명에서 뚜

---

22 『建國以來毛澤東文稿』7, 앞의 책, 627~630면.
23 陳晋 主編, 『毛澤東讀書筆記解析』上·下, 廣州 : 廣東人民出版社, 1996, 558~560면.

렷이 드러나게 된다.

2) 소련모델의 답습과 폐기

소련식 사회주의 근대화 방식은 중앙집중식 계획경제와 중공업을 중시하는 발전전략으로 특징지을 수 있다. 이런 소련식 발전모델은 중국과 같은 신생 사회주의국가들이 근대화를 추진하는 기본모델이었다. 마오는 사회주의 중국이 설립되기 불과 6개월 전인 1949년 3월에 제7기 2중전회에서 이런 소련식 근대화모델을 기초로 중국을 선진화된 공업국으로 발전시키려는 경제정책방안을 제시하고 있다.

> 인민공화국 국민경제의 회복과 발전을 위해서는 대외무역을 통제하는 정책을 채택해야 달성할 수 있다. 중국에서 제국주의, 봉건주의, 관료자본주의, 국민당의 통치(이는 제국주의와 봉건주의, 관료자본주의의 삼자가 결합된 것)를 몰아냈지만, 독립적이고 완전한 공업체계를 수립하는 문제를 아직 해결하지 못하고 있다. 이는 경제적으로 광범위한 발전을 달성하여 낙후된 농업국에서 선진화된 공업국으로 발전해야 해결될 수 있는 문제이다. 이런 목적은 달성하기 위해서는 대외무역을 통제하지 않고는 불가능한 것이다.[24]

마오는 근대화를 통해 공업발전을 달성하고, 낙후된 농업국인 중국을 선진화된 공업국으로 발전시키려고 했다. 그 방안의 하나로 마오는 중앙집중식 계획경제에 근거해 소련과 같이 대외무역에 대한 국가통제를 강조했다. 또한 마오는 중국의 경제제도를 국가자본주의로 규정하고 소련의 계획경제제도를 도입했다. 그리고 국가자본주의는 자본주의에서 사회주의로 발전하기 위

---

24 『毛澤東選集』 4, 앞의 책, 1433면.

해 반드시 거쳐야 하는 과도기이며, 이런 과도기는 여러 차례에 걸친 5개년 계획을 거쳐야 비로소 공업화를 통해 완성할 수 있다고 강조했다.[25]

그러나 중국을 근대화된 공업국으로 발전시키려던 이런 마오의 생각은 소련의 경제발전모델을 폐기하고, 대약진운동을 실시하면서 커다란 전환을 겪게 된다. 1956년 4월에 발표한 마오의 「10대관계론」은 공업과 농업의 발전관계를 소련과 같은 수직적 관계가 아닌 수평적 관계로 복원시키고 있다.

> 중공업과 경공업, 농업의 관계에서 우리는 원칙적인 오류를 범하지 않았다. 우리는 소련과 일부 동유럽국가들에 비해 잘 대처했다. 소련은 식량생산이 오래동안 혁명 전의 수준에 도달하지 못했다. 일부 동유럽국가들은 경공업과 중공업이 균형을 이루지 못해 심각한 문제가 발생했다. 우리는 이런 문제가 없다. 그들은 단편적으로 중공업을 중시하고, 농업과 경공업을 소홀히 했다.[26]

마오는 중국은 대약진운동 이후 소련과 달리 농업과 공업의 균형적인 발전을 도모해 왔으며, 소련의 전철을 밟지 않았다고 강조하고 있다. 소련과 달리 농업발전을 도외시 하지 않는 마오의 관점은 기본적으로 중국은 공업국이라기보다 농업국이라는 전제에서 출발하고 있다. 그는 전체 인구의 80% 이상을 차지하고 있는 중국은 농업대국이라는 점을 강조하고, 농업이 없으면, 경공업, 중공업도 없다고 강조하고 있다. 중국은 소련과 같이 농업을 희생하면서 공업화를 도모하는 것이 아니라 농업의 근대화를 통해 공업의 근대화를 도모해야 한다고 주장한다.[27]

그리고 1956년 소련의 스탈린 비판, 1958년 핵잠수함기술이전 등과 같은

---

25 『毛澤東選集』 5, 앞의 책, 89면.
26 『毛澤東選集』 5, 앞의 책, 268면.
27 『毛澤東選集』 5, 앞의 책, 400면.

일련의 사건으로 인해 소련과의 관계가 악화되면서 마오는 소련의 기술지원에 의지하는 근대화 방식에 대해 의문을 갖기 시작했다. 또한 이때부터 마오는 중국의 풍부한 노동력에 의지해 생산력을 향상시키려는 의지를 드러내게 되는데, 그것은 중국의 노동력이 6억 명에 달한다는 사실을 되풀이 강조한 사실에서도 잘 나타난다. 그는 "6억의 인구를 가진 국가는 지구상에 중국뿐이지만, 과거에 다른 국가들로부터 무시당한 데에는 이유가 있다"며 그 원인을 일본침략과 쟝제스(蔣介石) 국민당정권의 무능으로 돌렸다. 또 마오는 1953년부터 시작한 1차 5개년계획이 끝나는 시점인 1957년에는 철강생산이 5백만 톤에 달하고, 2차 5개년계획 기간에는 1천만 톤, 3차 5개년계획이 끝나는 시점에는 2천만 톤으로 늘어나 인구가 1억7천만 명에 불과한 세계최강국인 미국을 뛰어넘을 것이라고 강조했다.[28]

노동력에 의지해 중국의 근대화를 도모했던 마오의 이런 노력은 후르시쵸프의 발언 속에서도 잘 나타난다. 후르시쵸프는 미국과 같은 자본주의국가들과 평화공존하려는 자신의 정책을 비판하는 마오를 향해 "현대의 전쟁을 이해하지 못하고, 중국인구가 몇 명이며, 민병이 몇 명이라는 식으로 강조하고 있다"고 비난하고, "몇 억 명이 사망해도 나머지 몇 억 명이 계속해서 사회주의 건설을 해 나갈 수 있다고 주장하고 있는데, 이는 미치광이와 같은 것이다"고 비판했다.[29]

1960년 소련의 기술지원단이 중국에서 완전히 철수하면서 인민의 노동력에 의지한 마오의 근대화 정책은 더욱 강화된다. 그리고 소련의 근대화 방식은 마오에게 더 이상 교본이 될 수 없었다. 이로 인해 소련의 근대화 방식에 대한 마오의 비판은 더욱 강화된다. 마오는 소련의 경험을 교조적으로 중국

---

28 『毛澤東選集』 5, 앞의 책, 293~304면.
29 Edward Crankshaw, *The New Cold War, Moscow v. Pekin*(Baltimore: Penguin Books, 1963), pp.97~110; 楊奎松, 『毛澤東與莫斯科的恩恩怨怨』, 南昌 : 江西人民出版社, 1999, 457~462면.

에 적용하는 것은 중국의 상황을 고려하지 않은 경제결정론이라고 비판하고, 정치와 상부구조의 중요성을 강조하면서 근대화의 우선순위에서 경제보다 정치를 우위에 두었다.

> 1958년부터 사상과 정치혁명을 지속적으로 완성해 왔는데, 이와 동시에 기술혁명도 중시해야 한다. 경제와 정치, 기술과 정치의 통일은 당연한 것이다. 사상과 정치는 사령관이고, 왕이며, 기술은 병사이자, 신하이다. 또 사상과 정치는 기술을 보증하는 것이다.[30]

마오는 기술과 공업을 우선시한 소련의 경제결정론을 폐기하면서 사상과 정치의 중요성을 강조했다. 그리고 세계에서 가장 많은 6억 명의 노동력이 정치적 사상적으로 무장하게 되면 중국도 강대국에 진입하게 될 것이라고 낙관했다. 풍부한 노동력을 바탕으로 소련의 경제결정론적 근대화방식을 폐기한 마오의 이런 근대화 정책은 중국의 문화대혁명에서 새로운 전기를 맞게 된다. 그것은 마오가 문화대혁명을 통해 대약진운동에서 모색했던 새로운 생산방식에 맞는 새로운 문화양식을 모색했다는 점이다.

3) 문화대혁명

문화대혁명은 중국은 물론 60년대 미국의 반전운동, 유럽의 학생운동 등 서양의 사회적 분위기와 연계되어 세계적인 소용돌이를 일으켰다. 그리고 서양의 지식인, 특히 좌파들에게 문화대혁명은 동시대의 가장 혁명적인 이데올로기로 인식되었다. 이런 평가의 반열에 알튀세르(L. Althusser)도 합류하고

---

30 『建國以來毛澤東文稿』 7, 앞의 책, 57면.

있다. 그에 따르면, 소련의 스탈린식 사회주의는 마르크스주의를 근대화이론으로 다루었으며, 소련의 경제구조를 문화, 정치, 이데올로기 등과 같은 다른 구조 속에 이식하려고 시도했다. 그 결과는 사회주의 혁명을 지속시키기 위해 필요한 계급투쟁과 문화혁명을 포기하고 경제결정론으로 전환하는 것이었다.[31] 이런 측면에서 그에게 마오의 문화대혁명은 마르크스의 경제결정론을 극복하는 실마리를 제공한 것이었으며, 스탈린주의가 안고 있던 문제에 대한 답변으로 여겨졌다.

실제, 스탈린의 방식은 자본주의 근대화 방식을 답습하면서 중공업위주의 경제발전계획을 채택하였다. 이는 소련의 발전이 서구의 제국주의적인 특징을 답습하도록 만들었다. 그러나 마오에게 경제발전은 경제논리만이 아니라 정치적 측면과 역사적 측면이 동시에 고려되어야 할 요소였다. 마오는 1959년 스탈린이 쓴『소련사회주의 경제문제』와『마르크스, 엥겔스, 레닌, 스탈린의 공산주의사회론』이라는 두 권의 책에 대해 "불만스럽고, 마음에 들지 않는다."[32]는 평가를 내리고 있다. 그러면서도 그는 당의 간부들에게 이 두 권의 책을 추천하면서 중국사회주의 경제혁명과 경제건설을 고려해 읽기를 권고하고 있다. 또한 마오는 소련과학원이 펴낸『정치경제학(교과서)』를 읽고 난 뒤 다음과 같은 주석을 달고 있다.

> "이 교과서는 물질적 전제만을 강조하고, 상부구조인 계급국가와 계급철학, 계급과학 등에 대해서는 거의 언급하지 않고 있다. 정치경제학의 연구대상은 생산관계이지만, 정치경제학과 유물사관은 분리하기 힘들다. 상부구조에 대해 언급하지 않으면 경제토대인 생산관계의 문제를 이해하기 힘들다. (…중략…) 자본주의는 노동생산율을 높이기 위해 주로 기술진보에 의존하지만, 사회주의는 노동생산율을 높이기 위해 기술과 정치에 의존한다."[33]

31 Gregory Elliott, *Althusser: The Detour of Theory*(London: Verso), 1987.
32 陳晋 主編, 『毛澤東讀書筆記解析』上・下, 앞의 책, 556면.

이 글에서 마오는 경제발전을 위해 생산력에만 의존하지 않고, 상부구조인 정치와 역사의 문제에도 관심을 가져야 한다고 주장하고 있다. 이런 마오의 근대화관은 소련의 발전모델과는 일정한 거리가 있다. 이런 차이는 경제발전 방식에 국한되는 것만 아니었다. 마오는 문화대혁명이 본격적으로 시작되기 직전인 1966년 당 간부들과 대화하는 도중에 변증법에 대한 스탈린의 사상을 비판하고 있다. 이 자리에서 마오는 당의 사상가인 리다(李達)가 집필한 『마르크스주의 철학대강』에 대해 스탈린의 관점을 차용하고 있다며, 스탈린의 변증법은 진정한 유물변증법이 아니라고 비판하고 있다.

> 대체적인 내용은 기본적으로 스탈린이 말한 것들인데, 모순의 대립통일을 유물변증법의 가장 근본적인 법칙으로 여기지 않고, 모순의 대립통일과 무관하게 운동, 발전, 연관관계 등을 설명하고 있다. 이는 진정한 유물변증법적 관점이 아니다.[34]

마오는 이처럼 경제발전방식은 물론 사상적으로 스탈린과 일정한 거리를 두고 있었다. 마오는 문화대혁명을 자신의 말처럼 모순이 대립 통일되는 한 형태로 생각했다. 그는 문화대혁명을 무산계급과 사회주의 국가 내부에서 자생한 자산계급 간의 모순이 폭발한 사건으로 규정했다.

탈근대의 담론을 중국에 확산시킨 제머슨(F. Jameson)은 사회발전단계에 따라 생산양식을 구분한 마르크스와 달리 한 사회 내에서 다양한 생산양식이 공존하고 있다고 주장한다. 그리고 그는 이들 생산양식들이 서로 지배적인 지위를 차지하기 위해 경쟁하게 되고, 이로 인해 발생하는 모순은 문화혁명의 시기에 수면 위로 나타나 정치적, 사회적, 역사적 생활 속에서 적대적인 양상을 띠게 된다고 강조한다.[35] 이런 측면에서 마오의 문화대혁명은 다양한

---

33 陳晋 主編, 『毛澤東讀書筆記解析』 上·下, 앞의 책, 574~575면.
34 陳晋 主編, 『毛澤東讀書筆記解析』 上·下, 앞의 책, 944면.

생산양식이 공존하던 시기에 무산계급의 생산양식을 구축하기 위한 투쟁으로 해석될 수 있다. 그래서 딜릭(A. Dirlik)은 마오의 문화대혁명이 탈근대 시기의 자본주의는 물론 소련식 사회주의 근대화 방식에 대한 해결책을 제시할 수 있을 것이라고 기대했다. 왜냐 하면 마오의 문화대혁명은 자유를 향한 인간의 갈망과 새로운 생산양식을 모색하려는 노력이 담겨있었기 때문이었다.[36] 마오가 추구한 새로운 생산양식은 노동자와 농민, 정신노동과 육체노동, 도시와 농촌의 차별이 없고, 사회의 모든 분야에서 면모를 일신한 새로운 공산주의자들이 평등하게 협력하는 것이었다. 여기에서 경제발전을 통해 근대화를 달성하려는 목표는 찾아보기 힘들며, 오히려 마르크스가 그린 "능력에 따라 일하고, 필요에 따라 분배를 받을 수 있는" 유토피아적 공산사회의 모습을 발견할 수 있다.

> 세계대전이 발생하지 않는다면 군대는 대학교가 돼야 한다. (…중략…) 여기에서 정치와 군사, 문화를 배워야 한다. 그리고 농산물생산은 물론 공장을 세우고, 자신에게 필요한 상품들을 생산할 수 있게 된다. (…중략…) 노동자도 마찬가지로 노동을 위주로 하면서 군사와 정치, 문화를 동시에 배워야 한다. (…중략…) 농민은 농사를 위주로 하면서 군사와 정치, 문화를 배워야 한다. (…중략…) 학생도 마찬가지로 공부를 위주로 하면서 다른 공부도 병행해야 한다. 학문뿐만 아니라 노동과 농사, 군사도 배워야 한다. (…중략…) 상업과 서비스업, 당정기관의 인사들도 마찬가지다.[37]

마오가 문화대혁명을 통해 이런 새로운 생산양식을 추구했음에도 불구하고 그로 인해 자행된 실패는 감출 수 없다. 특히 마오가 대안적 근대성을

35 Fredric Jameson, *The Political Unconscious*(New York: Cornell University Press, 1981), pp.94~97.
36 Arif Dirlik, *Marxism in the Chinese Revolution*(Lanham: Rowman and Littlefield Publishers, 2005), pp.166~182.
37 『建國以來毛澤東文稿』 12, 앞의 책, 53~54면.

모색했으며, 문화대혁명은 이런 모색에 대한 기대를 담아냈다는 이유로 그 오류마저 미화할 수는 없다. 이는 궈젠(Guo Jian)이 지적했듯이 문화대혁명은 인민민주주의를 지향했지만, 현실은 민주주의도 인간해방도 아닌 개인숭배로 나타났기 때문이다. 그에 따르면, 문화대혁명은 근대성을 거부하는 것으로서 중국을 앞으로 나아가게 하기보다 전근대로 역사의 시계를 거꾸로 돌린 것에 불과한 것이었다.[38] 이는 주체의 해방을 지향하는 탈근대적 정신과 거리가 멀고 오히려 전체주의적인 특징이 강화된 전근대성으로 회귀한 것이었기 때문이다. 그래서 마오의 문화대혁명도 사회주의를 바탕으로 자본주의 근대성을 초월하여 중국적 근대성을 제시하는데 실패하고 말았다.

마오는 죽기 직전까지 문화대혁명의 실패를 인정하지 않았다. 그는 사망하기 1년 전인 1975년 문화대혁명의 공과에 대해 과오가 30%라면 성과는 70%였다고 스스로 평가했다.

> 문화대혁명에 대한 전체적인 시각은 기본적으로 정확했지만, 일부 부족한 점도 있었다. 이제 연구되어야 할 것은 부족하였던 부분이다. 70%는 성공하였으며, 30%는 과오가 있었다. 시각은 일치하지 않지만, 문화대혁명은 두 가지 과오를 범하였다. 하나는 모든 것을 타도한 것이며, 다른 하나는 전면적인 내전이다. 모든 것을 타도한 것 가운데 일부는 옳았는데, 예를 들어 류샤오치(劉少奇) 린뺘오(林彪) 집단을 타도한 것이다. 일부분은 잘못된 것이었는데, 예를 들어 많은 원로동지들을 타도한 것으로 이들에 대해서는 비판하는 것으로 충분했다.[39]

마오 자신이 내린 이런 평가와는 달리 문화대혁명은 인간주체의 해방을 목표로 했지만, 그 결과는 오히려 전체주의와 개인숭배, 그리고 많은 인간주

---

38 Jian Guo, "Resisting Modernity in Contemporary China: The Cultural Revolution and Postmodernism", *Modern China*, Vol.25, No.3(July 1999).
39 『建國以來毛澤東文稿』 13, 앞의 책, 488면.

체의 희생을 강요했다. 사회주의가 새로운 생산양식을 대표한다면, 새로운 생산양식에 부합하는 새로운 문화를 생산해야 된다는 것은 자명한 이치다. 마오는 이런 새로운 생산양식을 소련의 방식이 아닌 중국의 방식에서 찾으려고 했으며, 문화대혁명은 그런 노력의 한 형태로 볼 수 있다. 물론 마오의 이런 노력도 근대성이 안고 있는 자기 모순적 상황을 극복할 수 없었다. 다시 말해 마오가 자본주의 근대성의 대안으로 시도했던(혹은 의도하지 않은 결과였던) 문화대혁명도 한편에서는 전근대적인 것으로 한편에서는 탈근대적인 것으로 양극단의 평가를 받고 있기 때문이다.

5. 결론

중국의 근대화 담론이 서구의 발전모델을 배제하고 있다는 사실은 근대시기 서구로부터 침략을 당했던 역사적 경험과 무관하지 않다. 그래서 마오는 사회주의 중국이 건설된 직후 소련식 발전모델을 답습하면서 중국의 근대화를 추구했다. 그러나 소련모델은 농촌에 대한 일방적인 희생을 강요하는 것이었으며, 국가조직의 관료화를 초래했다. 마오는 이런 소련모델을 폐기하는 한편 근대화를 위해 전통을 버린 서구와 달리 중국의 전통과 지속적으로 대화하려고 했다. 이는 중국의 사회주의혁명이 농촌혁명이었으며, 농촌은 여전히 전통적인 가치관이 지배하고 있었던 것과 무관하지 않다. 그래서 탈근대론자들은 마오가 대약진운동과 문화대혁명을 통해 소련식 발전모델을 버리고, "중국적" 생산방식을 모색했다고 생각한다.

그러나 마오의 이런 실험은 전체주의와 개인숭배라는 덫에 걸려 실패하고 말았다. 중국적 근대성을 잉태하기도 전에 마오의 새로운 생산양식에 대한 실험은 좌초했다. 이런 실패가 낳은 후유증으로 인해 마오의 후계자들은 서구 자본주의 방식의 근대화를 추진하고 있다. 사회주의를 토대로 마오가 추구했던 대안적 근대성은 그 곳에서는 자취를 찾을 수 없는 상황이 되었다. 그리고 한 때 중국의 지식인들이 회피하려고 했던 자본주의 방식의 근대화가 추진되고 있다. 중국특색사회주의는 사회주의 발전을 위해 자본주의를 활용하는 것이 아니라 자본주의를 발전시키기 위해 사회주의를 활용하는 역설에 갇혀있다. 그 후유증은 이미 서구자본주의국가들이 겪었던 것과 마찬가지로 다양한 사회적 갈등과 문제를 야기하고 있다. 지금 잿더미 속에 버려진 마오의 실패한 유산들을 뒤적이는 사람들이 있다. 왜냐 하면 그들은 그 속에서 이런 문제를 치유하는 해결책을 찾을 수 있을 것으로 기대하기 때문이다.

6

중국 신문업의 발생 · 발전과 문학의 관계

이안동(**李安東**)

1.

한 국가의 현대화는 매우 복잡한 문제로 그것이 내포하는 것은 아주 광범위한데 물질적인 면에서 공업화와도 관련되고 사회의식적인 면에서 민주화 등을 포괄하기도 한다. 중국 현대화의 최초 시작은 양무운동시기로 중국 근대의 보간(報刊)[1] 또한 이 시기에 생겨나고 발전했다. 대중매체는 한 국가의 현대화 과정 중에 아주 큰 역할을 할 수 있다. 한편으로 대중매체는 자체의 특수성으로 소식을 전달하고, 국민을 계도하고, 여론을 이끄는 등 신구간의

이안동(李安東)　성균관대학교 중문과 교수.
1 報刊은 신문이나 잡지 등의 간행물을 포괄하는 단어다. 이하 문장에서는 '報刊'을 보통 명사로 쓰기로 한다.(역자 注)

이념이 충돌할 때 사회의 발전을 촉진한다. 다른 한편으로 그 당시의 사회의 식 또한 대중매체의 발전에 영향을 미친다. 5·4 운동 이전의 중국에서는 근대 신문업과 현대화 의식이 모두 맹아와 발전의 과정을 거쳤으며, 그것들은 서로 촉진하고, 보충하며, 견제했다. 정세가 급변하는 그 시기에 이러한 상호 관계는 당시 의식형태 영역의 주선율이었다. 여기서 우리가 토론하고자 하는 것은 바로 근대 신문과 문학과의 상호관계이다.

인쇄술이 발명되기 전에 중국 고대의 모든 서적은 모두 필사에 의존한 바, 이러한 방식은 하나의 작품이 완성되고 나면 단지 친지들이나 친구들에게만 보여줄 수밖에 없었으며, 줄곧 이와 같이 옮겨 적으며 전송되었다. 후에 중국에서 인쇄술이 발명되었지만 오랜 기간 동안 기술적으로 크게 개선되지 못한 채 시대의 발전에 훨씬 뒤쳐져 있었다. 그 당시의 서적은 주로 나무로 만든 활자나 목판을 사용했는데, 목판을 제작할 때는 손이 많이 가고 속도도 느리며 또 질도 떨어져서 내구성이 길지 않을 뿐만 아니라 제작비용도 아주 비쌌다. 청대 건륭(乾隆) 시기에 인쇄를 주관했던 관리 김간(金簡)은 『사고전서(四庫全書)』를 인쇄하기 위해 그 인쇄비용에 대해 전문적인 조사를 한 적이 있다. 조사를 마친 후 건륭 황제에게 상소를 올려 말하기를 만약 목판에 새겨 인쇄를 할 경우 단지 119만자의 『사기(史記)』를 새기는데 드는 비용이 은화 1400냥 남짓이 되고 나무 활자를 이용해 인쇄할 경우 생산원가가 2000 냥 남짓이 든다고 했는데, 당시 은화 2000냥으로 쌀 13만근을 살 수 있었다.[2] 이처럼 낙후된 인쇄방식은 날이 갈수록 문학 발전의 장애가 되었는데, 예를 들어 작가의 입장에서는 자신의 작품을 세상에 내놓으려 할 때, 아주 많은 조판 비용을 들여야 하거나 혹은 수초본(手抄本) 형식으로 작은 범위 내에서만 전해졌기 때문에 많은 작품들은 독자들에게 받아들여지기까지 몇 십 년의

2 魯湘元, 『稿酬怎樣攪動文壇』, 紅旗出版社, 1988, 25면.

시간이 필요했고, 또 이 때문에 적지 않은 작품들이 매몰되었다. 전파 수단의 제한으로 인해 문학은 광범위하고 직접적인 사회적 반응을 얻기가 어려웠고, 작가들은 문학적 역량을 예측하기가 힘들었다. 문학은 기껏해야 은연중에 풍속을 교화하고 사람들의 정서를 이끌어가는 사회조절의 역할 정도만 했지 그것에 중대한 사회적 사명을 부여할 수는 없었다. 문학적 기능의 실현 방식은 주고 받기, 서문, 서신, 자족적 글쓰기 등의 폐쇄된 방식이 위주가 되고, 문학 창작은 기본적으로 작가 개인적 사정으로 간주되어 창작 주체는 개인의 정신세계와 외재하는 독자들 사이에 충분히 소통할 수 있는 자각의식을 확립하기 어려웠다. 독자의 측면에서는 서적 가격이 비싸고 상당수의 평민 백성들은 넉넉한 재산이 없고 조상으로부터 물려받은 서적도 없는데다가 다른 사람들에게 빌려볼 수도 없었기 때문에 문학의 전당 외부에 머무를 수밖에 없었다. 설령 돈이 있다고 하더라도 다만 '사서오경(四書五經)'처럼 직접적으로 실리적인 이익을 주는 서적에 투자한 것이다.

1840년 아편전쟁 후에 서방의 상품과 기술이 중국에 들어왔는데 그 중의 하나가 인쇄술이다. 1843년 영국 전도사 맥도사(麥都思)는 상해에 '묵해서관(墨海書館)'을 설립하면서 기계로 인쇄하는 기술을 사용했다. 1872년 중국신문역사와 문학사에 있어 중대한 영향을 미친 『신보(申報)』와 『영환쇄기(瀛寰瑣記)』가 창간되었는데 이들 역시 기계 인쇄술을 사용했다. 선진기술의 사용은 노동생산성을 크게 높였고 생산원가를 낮추어서 일반 서민이 이러한 서적과 신문의 구매자가 될 수 있게 했고, 작자 또한 '글을 팔아 생계로 삼는'것이 가능하게 되었다. 『신보』는 중국근대사에 있어서 맨 처음으로 기계인쇄술을 사용해 소설을 간행했고 소설의 단가를 낮추어 중국 근대의 신문이 처음으로 문학을 생산하는 중에 상업적 요소를 끌어들였으며, 아울러 그 전파의 특징으로 말미암아 소설이라는 장르를 효과적으로 선전하고 확산시키는데 영향을 미쳤다. 바로 아영(阿英)이 『만청소설사(晚淸小說史)』에서 말한 것처럼 만청소설이 번성한 중요한 원인은 "인쇄사업의 발달로 인해 이전처럼 책을 찍는 어려움이 없어졌고, 신문사업의 발달로 인해 운용상 대량 생산이 필요하게 되었다"[3]는 것이다.

　보간(報刊) 가운데서 특히 문학성을 지닌 간행물이 발전함에 따라 이러한 간행물은 문학 작품의 주요한 전파 매체가 되어 대다수 단편소설은 거의 가장 먼저 신문이나 잡지에 발표를 했고, 많은 중・장편소설 또한 우선 신문과 잡지에 연재를 한 후 출판사 다시 모아서 출판을 했다. 여기서는 오연인(吳硏人)을 예로 들어도 무방하겠다. 그의 중・장편소설은 『한해(恨海)』와 『백화서상기(白話西廂記)』 외에도 나머지 16편의 중・장편소설과 모든 단편소설은 문예잡지에 가장 먼저 발표되었다. 통계에 의하면 1840~1919년에 중국에서 창작되고 번역된 소설은 총 11,505종이고, 모두 8,868종이 보간(報刊)에 등재되었으며 전체 작품의 80%를 차지했는데, 이것은 중국 근대문학의 매개체에 대한 거대한 변화를 충분하게 보여주는 것이다.

2.

　근대문학의 "이 전환은 단지 기술만의 문제뿐만 아니라 전파방식・글쓰기 솜씨・접수자의 심리 상태・글 쓰는 사람의 기호 등과 관련되는데 실제로 그 관계는 아주 크다."[4] 중국 근대문학의 매체 변화는 전체 중국문학 변혁의 중요한 주춧돌이라고 할 수 있다.

　근대 보간(報刊)과 일반 서적을 비교해보면 약간 다른 성질을 지니고 있다. 먼저 보간(報刊) 영리의 상당부분은 광고수입으로 이것은 곧 보간(報刊)이 일반 서적에 비해 시장과 독자를 훨씬 중요시하게 했는데, 그 까닭은 독자가

3 阿英, 『晚淸小說史』, 人民文學出版社, 1980, 1면.
4 陳平原, 『文學的周邊』, 新世界出版社, 2004, 8면.

많을수록 이익이 많았기 때문이다. 동시에 보간(報刊)은 분명 일반 대중을 더욱 중요시했고 훨씬 더 통속화되었다. 이와 같은 보간(報刊)의 강한 상업성 은 그 자체의 핵심적인 관심과 점점 더 멀어지게 했다. 『신보』는 창간초기에 당시 중국의 정세와 맞물려서 개혁을 진행해 나갔다. 외국에는 문학잡지의 전통이 있고 중국에는 그에 상응하는 문학잡지가 없다는 사실에 생각이 미치 자 창간자 미사(美査)는 『신보』를 '새로운 소식지'에서 '전방위적인 종합지' 로 바꾸어 신문에 시문(詩文)을 게재하고, 나중에는 다시 『영환쇄기』를 창간 하여 소설을 등재했다. 작품의 좋고 나쁨과 독자를 끌어들이느냐 그렇지 않느냐는 작품을 평가하는 주요한 표준이 된다. 이러한 표준과 중국 전통의 문학창작, 독서, 비평이 모두 아주 작은 틀 속에서 선명한 대비를 형성해나가 기 시작했다. 새로운 평가 기준은 신문사의 막강한 재력과 물리력에 의지해 서 날이 갈수록 커져가는 영향력을 발휘했다. 이것은 당연히 작가의 창작에 도 심각하고 깊은 영향을 미친다.

근대 보간(報刊)이 작가에게 미친 중요한 영향은 직업작가의 형성을 촉진시 켜서 문학창작을 하나의 직업으로 삼게 한 것인데 이것은 근대문학 창작가들 의 근본적인 변화라고 할 수 있다. 그리고 이러한 근본적인 변화는 원고료 제도의 수립으로 가능하게 되었다. 오랫동안 중국의 문인들은 돈을 따지지 않거나 돈을 얘기하는 것을 수치스럽게 생각했고, 작품은 일반적으로 사대부 라는 좁은 울타리 속에서 전해졌기 때문에 시장이나 백성과는 유리되어 있었 다. 1877년 『신보』사는 『후수호전(後水滸)』의 판권을 얻기 위해 최초로 가격 을 책정해서 샀다. 그 책은 출판 후에 공급이 수요를 따라가지 못했다. 그래 서 『신보』사는 1878년에 「수서(搜書 : 책 수집)」 광고를 발표하며 이르기를, "알립니다, 본사는 각종 서적을 인쇄해서 판매하는 일을 합니다. 만약 멀리 혹은 가까이에 계시는 군자들께서 아직 간행하지 않은 책을 갖고 계셔서 장차 출판하고자 하신다면 본사는 돈을 드리고 원고를 사서 대신 찍어 드리 고, 제본이 다 되면 열 부 혹은 백 부의 책을 사례의 뜻으로 보내드릴 예정인데 결국 책이 잘 팔리는 가의 여부를 고려할 따름입니다. 만약 희귀본을 갖고 있거나 마땅히 다시 간행해야 하는 것이 있다면 본사는 구매를 하거나 새로 찍어 수십 부의 책을 보내드려서 사례하고자 합니다. 원본에 있어서는 간행 후에 온전하게 돌려드릴 것입니다."[5] 이러한 방식은 작가들로 하여금 자신의 작품을 무료로 등재할 수 있게 했고, 어느 정도 물질적인 격려를 받을 수도 있게 해서 작가의 경제적인 요구를 낮추면서, 중국 문인의 시장 관념을 배양하는 한편 초보적으로 문학도 하나의 상품으로 판매할 수도 있는 노동상품이라는 사실을 깨닫게 했다. 문학은 과거에 단순히 읽기 위해 만든 것에서 이윤을 얻기 위해 만드는 것으로 변하게 되었다. 상업의 원칙이 문학 생산을 지배하게 되었고, "책이 잘 팔리는 가의 여부"가 작품의 질을 따지는 척도가 되었다.

1901년에는 이미 화폐로서의 원고료와 물질로서의 원고료(책으로 원고료를 대신하는 것)가 존재하는 상태에서 다시 판세가 생겨났는데, 이것은 국제사회에서 통용되는 원고료 제도에 거의 접근한 것이다. 이 해에 동아익지역서국 (東亞益智譯書局)은 상해「동문로보(同文瀘報)」에「서례(敍例)」를 발표했는데, 전체 사회에 중국어로 번역한 세계 각국의 문학, 사회 및 자연과학 방면의 서적을 모집하면서 원고료를 지급할 것을 약속하며 말하기를, "번역된 책은 …… 원고료를 고려해 드리거나 매 부수 당 판매가격의 2할을 드립니다."라고 했다. "매 부수당 판매가격의 2할"이라는 것은 바로 판세이다. 판세제도는 작가의 원고료가 일회성의 판매에 그치지 않고, 원고료의 수입이 지속적으로 들어온다는 것으로 중국에서는 이로 인해 상당수의 직업작가가 출현하게 되었다. 1910년에는 청나라 정부가『대청저작권율(大淸著作權律)』을 반포해서 명문으로 작가의 권익을 보호함으로써 중국문학의 시장체제가 초보적

---

5 앞의 책,『稿酬怎樣攪動文壇』, 122면.

으로 이루어졌다.

작가는 수입이 생기게 되고 심지어 원고료로 번듯한 생활을 할 수 있게
되자 많은 사람들이 독자에서 작가로 변하기 시작했고, 문학보간(報刊)에 실
린 작품을 잇달아 모방했다. 그리고 이러한 모방은 문학보간(報刊)의 발전에
대해 문학작품의 수량이 증가함에 따라 비교적 쉽게 성공했다. 당연히 이것
은 다른 차원에서는 작가들의 수준이 들쭉날쭉하게 되는 상황을 초래했다.

근대 보간(報刊)의 출현과 발전은 작가의 창작태도에도 영향을 미친다. 근
대 보간(報刊)에는 아주 확실한 특징이 하나 있는데 그것은 바로 영리를 목적
으로 한다는 것이다. 보간(報刊)이 문학의 주요한 전파 수단이 되었을 때는
필연적으로 문학의 상품화를 요구하게 되는데, 이것은 전통문화의 영향을
깊이 받았고 또 목전에 전파매개의 변화에 당면한 작가들로 말하자면 일시적
이나마 적응하기가 어려운 것이었다. 그들은 한쪽 발은 이미 상품시장의
대문으로 들어가고, 다른 한쪽 발은 전통적 사상문화 속에 깊숙이 두고 있었
다. 그들 중 많은 이들은 창작에 종사할 때, 그 심리상태는 아주 모순된
것이었다. 분명히 '글을 파는' 직업에 종사하면서 도리어 종국에는 고대 문인
의 "나라를 다스리는 대업은 불후의 성대한 일"이라는 틀을 놓지 않으면서
금전과 명백하게 한계를 긋기 위해서 상당히 노력했다. 이러한 모순된 심리
상태는 또한 그들의 창작물에 반영이 되었는데, 한편으로는 보간(報刊)의 눈
길을 끌기 위해서 대중의 기호에 영합하고, 한편으로는 또 "권선징악에 뜻을
두는 것을" 잊지 않음으로써 자신이 결코 단지 금전만을 위한 것이 아니라는
것을 보여주었다.

출판방식의 낙후성으로 인해 중국 고대에는 대중적인 독자군이 없었다.
근대에 이르러 보간(報刊)이 문학 전파의 주요한 매개가 되자 대중 독자군은
보간(報刊)을 읽으면서 서서히 형성되었다. 서적과 상대적으로 보간(報刊)은
정기적인 출판물이다. 이것은 고정된 독자 시장의 형성을 중요시하게 했고

또 가능하게도 했다. 문학 상품의 소비는 더 이상 일회성이 아니었으며 연재소설이 출현하고 시리즈 작품이 출현했다……보간(報刊)은 대중 독자의 독서 습관을 배양하는데 공을 들여서 최초의 문학 소비시장을 양성했다. 일종의 정기출판물로서 보간(報刊)은 효과적으로 독자들의 일상생활 속으로 들어갔다. 이에 상응하는 독서 기대치가 생기자 문학 소비의 수요는 한층 더 자극되기 시작했다.

문학이 보간(報刊)에 의지해서 일종의 상품이 된 후 작가는 창작 과정 속에서 독자라는 이 중요한 요소를 고려하지 않을 수 없었다. 그래서 '작가─작품─독자'라고 하는 세 가지 문학관계에서 독자의 지위는 예전에 볼 수 없을 만큼 격상되었으니, 독자는 보이지 않는 힘으로 작가의 창작에 개입하게 되었으며 이것은 중국문학의 발전 과정 가운데 아주 중요한 변화이다. 독자의 지위의 향상은 한편으로는 "문학에 활력을 가져와서 직업작가들은 독자들을 기쁘게 하기 위해 제재를 선택하는 과정에서 끊임없이 새로운 것을 내어 놓았는데, 기행문체·편지체·일기체 등을 소설 창작에 끌어 들였으며, 정사(正史)는 이미 창작의 유일한 근거가 되지 못했다." 다른 한편으로 작가는 독자를 "밥 먹여 주는 부모"로 여겨서 과도하게 소설 독자들의 흥미만을 쫓아갔다. 이것은 필연적으로 "유행에 쫓아가는"현상을 생겨나게 한다. "청말 민국 초기 소설계는 왁자지껄했으나 그 성과는 그리 높지 않다. 많은 작품들이 독창성을 결여하고 대중들이 '성공작'이라고 인정한 것을 모방하기만 했다. 어떠한 제재나 풍격, 어떠한 소설 문체라도 독자들의 환영을 받기만 하면 즉시 다량의 모방작이 생겨나서 원래의 신선함과 독창성이 모두 묻혀 버렸다."[6] 근대 문학의 이러한 병폐는 작가가 과도하게 독자들의 흥미만을 쫓아간 것과 밀접하게 관련되어 있다.

---

6 陳玉申,「晚清新聞出版業對文學變革的影響」,『東方論壇』, 1994, 第3期.

중국 근대 매체의 변화가 문학작품에 미친 영향은 많고도 복잡하다. 보간(報刊)의 연재소설을 대표적인 예로 들면, 이것은 예전에는 없었던 것으로 완전히 근대 보간(報刊)이 발전하는 과정에서 생겨난 하나의 문학현상이다. 우선 연재소설의 제재는 아주 강한 시효성이 있는데 이 특징은 분명 뉴스의 영향을 받은 것이다. 소설 작가는 가까운 시기에 발생한 사회뉴스와 사람들 입에 오르내리는 기이한 일을 이야기 속에서 조합한 다음 부연해서 한 편을 완성한다. 이러한 창작 수법은 소설에 가장 직접적인 영향을 미치게 되는데 바로 뉴스식 글쓰기와 문학적 글쓰기의 경계가 모호해져서 연재소설의 독자들은 종종 소설을 뉴스로 간주해서 읽게 된다. 그 다음은 연재소설의 편폭이 많다는 것이다. 소설은 보간(報刊)의 연재방식을 채택했기 때문에 한 편 소설의 용량은 원래의 수천 자, 수만 자에서 단번에 몇 십만 자로 증가했다. 편폭의 급격한 증가는 물론 본래의 비교적 단선적인 소설 줄거리를 풍부하게 하고 인물 형상을 사실적이고 풍부하게 하지만 소설에 가져온 폐단 또한 아주 뚜렷하다. 오늘날 우리가 그러한 연재소설을 읽다 보면 발견할 수 있는데 많은 경우에 작가들이 양을 채우기 위해 아주 간단한 줄거리를 지나치게 과장되고 늘여서 서술해서 소설 읽는 재미를 떨어뜨린다. 마지막으로 연재소설은 쓰면서 등재되기 때문에 구성이 산만하다. 대다수의 연재소설은 모두 한 회를 쓰면 한 회가 실리는데 쓴 지점까지를 한 회로 삼았다. 이러한 방식은 많은 연재소설들로 하여금 '사고'를 치게 했으니 단지 일부분만 등재되다가 중도에 그만두게 되는 것이었다. 동시에 많은 작가들은 전편에 걸쳐 진지한 구상을 할 겨를이 없어서 종종 '아침에 탈고하고 저녁에 인쇄에 들어가는데', 이처럼 미확정된 원고로 소설을 쓰는 방식은 아마 매 회는 완전할지 모르나 한 편의 장편으로 합쳐 놓으면 항상 아래 위의 줄거리가 맞지 않거나 앞 뒤 줄거리가 중복되는 문제가 생겼다. 이러한 문제는 이름난 작가나 작품에서도 종종 발견되었다. 가령 류악(劉鶚)의 『노잔유기(老殘遊記)』 전편의 14회와 후편 6회의 문장은 서로 어울리지가 않고 글 속에 담긴 사상 또한 일관되지가 않는다. 이백원(李伯元)의 『문명소사(文明小史)』 29회와 30회에서 외국인이 중국법을 어긴 것과 중국인이 외국법을 어긴 부분의 의론은 완전히 똑같다. 당연히 쓰면서 등재되는 상황은 작가가 단독으로 발표하는 매 회마다 심혈을 기울이게 한다. "평범한 한 편의 소설에서 가장 뛰어난 것은 수십 회에 지나지 않으며 그 나머지는 비록 간혹 태만하게 글을 써도 독자들 역시 책망할 겨를이 없다. 이번 편은 월별로 계속 나오는데 비록 한 회 정도는 대충 넘어간다고 하더라도 약간의 결점이 생긴다면 책 전체에는 손색이 간다. 평범하고 일반적인 소설은 수편인데 매월 대충 쓰면 그것이 문장의 대세가 된다. 편저자가 이런 방식으로 글을 쓰게 되면 독자들은 오리무중을 헤매고 아무런 홍미를 느끼지 못해서 어쩔 수 없이 발단 부분으로 돌아와 고심하며 이야기의 맥락을 찾아다니게 된다."[7]

중국 근대 보간(報刊)의 성장은 중국 문학관념의 변환을 촉진시켰다. 중국은 이전에 이미 소설 독자군을 갖고 있었다 하더라도 일반인들의 눈에는 시문을 정통으로 하는 전통적 문학관념의 영향을 받아서 소설은 여전히 '소도(小道)'로 경시되었다. 소설이 진정으로 발전하고 제대로 된 대우를 받기 위해서는 여전히 이 고질적인 관념을 변환시키고 이론적으로 그것을 위해 여론을 만들어가야만 한다. 1872년에는 『영환쇄기』에 『흔석한담(昕夕閑談)』을 게재하며 필명이 여작거사(蠡勺居士)라는 사람의 이론 문장인 「『흔석한담』 소서(小敍)」를 발표했는데, 소설을 일러 "이 세상을 평범하게 살아가는 사람들에게 조급하고 번거로운 생각들을 떨쳐버리게 하고 잠시나마 마음을 편안한 곳으로 옮겨가게 하는 것이다. 또 사람들로 하여금 의협스러운 것을 듣게 되면 그 기개를 자극케 하고, 슬픈 일을 들으면 처량한 감정이 생기도록

---

7 郭浩帆, 「淸末民初小說與報刊業之關係探略」, 『文史哲』, 2004, 第3期.

한다. 악한 것을 들으면 더욱 미워하게 되고, 선한 것을 들으면 더욱 선해지니 이것은 곧 옛사람들이 선량한 마음과 경계하는 마음과 고상한 마음을 일깨우는 심오한 뜻이 담겨 있고 또한 사리를 분별하고 인륜을 밝히는데 도움이 된다. …… 대저 소설이라는 것은 말을 꾸며서 볼 만한 것을 만드는 것이고 기뻐서 웃고 분노하여 욕을 하게 하니 모두 빼어난 글이다. 사람들이 주목하게 하고 경청하게 하며 자신도 모르게 재미에 빠져 들고 쉴 새 없이 봐도 싫증나지 않으니 사람을 감동시키기 쉽고 마음 속에 깊이 파고 든다. 누가 소설을 小道라 하는가."[8] 『신보』사는 소설을 출판하고 시장에서 영리를 취하기 위해 소설에 대해 이론적인 포장을 해나갔다.

소설은 사회정치 등 여러 가지 현실적인 문제들을 비교적 쉽게 토론할 수 있는 장르여서 유신파들은 자연스럽게 이러한 문체를 충분히 이용했다. 1897년에 『국문보(國聞報)』는 설부(說部)를 만들고 엄복(嚴復)·하증우(夏曾佑)는 「본관부인설부연기(本館附印說部緣起)」에서 언명하기를, "…… 구미(歐美)나 일본이 개화할 때는 항상 소설의 도움이 있었다. 이에 수고스러움을 마다하지 않고 두루두루 모아서 지면에 나누어서 보낸다"고 했다.[9] 여러 가지 이유로 인해 『국문보』가 설부를 만들려던 계획은 실현되지 못했지만 이 작업을 지속적으로 이어나가고 탁월한 업적을 낸 사람은 양계초(梁啓超)이다.

1897년에 양계초는 『변법통의(變法通議)·논유학(論幼學)』에서 소설의 기능을 다음과 같이 논증했다. "위로는 성교(聖敎)를 빌어 설명할 수 있고, 아래로는 역사적인 일을 다채롭게 얘기할 수 있으며, 가깝게는 나라의 수치스러움을 일깨워주고 멀게는 이국적인 정취도 다룰 수 있다. 벼슬길의 추악함, 과거장의 부정, 아편의 폐해, 전족이라는 잔악한 행위에 있어서는 모두 다른 것을 다 드러낼 수 있고 말세의 타락한 풍속을 떨쳐 버릴 수 있으니 이익이 얼마나

---

8 陳平原·夏曉虹, 『二十世紀中國小說理論資料』, 北京大學出版社, 1997, 570면.
9 앞의 책, 『二十世紀中國小說理論資料』, 27면.

큰가."[10] 1898년에는 또 『역인정치소설서(譯印政治小說序)』에서 말하기를, "글자를 겨우 아는 사람들은 경서를 읽지는 않아도 소설을 읽지 않는 사람은 없다. 그러므로 육경을 가르칠 수 없다면 마땅히 소설로 가르칠 것이요, 정사(正史)로 파고들지 못하면 소설로 파고 들 것이며, 어록으로 비유를 할 수 없으면 소설로 하면 되고, 벌률로 다스리지 못하면 마땅히 소설로 다스려야 한다."[11]고 했다. 소설의 기능을 다소 과장한 바탕 속에서 얻는 결론은 정치소설이 사회개혁에 역할이 가장 크다는 것이다. 1902년 양계초는 소설의 역할에 대한 인식이 더욱 깊어져 특별히 『신소설』을 창간하여 소설계혁명을 추진했으며, 아울러 제1호에 「소설과 정치의 관계를 논함(論小說與群治之關係)」이라는 글을 발표했는데, 그는 "국민을 새롭게 하려면 먼저 소설을 새롭게 해야만 한다. 고로 도덕을 새롭게 하려면 반드시 소설을 새롭게 해야 하고, 종교를 새롭게 하려면 반드시 소설을 새롭게 해야 하며, 정치를 새롭게 하려면 반드시 소설을 새롭게 해야 하고, 풍속을 새롭게 하려면 반드시 소설을 새롭게 해야 하며, 학문과 예술을 새롭게 하려면 반드시 소설을 새롭게 해야 한다. 사람의 마음과 인격을 새롭게 하려면 반드시 소설을 새롭게 해야 한다. 어째서 그러한가? 소설은 불가사의한 힘으로 사람의 길을 다스리기 때문이다."[12] 소설계혁명을 추진하기 위해 『신소설』에는 전문적으로 "논설"란을 만들어 놓았다. "문학에서 소설의 가치와 사회에서 소설의 힘과 동서 각국에서 소설학이 진화한 역사 및 소설가의 공덕과 중국소설계혁명의 필요성과 방법 등을 논한다."[13] 이론적으로 소설계혁명을 고취시키고 소설의 가치를 알려나갔다. 양계초는 유신변법운동에 참여해서 지식인 가운데 아주 높은 명성을 누리고 있었다. 그러한 높은 위치에서 소설계혁명을 힘차게 선전하는

---

10 앞의 책, 『二十世紀中國小說理論資料』, 28면.
11 앞의 책, 『二十世紀中國小說理論資料』, 37면.
12 앞의 책, 『二十世紀中國小說理論資料』, 50면.
13 앞의 책, 『二十世紀中國小說理論資料』, 59면.

것은 그 자체로 일반인들과 비교하기 어렵다. 갑오년 후에 중국에서는 무언가를 바꾸고자 하는 마음들이 날이 갈수록 성행했으며 또한『신보』와 같은 보간(報刊)의 선전을 거쳐 소설의 사회적 영향은 갈수록 흥성했다. 양계초의 이론은 시장의 수요에 맞고 또 지식인의 계몽의식과도 부합해서 즉시 많은 작가와 보관(報館)과 서점의 호응을 얻어 내어 소설계혁명은 아주 기세 드높게 추진되어 갔다. 1903년, 오연인은 스스로 말하길 "음빙자(飮冰子)의「소설과 정치의 관계를 논함」이라는 글에 감화되어 소설개량을 제창하게 되었다"고 했으며, 그리하여『이십년목도지괴현상(二十年目睹之怪現象)』을 짓고,『신소설』에 게재해서 소설계혁명을 직접적으로 지원했다.[14] 양계초가 '신소설'을 제창한 후, 30여 곳의 소설출판사 및 '소설'을 타이틀로 한 21종류의 정기 간행물이 나타났다. 그 중 가장 유명한 것은 바로『신소설』·『월월소설(月月小說)』·『수상소설(繡像小說)』·『소설림(小說林)』의 사대 소설잡지이다. 이론과 실천에 있어서 소설을 중심으로 하는 중국 현대화 문체격식이 초보적으로 수립되기 시작했다.

3.

중국 근대는 중국 사회의 각 방면에 있어서 급격한 변화가 일어난 시기로 중국 근대 보간(報刊)은 바로 이렇게 복잡다단한 시대 배경 속에서 싹트고 성장했다. 전파학에서는 대중 매체의 활동이 사회 각 조직에 스며들고, 근대 보간(報刊)은 중국 문학의 현대화가 시작됨에 있어 대중매체의 이러한 강력한 사회적 기능을 발휘하였으며 문학의 발전과 전파를 촉진시켰다고 여긴다. 또 작가·독자·작품과 문학 관념에도 큰 영향을 미쳤는데, 보간(報刊)은 바

---

14 앞의 책『稿酬怎樣攪動文壇』, 155면.

로 중국문학 현대화의 자극제이자 교육자로 '5·4' 신문학 운동의 발생과 발전에 아주 좋은 기초가 되어주었다. 반대로 문학의 현대화는 또 대중매체에 아주 큰 영향을 미쳤는데, 중국 근대 보간(報刊)의 발전에 깊은 자국을 남기며 시대에 적응하는 특수한 성질·기능·역할을 담보해내었다. 총괄하자면 근대 보간(報刊)과 중국문학 현대화의 관계는 아주 밀접하여 서로 긴밀하게 연결되고 영향을 미치며, 근대 중국이 현대화 사회로 가는 과도기에 강한 추진력이 되어 주었다.

이시찬 옮김

中国报刊业的发生、发展与文学的关系

李安东(成均館大 中文科 教授)

一

一个国家的现代化是非常复杂的问题，其内涵十分广泛，既涉及物质层面上的工业化，也包括社会意识层面上的民主化等。中国现代化的最早启动，始于洋务运动时期，而中国近代报刊也正是产生、发展于这一时期。大众传媒在一个国家的现代化过程中，是能够发挥巨大作用的。一方面，大众传媒利用自身的特殊优势，传播信息，教育国民，引导舆论，在新旧理念的碰撞中促进社会的向前发展；另一方面，当时的社会意识也会影响和制约着大众传媒的发展。五四运动前的中国，近代报刊与中国现代化意识都经历了从萌芽到发展的历程，它们相互促进、相互补充和相互制约。在那个风云激荡的年代，这种交互关系形成了当时意识形态领域的主旋律。这里我们要探讨的是近代报刊与文学之间的相互关系。

在印刷术没有发明之前，我国古代所有的书籍都靠手工抄写，这就使得一部作品完成后，只能示之于亲朋好友，如此辗转抄写传诵。后来中国发明了印刷术，然而长期以来这一技术一直没有得到改进，远远落后于时代的发展。那时的书籍主要用木活字或雕版印刷，制版极为费工，速度慢，质量差，既不经久也不耐用，而且造价十分昂贵。乾隆年间主管印制事的官员金简，为印≪四库全书≫曾专门对印制费用作了一个调查，事后在给乾隆的奏折中称，如果用雕版印刷，仅119万字的≪史记≫的刻字费便需1400余两白银，若用木活字印刷，全部工本费则需白银2000余两，而当时2000两银子可买13万斤大米。[1] 这种落后的印制方式日益成为制约文学发展的瓶颈，比如作者方面，作者要让自己的作品问世，或者得有一大笔支付印刷制版的费用，或者是以手抄本形式在小范围内流传，许多作品被接受被承

---

1 鲁湘元≪稿酬怎样搅动文坛≫第25页，红旗出版社1998版。

认可能需要几十年的工夫，还有不少作品因此被湮没。由于传播手段的限制，文学难以取得广泛、直接的社会效应，作家们无法估计文学的力量，至多也只能指望它潜移默化地发挥一些教风化俗、泄导人情的社会调节作用，而不可能赋予它重大的社会使命。文学的功能实现方式以赠答、题辞、书信、自娱等封闭方式为主，文学创作基本上被看作是作家个人的事情，创作者难以确立将个人心灵世界与外在读者世界充分沟通的自觉意识。读者方面，由于书籍造价昂贵，广大平民百姓因为没有丰厚的家财，没有祖传的书籍，又无法向他人借阅，只能被拒于文学殿堂之外。即使有点钱，也只能投资于四书五经之类能带来直接功利的读物上。

1840年鸦片战争后，西方的商品与技术进入了中国，其中之一便是印刷术。1843年，英国传教士麦都思在上海创办墨海书馆，采用了机械铅印技术。1872年，在中国报刊史、文学史上有重大影响的《申报》与《瀛寰琐记》创刊，亦采用了机械印刷术。先进技术的采用，大大提高了劳动生产率，降低了成本，使平民百姓有可能成为这些书籍报刊的购买者，而作者也就有可能以"卖文为生"了。《申报》不仅是中国近代史上第一次用机械印刷术印行小说，降低了小说成本，也是中国近代报刊第一次在文学生产中引进商业因素，并以其传播特质有效地宣传、扩散了小说这一体裁的影响。正如阿英在《晚清小说史》中说的，晚清小说繁荣的一个重要原因是"由于印刷事业的发达，没有前此那样刻书的困难；由于新闻事业的发达，在应用上需要多量产生。"[2]

随着报刊尤其是文学性质报刊的发展，报刊逐渐成为文学作品的主要载体和传播媒介，不仅大多数短篇小说几乎都最先发表在报刊上，许多中长篇小说也是首先在报刊上连载，而后再由出版社结集刊行的。这里不妨以吴研人为例，他的全部中长篇小说除《恨海》和《白话西厢记》外，其余16部中长篇小说和他的全部短篇小说都是最先发表在文艺报刊上的。据统计，1840~1919年间中国总共产生了创作、翻译小说11505种，共有8868种在报刊上登载，占作品总数的80%，这足以显示中国近代文学传媒的巨大变化。

---

2 阿英《晚清小说史》第1页，人民文学出版社1980版。

二

近代文学的"这一转折，不仅仅是技术问题，还牵涉到传播方式、写作技能、接受者的心态、写作者的趣味等，实在是关系重大。"[3] 可以说，中国近代文学传媒的变化是整个中国文学变革的重要基石。

近代报刊与书籍相比，具有一些不同的性质。首先报刊的赢利相当一部分来自广告收入，这就使报刊比书籍更为重视市场，重视读者，因为读者越多获利越多。同时也必然使报刊更为重视平民大众，更为通俗化。报刊强烈的商业性使其逐渐远离精英趣味。《申报》创办伊始，即结合中国国情进行改革。考虑到国外有文学期刊的传统，中国没有相应的文学期刊，于是创办人美查将《申报》由"新闻纸"改为"全方位纸"，在报上刊登诗文，以后又创办《瀛寰琐记》刊载小说。作品好不好看，吸不吸引读者成了评价作品的主要标准，这与中国传统的文学创作、阅读、批评都在一个很小的圈内进行形成鲜明对比。新的评鉴标准挟报馆雄厚财力、物力，发挥着日益增大的影响力。这自然对作家的创作产生了深刻而深远的影响。

近代报刊对作家产生的一个重要影响就是促进了中国职业作家的形成，把文学创作当作一种职业，可以说是近代文学创作者的一种根本性变化。而这一根本性的改变得自于稿酬制度的建立。长期以来，中国文人不言钱、耻言钱，作品一般在士大夫小圈子中流传，与市场、百姓基本脱节。1877年，《申报》馆为取得《后水浒》书稿出版权，首次作价购买。该书出版后供不应求，于是报馆在1878年刊出《搜书》启事，称："启者，本馆以印刷各种书籍发售为常。如远近之君子，有已成未刻之著作，拟将问世，本馆愿出价购稿，代为排印，或装订好后，送书十部或百部申酬谢之意，总视书之易售与否而斟酌焉。如有罕见之本，宜于重刊者，本馆价买，或送数十部新印之书，藉以报谢；至于原本，于刊成之后，仍可璧还也。"[4] 这就使作者不仅可以免费刊登自己的作品，还可以获得一定物质鼓励，降低了对作者经济状况的要求，同时又培养了中国文人的市场观念，初步意识到文学也是

---

3 陈平原《文学的周边》第8页，新世界出版社2004版。
4 鲁湘元《稿酬怎样搅动文坛》第122页，红旗出版社1998版。

一种商品，一种可以出售的劳动产品。文学由以往的纯为阅读而生产变为为获取利润而生产。商业原则支配了文学生产，"书之易售与否"成为衡量作品质量的标尺。

1901年，在已有货币稿酬、实物稿酬(以书代稿酬)后，又有了版税，这就与国际社会通行的稿酬制度全面接轨了。这一年，东亚益智译书局在上海≪同文沪报≫上刊出≪叙例≫，向全社会征求用华文翻译的各国文学、社会和自然科学方面的书籍，许以稿酬曰："译出之书……当酌送润笔之资或提每部售价二成相酬"[5]，这"提每部售价二成相酬"即为版税。版税制度使作家书稿不再一次性出售，稿酬收入变得可持续，中国因此出现了第一批职业作家。1910年，清政府颁布≪大清著作权律≫，明文保护著作人权益，中国文学生产的市场体制初步形成。

由于作家有了收入，甚至有可能靠稿酬过上像样的生活，因此许多人开始由读者变成作者，纷纷模仿文学报刊上登载的作品，而这种模仿随着文学报刊的发展对文学作品数量的增加而变得较易获得成功。当然，这也从另一个方面造成了作家队伍的良莠不齐。

近代报刊的产生和发展还影响着作家的创作心态。近代报刊有一个非常显著的特征，那就是以赢利为目的。当报刊成为文学主要传播工具的时候，就必然会要求文学商品化，这对那些深受传统文化影响又面临传媒变化的作家来说，一时是难以适应的。他们的一只脚已经迈进了商品市场的大门，另一只脚却还深陷于传统的思想文化之中。他们中的很多人在从事创作时，其心态是极为矛盾的：明明是在从事着"卖文"的行当，却总也放不下古代文人那套"经国之大业，不朽之盛事"的架子，非要努力与金钱划清界限。这种矛盾心态也直接反映到他们的创作中：一面迎合大众的趣味，以便取得报刊的亲睐，一面又不忘"意存惩劝"，以显示自己并非完全只为了那点钱。

由于出版方式的落后，中国古代没有大众读者群。到了近代，随着报刊成为文学传播的主要媒介，大众读者群通过阅读报刊逐渐形成。相对于书籍，报刊是定

---

5 鲁湘元≪稿酬怎样搅动文坛≫第123页，红旗出版社1998版。

期出版物。这就使一个稳定的读者市场的培育不仅重要而且成为可能。文学产品的消费不再是一次性的了，连载小说出现，系列作品出现……报刊精心培养大众读者的阅读习惯，培养了最初的文学消费市场。作为一种定期出版物，报刊有效地进入了读者日常生活。得到相应的阅读期待，对文学消费的需求被进一步刺激起来了。

当文学依附报刊成为一种商品以后，作家在创作过程中就不得不考虑读者这一重要因素了，于是在"作家－－作品－－读者"这三者文学关系中，读者的地位得到了空前的提高，即读者开始以一种无形的力量介入到作家的创作中，这是中国文学发展过程中一个非常重要的变化。读者地位的提升，一方面"给文学带来活力，职业作家为了取悦读者，在取材上不断地花样翻新，将游记体、书信体、日记体等引入小说创作，正史已经不再是创作的惟一根据"。另一方面，作家以读者为"衣食父母"，过分地追随小说读者的趣味，这就必然出现"赶时髦"的现象。"清末民初小说界热闹有余，成就却不高，大量的作品缺乏独创性，而只是模仿为广大读者认可的'成功之作'。任何一种题材、一种风格乃至一种文体的小说，只要受到读者欢迎，马上就会引出一大批仿作，把原有的一点新鲜感和独创性都淹没了。"[6] 近代文学的这些弊病，与作家过分地追随读者的趣味是密不可分的。

中国近代传媒的变化对文学作品的影响是众多而又复杂的，以报刊连载小说这一极具代表性的样式为例，这是以往所没有的，它完全是在近代报刊发展的基础上出现的一种文学现象。首先，连载小说的题材具有极强的时效性，这一特点明显是受新闻影响的。小说作者将近期发生的社会新闻、逸闻奇事组织到故事中，敷衍成篇。这种创作手法给小说带来的一个最直接的影响就是模糊了新闻写作与文学写作的界限，从而导致连载小说的读者常常把小说当作新闻来读。其次，连载小说篇幅容量大。由于小说采用报刊连载的方式，一部小说的容量就由原来的数千字、数万字一下子增加到了几十万字。篇幅容量的急剧增加，固然能丰富原来较为单一的小说情节，使人物塑造更加真实丰满，但它给小说带来的弊端也是很突出的。我们今天再来阅读那些连载小说就会发现，很多时候作家为了凑足容量，

---

6 陈玉申《晚清新闻出版业对文学变革的影响》，《东方论坛》1994年第3期。

把一个极其简单的情节采用极为铺张的文字去叙写，削弱了小说的可读性。最后，连载小说随写随刊，结构散漫。大多数的连载小说都是写一回刊一回，写到哪儿算哪儿，这种方式使得很多连载小说出"事故"：只刊出一部分就夭折了。同时，许多作家无暇做全篇的认真构思，往往"朝脱稿而夕印行"，这种未定稿的写作方式写出来的小说可能每回是完整的，但合成一部长篇则常常出现上下脱节或前后重复的毛病，这种毛病即使在名家名篇中也常常出现。如刘鹗的《老残游记》初编前14回与后6回笔墨甚不相称，文思也不连贯。李伯元的《文明小史》29回和30回关于外国人犯中国法与中国人犯外国法的议论完相同。当然，随写随刊也逼得作家在单独发表的每一回上下功夫："寻常小说一部中，最为精彩者，亦不过数十回，其余虽稍间以懈笔，读者亦无暇苛责。此编既按月续出，虽一回不能苛责，稍有弱点，即全书皆为减色；寻常小说篇数回，每月淡笔晦笔，为下文作势。此编者用此例，则令读者彷徨于五里雾中，毫无趣味，故不得不于发端处，刻意求之。"[7]

中国近代报刊的成长还促使了中国文学观念的转变。尽管此前中国小说已经拥有了不少读者群，然而在一般人眼中，受诗文方为正统的传统文学观念影响，小说仍被视为小道。小说要真正得到发展，受到严肃对待，还须变革这一根深蒂固的观念，要在理论上为其创造舆论。1872年，《瀛寰琐记》配合《昕夕闲谈》的刊登，发表了署名蠡勺居士的理论文章《〈昕夕闲谈〉小叙》，称小说"使人之碌碌此世者，咸弃其焦思繁虑，而暂迁其心于恬适之境者也。又令人闻义侠之风，则激其慷慨之气；闻忧愁之事，则动其凄宛之情。闻恶则深恶，闻善则深善，斯则又古人启发良心惩创逸志之微旨，且又为明于惩物、察于人伦之大助也。……若夫小说，则妆点雕饰，遂成奇观；嬉笑怒骂，无非至文。使人注目视之，倾耳听之，而不觉其津津甚有味，孳孳然而不厌也，则其感人也必易，而其入人也必深矣。谁谓小说为小道哉。"[8]《申报》馆为了推出小说，为在市场上获利，从理论上对小说进行了包装。

小说这种体裁便于探讨社会政治等种种现实问题，维新派自然要对这一文体充

7　郭浩帆《清末民初小说与报刊业之关系探略》，《文史哲》2004年第3期。
8　陈平原、夏晓虹《二十世纪中国小说理论资料》第1卷第570页，北京大学出版社1997年版。

分利用，1897年，≪国闻报≫设说部，严复、夏曾佑在≪本馆附印说部缘起≫中宣称："……且闻欧美、东瀛，其开化之时，往往得小说之助。是以不惮辛勤，广为采辑，附纸分送。"[9] 由于种种原因，≪国闻报≫设说部的计划未能实现，继续这一工作并卓有成效的是梁启超。早在1897年，梁启超便在≪变法通议·论幼学≫中论证小说的功能："上之可以借阐圣教，下之可以杂述史事，近之可以激发国耻，远之可以旁及彝情，乃至宦途丑态，试场恶趣，鸦片顽癖，缠足虐刑，皆可穷极异形，振厉末俗，其为补益岂有量耶。"[10] 1898年，又在≪译印政治小说序≫中宣传道："仅识字之人，有不读经，无有不读小说者。故六经不能教，当以小说教之；正史不能入，当以小说入之；语录不能谕，当以小说谕之；律例不能治，当以小说治之。"[11] 在夸大小说功能的基础上得出结论：政治小说对社会改革作用最大。1902年，梁启超对小说作用的认识又有了进一步深化，特地创办了≪新小说≫，推行小说界革命，并在第1号上发表≪论小说与群治之关系≫，认为："欲新一国之民，不可不先新一国之小说。故欲新道德，必新小说；欲新宗教，必新小说；欲新政治，必新小说；欲新风俗，必新小说；欲新学艺，必新小说；乃至欲新人心、欲新人格，必新小说。何以故？小说有不可思议之力支配人道故。"[12] 为推进小说界革命，≪新小说≫专群"论说"栏，"论文学上小说之价值，社会上小说之势力，东西各国小说学进化之历史及小说家之功德，中国小说界革命之必要及其方法等"，[13] 从理论上鼓吹小说界革命，宣传小说之价值。梁启超因参与维新变法在知识分子阶层中享有很高声誉。以其之尊，大力宣扬小说界革命，自不是一般人所能比拟。甲午之后，中国求变之心日盛，且经过≪申报≫等一批报刊宣传推广，小说的社会影响日隆。梁启超的理论既契合了市场需要又符合知识分子的启蒙意识，立即得到了大批作家与报馆、书局的响应，小说界革命轰轰烈烈地推行开来。1903年，吴趼人自称："感乎饮冰子≪论小说与群治之关系≫，提倡改良小说"，因此作≪二十年目睹之怪现状≫，刊载于≪新小说≫上，直接声援了小说界革命。[14] 在梁启超倡导

9　陈平原、夏晓虹≪二十世纪中国小说理论资料≫第1卷第27页，北京大学出版社1997年版。
10　陈平原、夏晓虹≪二十世纪中国小说理论资料≫第1卷第28页，北京大学出版社1997年版。
11　陈平原、夏晓虹≪二十世纪中国小说理论资料≫第1卷第37页，北京大学出版社1997年版。
12　陈平原、夏晓虹≪二十世纪中国小说理论资料≫第1卷第50页，北京大学出版社1997年版。
13　陈平原、夏晓虹≪二十世纪中国小说理论资料≫第1卷第59页，北京大学出版社1997年版。
14　鲁湘元≪稿酬怎样搅动文坛≫第155页，红旗出版社1998版。

"新小说"后，有30余家小说出版社及21种以"小说"为名的期刊出现。其中最著名的，即为≪新小说≫、≪月月小说≫、≪绣像小说≫、≪小说林≫四大小说杂志。在理论上和实践上，以小说为中心的中国现代文体格局初步建立起来了。

三

中国近代是中国社会各方面发生急剧转变的一个时期，中国近代报刊就在这样一个纷繁复杂的时代背景中萌芽并成长。传播学认为，大众传播活动，渗透了每个人及社会组织，近代报刊对于中国文学现代化的萌芽，正是发挥了大众传媒这种强大的社会功能，促进了文学的发表和传播，并对作家、读者、作品和文学观念产生了巨大影响，它是中国文学现代化的培育者、刺激者和教育者，为"五四"新文学的发生和发展奠定了良好的基础。反过来，文学的现代化又给大众传媒带来了极大的影响，给中国近代报刊的发展打下了深深的烙印，使其具备与时代相适应的特殊性质、功能、作用和特点。总之，近代报刊与中国文学现代化的关系密不可分，相互交织，相互影响，共同推动着近代中国向现代化社会的艰难过渡。

参考文献

〔1〕陈玉申 ≪晚清新闻出版业对文学变革的影响≫，≪东方论坛≫1994年第3期。
〔2〕郭浩帆 ≪清末民初小说与报刊业之关系探略≫，≪文史哲≫2004年第3期。
〔3〕陈平原 ≪文学的周边≫，新世界出版社2004版。
〔4〕鲁湘元 ≪稿酬怎样撬动文坛≫，红旗出版社1998版。
〔5〕陈平原、夏晓虹 ≪二十世纪中国小说理论资料≫，北京大学出版社1997年版。

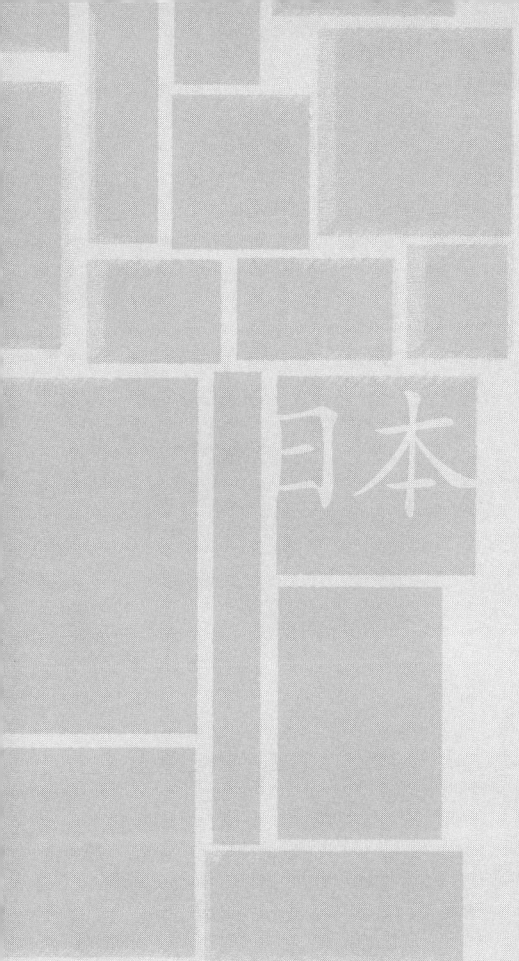

일본편

도래인의 정체와 일본창세신화의 의미

최문정

1. 서론

본고에서는 왜 왕권과 가야 및 백제 왕권과의 관련성 여부를 타진해보고, 이러한 역사의 실태가 일본신화에 어떻게 형상화되어 있는지 살펴보고자 한다. 논자는 졸고[1]에서, 일본의 고대국가 형성기에 한반도로부터의 도래의 물결이 크게 4단계에 걸쳐 진행되었다고 지적한 우에다 마사아키(上田正昭)의 학설을 참조하여, 각 단계를 동북아 및 한반도 주변정세와 비교해 살펴보았다. 그 결과, 각 단계의 일본으로의 이주가 모두 당시의 동북아 및 한반도의 정세변화와 밀접한 관련 속에서 이루어졌을 가능성이 농후하다고 하는 점을

최문정 성균관대학교 동아시아학술원 BK21 연구교수.
1 최문정, 「일본문학의 특성과 도래인의 정체」, 『비교문학』 32집 한국비교문학회, 2004.2.

지적하였다. 즉, 제1단계는 야요이문명의 성립시기로서, 한반도의 경우에는 청동기시대를 지나 철기가 도래한 기원전 3세기에서 기원후 3세기에, 신석기시대의 산물인 농경기술과 더불어 청동기 및 철기문명이 한꺼번에 일본에 전해졌다고 하는 사실에 주목하여 도래의 배경을 살펴보았다. 이때는 진(秦), 한(漢)의 통일과정에 동북아대륙에서 입지를 잃은 부족국가의 장들이 각지로 흩어졌는데, 그 과정에 동이족의 일부가 한반도에 들어와, 한반도에 삼한시대가 열리게 되었고, 그 와중에서 한반도 남부에도 자리를 잡지 못한 자들이 일본으로 진출하였다는 학설[2]에 근거하여, 논자는 그들이 바로, 야요이문명 초기의 주역들일 것으로 추론하였다.

그리고 제2단계인 고분시대(4, 5세기)의 도래의 배경으로는, 고구려, 백제, 신라가 각각 중국의 영향으로 불교를 채택하고 중앙집권을 이룩해가는 단계에서, 필연적으로 권력에서 배제되었을 무력의 호족층들이 가야에 근거지를 마련하고, 각각 일본개척에 나섰을 가능성을 타진하였다. 그리고 또 하나의 가능성은, 마한을 중심으로 한 삼한의 왕으로 추대되었던 진왕(辰王)의 일본 진출설이다. 즉 서기 369년(백제 근초고왕 24년)에 익산의 월지국(月支國)과 그 주변지역이 백제에게 함락됨에 따라, 한(韓)왕조가 끝나게 되었다[3]고 하는 역사적 사실을 근거로, 그 지배계층이 가야지방에 근거를 두고 일본으로 진출하였을 가능성을 제기하였다.

그런데 이 진왕의 일본진출설은, 에가미 나미오[4] 등의 기마민족 일본정복 설과 상통하는 바가 있다. 에가미 나미오는 한(韓)의 통치자였던 진왕과 일본의 초대천황인 스진(崇神) 천황을 동일인물로 보고, 일본국가의 기원은 동북아시아의 기마민족의 일본정복에 있다고 주장한 바 있다. 에가미가 2차 대전

2 한영우, 『다시 찾는 우리역사』 제1권 고대·고려, 경서원, 1998, 59면.
   윤내현·박성수·이현희, 『새로운 한국사』, 삼광출판사, 1989, 115~116면 등.
3 윤내현·박성수·이현희의 앞의 책 149면 등.
4 江上波夫, 『騎馬民族國家』, 中央公論社, 1967.

직후인 1949년에 이 학설을 발표하며, 주술적 성격이 뚜렷한 전기고분문화와 전투적 성격이 뚜렷해진 후기고분문화의 주체를 동일왕조로 본 주된 이유는, 일본 천황은 대륙에서 기마민족의 천신족으로 숭앙받았던 진왕의 후예라는 점을 내세워, 천황가가 만세일계로 이어져야 한다는 논리를 내세우기 위한 의도에서 비롯된 것으로 판단된다. 이에 반해, 미즈노 유(水野祐)[5]는 기마민족설을 주장하면서도 종래의 만세일계의 황통사상을 부정하고, 율령국가가 태동되는 다이카(大化)개신(645년) 이전에 혈통을 달리 하는 세 개의 왕조가 흥망 교체되었다는, 이른바 삼왕조교체설을 주장하여 큰 반향을 일으킨 바 있다. 세 왕조란 스진(崇神) 천황으로 시작되는 고왕조(呪敎왕조), 닌토쿠(仁德) 천황을 시조로 하는 중왕조(정복왕조), 게타이(繼体) 천황이 연 신왕조(통일왕조)로서, 고왕조 이전의 9대는 가공의 천황으로 부정한다.

근년의 일본역사학계에서는, 세습왕권이 성립되는 시기를 6세기 이후로 보는 견해가 유력시되고 있다. 그리고 5세기경까지의 『니혼쇼키(日本書紀)』 등의 기술은 천황의 실재자체를 비롯하여 연대와 내용에 있어 신빙성에 의문이 제기된다는 점에서, 동시대에 기술된 왜관계의 외부사료를 중심으로 하고 『니혼쇼키』를 참고자료로 이용하는 방법이 시도되고 있다. 일본사학계의 제1선에서 이러한 실증적 연구를 개척해온 야마오 유키히사는 그간의 사학계의 연구사를 돌아보며, 한국의 고대사 연구가 일본의 황국사관, 식민사관을 비판하기 시작한 것은 1960년대부터이고, 일본에서는 그에 자극받아 1970년대 들어와서부터 바뀌기 시작하였다고 평가하고 있다.[6]

그런데, 일본사학계가 이렇게 변화를 보이게 된 배경에는 고고학계의 연구업적도 큰 영향을 미쳤던 것으로 보인다. 예컨대, 4~5세기 초에 성립되었던 것으로 간주되어온 대형의 다이센고분(仁德陵)에서 출토된 유물(동경 및 환두대

5 水野祐, 『騎馬民族說』批判序說」, 『論集騎馬民族征服王朝設』, 1975, 308~309면.
6 山尾幸久·정효운 역, 『日本古代 王權 國家 民族形成史 槪說』, 제이엔씨, 2005, 19면.

도, 말안장, 금동신발 등)이, 6세기 초에 만들어진 백제 무령왕릉에서 출토된 유물과 무척이나 흡사한 점이 지적되는 등,[7] 종래의 문헌사학의 기반을 크게 뒤흔들 만한 고고학적 연구결과가 제시되었다. 인구 역시, 5세기 말 이후 특히 6, 7세기에 유입이 가장 많았던 것으로 분석되고 있다. 즉 기원전 3세기 경인 조몬시대 말의 일본의 인구는 10만~16만 정도였던 것이 야요이시대 후기에 60만 정도 되고, 율령제가 시작되는 8세기경에는 540만을 헤아리게 된 것으로 추산되고 있다.[8] 고분시대의 인구의 유입에 관해서는 지배자 급의 유물이라 할 고분을 통해 보다 명확히 추산해볼 수 있다. 일본에서 15만기 이상 20만기 정도 존재하는 고분의 9할 정도가 고분시대 후기인 6세기 초에 서 7세기 초까지의 약 백년 사이에 형성된 것이며,[9] 바로 이때부터 백제로부 터의 영향이 뚜렷해진 것으로 분석되고 있다. 또한, 이 시대의 일본의 상황은 철기유물 및 제철의 유적을 통해서도 거듭 확인할 수 있다.[10] 야요이 후기는 석기의 사용이 거의 소멸되고 철기로 바뀌는 시기이긴 하지만, 철이 사용된 서일본의 철의 총 생산량은 40kg정도로 상당히 적었다고 할 수 있다. 5세기 전반인 중기고분시대가 되면, 동 종류의 철기를 다량 부장 혹은 매납하는 경향이 보이지만, 총체적으로 장대한 도검의 주조기술이 없었던 점이 일본 고대의 특징이다. 5세기에 제철의 흔적이 간혹 보이지만, 6세기가 되어야 비로소 제철이 확실히 행해졌던 흔적이 나오고, 제철이 행해진 후에도 우수 한 철은 6, 7세기까지도 한반도로부터 혹은 한반도를 경유하여 중국으로부 터 가지고 왔다. 이러한 상황을 종합해볼 때, 기마민족인 부여족의 천신족이 일본으로 진출했다 하더라도, 그들이 통일사업을 완성하여 세습왕조국가를

---

7 송기윤, 『천황은 백제인인가』, 대교출판, 1998, 121면 참조 (이 내용은 1988년 일본 NHK가 모리 고이치(森浩一) 교수의 주장을 토대로『거대 고분의 수수께끼』라는 다큐멘터리 프로 그램을 제작하여 방송한 내용을 재검토한 것이라고 저자는 밝히고 있다.)
8 埴原和郎, 『日本人の起源』, 朝日選書, 1984, 140면.
9 森浩一, 『日本古代文化の硏究 鐵』, 社會思想社, 1974, 76면.
10 이하 森浩一의 앞의 책 2~84면, 293~318면 참조.

이룩하는 등의 족적을 남길 만한 수준은 아니었음을 짐작할 수 있다. 따라서 신정적 부족국가 수준에 머물러 있는 부족장들의 이주가 아니라, 철기문명으로 세습왕조국가를 이룩한 백제의 영향 하에서 야마토왕조가 비로소 통일권력으로서의 면모를 갖추게 되었다고 하는 사실을 인식하여야 하는 단계에 와 있는 것이다.

졸고에서 3단계 도래(이주)는 가야의 멸망, 제4단계는 백제 및 고구려의 멸망과 관련이 깊었을 것이라는 정도의 분석을 시도하였는데, "3세기부터 5세기까지 일본열도와의 교류의 중심은 어디까지나 가야이며, 백제와의 교류는 6세기 초를 전후하여 본격적으로 개시된다"고 하는 점이 고고학 연구 결과 보고되고 있고,[11] 일본사학계에서도 유사한 이야기가 논의되고 있다. 따라서 본고에서는, 일본에 세습왕조가 성립되어 가는 과정 등을 야마오 유키히사[12]의 논설 등을 비롯한 한일의 연구결과를 종합하여 살펴보고, 그 과정에 가야 및 백제왕조의 이주 가능성을 타진해보고자 한다. 또한 이 시기의 도래(이주 및 정착)의 방식이 일본창세신화 및 건국신화에 어떻게 투영되었는지도 함께 살펴보고자 한다.

일본천황가와 백제왕실과의 혈연적 관련성을 주장하는 논의는 대중서 차원에서는 많이 시도되었지만, 문헌 사학계에서는 논의대상이 되지도 못하고 있다. 일본 사학계에서는 일본천황가의 일들을 낱낱이 분석해서는 안 된다고 하는 이념 때문인지, 연구가 핵심 영역에 이르지 못하고 있고, 한국의 일본사 연구자들도 일본에서 통용되는 논고집필에 주력해온 탓인지, 이 분야에 대한 본격적인 검토를 시도하지 않은 채, 그 가능성을 일축하고 있다.[13] 더구나

---

11 박천수, 『새로 쓰는 고대 한일교섭사』, 사회평론, 2007, 37면.
12 山尾幸久, 『古代の日朝關係』, 塙書房, 1989; ____, 『日本國家の形成』, 岩波新書; 1977, ____, 『日本古代の國家形成』, 大和書房, 1986, ____; 『日本古代 王權 國家 民族形成史 槪說』, 정효운 역, 제이엔씨 2005, 참조.
13 김현구, 『백제는 일본의 기원인가』, (주)창비, 2002 등.

일본문학 연구에서는 고대신화에 대한 사료적 비판을 전혀 시도하지 않은 채 심지어는 2차 대전 전의 연구를 계승하는 차원에서 문학성을 감상하고 논의하는 수준에 머물고 있는 실정이다. 본고에서는 문헌사학계의 논의를 기초로 하여, 왜 왕권과 가야 및 백제 왕권과의 관련성 여부를 타진해보고, 이러한 역사의 흐름과 당대의 이념을 일본신화 해석을 통해서도 재확인해보 고자 한다.

2. 세습왕조의 성립과정

1) 여성최고 사제자의 위상

중국문헌 『위지』「왜인전」에, 히미코(卑彌呼)라고 하는 여성이 귀도(鬼道)로 왜인 종족을 대표하는 왕이 되어 30여 개국을 거느렸다고 기록되어 있다. 히미코는 샤만적 여왕으로서의 존재가치 뿐만 아니라, 중국 위나라로부터 금인과 동경 100매를 수여받고 친위왜왕에 임명받았다고 하는 대외적인 존 재가치로 인해, 그 후 일본열도에 미친 영향이 상당히 컸다고 평가되고 있다. 즉 여성최고사제자의 존재가치의 정당성이 왜인들에게 수용되어, 여성사제 와 근친관계에 있는 남자가 신인 여왕의 명령을 받아 세속권력을 집행하는, 초기에 만들어진 여왕과 남제(男帝)라고 하는 제도가 계속 이어져 갔을 것으 로 분석되고 있다. 즉 야마오는, 당시 남자 왕에게 정당성이 부족하여 난이 일어나 다시 히미코의 혈통으로부터 여성사제인 이요(壹女)를 세웠다고 하는 경위로부터, "4세기 초에 여왕제로부터 남 왕제로 바뀌어 여왕은 폐지되었다 든지, 혹은 왕의 혈족이 이미 성립되어 있었다든지 하는 식의 추정에는 좀 의문이 있다"고 지적하고, "여왕은 남왕이 성립되었다고 해서 결코 폐지되지 않고, 4, 5세기의 야마토정권은 부족연합체제의 조직상의 기관으로서, 신을 모시는 기능을 담당하는 여왕과 외교와 군사의 기능을 담당하는 남왕과의 성속 2중 왕권을 가지고 있었던 것"으로 추정하고 있다.[14] 즉 이러한 점에서 당시 히미코가 받드는 최고수호신을 근거로 하여 정당성을 획득하는 의례가 당시 아직 생겨나지 않았으며, 그 후 정당성을 획득하는 의례가 생겨났는데, 이러한 의례가 필요했던 까닭은, 그 후 왕조교체로 보일 정도의 변화가 줄곧 일어났기 때문이었을 것으로 분석하고 있다. 그리고 이러한 왕조교체의 배경으로서, 흔히 연상되는 정복에 의한 것이 아니라 결혼정책에 의한 것으로 분석하고 있다. 즉 "여성최고 사제자의 후신인 비(妃)에게 긴키(近畿) 주변의 유력자를 사위로 하여 맞아들였다고 보면, 이해할 수 있는 것은 아닐까"라고, 여성사제를 통한 천황가의 승계를 인정하고 있다. 즉 남왕(대왕)으로는 자질, 능력, 신망이 있는 유력호족이 추대되고, 그 인물은 "여성제주가 제신(祭神)을 정당근거로 하는 자격 취득의례에 의해 성별되었다"[15]고 한다.

물론 이러한 사회에서의 대왕은 지역 수장에 지나지 않았던 것으로 분석되고 있다. 즉 당시의 사회는 지위와 신분이 존재하고, 생산물의 분배 및 소비에 불평등이 보이지만 사회경제적, 정치적 계급은 존재하지 않는 부족사회(평등사회)와 국가(계급사회)의 중간에 위치하는 부장제(部長制)사회(서열사회, 성속사회)였다고 분석되고 있다. 사토 나가토[16]는 "요컨대 5세기의 대왕은, 권력구조적으로는 지역수장으로부터 외교 군사권의 위임을 받은 왕권의 대표자에 지나지 않고, 정치적 주체는 어디까지나 각지의 공동체를 인격적으로 체현해갔던 지역수장에게 있었다"고 보고 있다. 물론 전쟁을 수행해야 할 경우 등에는 대왕이 독재적인 지휘권을 행사할 수 있었던 것을 부정하는 것은 아니나, 그것은 지역수장의 권한이양으로써 비로소 실현되는 것으로서,

14 山尾幸久, 『日本古代の國家形成』, 大和書房, 1986, 57면.
15 山尾幸久, 『日本古代 王權 國家 民族形成史 槪說』, 제이엔씨, 2005, 226면.
16 佐藤長門, 「倭王權の轉成」, 『日本の時代史 2』, 吉川弘文館, 2002, 228~230면.

대왕이라는 지위가 생래적으로 가지고 있던 성질의 것은 아니었다고 분석하고 있다.

그런데 이처럼 신을 모시는 여왕과, 외교와 군사의 기능을 담당하는 남왕과의 성속 2중권이었던 부족국가의 왜인사회는, 4세기 말 경부터 세속권력기관인 남왕의 권력이 급속히 강화되어 갔던 것으로 분석되고 있다. 즉 4세기 전반 무렵까지는 여왕을 주체로 한, 제사를 중심으로 한 여러 소국의 결집이었으나, 4세기 후반 경을 경계로 하여 5세기 전반 경까지는 남왕을 주체로 한 군사적 결집이 점차 우월해지는 것으로 분석되고 있다.[17] 그런데 그러한 변화의 계기가 된 것은 백제와의 대외적 관계가 핵심요인이었던 것으로 보인다. 즉 4세기 말경부터 야마토정권은 한반도 상황에 개입하게 되는데, 한반도와의 외교관계의 주역을 담당했던 야마토정권은 다른 부족에 비해 외교상, 군사상 최고 지위에 오르게 되고, 왕권 형성이 활성화되기 시작했던 것으로 보인다.

2) 왜의 한반도 출병과 백제의 위기

왜왕권이 한반도 남쪽으로 획기적인 출병을 하여, 경남 및 전남지역을 직할영토로 했다고 하는 주장은『니혼쇼키』진구키(神功紀) 49년에서 52년까지의 6개의 기사에 근거를 두고 있다. 진구황후 49년에서 52년이라면, 서기 246년에서 252년으로 되어 있지만, 근초고왕(재위 346~375)과 근구수왕(재위 375~384)이 출현하는 기사이기 때문에, 일단 120년 뒤의 일로 보아 366년에서 372년으로 잡는 것이 통설화되어 있다.[18] 그 기사내용을 요약하면 다음과

---

17 山尾幸久, 『日本古代の國家形成』, 大和書房, 1986, 67면.
18 山尾幸久 『日本國家の形成』, 岩波新書, 1977, 5면,

같다:

(1) 364년(神功 44년 244+120) 갑자년 7월에 탁순국을 통해 백제가 왜국과 접촉하려 하였다.
(2) 367년 탁순국을 통해 왜국과 연락이 되어, 백제왕은 비로소 왜왕에게 사신을 통해 선물을 보냈다
(3) 369년 왜왕은 획기적인 출병을 하여, 신라를 공격하고 임나제국을 평정하였다. 그 기사내용을 일부 인용하면 다음과 같다

　아라타와케(荒田別) 가가와케(鹿我別)를 장군으로 삼아 (백제의) 구저 등과 함께 병사를 거느리고 탁순에 건너가서 장차 신라를 치려고 하였다. 이 때 어떤 사람이 "군사가 적어서 신라를 깨뜨릴 수 없다. 다시 사백과 개로를 보내서 증원군을 청하여라"고 말하였다. 그래서 목라근자와 사사노케(이 두 사람의 성은 모른다. 다만 목라근자는 백제의 장군이다)에게 정병을 이끌고 사백, 개로와 같이 왔다. 모두 탁순에 모여 신라를 격파하였다. 그리고 비자벌(창령), 남가라(금관가야), 탁국(경산), 안라(함안), 다라(합천), 탁순(대구) 가라(고령가야) 7국을 평정하였다.

(4) 372년 백제왕은 봄가을로 조공할 것을 서약하였다.

　위의 일련의 내용은 3)번 369년 기사가 중심이며, 『백제기』를 인용하여 쓴 형식으로 되어 있다. 『니혼쇼키』의 상투적인 수법에서 미루어 짐작할 때, 이 기사는 백제가 구 마한지역에 대한 정복전쟁을 수행한 내용을, 왜국이 중심이 되어 정복전쟁을 수행한 것처럼 바꾸어 쓴 것으로 판단된다. 이 당시 백제 근초고왕과 태자 근구수는 369년에 구 마한지역 및 낙동강 서쪽 가야지

김현구·박현숙·우재병·이재석, 『일본서기 한국관계기사연구 I 』, 일지사, 2002, 86~87면 등.

역 정벌에 그치지 않고, 고구려의 2만 군대를 물리치는가 하면, 371년에는 병사 3만을 이끌고 고구려 평양성을 공격하여 고국원왕을 죽임으로써 승리를 거두고, 한성으로 천도한 사실이 역사적으로 인정되기 때문이다. 그리고 『니혼쇼키』에는, 367년 백제의 사신이 최초로 일본을 방문하고, 369년부터 왜와 백제는 함께 정복전쟁을 계속하여 371년까지 크게 승리를 거둔 후, 372년에 백제가 일본에 칠지도를 보낸 것으로 되어 있다. 지금도 이소노가미(石上) 신궁에 보관되어 있는 칠지도가, 백제 근초고왕과 야마토왕조와의 관계에 대한 물적증거가 되고 있다. 단,『니혼쇼키』의 내용처럼, 백제가 군사적 지원에 대한 감사의 뜻으로 왜에게 보낸 것인지, 단순히 군사동맹만을 기념한 것인지에 대해서는 의견이 맞서고 있다. 그 이유는 다음과 같다.

『니혼쇼키』에는 또한, 백제의 목라근자 및 그 아들 목만치가 가야 지배권을 획득한 후에도 계속 통치, 관리했음을 추정할 수 있는 기사가 나와 있는데, 물론 이 경우도『니혼쇼키』의 상투적인 논조대로, 귀국(일본)의 명령을 받아 백제의 목라근자 등이 가야를 관리했다는 내용으로 되어 있다. 그 내용을 요약하면 다음과 같다.

> 백제기에 말하였다. 임오(382)에 신라가 일본에 조공을 바치지 않았다. 귀국(왜)은 사지비궤를 보내어 신라를 치게 하였으나, 신라인은 미녀 두 사람을 단장시켜 항구에서 마중하여 유혹하였다. 사지비궤는 신라를 치지 않고 도리어 대가야(북가야)를 쳤기 때문에 가야왕과 그 일족은 백제로 도망했다. 가야왕이 그 누이동생을 시켜 일본에게 구원을 청하자, 일본천황이 목라근자를 보내어 사직을 부활시켰다(『니혼쇼키』神功紀 62년: 382 → 442년).
>
> 백제기에 이르기를, "목협만치는 목라근자가 신라를 칠 때 신라여자를 취하여 낳은 아이다. 아버지의 공으로 임나국정을 전담하다가 우리나라로 들어왔다. 귀국을 왕래하면서. 천조의 뜻을 받들어 우리나라의 국정을 잡고 권세를 떨치다가 천조가 그 횡포를 듣고 그를 불렀다."고 하였다.(應神紀 25년: 414 → 474년)

이 일련의 기사에 또 하나의 문제점이 지적되고 있다. 즉『삼국사기』에 목라근자의 아들 목만치가, 475년 개로왕이 죽은 후 왕자인 문주왕을 옹립하여 남하하였다고 나와 있다. 이로써 목만치가 475년에 개로왕의 권신이었다는 사실은 확인되므로, 인간의 수명을 감안할 때, 목라근자가 목만치를 낳은 것은 4세기가 아닌 5세기가 되어야 할 것이라는 분석이다. 이러한 계산에서 야마오는, 신공기(神功紀) 기사에 120을 더한 4세기 근초고왕 시대가 아니라, 여기에 60을 더 보태어야 할 것이라고 주장하고 있다. 야마오는 또 사료상으로 확인할 수 있는 왜왕권의 한반도 개입은 4세기 말에 경주에 침입한 왜인과 5세기 초에 광주(廣州)에까지 올라간 100명의 왜인이 최초라는 이유를 들어, 역시 백제 및 왜가 가야에 대한 통치권을 획득한 때는 4세기경이 아니라, 5세기가 되어야 할 것으로 주장하고 있다. 그러면 결국 백제 근초고왕대의 가야7개국 평정을 부정하는 셈이 된다. 박천수도 고고학적인 분석을 통해, "문헌에 보이는 활발한 교섭기사에도 불구하고 일본열도에서 칠지도 이외의 백제산 문물을 찾아볼 수 없을 뿐만 아니라, 백제지역에도 일본열도산 문물이 이입되지 않은 점에 의거하여, 이 시기 백제를 일본열도와의 교류의 주체로 볼 수 없음"[19]을 주장하고 있다. 최근의 일본 사학계의 논고도 이러한 사실을 감안한 선에서 세부적인 논의가 진전되고 있다.[20]

여기서 볼 수 있는 일본인 연구자들의 오류는, 이 시기에 왜가 가야에 대한 통치권을 획득하지 못했다고 하여, 이때 백제도 가야에 대한 통치권을 획득하지 못했다고 보는 우를 범한 데서 비롯된 것으로 판단된다.『수서』 신라 전에도, 신라왕은 백제왕의 가야국 종속체제를 계승한 것이라고 쓰여 있으므로,[21] 가야가 신라에 멸망당하기 전에 백제왕이 가야지방을 지배하고

19 박천수,『새로 쓰는 고대 한일교섭사』, 사회평론, 2007, 39면.
20 鈴木靖民,「倭國と東アジア」,『日本の時代史 2』, 吉川弘文館, 2002 등.
21 山尾幸久, 岩波新書,『日本國家の形成』, 1977, 18면.

있었다는 점을 알 수 있다. 문제는 백제가 언제부터 가야를 지배하기 시작했는가 하는 점인데, 역시 근초고왕 대부터로 보는 것이 합당할 것이다.『백제본기』를 근간으로 한『니혼쇼키』긴메이기(欽明紀)에서도 백제와 가라제국이 근초고왕, 근구수왕 대에 형제, 부자지간처럼 사신왕래를 하며 절친한 관계가 되었다고 백제 성왕이 회고하며, 이러한 관계를 속히 회복하자고 강조하는 내용을 전하고 있기 때문이다.(欽明2년 4월조, 동년 7월조, 5년 11월조 등) 이러한 기사 때문에 근초고왕 대의 가라7국 평정 기사에는 백제성왕 시대의 역사인식이 투영되어 있다는 분석이 제시되기도 한다. 즉 일찍이 미시나 미쓰히데(三品彰英) 등의 일본인 연구자들은「성왕대의 현실을 역사적으로 설명하고 긍정시키기 위해 그것을 옛날의 근초고왕시대에 투영한 것」이라고 추단하였다.[22] 일면 참고가 될 만한 지적을 하면서도 그들이 아직까지 서술의 배경을 알기 쉽게 해설하지 못하는 이유는, 4세기에 왜가 가야를 정복했다는 근거를 찾을 수 없다는 이유로 백제의 근초고왕이 가야를 정복한 사실까지 인정하지 않는 우를 범하고 있기 때문으로 판단된다. 이 기사는 백제가 가야를 정복했다고 하는 기사를, 왜국이 중심이 되어 가야를 정복한 것처럼 고쳐 쓴데서 생긴 문제점들을 그대로 노출시킨 하나의 예라고 판단된다.

왜는 가야를 정복한 일도 없는데 왜 그렇게 임나에 집착하는 것일까, 하는 점에 관해서는, 역시 본고의 주제와 관련된 가설에 의거하지 않으면 더 이상의 해석이 진전되지 않는다. 가야의 철이 왜국을 지탱해가는 젖줄과 같은 존재라서 이를 절대로 포기할 수 없었으리라는 점을 고려할 필요가 있다. 그리고 고구려 광개토대왕의 공격 이후, 백제는 고구려와 신라에 밀리면서 큰 수난기를 맞이하게 되는데, 바로 이 기간 중에 왜가 백제를 도와 기여한 바가 있었기 때문에, 임나 할양이나 임나일본부, 임나조 등의 일본의 가야

▍22 김현구 박현숙 우재병 이재석의 앞의 책, 108면에서 재인용.

지배권을 주장할 근거가 생기게 되었는지에 대해서도 검토할 필요는 있다. 그러나 무엇보다 중요한 것은, 이러한 수난기에 백제가 정복한 가야의 지배자였던 소가(蘇我)씨 등의 호족들, 그리고 나아가서는 백제왕까지도 일본으로 건너갔다면, 그들이 과거에 한반도 남부의 지배자였던 사실을 전제로 하여 도일 후에도 자신들의 지배의 정당성을 주장하는 것은 아닌지 검토할 필요가 있을 것이다. 따라서 본고에서 왕권의 이주에 대한 검토를 시도하고자 하는 것이다.

4세기 말 5세기 초부터 시작되는 고구려 광개토대왕의 공격 이후, 가야에 대한 백제의 지배가 순탄하지만은 않았던 것 같다. 먼저, 왜가 한반도 남부에서 고구려와 싸운 일은 광개토왕 비문의 396년조나 400년조, 404년조를 통해서도 확인되는데,[23] 이것도 백제와 관련이 있을 것이다. 왜가 구 대방지역인 광주에까지 올라가 고구려와 싸웠다는 사실은 왜가 백제의 영토를 지나야 하기 때문에, 왜와 백제와의 동맹이 이루어 있지 않으면 불가능한 것으로 분석되고 있기 때문이다. 그러나 "결국 왜 왕권은 4세기 말부터 5세기 초까지의 17년간 동아시아 국제사회에 있어서 주로 백제와 제휴하여, 그리고 임나가라(김해), 안라라고 하는 가야제국과도 연합하여 고구려와 관계를 맺는 신라를 침략하고, 또 고구려의 영토라 여겨지는 대방에까지 원정했는데, 승패로부터 말한다면, 왜 왕권에 있어서는 패배의 연속이며, 그 국제 전략은

---

23 광개토왕비가 석재를 바르기 이전의 원래의 상태를 전하는 원 석탁본은 오늘 일본 중국, 대만, 한국에 모두 12종류 있음이 확인되고 있다. 비문에는 광개토왕 자신과 장수왕이 오랜 기간에 걸쳐 대외적인 전쟁을 단행한 모습을 연대기적으로 상세히 적고 있다. 예를 들면 「395년 왕이 스스로 병사를 이끌고 비려를 치고, 396년 왕이 스스로 왜와 결탁한 백제를 공략하고, 사람과 영토에 일대전과를 올린다. 398년 왕은 평양으로부터 나와 신라를 구원하기로 정하다. 400년 왕은 5만의 병사를 보내어 신라, 임나가라의 땅에서 왜, 안라와 싸워 물리치다. 신라는 고구려에 조공하게 되다. 404년 왕은 스스로 평양부근에 다가온 왜와 백제를 맞아 쳐부수다. 407년 왕은 5만의 병사를 보내 적을 부수고, 영토를 넓혔다. 410년 왕 스스로 동부여를 쳤다.」고 쓰여 있다.(鈴木靖民,「倭國と東アジア」,『日本の時代史2」, 吉川弘文館, 2002, 17~18면 재인용)

실패로 끝났다고 해야 할 것"[24]으로 평가되고 있다.

고구려와의 전쟁에서 실패한 후에도 왜왕은 더욱 적극적으로 한반도에서의 군사행동에 나서고자 시도했던 것으로 보인다. 즉 왜국은 모두 10회 남조의 송의 도읍에 사신을 파견하고, 황제로부터 관위 작호를 수여받고 있다. 이른바 5세기 대에 왜의 5왕으로 알려진 찬(讚 : 履中 재위 421~436.7), 진(珍 : 反正 436.7~441.2), 제(濟 : 允恭, 441.2~461), 흥(興 : 安康 461~465?), 무(武 : 雄略 464.5~478)의 중국과의 적극적인 외교도 실은 조선정세와 관련되어, 즉 백제와의 제휴를 기본으로 하여 진전되었던 것으로 분석되고 있다. 왜왕 제(451년)와 무(478년)는 드디어 송으로부터 '사특절(使特節), 도독왜(都督倭)·신라·임나·가라·진한·모한육국제군사'에 덧붙여 '안동대장군'에 임명되었다. 왜왕에게 수여된 도독제군사호 속에 한반도의 국가명이 보이는 것에 대해서는 "왜왕이 왜국만이 아니라, 왕 또는 수장에 의한 징병이 가능한 한반도 '국'의 군대를 이끌고 고구려군과 대결하고 싶다고 하는 그런 기원"으로 분석되고 있다. 이로써 왜는 이미 중국으로부터 책봉을 받은 고구려, 백제를 제외한 한반도 지역의 군사지배권을 인정받게 된 것이다.

찬, 진과 흥은 한반도에서의 군사지배권을 인정받지 못했는데, 제와 무에 이르러 드디어 인정받게 된 데에는, 당시 백제의 위기가 그만큼 심각한 상태에 접어들었기 때문에, 왜가 백제를 도와 한반도에서의 군사행동을 시작하기 위한 포석이라는 분석도 가능하다. 즉 근초고왕, 근구수왕 때 백제는 국력이 강해져서 고구려의 고국원왕을 전사케 한 일이 있지만, 4세기 말부터 특히 광개토대왕과 장수왕의 반격이 가해지면서 백제 왕권은 극심한 위기를 맞게 된다. 이어 장수왕은 평양천도(427)를 단행하고 황해의 해상권을 장악하여 백제의 해상교통로를 차단한다. 장수왕은 475년에 여세를 몰아 3만 명의

---

24 鈴木靖民,「倭國と東アジア」,『日本の時代史 2』, 吉川弘文館, 2002, 22면.

군사를 이끌고 수도 한성을 함락시켜 광대한 영토를 빼앗고 개로왕을 죽이고 남녀 8천명을 사로잡아 간다. 이 위기의 시절에 왜의 군사들이 백제를 도와 전쟁에 참여하기 위해 한반도에서의 군사지배권을 획득했던 것으로 보이며, 당시 전쟁으로 땅을 잃은 백제 또는 가야인들의 일본 이주도 시작되었을 것으로 추론된다.

그 후에도 백제는 고구려와 신라로부터 거듭되는 침략을 받는다. 즉 장수왕의 침입으로 수도 한성을 빼앗긴 웅진백제 시대에, 특히 성왕은 백제 회복에 최선을 다하지만 다시금 고구려의 침입(529)을 받아 큰 피해를 입는다. 성왕은 그 후 신라와 동맹을 맺고 한강 유역을 공격하여 76년간이나 고구려에 빼앗겼던 고을들을 되찾지만(551), 다시금 그 한강 유역의 대부분을 신라에 빼앗기고 만다(553). 성왕은 이때 일본에 구원병을 청하는 한편 친히 군사를 동원하여 신라 공격에 나서지만, 오히려 신라에 대패하고 성왕은 관산성에서 잡혀 처형되고, 이때 수만 명의 병사가 거의 전멸한 것으로 『니혼쇼키』(欽明 15년 5월) 등에 기록되어 있다. 그런데, 실은 성왕이 잡혀죽기 전에 일본으로 건너가 긴메이(欽明) 천황이 되었을 것이라는 분석이 한일의 재야사학에서 유통되고 있는데,[25] 이러한 발상에 납득될 만한 사유가 없는 것도 아닌 것 같아, 그 가능성을 모색하며 다각적으로 분석해 보고자 한다.

---

25 小林惠子, 『二つの顔の大王』, 文芸春秋社, 1991; 홍윤기, 『일본천황은 한국인이다』, 효형출판, 2000, 57면; 김운회, 『대쥬신을 찾아서』, 해냄, 2006 등.

3) 백제의 위기와 왜 왕권 강화의 배경

(1) 유랴쿠(雄略) 시대의 왕권의 기반확립

5세기 후반 이후는 백제의 극심한 위기의 순간들이었는데, 왜 왕권은 이때 부터 획기적으로 완성되어 가는 시기이기도 하다. 백제의 위기가 더해갈수록, 백제 왕권과 왜 왕권과의 교류도 더욱 밀접해지고, 왜 왕권의 기반이 더욱 더 강화되어 간다는 특징을 보이고 있다. 무엇보다 중요한 것은 백제의 위기의 시기에 백제 왕자들이 다수 일본열도로 진출하고 있다는 점이다. 백제에 대한 고구려의 군사적 압박이 한층 강화된 461년, 백제의 개로왕은 동생 곤지를 왜왕 하에 파견하여 특별 수교맹약의 의사를 표하고 군사지원을 요청하였다. 왕자로서 처음 파견된 곤지의 행적은 잘 나타나 있지 않으나, 많은 호족(및 대왕가)과 결혼정책을 폈을 가능성이 있고, 일본 야마토왕조의 왕권의 기틀을 마련하는 원동력을 제공한 것으로 보인다.[26] 백제 개로왕의 파병요청에 왜왕 제(允恭)는 협력하려 하였으나, 이 지원계획은 당시의 야마토왕권의 인적, 물적 자원 결집력으로는 무리가 있을 정도의 대규모적인 것이었던 듯, 옛 대호족인 가쓰라기(葛城)씨를 중심으로 하는 반대세력이 제의 뒤를 이은 흥(安康: 雄略의 형)을 죽이는 등의 정변이 일어나기도 하였다. 그것을 타도하고 왜왕 무(武) 즉 유랴쿠가 즉위하였는데, 이 때 이주민계의 유력자(東西漢系 제집단)와 신흥 중급호족(大伴·佐伯·膳·巨勢·紀 등)이 유랴쿠에게 결집하였을 것으로 분석되고 있다. 백제계 이주민계의 도움으로 즉위

---

26 곤지(昆支)는 461년부터 475, 6년까지 왜국에 체재하였다. 왜국에서 태어난 아들로는 무령왕, 동성왕 (무령왕의 異母형제) 외에 4명의 남자가 있었다. 그들을 낳은 여성들의 일족은 뒤에 「아스카베 미야쓰코(飛鳥戶造)」의 세 개의 집안이 되었다. 「가와치 아스카(河內飛鳥)」의 문화적 창조의 주체는 백제 왕족으로서의 자기의식을 가졌던 일족이다. 지금도 오사카부 아스카베신사는 곤지를 제신(祭神)으로 모시고 있다.(山尾幸久(2005)의 앞의 책, 206면)

한 유랴쿠는 475년 이후 위기를 맞은 백제왕권의 회복에도 기여하였다. 즉 479년에 유랴쿠는 한반도에 군사 5백 명을 이끌고 출병하여 곤지의 아들인 동성왕의 백제 귀국과 즉위를 도왔을 뿐 아니라, 고구려군과 싸우면서 백제 왕권 부흥에 노력하며 인적, 물적 지원을 하였다. 그런데, 5세기 후반의 유랴쿠 시대에는 왕권의 완성이라고 해도 좋을 역사적 사건이 집중적으로 나타나고 있었다.

① 왕의 절대우위가 확립되었다. 4세기 60년대 이래의 왕권을 구성하여 온 것은 초기 왕권이래의 와니(和爾)씨, 당시 신흥의 가쓰라기(葛城)씨, 그리고 기비(吉備上道)씨로, 야마토에 활동 거점을 가진 이 세 거두가 5세기 후반까지 누리던 지위에서 서서히 밀려나 거세되었다.

② 한반도 유력 정치집단의 대부분이 이 시기에 이주해 왔다, 東漢氏가 통괄하는 전문직 조직이 창설되고, 그에 이어 긴키의 호족이 일족을 이끌고 직능봉사단으로서 왕권에 봉사하기 시작했다. 왕에 직속하는 땅이 창설되고 이주민계의 수공업 생산조직이 편성되었다. 또 왕에 직속하는 치안 행형의 직무인 「物部」가 편성되어 「왕에 대한 죄와 벌」이 특화되었다. 「物部」의 직무는 6세기 후반에 왕 직속의 시설이나 재산(미야케)이 전국 화함에 따라 전국적으로 시행되었다.

③ 유랴쿠는 祭政을 일원화한 최초의 군주이다. 즉 2세기 말경부터 연면히 이어져온 여왕 즉 여성최고사제자의 지위가 이 단계에서 폐지되는 것이다. 따라서 야마토왕권의 최고 수호신의 제사장은 야마토의 미와야마 기슭으로부터 이세로 옮겨졌을 것으로 보인다. 이것은 제사와 정치를 결합한 대왕제도 즉 신도권력과 세속권력과를 통합한 제정일치의 체제를 만들어가는 것에 관계하는 조치였다고 보이는데, 여기서 대왕의 처로 하여금 대왕의 제사 업무를 보좌하게 하고, 실제로 제사를 맡는 비(妃)라고 하는 지위와, 대왕의 세속권력을 보좌하고 실행하는 신하의 집단이 성립되기 시작한다. 따라서 사상최초로 「궁정군주」가 출현하고, 신흥호족이 왕권의 중추에 대두하여, 궁정 신하집단을 구성하는 군신관계가 나타났다.

④ 왕을 정점으로 한 호족의 서열이 전국적으로 매겨지기 시작하였다.

⑤ 5세기 후반 무렵에 문자언어의 필요성이 생기고 왜인의 공통언어가 형성되기 시작되었다. 각 지방의 사람들이 서로 통역이 필요할 정도였지만, 이즈음부터는 궁중에서 의사가 통하고 긴키지방의 말로 명하여진 내용을 정확하게 이해하여야 했다.[27]

이상과 같은 획기적인 변화의 배경에는 외부로부터의 요인이 컸으리라고 추정되며, 구체적으로는 백제의 곤지왕자 그리고 가야의 이주민을 이끌었던 목만치(소가씨)의 행적과 더불어 그 무렵을 전후한 한반도 주변정세에 예의 주목해야 할 것으로 판단된다.

(2) 긴메이(欽明) 천황과 소가(蘇我)씨의 출신

그 후, 왕조교체가 일어났다고 하는 게타이(繼體) 이후도 왕권강화의 의미가 인정되겠지만, 이와이(磐井)의 난에서 승리하고 국토를 통일한 긴메이 이후야말로 왕권강화의 확실한 이행기로 평가되는 것이 통설이다. 이와이의 난의 직접적인 계기는, 당시 백제와 신라가 서로 가야지방을 영유하려고 무력충돌을 시작하였는데, 이때 백제왕이 왜왕에게 원군을 요청한데서 비롯되었다. 즉 왜왕에게 출병요청을 하면 왜국의 병력은 쓰쿠시(筑紫)에서 조달되는 것으로 되어 있었는데, 이 때 쓰쿠시의 대수장인 이와이가 그 징병명령에 불복함으로써 전쟁이 일어났다. 이와이와 신라와의 관련설을 『니혼쇼키』에서 쓰고 있으나, 야마오는, 530년에 규슈 북부에서 일어난 야마토와 쓰쿠

---

27 山尾幸久, 『日本古代 王權 國家 民族形成史 槪說』, 정효운 역, 제이엔씨 2005, 210~218면;
山尾幸久, 『古代の日朝關係』, 塙書房, 1989, 306~309면;
山尾幸久, 『日本國家の形成』, 岩波新書, 1977, 51~55면 참조.

시와의 전쟁은 본질적으로 야마토정권의 여러 가지 속박을 떠나, 외교권과 교전권도 포함하는 독립적인 군주권력을 세우려는 쓰쿠시정권의 기도였다고 규정짓고 있다. 이와 같이 여러 지역에서의 반란과 반도경영의 실패 즉 가야의 패망을 맞아, 게타이기의 정치를 주도해온 오토모(大伴)씨 중심의 정권은 신망을 잃고, 게타이 사후에 일어난 후계자 분쟁과 관련되어 신해(辛亥)의 변이 발생했다고 하는 것이 통설이다. 그리하여, 소가씨 등에 의해 옹립된 긴메이에 의해 531년(辛亥)에 게타이와 그 왕자가 살해되었다고 추정되고 있다.[28] 당대의 기록에 많은 문제점이 내포되어 있다는 점은 후술하겠지만, 이 때 강적인 쓰쿠시정권 등을 타도하고 대립하는 경쟁자들도 제거하여 일거에 일본 전역의 통일을 이룩해낸 야마토 왕조의 원동력은 갑자기 어디에서 생성된 것일까. 그 직전까지 통일국가 및 세습왕조를 이룩해내지 못하고 있었는데, 갑자기 어떠한 요인 때문에 큰 발전을 이루어낼 수 있었는지, 그 원인이 모색되어야 할 것이다. 이를 위해 먼저 소가씨의 출신에 관해 살펴보고자 한다.

『소가계보(蘇我系図)』[29]에 소가노 이시카와(蘇賀石川)－소가노 만치(蘇我滿智)－가라코(韓子)－고마(高麗)－이나메(稻目)－우마코(馬子)－에미시(蝦夷)－이루카(入鹿)의 순으로 나와 있다. 일본 정계를 오랜 기간 장악하였던 소가노 만치(蘇我滿智)는 백제가 정복한 가야 땅의 지배자인 목만치(木滿致)와 동일인일 가능성이 크다. 즉 앞서 제시한『니혼쇼키』에서 보듯이, 목만치는 가야7국 정벌과 관리에 공을 세운 목라근자의 아들로서, 백제 개로왕 때의 대신이었는데, 개로왕이 전사한 후 야마토조정의 대신이 되었던 것으로 보인다. 야마오도, 5세기에 북가라를 근거지로 하여 임나제국의 수장들을 직접 지배하에 둔 것은, 백제계통의 목라근자와 그 아들 목(협)만치였다고 인정하고,

28 佐藤長門, 「倭王權の轉成」, 『日本の時代史 2』, 吉川弘文館, 2002, 237면.
29 志村有弘 편, 『姓氏家系歷史傳說大事典』, 勉誠出版, 2003, 674면.

5세기 말에 사실상의 임나왕이었던 목협만치가 왜 왕권 산하로 이주하였다고 지적하고 있다. 이와 같은 소가씨의 도래설이 일본 학계에서 통설로 인정되고 있지는 않다. 그러나 『고고슈이(古語拾遺)』에는 5세기말 유라쿠천황 때에 소가노만치 배하에 야마토노아야(東韓)씨 가와치노후미(西文)씨 하타(秦)씨 등의 도래계 씨족을 두고 관리에 임했다고 하는 전승이 쓰여 있고,[30] 『소가계보(蘇我系圖)』에 따르면 이나메(稻目) 이전에는 분기된 친척이 나와 있지 않고, 6세기 이후에 천황가와의 결혼 등이 크게 겹치고 있다는 점에서, 소가씨는 역시 6세기가 되어서 새로이 대두된 도래계 호족일 것으로 분석되고 있다.

한편, 소가씨 등과 함께 이와이의 난을 평정하고 신해의 변에서 승리한 긴메이는, 대립하는 경쟁자(安閑, 宣化)를 배제하고 최후의 승리자로서의 지위를 안정시켰다. 이렇게 국토통일이 완성된 긴메이 천황 시대에는, 왜인종족이 거주하고 있는 지역 중에서는 야마토의 권력이 단순히 한 지역정권이 아니라 중앙권력이 되기 시작했으며, 기나이의 호족이 중앙의 지배집단을 형성하기 시작했던 것으로 평가되고 있다. 또한 긴메이의 시대에는 왕을 근거로 하는 통일적인 정치제도와 일원적인 정치질서가 세습왕권과 함께 이어져 가게 되었으므로, 민족이 형성되는 조건이 생기기 시작한 시대라고 평가되고 있다. 이를 위해 왕권의 성화를 위한 각종 의례, 신기(神祇)제도 및 관념이 마련되어 간다. 긴메이 조정에서 처음 체계화되고, 스이코 조정에서 편수개편된 다카마가하라(高天原)계 신화군은 즉위식 등에도 통창되었을 것이며, 조메이의 즉위 때에 연주되었던 「선대구사(先代舊辭)」와 조메이의 빈소에서 조문을 올리던 「황위계보(日嗣)」로써 『고지키(古事記)』의 골격이 거의 정립되었을 것으로 분석되고 있다.[31]

야마오는, 전후의 일본고대사 학계에서 점차 의견에 일치를 보이고 있는

30 森公章, 「倭國から日本へ」, 『日本の時代史 3』, 吉川弘文館, 2002, 16면 재인용.
31 山尾幸久, 『日本國家の形成』, 岩波新書, 1977, 72~74면.

것은, 사회발전사 면에서는 5세기말경, 국가형성사 면에서는 6세기 중엽에 큰 획기를 인정하게 된 점이라고 진단하고 있다.[32] 5세기 말이라 함은 곤지 및 유랴쿠 이후일 것이며, 6세기 중엽이라 함은 긴메이 시대를 칭함일 것이다. 이 시대에 국가 및 사회발전의 큰 획기가 마련된 배경이 무엇인지, 그리고 그 획기를 마련한 당사자에 관해서도 더 명확히 밝혀져야 할 것인데, 일본 천황가의 내막을 다 공개할 수 없는 일본 내에서의 연구의 한계 때문인지, 이 정도에서 그치고 있다. 따라서 본고에서 이를 위해 보다 면밀한 분석과 용단을 시도하고자 한다.

4세기 말, 5세기부터 백제는 야마토정권으로부터 군사적 원조를 얻어내려 했으나, 실제로 얼마나 도움이 되었는지는 의문이다. 자료상으로 광개토대왕에 맞서 구 대방지역에까지 올라가 싸운 왜인 100여 명, 백제가 위기에 처했을 때 동성왕 등극을 도와 한반도로 건너온 유랴쿠가 인솔한 병사 5백 명 등의 기록을 볼 때, 당시 왜국에서 동원할 수 있는 군사력이 한반도 삼국간의 전쟁에서 제 역할을 다하기에는 역부족이 아니었을까 생각된다. 당시 백제로부터 왜국으로 각종 선진 문물이 대량 건너갔고, 야마토왕조에서는 군수물자를 정성껏 보내는 정도에 불과했다. 즉 548년 축성인부 370명, 560년 화살30구, 배 3척, 551년 보리종자 천석, 553년 양마 2필, 동선 2척, 활 50장, 화살 50구 등 좀 소박한 정도의 물량을 보내다가, 554년에 병사 천 명, 말 100필, 배 30척 등 상당한 수준의 물자와 인력을 보냈다고 하는데, 그 해에 성왕은 군사 50명에 둘러싸여 전사한 것으로 되어 있다. 즉 성왕의 전사에 대해 『삼국사기』에는, 보병과 기병 50명을 이끌고 밤에 태자 창(위덕왕)이 지휘하는 작전을 격려하러 전선으로 떠난 성왕이 신라 군대의 매복에 걸려 전사했다고 되어 있는데, 전쟁터로 가는 왕의 행차에 50명의 인원이라 함은 타당성

▍ 32 山尾幸久, 앞의 책, 51면.

이 적어 보인다. 그러고 보면 군사 천명과 배 30척, 이것도 전쟁수행에 필요한 물자라기보다는 성왕의 이주에 필요한 물자와 인력이었을 가능성이 있어 보인다. 백제 및 가야 부흥이라는 소명을 가지고 일본에 건너가서 야마토왕권의 강화 및 자가의 권력획득에 부심하던 소가씨 입장에서는, 백제 부흥에 최선을 다한 성왕과 의기투합하는 면이 있었을 것이다. 따라서 백제 성왕을 긴메이로 영입하여 백제왕의 군사력과 카리스마로써 이와이 등을 제거하고 통일왕국을 이룩한 것이 아닐까 생각된다. 또한 백제 성왕의 입장에서는, 한강유역 및 가야지역 회복을 위해 전투를 계속했지만 승산이 보이지 않자, 백제왕의 자리를 아들 위덕왕에게 물려준 후, 우선 왜국의 통일을 통해 힘을 비축하고 이로써 백제의 한반도 통일사업에 기여하고자 도일했을 가능성을 생각해볼 수 있다. 물론, 전략상 성왕의 도일 사실을 극비로 할 필요가 있었을 것이므로, 이러한 식으로 조작된 전사설을 만들어 유포하고, 일본개척을 위한 행보를 내딛었을 가능성을 생각해볼 수 있다.

『니혼쇼키』의 성왕 전사기록에도 불명한 점이 많이 발견된다.[33] 『삼국사기』에는 성왕이 전사한 관산성 전투는 554년 7월에 있었고, 위덕왕은 그 해에 즉위한 것으로 기록되어 있는데, 『니혼쇼키』에는 관산성 전투가 554년 12월에 있었던 것으로 되어 있고, 위덕왕은 557년에 즉위한 것으로 되어 있다. 국왕의 자리를 3년간이나 공석으로 놓아둘 리 없다는 점에서 『삼국사기』의 기록이 더 합당할 것으로 보인다. 게타이의 사망년도에 대해서도 『니혼쇼키』 본문에는 신해년(531)으로 되어 있는데, 분주에는 갑인년(534)으로, 『고지키』에는 정미년(527)으로 나와 있어, 그 중 신해년설을 택하면 다음 왕인 안칸(安閑) 즉위까지 2년의 공백이 생긴다. 또한 『니혼쇼키』 본문이 의거했다고 하는 『백제본기』에는 신해년에 일본의 천황 및 태자, 황자가 함께

▌ 33 이하 佐藤長門, 「倭王權の轉成」, 『日本の時代史 2』, 吉川弘文館, 2002, 237면 참조.

죽었다고 하는 기괴한 기사를 전하고 있다. 불교공전에 대해서도『니혼쇼키』에는 긴메이13년(552)으로 나와 있으나 당대의 다른 서적에는 달리 나와 있다. 따라서 당대 역사의 종합적 해석을 둘러싸고 게타이 사후의 2왕 병립론이 논의되기도 하고[34], 전국 규모의 내란설이 논의되기도 한다.[35] 즉, 왕권내부에는 아직 오토모씨 등의 구세력이 잔존하여 있어, 그들에 의해 534년에 안칸, 그 이듬해에 센카(宣化)가 옹립되었는데, 그 후 일거에 전국규모의 내란상태에 빠졌을 것이라는 가설이 반향을 일으키기도 하였다. 이렇게 혼란스러운 기록의 배경에는 백제 성왕의 일본으로의 도일을 명확히 밝히지 못할 어떤 비밀이 관련되어 있지 않을까 생각된다.

한편, 성왕이 태자에게 양위하고 도일한 것으로 추론되는 그 시기부터, 야마토왕조에는 신라, 고구려는 물론 백제까지도 번국으로 여기는 우월감이 자리잡게 되어, 이러한 감정이 결국 그 후에 편찬된『고지키』와『니혼쇼키』(앞으로 기키(記紀)라 칭함)의 역사서술의 논조로도 발전되었던 것으로 추정된다. 또한, 야마토왕조가 왕권강화를 통해 강력한 군사력을 갖춘 통일국가를 이룩하고, 이를 통해 백제 및 가야의 부흥을 꾀하고자 하는 의도는 이 시기 이후 백제와 야마토의 왕가 모두에 존재하여, 서로 의기투합하게 된 것으로 판단된다. 물론 이러한 주장을 논증하기 위해서는 논술해야 할 과제가 많지만, 우선 본장에서는 야마토 대왕가와 백제왕가와의 혈연 관련성 여부 및 5, 6세기 이후의 일본열도로의 이주와 문명 전래의 실태를 살펴보고, 제3장에서는 창세신화의 의미를 분석해 봄으로써, 이러한 역사의 흐름과 당대의 이념을 재획인해 보고자 한다.

먼저, 백제와 일본 야마토왕가의 혈연관계에 대해 타진해보고자 한다.『니혼쇼키』에는 부레쓰(武烈) 천황이 천하의 극악무도한 악행인으로 형상화되어

---

34 喜田貞吉,「繼體天皇以下三天皇皇位繼承に關する疑問」,『歷史地理』52~1, 1928.
35 林屋辰三郎,『古代國家の解體』, 東京大學出版會, 1955.

있는데,[36] 결국 그의 후사가 없어 오진천황의 5대손이라고 하는 게타이(繼体)천황으로 승계하였다고 나와 있다. 모리 코이치(森浩一)는 당시 한 대왕(천황)에게 보통 수십 명의 자손들이 있었음을 지적하면서 황통이 끊긴다고 하는 사실은 있을 수 없는 일이라고 의구심을 표명하고 있다.[37] 기키(記紀)에 게타이는 오진천황의 5대손이라고 하는데, 오진부터 게타이에 이르는 계보도 제시되어 있지 않다. 부계는 오키나가(息長)씨, 모계는 와니(和爾)씨 소생이라고 분석되고 있지만, 실제로 백제 왕가와 아주 가까운 사이였다는 사실은, 무령왕의 고분이 출토됨으로써 확인되었다. 즉 인물화상경이란 동경에 남제(男弟)왕에게 보낸다는 명문을 새겨 게타이에게 보낸 사람은 바로 백제 무령왕이었다는 사실을 알게 된 것이다. 이러한 친분은 당시 백제와 일본의 왕권과 밀착되어 있었을 곤지를 매개로 하여 충분히 생겨날 수 있었을 것이다.

천황가의 계보를 보면 유랴쿠(雄略)의 왕비는 와니씨 출신의 여성인데, 그 사이에 태어난 딸에 사위가 맞아들여지고, 또 그 사이에 태어난 딸에 사위가 맞아들여진다고 하는 식으로, 2대에 걸쳐 데릴사위가 맞아들여 진다. 남계(男系)로는 기나이(機內) 호족이나 대왕출신의 자손과는 전혀 관련이 없는 특별한 혈통이 와니씨의 여성을 통해서 생겨났는데, 바로 게타이 천황이다. 그 아들인 긴메이 천황도 마찬가지로 와니씨 소생이다. 이러한 식으로 데릴사위가 계속 맞아들여지던 시대의 직전에, 개로왕의 동생인 곤지왕자가 일본에 체재하며 결혼정책 등을 통해 막강한 권력기반을 구축하였던 것이다. 한편, 자신

---

36 여자를 발가벗겨 판자 위에 앉히고, 말을 끌고 앞으로 가서 교접을 시켰다. 여자의 음부를 보아서 젖은 여자는 죽였다. 젖지 않은 여자는 관비로 삼았다. 이로써 낙을 삼았다. 이때에 이르러 못을 파고 동산을 쌓고 새와 짐승을 가득히 하였다. 사냥하기를 좋아하여, 개를 달리게 하고 말을 시험하였다. 출입에 때가 없었다. 대풍과 폭우를 가리지 않았다. 옷은 따사로와 백성의 추위를 잊고, 음식은 맛이 있어 천하가 굶주리고 있음을 잊었다. 난장이와 창우를 많이 끌어들이고 음란한 가무를 하게 하고, 기괴한 놀이를 벌이며, 음란한 소리를 마음대로 하였다. 주야로 여인과 술에 잠겨 빠지고, 비단으로 방석을 하였다. 무늬고운 비단과 가벼운 비단을 입은 자가 많았다.(『니혼쇼키』, 武烈천황 8년 3월)

37 森浩一, 「繼体大王と樟葉宮」, 『繼体大王と渡來人』, 大巧社, 1998, 16면.

의 아들을 백제의 동성왕으로 왕위를 계승케 하였으며, 동성왕의 등극과 백제의 회복을 돕기 위해 유랴쿠가 양위하고 한반도로 건너갔다는 사실을 볼 때, 그리고 동성왕의 사후에는 곤지와 함께 도일 중 섬에서 탄생한 개로왕의 아들 무령왕이 계승하였던 점을 볼 때, 한일 양국에서의 곤지의 위상은 대단했다고 할 수 있다. 유랴쿠가 바로 곤지가 아닐까라는 상상까지 하게 된다. 곤지는 461년부터 477년까지 왜국에 체재하였고 (『니혼쇼키』·『삼국사기』 등), 유랴쿠는 464년 또는 그 이듬해에 등극하여, 478년에 양위하고 백제로 건너가 동성왕의 등극을 도왔고 그 이듬해 8월, 병으로 붕어하였다고 기록되어 있다. 그러나 『양서(梁書)』에 의하면, 양의 무제(武帝)는 502년에 유랴쿠로 비정되는 왜왕 무(武)에게 정동장군(征東將軍)의 호를 수여하였으므로, 실제의 사망연대는 기키(記紀)에 의한 연대보다 후였을 가능성이 인정되고 있다.[38] 이 때 야마토정권으로부터 견사가 파견되지 않았다는 점에서도, 결국 유랴쿠는 양위 후 한반도에서 지냈다는 말이 되는 것이다.

우에다 마사아키(上田正昭)는 TV 인터뷰에서, 『신찬성씨록』에 기록된 「대원진인(大原眞人) - 비다쓰손백제왕(敏達孫百濟王)」이라는 구절을 근거로 하여, 비다쓰(敏達) 천황(재위 572~82)은 백제왕의 할아버지이므로, 백제왕가 출신이라는 점을 인정하고 있다.[39] 그런데 비다쓰 천황은 긴메이 천황의 둘째아들이며, 긴메이 천황 또한 게타이 천황의 아들이고, 비다쓰 천황의 부인인 스이코 천황도 비다쓰의 배다른 여동생이므로, 이들은 모두 백제왕가 출신이라는 말이 된다. 이러한 논의는 현재 일본 사학계에서 공식적으로 이루어지고 있지는 않다. 그러나, 곤지의 도일 전에는 백제왕가의 여성들이 도일하였고, 곤지 이후에는 백제의 왕자들이 도일하여 체류한 사례가 많이 기록되어

---

38 木村誠, 「朝鮮三国と倭」, 『古代を考える 日本と朝鮮』, 吉川弘文館, 2005, 87면.
  http://ja.wikipedia.org/wiki/雄略天皇 (검색일: 2008.12.25)
39 홍윤기, 「백제 – 일본 왕실 혈연 실체 발굴」, 『신동아』 통권 583호, 2008.4, 494~509면.

있으므로, 백제왕가와 왜 왕가와의 결혼정책과 함께, 두 왕가가 마치 한 집안 같은 계보를 형성했을 가능성은 크다.

당시 백제와 왜 왕실에서는, 백제와 가야의 부흥이라는 공통된 이상을 공유하고, 이를 달성하려는 강렬하고도 급한 마음이 공통적으로 존재했다는 사실은 『니혼쇼키』를 통해서도 알 수 있다. 541년부터 545년까지 백제의 성명왕은 임나를 부흥시키기 위해 회의를 개최하는 등 여러 가지 수단을 강구했는데, 그러한 내용이 『백제본기』에 근거한 기사로서, 『니혼쇼키』 긴메이 천황 대에 상세히 서술되어 있다. 그리고 『니혼쇼키』 긴메이 천황 2년 기사에, 백제의 성명왕이 가야에서 온 여러 사람들에게 "과거, 우리의 선조 근초고왕, 근구수왕께서 가야의 여러분들과 처음으로 서로 사신을 보내고 이후 많은 답례들이 오고가 관계가 친밀해져서, 마치 부자나 형제와 같은 관계를 맺었다"고 서술되어 있다. 그리고 『백제본기』를 인용하여, 가야와 백제의 관계가 돈독해지면서 "백제와 가야는 마치 형제처럼 가까우니 가야 사람들도 백제에 대하여 아버지나 형처럼 대하라"고 말한다. 그리고 긴메이 천황은 죽음을 앞두고 태자에게 "가야연맹(임나)을 회복시켜 예전처럼 부부 (夫婦)와 같은 관계를 회복하라"고 유언한다. 가야인들에게 백제를 아버지나 형처럼 대하라고 말하는 백제 성왕의 말과, 가야 회복을 이룩하여 왜와 부부 와 같은 관계를 회복하라고 유언하는 일본 긴메이 천황의 말을 종합해보면, 거기에 삼국의 위상이 확실히 제시되고 있음을 알 수 있다. 그리고 이러한 메시지는 일본신화에도 그대로 투영되어 있다고 판단되므로 3장에서는 신화 의 형상화를 분석해보고자 한다.

이와 같이 긴메이를 전격 등극시켜 일본 통일을 이룩한 소가씨는 그 후 한동안 긴메이의 자녀로써만 황위가 이어지게 하였던 사실에 주목할 필요가 있다. 즉 긴메이의 아들인 비다쓰(敏達) 이후, 긴메이와 소가씨 딸과의 사이에 서 태어난 요메이(用明)와 스슌(崇峻)이 등극하고, 스슌이 살해된 후에는 요메 이의 동생으로서 비다쓰의 황후였던 스이코(推古)가 등극하고 있다. 이처럼 임나와 백제 부흥을 유언으로 남겼던 긴메이의 자녀로써만 황위에 오르게 하였던 데에는, 임나부흥에 대한 긴메이의 비원(悲願)을 보고 자라서 같은 열망을 공유한 자로써만 황위에 오르도록 하고, 이 점에서 뜻이 맞지 않은 경우에는 스슌처럼 자신의 혈족이라도 제거하려 했던 것이 소가씨의 행보가 아니었을까 생각된다. 이처럼 6세기경부터 큰 권세를 부리던 소가씨였지만 결국 645년 나카노오에(中大兄) 황자 등의 구테타에 의해 멸망당하게 되는데, 그 가장 큰 요인은 백제 및 임나 부흥을 향한 소가씨의 급격한 열정 때문이었을 것으로 판단된다. 다이카개신(大化改新) 이후 소가씨는 패배자인 만큼, 그 이후 성립된 기키에 소가씨는 천황을 주살하고 능멸한 악행자로만 형상화되어 있다. 하지만, 소가씨는 무엇보다 임나의 회복과 쇠퇴해가는 백제부흥에 전력을 기울이고 이에 따르지 않는 자를 제거하며 강력한 정책을 추진하다가 반대파에 의해 제거되었을 가능성이 크다고 판단된다.

642년 이후 백제의 의자왕은 서로 침략하지 말라는 당의 방침을 어기고서 신라의 영내 깊숙이 쳐들어가 임나지역을 탈환하고, 이후 공방전을 계속하고 있었다. 당 출현(618년) 이전에 백제는 이미 한성지역을 빼앗기고 임나까지도 빼앗긴 상태였기 때문에 이를 회복해야 한다는 강박관념에 사로잡혀, 삼국 간의 침략을 절대 허용하지 않겠다는 당의 방침을 따를 수 없었던 것이 백제 및 백제출신의 가야 지배자였던 소가씨의 입장이었을 것으로 판단된다. 현재 일본 사학계에서는 "스이코조(推古朝) 이후, 일본의 지배층내부에는 임나를 백제에게 부여해야 할 것이라는 친백제적인 소가방식과 신라와의 외교교섭에 의한 임나문제의 해결을 주장하고, 신라를 매개로 하여 당과 결탁하려는 친신라적인 태자방식으로 의견의 분열을 보였지만, 고구려정벌을 앞두고 조선에 대한 당의 개입이 강화되는 가운데, 동아시아의 새로운 단계에 대응하기 위해 소가방식을 버리고 태자방식을 발전시키려고 다이카개신이 행하졌다"[40]고 하는 견해가 유력시되고 있는 가운데, 많은 이론(異論)이 제기되어 왔다. 그런데, 소가씨 제거 이후 친신라외교설을 택했든 반도불개입설을 택했든, 백제가 다 망한 시국에 가서 야마토조정이 금강(白村江) 전투에 왜 참전하여 수많은 인명과 물자의 손실을 입게 되었는지를 해명할 만한 적절한 해설은 제시되어 있지 않다. 여기서 백제왕가와 야마토조정은 같은 혈연의 집안이었다고 볼 때에만 그들의 행위가 이해될 수 있는 것이다. 즉 야마토조정이 친백제의 강경파를 제거한 후 온건노선을 채택하였지만, 정작 백제가 망하기에 이르자, 설마 임나에 이어 백제까지 망하리라고는 생각지 않았던 일본 조정 관료들은, 바로 자신의 나라이기도 한 백제를 절대로 포기할 수는 없는 마음이었기 때문에, 뒤늦게나마 대대적인 지원에 나서, 백제를 살리려 하였던 것인데, 결국 나당연합군에 참패한 것으로 보인다. 스이코조 이후의 일본의 행보, 특히 7세기의 정변과 전쟁과 관련해서는, 후속 논문을 통해 계속 논술해가고자 한다.

(3) 이주의 실태

『고지키』와 『니혼쇼키』에는, 오진 천황(應神) 시대[41] 이후 다수의 사람들이 한반도로부터 이주해온 사례가 서술되어 있다. 단, 기키의 기사가 그렇듯이, 도래시기까지 그대로 신뢰할 수는 없다. 예를 들어, 『니혼쇼키』에 따르면, 오진천황 때에 아직기(阿直岐)가 왕인(王仁)을 뛰어난 학자로 추천하여 천자문을 가지고 도래했다고 하는데, 천자문의 성립은 6세기 전반이므로 시기적으로 맞지 않는다. 따라서 이는 문필을 담당하는 가와치(河內)의 도래인계 씨족 간에 생겨난 시조전승일 가능성이 높은 것으로 분석되고 있다. 이러한 식으

---

40 石母田正, 『日本の古代國家』, 岩波書店, 1971, 49~59면.
41 270년부터 310년까지가 오진의 재위기간이지만, 應神紀는 神功紀와 함께 120년을 더하여 계산하는 것이 일반적이다. 따라서 390~430년으로 보아야 할 것이다.

로 오진천황 403년에 하타(秦)씨의 시조인 유즈키노키미(弓月君)가 120개현의 사람들을 이끌고 백제로부터 도래하였고, 409년 야마토노아야(東漢)씨족의 시조인 아지사주(阿知使主)가 17개 현의 사람들을 이끌고 왔다고 쓰여 있으나, 이 시기가 아니라 백제가 한성지역을 빼앗기고 위기를 맞은 5세기말 경부터 이러한 대량이주가 시작되었을 가능성이 높다. 지역수장을 포함하는 대량이주는 그 윗선인 국왕의 허락 및 정치적 협상이 이루어져야 가능한 일이었을 것이다. 자국의 백성이 대규모로 타국으로 빠져나가는 것을 왕권이 묵인할 까닭이 없기 때문이다.

　5세기에는 백제 및 중국왕조와의 통교 등으로 왜의 활동이 한반도에서 왕성하게 시작되면서 많은 사람들이 일본열도로 이동하였는데, 5세기 초엽의 이주민은 고구려와의 전쟁에서 패배한 남가야(임나가야)로부터였다고 한다. 5세기 중후기에 비하면 그렇게 대규모는 아니나, 생산기술자 뿐만 아니라, 부족 수장급의 이주도 있었던 것으로 분석되고 있다. 5세기 중엽부터는 중국으로부터 임명받은 서일본 각지의 장군들이 가야지방에서 군사활동을 시작한 때로서, 이때부터 기나이(機內)뿐만 아니라, 서일본 각지에 각종 생산기술자가 맞아들여져 정착했다. 이 시기에 도래한 것으로 추정되는 야마토노아야노 미야쓰코(倭漢直) 제집단의 중심이 된 자는, 가야(안라, 함안) 수장급의 유력자였을 것으로 분석되고 있다. 그런데 가야 수장급의 도래는 가야를 지배했던 백제관료 소가씨 등과의 합의가 있었기 때문에 가능했을 것으로 판단된다. 소가씨의 이주 또한 당시 백제가 최대의 위기를 맞이하고 있었다는 점과 함께, 백제왕가의 곤지가 이미 도일하여 야마토왕조에 기반을 마련해 놓았기 때문에 가능했던 것으로 보인다. 이 때 백제왕조가 소가씨의 이주를 허락했던 배경은, 5세기에 이주한 가야계 족장들을 이끌며 곤지를 도와야 하는 필요성과 더불어, 광대한 한강 유역을 빼앗긴 5세기말의 백제 백성들을 고구려 및 신라에 빼앗기지 않고 관리하려 했던 백제왕조의 의도가 있었기 때문으로 추론된다. 따라서 당시 곤지 등이 기반을 닦은 야마토왕조는 백제의 분국 정도로 볼 수 있지 않을까 생각된다. 이상과 같은 기반 위에, 5세기까지는 가야지방을 중심으로 한 생산기술자들이 다수 이주하여, 일본이 5세기 말 경 사회발전사 면에서 큰 발전을 이룩할 수 있었던 것으로 보인다.

야마오는, "5경박사 醫박사 易박사 曆박사와 같은 이 시기 백제에서 도래한 백제인은 5세기에 주로 가야에서 도래한 생산기술자들과는 다르다"고 진단하고 있다. 즉 당시 백제로부터 보내어진 집단은 6세기 전반, 특히 사비(웅진) 왕도시대의 백제의 국가적 정비와 불교문화를 추진한 자들과 같은 류의 사람들이라고 강조하고 있다. 그리고 "일본에서도 유랴쿠 시대에 시작된 군주체제를 정비하기 위해서는 여러 가지 중국의 최신 지식을 필요로 했을 것이나, 고구려의 남하 이후 중국으로의 도해(渡海)는 심히 곤란하여 백제로부터 그것을 구하려 하였고, 백제는 야마토로부터의 군사적 원조를 원했기 때문에, 그 교환조건으로 불교와 유교 등의 군주체제의 정비에 필요한 중국의 최신지식 등을 백제에 제공한 것"이라고 지적하고 있다. 그런데, 단순히 교환조건으로서 불교와 유교 등의 최신지식을 보낸 것으로 이해해서는 안 되고, 왜가 빨리 전쟁에 도움이 될 수 있도록 하기 위해 신료적 결집을 갱신하고, 병력을 동원할 수 있는 지방조직을 산출하는 등, 한반도에서의 전쟁수행에 도움이 될 정도의 강력한 국가형성을 이룩하기를 바라는 마음에서 최대한 협력했을 것으로 추론된다. 더구나 긴메이 이후는 야마토왕조가 주체적으로 왕권강화를 위한 최신문물을 백제와 타 외국으로부터 도입해 갈 수 있었던 것으로 판단된다. 즉 6세기 중엽에 이렇게 국가 형성사 면에서 큰 획기를 마련할 수 있었던 데에는, 역시 긴메이로 비정되는 백제왕권의 이주가 있었기 때문에 가능했던 것으로 생각된다. 6세기에 국가를 관리하고 불교문화를 발전시켜온 고도의 전문직 지식인들이 백제로부터 일본에 유입되어, 일본사회는 급속히 문명화해 갈 수 있었는데, 그러한 배경도, 그리고 무엇보다 이 시기 이후 백제로부터 가장 많은 인구가 이주해갈 수 있었던 배경도, 역시 백제 왕권의 이주라는 획기적 사건이 있었기 때문에 가능했던 것으로 판단된다.

3. 일본 국토창생신화의 의미

　일본 신화의 서두를 장식하는 이자나기 이자나미의 국토창생신화와 건국
신화의 클라이막스를 장식하는 천손강림의 신화는, 야마토(大和)왕조와 가야
및 백제가 국가 연합을 통해 일본 국가를 형성해가던 역사가 상징된 것으로
서, 삼국이 국가 연합을 이룩해갈 때에 각각의 나라의 위상을 나타내는 국가
이념까지도 함께 제시되어 있다고 판단된다. 앞서 제시하였듯이, 『니혼쇼키』
에 백제 성명왕이 가야 사신들에게 "백제를 아버지나 형처럼 대하라"고 한
말이나, 긴메이 천황이 죽음을 앞두고 태자에게 "신라를 쳐서 임나를 세워
봉하라. 다시 부부같이 화합하여 옛날과 같이 된다면 죽어도 한이 없겠다"고
유언한 내용을 종합해보면, 삼국의 위상이 확실히 제시되고 있음에 주목할
필요가 있다. 즉 백제가 부형에 해당된다면, 가야와 야마토조정은 부부에
비유되고 있는 것이다. 특히 가야를 탈환하여 부부관계를 회복하라고 촉구하
는 긴메이 천황의 비원(悲願)은 너무나도 강렬하여 일본국이 나아가야 할
방향과 이념으로 발전되어 있다고 판단된다. 그리고 이러한 국가이념은 스이
코 조정에서 성립되고 지금은 소실된 역사서 『천황기』, 『국기』에 그대로
반영되었을 것이며, 그 후에 성립된 기키신화에도 많은 부분 그대로 계승되
어 있는 것으로 판단된다.
　따라서 남신 이자나기는 한반도로부터 수많은 이주민을 받아들이고자 하
는 야마토조정이며, 여신 이자나미는 임나(가야제국)를 상징함이 아닐까 생각
된다. 광대한 땅은 있는데, 사람과 물자가 부족한 야마토왕조의 입장과, 물자
와 기술은 있는데 땅의 생명이 벼랑 끝에 처해 있는 임나가 서로 합쳐지면
좋을 것이라는 점에서, 한곳이 모자라고 남고 운운하는 부부로 상징된 것으

로 생각된다. 물론 두 나라가 부부와 같은 인연을 맺게 된 것은 부형과 같은 백제의 보살핌과 허락이 있었기 때문이었을 것이다. 특히 5세기 이후 중국으로부터 한반도에서의 군사지배권을 인정받은 '왜의 5왕'의 군사들이 한반도에서 활동하면서, 임나가야를 근거지로 하여 한반도인의 일본이주에 힘썼다고 하는 역사적 사실에 근거한 것일 것이다. 즉 이자나미와 이자나기가 오노고로시마[42]라는 기둥을 돌며 즉 가야를 중심으로 활동을 하여, 수많은 나라와 신들을 낳아 간다. 한반도에서의 입지가 취약한 가야 유민들이 일본열도의 한 지방국을 배정받고 이주, 정착하여 개척해 살아갈 수 있도록 하는 과정을 말함일 것이다. 그런데 이 때, 여자가 먼저, 잘 생긴 남자라고 유혹의 말을 건네는 여성 우위의 상태에서 태어난 신은 히루코라 하여 좋지 못하다고 물에 떠내려 보낸다. 이는 야마토정권과 가야가 부부의 연을 맺고 국가연합을 이룩해가는 과정에서 가야 측 우위에서 나라가 형성되는 것은 절대로 인정치 아니한다고 하는 국가의 방침 및 이념을 나타내는 것으로 판단된다. 다시 말하면 백제의 분국으로서의 기반을 갖추기 전에 가야유민 자체적으로 일본열도에 이미 이주해 와있던 대호족들의 지배권을 인정치 않겠다는 국가 방침일 것이며, 또 이주 시의 지역 배정 등에서 생길 수 있는 요구조건 등을 받아들이지 않겠다는 등의 국가방침을 제시한 것으로 판단된다. 이를 천신 즉 백제왕과 이를 모신 대 호족들에게 물어보아도 잘못되었으니 다시 고쳐 말하라고 강조하는 대목은, 국가의 확고한 의지를 재삼 천명하는 것으로

---

42 오노고로시마는, 이자나미 이자나기가 창으로 바다를 휘둘러 만든 인공적인 섬이라는 점에서, 그리고 왜병들이 바다를 건너 철 산지인 임나(가야)에 상륙하여 백제의 용병적 존재로서 창을 휘둘러 그들의 근거지를 마련했다는 점에서 가야를 상징하는 것으로 보인다. 그리고 오노고로시마는 바닷물을 휘저어 만든 소금 섬으로도 형상화되어 있는데, 소금은 당시 귀중한 재화이며 또한 녹아 없어질 수 있는 것이므로, 그들이 얻었다가 잃어버린 귀중한 섬 가야를 상징하는 것으로 볼 수 있다. 그리고 그들이 가야에서 활동하며 가야인들에게 일본으로의 이주를 권하여 먼저 가와치 정권과 밀접한 지역으로 이주가 시작되었으리라는 점에서, 가야를 비정할 수 있다고 판단된다.

볼 수 있다. 일예로, 가쓰라기(葛城), 헤구리(平群) 등의 호족이 야마토정권보다 먼저 흥륭했다가 당시에 야마토정권에게 멸망당한 사례를 들어 이를 정당화하려는 의도가 내포되어 있을 것으로 생각된다.

이렇게 하여 이자나미, 이자나기는 많은 섬과 지방국, 그리고 신들 즉 지방국의 통치권을 부여받은 호족들을 낳아간다. 그런데, 이자나미는 불의 신을 낳다가 그만 음부에 화상을 입고 몸져누웠다가 끝내 죽고 만다. 여기에서 불의 신이란, 서일본에 당시 실제로 불의 나라(火の國)로 명명되는 나라도 있지만 아마도 철 제련과 관련된 불을 비정한 것으로 추정된다. 6세기경부터 서일본에서 철 제련이 많이 시작되고 있었기 때문이며, 철 제련 등을 통해 강성해진 쓰쿠시의 호족 이와이가 반란을 일으켜 그만 여신인 가야의 멸망을 막을 수 없었던 것이다. 남신은 사랑하는 여신을 자식과 바꿀 수 없다며 불의 신을 죽여버리는데, 이 때 검 끝의 피에서 태어난 신들도 있다. 이와이의 난을 평정하고 논공행상에서 발생한 신들일 것이다.

남신은 죽은 여신을 잊지 못하여 요미노쿠니(黃泉國)라는 사후세계로 쫓아가지만, 이자나미는 "조금만 더 일찍 오셨더라면 좋았을 것을, 나는 이미 황천국의 음식을 먹어버렸습니다. 하지만 황천국의 신과 서로 의논해보겠습니다. 그 동안 나의 모습을 보아서는 아니 됩니다"라고 말하고 안으로 들어가 버린다. 그런데 여신이 문 안 쪽으로 들어가 있는 동안 그 시간이 너무 길어 기다리기가 힘이 들어 들여다 본 순간, 여신의 몸에는 구더기가 뒤끓고 온 몸에서 총 8개의 뇌신(雷神) 생겨나고 있는 모습을 본 것이다. 게다가 추한 모습을 남편에게 들킨 여신은 자신에게 치욕을 주었다며 시코메를 시켜 뒤쫓게 하였고, 나중에는 8개의 뇌신들에게 1,500명의(즉 많은 수의) 황천국 군사들로 하여금 뒤쫓게 하였다. 이자나기는 많은 귀중한 신물(神物)들을 차례차례 던짐으로써 무사히 귀환할 수 있었다.

이러한 내용은, 뒤늦게 가야 탈환을 시도하였지만, 당의 출현 후에 탈환한 것이기 때문에, 너무 늦게 왔다고 하는 것이고, 그 후에도 견당사를 통해 황천국(당)과 잘 협의하면서 무력대결을 하지 말고 기다렸어야 했는데, 너무 조급한 마음에 또 다시 죽은 아내를 들여다보았다가 즉 백제와 함께 침략전에 나섰다가, 결국 시코메와 뇌신과 같은 황천국 즉 당과 신라의 병사들에게 추격을 받아, 귀한 신물을 많이 뿌리고 즉 많은 전비와 생명을 날리고 어렵사리 도망쳐온 역사를 말함일 것이다. 단, 이 황천국 방문의 신화 등은 소가씨가 제거된 후, 덴무(天武) 천황의 정권 하에서 개편된 기키의 내용일 것이다. 소가씨 치하에서 성립된 『천황기』, 『국기』에서는 나당연합군과 싸움을 벌여 백제가 패망하고 만 이야기까지는 추가되지 않았을 것이다. 아마도, 이와이의 난으로 인해 신라에게 빼앗긴 임나를 구하려 빨리 출정하지 못하고 늦게 출정함으로써 여신인 임나회생에 실패하고 말았다는 내용 정도가 암시되어 있었을 것으로 추정된다.

이자나기는 부정하고 더러운 나라를 다녀왔으므로 몸을 깨끗이 목욕재계하는 정화의례를 하는데, 이 때 몸에 차고 있던 물건을 벗어던지는 과정에서 생겨난 신들이라 함은, 백제 멸망 후에 나카노오에 황자와 함께 망명한 백제 유민들을 말함일 것이다. 이어, 몸을 씻을 때에도 여러 신들을 낳는다고 하는데, 이는 전란 후의 논공행상을 통해 발생한 신들을 말함일 것이다. 그리고 남신이 눈과 코를 씻을 때 드디어 3귀자가 태어나게 된다. 즉 태양의 신 아마테라스(天照大御神), 달의 신 쓰쿠요미(月讀命), 그리고 폭풍의 신 스사노오(建速須佐之男命)의 삼귀자가 태어나고, 이자나기는 아마테라스에게 다카마가하라(高天原)를, 쓰쿠요미에게 요루노오스쿠니(夜之食國)를 다스리게 하고, 스사노오에게는 우나바라(海原)를 다스리게 한다. 그러나 스사노오는 자기가 맡은 책무를 다하지 않고 갖은 말썽을 피움으로써 천상에서 지상으로 추방된다. 천상으로부터 추방당한 스사노오가 지상인 일본열도에 내려와서는, 사람들을 괴롭히는 야마타오로치라는 뱀을 퇴치하고, 지상의 여인과 결혼한다. 그들 사이에서 오쿠니누시노미코토(大國主命)가 태어나는데, 그도 야소가미(八十神)라는 이복형제들 즉 선주민들을 물리치고 지상의 통치권을 확립한다.

그러나 이 단계에서 하늘의 통치자 아마테라스는 자기 자손으로 하여금 지상을 통치케 하기 위해 여러 번 정복자들을 보내어 무력으로 오쿠니누시를 항복시키고 지상의 통치권을 양도받는다. 스사노오는 가야지역 출신의 호족으로서 불교도입 반대에 앞장 섰다가 제거강한 모노노베씨에 비정된다는 전승이 존재한다[43]고 하는데, 모노노베씨도 하나의 좋은 예이겠지만, 더 넓게는 강림한 천손을 중심으로 한 새로운 지배체제에 복속되지 않아 제거되어야 했던 과거의 토속신들 즉 각지의 호족 및 선대 황실의 패배자까지도 포함될 것으로 판단된다. 또 천상에서는 난폭함의 상징으로 형상화되었던 스사노오가 지상으로 내려온 후에는, 민중을 괴롭히는 뱀을 처치하는 선신으로 형상화되어 있는데, 이는 패배자들에 대한 진혼의 의미에서 비롯된 것으로 볼 수 있다. 또 이 오쿠니누시 등의 이즈모신화가 기키신화 속의 천손강림 전에 끼어들어오게 된 것은 상당히 늦은 시기이며, 그 전에는 아마테라스가 동굴 속에 숨는 장면 다음에 천손강림이 이어졌을 것으로 야마오 등은 분석하고 있다. 진혼의 의미를 더 강화하려는 의도에서의 편집일 것이다.

　여기서 스사노오가 소가씨에게 제거된 모노노베씨에 비정된다면, 모노노베씨를 제거하고 소가씨가 실권을 잡았던 시기에 성립된 『천황기』나 『국기』 등에는 천손 니니기의 강림을 돕는 신은 당연히 소가씨로 통용되었을 것이다. 즉 『고지키』에 천손 니니기노미코토가 하늘에서 강림할 때 "이곳은 가라쿠니(韓國)를 바라보고 있고 가사사(笠佐)의 곶과도 바로 통하여 있어 아침해가 바로 비치는 나라, 저녁 해가 비치는 나라이다. 그러므로 여기는 정말 길한 곳"[44]이라고 말하고, 이곳에 장대한 궁궐을 짓고 살았다고 서술되어 있는데, 백제가 아닌 가야가 다카마가하라(高天原)로 표현되고 있다는 것에도 의미를 두어야 할 것이다. 하늘나라인 다카마가하라의 다카기노카미(高木神),

---

43 金末式, 「物部氏と降臨伝承」, 『일본학보』 제60호, 한국일본학회, 2004.8.
44 노성환 역주, 『古事記』 상, 도서출판예전, 1987, 171면.

다른 이름은 다카미무스히노미코토(高皇産尊靈)가 천손 니니기를 보자기에 싸서 지상으로 내려 보냈는데, 내려간 곳은 '구지후루'땅(=구지봉) '소호리'(=서울)라는 봉우리였다고 하듯이, 일본 개국신인 '니니기노미코토의 신화'는, 가야의 '구지봉신화'와 천신강림의 '단군신화'를 뒤섞은 것임을 짐작케 한다. 천손이 강림할 수 있도록 군사의 신이 많은 역할을 하고 있는 것도, 역시 백제왕이 일본천황이 되기 위해서는 소가씨 등 호족의 역할이 컸기 때문에 그렇게 형상화되었을 것으로 추론된다. 아들이 강림하려는 그 순간 손자가 태어났기에 대신 손자를 내려보낸다고 하는 신화의 형상화는, 전쟁에서 죽은 것으로 되어있는 백제의 성왕이 일본으로 건너가 긴메이 천황으로 등극한 사실이 비정되었을 것으로 추정된다.

4. 결론

이상의 논의를 통해서 고대 일본의 외교사의 대부분은 백제 및 가야와 상당히 밀접한 관련을 갖고 있음을 알 수 있었다. 그리고 가야와 백제의 쇠퇴 과정은, 왜 왕권이 강화되어 가는 과정임을 확인할 수 있었다. 즉 5세기에 송 왕조로부터 책봉받은 왜의 5왕의 군사들이 한반도에서 활동을 시작했을 때부터 가야지역으로부터 수장층을 포함한 대규모적인 이주가 시작되었고, 5세기 말 백제가 고구려에게 한강 이남을 빼앗기고 멸망의 위기에 처했을 때, 야마토왕조는 사회발전사 면에서 비약적인 발전을 할 수 있었다. 그리고, 백제의 성왕이 신라와 싸우다 죽임을 당하고, 가야지역이 신라에 편입되던 멸망의 시기에, 야마토왕조에는 비로소 통일국가의 기반이 완성되고 세습왕권이 성립되었다. 이러한 시기에 백제 및 가야의 회복 및 부흥을 호소하는 백제의 성왕과 야마토왕조의 긴메이 천황의 메시지는 국가이념으로서, 창세신화에 그대로 투영된 것으로 보인다. 요컨대, 이자나기 이자나미 두 신의 결합은 일본과 가야의 국가연합을 말하는 것으로서, 두 나라의 연합에 의해 거의 공터로 되어 있던 일본열도가 각지의 '국'들로 형성(도래, 정착, 개발)되어 가는 모양을 말하는 것으로 보인다. 그리고 건국신화의 클라이막스를 장식하는 천손강림의 신화는, 당시 백제와 가야와 왜 삼국이 연합함으로써 비로소 국가로서의 면모를 갖추게 된 사실을 나타내는 것이며, 이에는 일본 국가를 형성해 가는데 있어서 삼국의 위상을 제시하는 국가이념도 투영되어 있다고 판단된다. 이때 천손강림의 신화에는 전사한 것으로 위장한 백제의 성왕이 일본의 긴메이 천황으로 등극한 역사가 비정되었을 것으로 판단된다.

논자가 긴메이 천황을 니니기로 비정한 데에는, 6세기 중반은 역사적으로도, 신화적으로도 큰 획기를 이룩한 시기라고 통설적으로 논의되고 있기 때문이다. 그리고 이러한 획기적 변화는 외부로부터 유입된 요인이 가미되었기에 발생된 것으로서, 무엇보다 백제의 인구가 6, 7세기에 몇 십 만에서 백만 단위 이상 일본열도로 이주해간다는 것은 왕권의 이주가 있기 전에는 거의 불가능한 일로 판단되기 때문이다. 최초에 궁정신화가 형성된 시기가 6세기 중반으로서, 그 형성배경이 다음과 같이 분석되고 있다.

> 일본의 궁정신화는 상당히 정치적인 색체가 농후한 것인데, 이 성격은, 최초에 궁정신화로서 정리되는 시기가 왕조교체를 포함하는 큰 정치변동의 직후—6세기 중반인 점과 관련이 없다고 생각지 않는다. 오미(近江)의 고호쿠(湖北) 출신의 게타이(繼体)가 오진(應神), 닌토쿠(仁德) 이래의 왕조에 대신하여 정권을 장악한다. 그는, 중국 대륙의 왕조교체와 같이, 구세력을 일소하여 완전히 새로운 권력구상을 수립하는 일이 없었다. 오무라지 오토모(大連大伴)씨의 옹립에 의해 구왕조의 황녀와 결혼하여 데릴사위 형태를 취해 황위에 올라, 오오미 오무라지 제(大臣大連制)·도모노미야쓰코제(伴造制)[45]를 구왕조의 것을 그대로 계승하는 것이며, 수호신마저도 전왕조의 태양신앙을 계승하는 것이다.

---

45 大臣大連制는 중앙관료제, 伴造制는 지방관료제로 개략적으로 볼 수 있을 것이다.

이렇게 하여, 권력을 잡은 게타이 계통의 왕통은 소위 '게타이ㆍ긴메이조의 내란'의 가능성이 논의될 정도로 불안정한 왕조였기 때문에, 종교적 권위에 의한 왕권강화와 신화를 매개로 한 도모노미야쓰코 층과의 결합의 강화가 꾀해진 것이다. 그 일단이 궁정신화의 정치적 체계화와 천황의 지위의 강조라는 것이 된 것이다.

궁정신화의 체계화와 병행하여, 皇別씨족계보의 형성과 빈궁(殯宮)의례의 정비와 함께 진전되었을 것이다. 이 계보 중에는, 5세기 말까지 이미 멸망한 가쓰라기(葛城), 헤구리(平群)라는 씨족의 이름도 보이고, 진신(壬申)의 난 이후는 정사에 전혀 등장하지 않게 된 오미노오미(近江臣), 安直 등도 기록되어 있는 점에서도, 결코 덴무(天武)조정 이후의 창작이라고는 말할 수 없다. 상당히 오래된 재료에 근거하고 있음을 알 수 있다. '결사팔대(缺史八代)'의 천황명도 통설처럼 7세기 후반에 만들어진 것이라고는 생각되지 않고, 옛 시기에 무언가의 신 관념, 신명(神名) 등에 의해 만들어졌던 것이리라. 궁정신화 체계의 제2단계의 개편이 행하진 것은, 7세기 초두, 스이코조 무렵일 것이다.[46]

구왕조의 체제를 계승하였다고 하지만, 야마오 유키히사는 "5세기에 쓰여진 것이 기키에 어떤 형태로든 사용되고 있는 것은 없다"고 단언하고, "6세기 중반 무렵, 천황으로 말한다면 긴메이 천황 무렵부터 그 당시 쓰여진 기록이 『니혼쇼키』 등의 기사의 기반이 되어 있다고 생각하면 좋을 것"[47]이라고 해설하고 있다. 이상과 같은 선행연구와 본고에서 살펴본 역사적 상황 및 신화의 형상화를 종합할 때, 역시 긴메이 천황이 신화의 중심에 서 있다는 결론에 이르게 되는 것이다.

이상과 같이, 본고에서는 되도록 일본 사학계에서 통용되는 논의를 기반으로 하여, 왜 왕권과 가야 및 백제가 국가연합을 이룩해가는 과정을 확인코자 하였다. 그리고 위의 세 나라가 국가연합을 이루어나갈 때의 지배이념이

---

46 岡田精司, 「記紀神話の成立」, 『岩波講座 日本歷史 古代 2』, 1975, 316~317면.
47 山尾幸久, 『日本古代の國家形成』, 大和書房, 1986, 200면.

일본신화에 그대로 투영되어 있다고 하는 점도 살펴보았다. 이러한 과정에서 일본의 고대 신화인 기키 해석을 위해서는, 먼저 그들이 처했던 역사적 상황, 국내외 정세 및 사료의 성격을 바로 이해하는 것이 무엇보다 중요하다는 점을 이해하게 되었다. 야마오 유키히사는[48] 『니혼쇼키』를 편찬한 8세기 초의 천황제국가가 정립한 관계 및 이념 하에 과거역사가 서술되고 있다고 하는 성격을 지적하고 있다. 즉 국내적으로는 천황과 관료와의 관계 및 천황과 공민과의 관계를 밝힘으로써 천황통치의 정당성을 주장한 것이라고 보았다. 그리고 대외적으로는 천황과 변왕과의 관계, 즉 통일신라의 왕을 일본천황의 신하로 상정하고, 그러한 이념 하에 그 일의 유래가 예전부터 있었던 것처럼 쓰는 기원담(起源譚)적, 연기(緣起)설화적 성격이 강하다는 분석을 제시하였다. 그리고 실은, 당시 8세기 초의 귀족들에게 있어서 신라는 이상상(理想像), 바람직한 국가상이었지만, 그들로서는 그러한 형태로 밖에는 표현할 수밖에 없었다고 덧붙이고 있다. 본고에서 다룬 역사 및 신화에서도 이상과 같은 성격을 발견할 수 있었으며, 따라서 이와 같은 야마오의 해설을, 신라에 패하고 일본에 건너가 통일왕국을 이룩하고 재기를 꾀하려다 결국 완전히 망해버린 가야 및 백제왕실의 입장을 염두에 두고 받아들인다면, 상당히 공감할 수 있는 측면이 많다고 생각된다. 이러한 식으로 그들의 처지와 심정을 이해하고 『니혼쇼키』를 읽어갈 수 있다면, 허황되게 여겨지기만 하던 일본신화도 사료로서의 가치가 상당히 복원될 수 있을 것으로 기대된다.

---

48 山尾幸久, 「七世紀の東アジアと日本の國家形成」, 『古代の韓國と日本』, 學生社, 1988, 45~68면.

오규 소라이의 역사적 위치

동아시아 유교사에 있어서

혼고 다카모리(本鄕隆盛)

머리말

이 논문의 과제는, 주자학 수용 이후 일본이 어떤 사상사적 행보를 하였는 지를 오규 소라이(荻生徂徠)를 중심으로 밝히고, 동시에 동아시아 유교사에서 일본 근세유학의 특징을 선명하게 드러내 보고자 하는 것이다.[1]

오규 소라이(1666~1728)는 18세기 전기, 에도(江戶)시대 중기의 유학자였 다. 그의 사상은, 첫째로 주자학에 대한 비판을 통해서 독자적인 사상체계를

혼고 다카모리(本鄕隆盛) 일본 미야키宮城교육대학 교육학부 교수.

1 이 글은 이전에 발표한「오규 소라이의 공사관과 정치사상(荻生徂徠の公私觀と政治思想)」 (『日本思想史學』22);「오규 소라이의 사상구성(荻生徂徠の思想構成)」(『日本思想史學』23); 「일본적 공사관념의 성립 과정(日本的公私觀念の成立過程)」(『宮城教育大學紀要』);「중국 에 있어서의 '봉건 · 군현론'과 공공성(中國における'封建 · 郡縣'論と公共性)」(『封建 · 郡縣 論再考—東アジア社會の深層』, 思文閣出版) 등을 참고 하였다. 함께 참고 바란다.

구축하였으며, 둘째로 당시의 사회적인 경험적 현실을 근거로 구상되었다. 셋째로는, 그러한 의미에서, 거기에 형상화된 사상은 근세사회의 사회적인 특질을 체현하는 것이었다. 그런 점 때문에 그 뒤의 사상전개에도 커다란 영향을 미치게 되었다.

주지하는 바와 같이, 일찍이 마루야마 마사오(丸山眞男)는 서양의 근대사상을 기준 삼아, 오규 소라이의 사상을 이해하고, 거기에 '정치와 도덕의 분리', '자연으로부터 작위(作爲)의 논리'가 성립한다는 것을 인정하고, 사유 방법에 있어서의 근대성을 간파한 것은 잘 알려져 있다.[2]

그러나 이 방법에는 크게 보아 세 가지의 문제가 있었다. 첫째는 주자학적인 사유가 근세 초기에 지배적인 사유로 확립되어 있었다고 하는 전제다. 둘째는 근대성이, 정치사상이 아니고, 소위 사유 방법이었다는 점이다. 셋째는 근대성의 기준을 서양의 근대사상에 두고, 유학의 분해 가운데에서 근대성을 읽어 내고자 한 점 등이다.[3]

마루야마처럼 서양의 기준으로 소라이를 본다면 소라이 사상의 특질을 파악하는데 큰 잘못을 범하게 될 뿐만 아니라, 근세사회에서 소라이가 차지하는 역사적 위치를 잘못 파악하게 될 것이라고 생각한다. 그래서 여기에서는 소라이 사상을 중국이나 한국 등, 동아시아의 유학사 속에서 이해하고, 그럼으로써 그 사상의 독자성이나 역사적인 위치를 명확하게 하고 싶다.

중국 송대에 주희(朱熹, 1130~1200)에 의해 체계화된 주자학은, 그 후 원(元)·명(明)·청(淸)시대에, 각각의 왕조에 있어서 국교화되어 청나라가 붕괴될 때까지 오랫동안 국가의 정통 이데올로기로서 군림하였다. 또 그 사이에 성립한 양명학도 사상의 틀에 있어서는, 주자학의 테두리를 벗어나는 것이 아니었다는 것은 잘 알려져 있다. 또 주자학을 수용한 조선시대에도 주자학

2 丸山眞男, 『日本政治思想史研究』, 東大出版會, 1952.
3 本鄕隆盛, 「支配の論理と思想 Ⅰ、Ⅱ、Ⅲ」, 『日本史を學ぶ3 - 近世』, 有斐閣, 1976.

은 국가의 정통 이데올로기로 군림하였다. 그 과정에서 형성된 실학사상도 주자학과 다른 것이 아니었다는 점은 한국의 많은 연구자들에 의해서 밝혀졌다.[4] 그러나 일본 근세사회에서 주자학이 걸어간 운명은 중국이나 조선과는 상당히 다른 것이었다는 점을 주의할 필요가 있다.

유학사상이 지배적인 사회사상으로 군림한 일본의 근세사회는, 무사가 고정된 지배 계급이었던 신분제 사회였으며, 신분간의 이동은 거의 보이지 않았다. 또 정치지배의 논리는 기본적으로는, '법도지배(法度支配)' 즉 막부(幕府)가 제정한 '법'이 여러 계층을 규제하는 지배 원리였다. 주자학은 정치권력과의 사이에 언제나 꼭 유기적인 관계를 가지고 있었던 것은 아니었다는 점을 주의하지 않으면 안 된다.

또 주자학이 근세사회를 통해서 지배적인 사회사상으로 일관되게 지속적으로 존재한 점은 분명하지만 동시에 주자학의 수용 과정에서 당초부터 주자학에 대한 비판은 뿌리 깊게 존재해있었다. 아래에서 보듯이 주자학은 우주, 사회, 인간을 총체적으로 설명하는 체계성이 해체되어 인간학적이고 도덕론적인 영역만이 살아남았다. 그래서 주자학이 커버하는 영역은 상당히 좁혀져 있었다는 점도 주의하지 않으면 안 된다.[5]

그리고 근세사회에서 유교가 지배적인 사회사상이었다는 점은 사실이지만, 중세 이후의 불교, 신도, 유교의 영향을 받으면서도 각각 기능하는 영역이 달라 병존 내지는 공존하고 있었기 때문에, 소위 '정통'과 '이단'이라고 하는 이데올로기적인 대립은 존재하지 않았다. 근세의 유학은 중국이나 조선과 달리 권력자의 사상이라기보다는 오히려 민간유학으로서 융성한 점에 주의하지 않으면 안 된다.

---

4 朴忠錫의 「李朝後期における政治思想の展開」, 『國家學會雜誌』, 88-9・10, 88-11・12, 89-1・2호 참조.
5 근세사회와 주자학의 관계에 대해서는 渡辺浩의 『近世の日本社會と宋學』, 東大出版會, 1995를 참조.

게다가 중기 이후에는 국학이나 난학(蘭學) 등 다양한 학파가 등장하여 유학만이 특별히 크게 사회적인 위상을 확보하고 있었던 것은 아니었다는 점도 유의해야 한다.[6]

그래서 이 글에서는 첫째로 소라이 이전에 있었던 주자학 비판의 논점 몇 가지를 검토하고, 소라이의 주자학 비판도 그러한 흐름 가운데 하나라는 점을 밝히며, 두 번째로 주자학과는 대척적인 사상을 형성한 소라이학의 독자적인 사상 특징에 대해서 살펴본다. 세 번째로 그것이 인간관, 사회관 등 어떠한 독자적인 '방법의식(方法意識)'에 의해서 뒷받침되어 있었던 것인가를 명확히 하고 싶다. 이를 통해서 소라이가 동아시아 유교사에서 어떠한 위치에 있는 지를 검토해 보고자 한다.

1. 소라이 이전의 주자학에 대한 여러 가지 비판

주자학 이후의 사상전개에 있어, 일본 근세의 유학이 중국이나 한국과 다른, 커다란 특징은 주자학을 수용할 당시부터 주자학에 대한 비판이 존재하였다는 점일 것이다.

주자학의 특징은 첫째로 우주, 정치사회, 인성이라고 하는 세 개의 영역을 일관된 리(理)가 관철되어 있다고 하는 장대한 사변 철학이며, 둘째로는 '체용(體用)의 논리'에 상징되어 있는 것처럼, '현상' 즉 '인간의 경험적 현실'의 배후에 본질 내지는 '있어야 할 본래성'을 설정하는 이기이원론(理氣二元論)이다. 셋째로는, 인간은 태어나면서 부터 완전한 도덕성을 갖추고 있어, '성인(聖人)은 배워서 도달해야 한다'고 하며 누구나가 배움에 의해서 성인이 될 수 있다고 하는, 동질적인 인간관과 일종의 이상주의를 동시에 구비하고

---

6 근세사회와 유학에 대해서는 黑住眞의 『複數性の日本思想』(ぺりかん社, 2006) 참조.

있다는 점이다.[7] 그러나 일본 근세의 유학자 대부분은 형이상학, 이기이원론(理氣二元論), 동질적 인간관에 대하여 대개 부정적인 태도를 보였다.

주자학자에 대해서는 이 점을 실증적으로 조사해볼 여유가 없으므로, 여기에서는 주자학을 비판함으로써 각각 독자적인 사상을 형상화한 야마가 소코(山鹿素行), 이토 진사이(伊藤仁齋), 오규 소라이의 세 사람을 살펴보는 것으로부터 시작해본다.[8]

야마가 소코(1622~1685)는 도쿠가와(德川) 시대에 야마가 유파 병학(兵學)의 시조로 여겨지는 병학자였지만, 도쿠가와 시대에 지배 계급이 된 무사계급에 대응해서 성립한 무가권력을 정통화하였다. 또 무사가 농공상(農工商)의 세 계층의 국민에 대하여 도덕적인 모범자가 됨으로써 그 사회적인 존재 의의가 분명해질 것을 주장했다. 그렇지만 여기에서는 소코와 주자학의 관계에 대한 주장만을 살펴본다.

소코는 주자학을 비판한 『성교요록(聖敎要錄)』의 출판 때문에, 당시의 권력자 4대 장군 이에쓰나(家綱)의 후견인이었던 호시나 마사유키(保科正之)의 미움을 받아, 아코(赤穗)번에 유배되었다. 그곳에서 집필한 「배소잔필(配所殘筆)」에 자신의 사상편력을 기록하였는데, 다음과 같이 술회하였다.

나는 어려서부터 장년이 될 때까지 오직 정자·주자의 학문을 공부했다. 이 때문에 그 당시 내가 지은 글들은 모두 정자와 주자의 학문뿐이었다. 한창때는 노자와 장자를 좋아하여 현묘하고 허무한 사상을 근본으로 생각하기도 하였다. 이 무렵은 특별히 불법을 귀중히 여겨 고잔(五山)의 승려들을 만나 불법을 배우고 오도(悟道)를 즐기며 은원선사(隱元禪師, 1592~1673)와 만나기도 하였다. 그렇지만 나는 똑똑하지 못해 정주(程朱)의 학문을 섬기고 나서 지경(持敬)과

7 중국 주자학에 대해서는 溝口雄三의 「中國における理氣論の成立」(溝口他編 『世界像の形成－アジアから考える7』, 東大出版會, 1994) 참조.
8 고학파(古學派)의 주자학비판에 대해서는 田原嗣郎의 『德川思想硏究』(未來社, 1967)을 참조.

정좌(靜座)의 공부에 빠졌다. 그러는 가운데 성격은 조용하게 되어 버렸다.(중략) 이에 따라 나는 학문에 의문이 생겨, 드디어 널리 책을 읽었다. 옛 학자들이 말한 것과 함께 생각해보아도 의문스러운 곳들이 여전히 풀리지 않았다. 그래서 생각하기에 틀린 곳이 있지 않은가 하였다. 수년 동안 이러한 의문이 여전히 가시지 않은 차에 1661년경, 내가 생각한 것은 한나라, 당나라, 송나라, 명나라의 학자들이 쓴 글을 보았기 때문에 납득이 가지 않은 것이라고 생각했다. 그래서 바로 주공, 공자가 쓴 글을 보고자 하였다. 이것을 모범으로 삼아 학문의 계통을 바로 해야 한다고 생각하였다. 그 후부터는 보통, 후세의 서적을 이용하지 않고 성인의 책 까지만 밤낮으로 잘 살펴, 처음으로 성학의 도가 분명히 납득이 되고, 성학의 법도를 정할 수 있었다.

소코는 유년시절부터 주자학을 시작으로 노장사상, 불법(佛法) 등을 배웠지만, '지경(持敬)·정좌(靜座)의 공부에 빠져' '인품이 너무 조용'하게 되어버렸다. 그 후 주공과 공자의 서적을 직접 읽고 나서 드디어 '성인의 학문'을 '납득'하게 되었다고 하였다. 그러나 소코가 추구하고 있었던 것은 사람이 의지해야 할 객관적인 규범이며 기준이었다. 그러한 소코가 관심의 전제로 삼았던 것은 다음과 같은 인간관이었다.

스승이 말하기를, 인간의 정욕(情欲)은 너무 흘러 넘쳐서 만족할 줄을 모른다. 성인은 가르침을 세워서 이것을 절제하고자 하나, 정욕을 그칠 수 없는 것은 당연하다. 사람의 정욕은 각자가 천자나 귀족의 부귀에 도달하지 않고서는 멈추지 않는다. 모든 사람들이 천자나 귀족이 되는 것은 바로 백성도 없고 하인도 없고, 오곡을 만드는 사람도 없고 솜씨 좋은 상인도 없는 것이다. 천하가 두 배나 더 크고 재화가 두 배나 더 많다고 하더라도 결국 마찬가지다. 그러므로 하늘은 위에 있고 땅은 아래에 있으며, 군주는 귀하고 신하는 천함으로 해서, 천지가 정해지는 것이다. 아울러 힘을 가지고 다투어, 자기 나라를 이롭게 하고, 자기 집을 이롭게 하고, 자기 몸을 이롭게 하고자 할 때에는, 상하가 모두 이익을 다투어, 군주를 죽이고 부친을 살해하며 무언가 빼앗는데 싫증을 내지 않는다. 그 형세가 오랑캐와 같고, 그 극성스러움은 금수가 서로 잡아먹는 것과 같다. 이것이 성인으로 하여금 가르침을 펴서 정욕을 절제하게 하고, 사람들이 사람다운 도리를 알도록 한 이유이다. 그러므로 군자는 배워서 그 사람됨의 도를 알고, 소인은 배움에 따라 법을 조심하고 관습화하여, 결국에는 삼강이 세워지고 인륜이 행해져 부모를 버리지 않고, 군주를 뒤로 하지 않게 되는데, 이것을 습속으로 삼는다. 이와 같을 때 바로, 집안이 다스려지고 나라가 다스려지며, 천하가 평화롭게 되는 것이다.(『山鹿語類』, 卷三十三)

소코에게 인간의 정욕은 인간 활동의 원동력이기도하지만, 다른 한편으로 그것은 '지나치게 많아서 충족될 수 없는 것', 즉 끝없이 팽창하는 것으로 스스로는 컨트롤을 할 수 없는 것이었다. 그렇기 때문에 성인(聖人)은 그 정욕을 제한하기 위해서, 객관적인 예의나 규범을 마련하여 '정욕을 절제'하는 방법을 가르친 것이라고 보았다. 그런 의미에서 소코가 노린 것은 사람들이 의지해야할 공통의 '기준'이었던 것이다.

예를 들면 종이를 반드시 자르려고 하는데, 아무리 기술이 용하다고 하더라도 자를 사용하지 않고 손 가는대로 자른다면 제대로 되지 않는다. 또 그 자신은 제대로 자른다고 하더라도 사람들이 그렇게 자르려고 할 때는 쉽게 되지 않는다. 그런데 자를 대고 자르게 되면, 대개 어리고 연약한 사람까지도 우선 그자 대로는 자를 수 있다. 물론 잘 자르고 못 자르는 차이는 있다고 하더라도, 자를 댄 자리는 그대로 자를 수 있다. 그렇다면 성인의 도라고 하는 것을 잘 이해 할 수 있다면, 자를 사용한 것과 같기 때문에, 무슨 일이든지 그 사람의 학문에 도를 일치시킬 수 있다. 이 때문에 성학(聖學)에는 문자도 학문도 필요 없다. 오늘 받아서 오늘의 일에 사용하고 납득하면 된다. 공부도, 경(敬)을 유지할 것도, 정좌도 필요하지 않는 것이다.

소코가 성인의 학문에서 추구한 것은 사람들이 살아가는데 있어 일상적으로 도움이 되는 도덕적인 객관적 기준이었다.

두 번째 인물은 이토 진사이(伊藤仁齋, 1627~1705)다. 이토 진사이는 교토(京都)의 도시상인(町人)이었지만 가업을 잇지 않고 학문에 몰두하여 주자학의 형이상학을 부정하고 공자와 맹자를 중심으로 유학을 인간학으로서 재구성하려고 하였다. 우선 먼저 '도(道)'에 관한 정의다.

> 도(道)는 길과 같다. 사람이 왕래하는 이유이다. 그래서 음양이 서로 교차하여 운행한다. 이것을 하늘의 도라고 한다. 강유(剛柔)가 서로 이용하는 것 이것을 땅의 도라고 한다. 인의(仁義)가 서로 행하여지는 것 이것을 사람의 도라고 한다. (…중략…) 설괘(說卦)에 분명히 말했다. '하늘의 도를 세우는 것은 말하자면 음과 양이다. 땅의 도를 세우는 것은 말하자면 강과 유다. 사람의 도를 세우는 것은 말하자면 인과 의다.' 혼합하여 이것을 하나로 하지 않으면 안 된다. 그 음양을 가지고 사람의 도라고 하지 않는 것은 인의를 가지고 하늘의 도라고 하지 않는 것과 같다. 만약 이 '도'라는 글자를 가지고 내력이나 근원이라고 할 때는 즉 그것은 음양을 가지고 인간의 도라고 하는 것이다. 무릇 성인의 말하는 '도'라는 것은 모두 사람의 도를 가지고 말하는 것이다. 하늘의 도에 대해서는 즉 공자가 '드물게 말했다'고 한 것이며 자공이 '얻어서 듣지 않으면 안 된다'한 까닭이다. 그것이 불가하다는 것은 필연적이다.(『論語古義』 道)

진사이에게 있어서 천도(天道), 지도(地道), 인도(人道)는 각각 다른 것으로 모두 함께 동일시할 수는 없다. 덧붙여 진사이는 현실에 존재하는 사물의 배후에 그것들을 존재하게 하는 근거인 '리'를 부정하고, 기일원론을 주장하고 있지만 여기에서는 진사이의 인간관을 소개해두려고 한다.

진사이는 『논어』 이인(里仁)편의 '충서(忠恕)' 해석에 대해서, 주자가 '최선을 다하는 것을 충이라고 한다'에 대해서 옳다고 하면서도 '서(恕)'에 대해서 송나라 형병(邢昺)이 '자신을 헤아리고 사람을 헤아린다'에 대해서 이의를 제기하여 '자신을 헤아린다'는 말은 타당하지 않다. 그러므로 이것을 바꾸어 '다른 사람의 마음을 헤아리고 살펴본다'라고 하면서, 다음과 같이 말했다.

사람은 자기가 좋아하고 싫어하는 것을 아는 것은 매우 분명하지만, 다른 사람이 좋아하고 싫어하는 것은 분명히 잘 살펴보지 못한다. (…중략…) 적어도 다른 사람을 대할 때는, 그가 좋아하고 싫어하는 것이 무엇인지, 그가 처해있는 상황은 어떤 것인지, 그가 하는 일은 무엇인지 하는 점을 잘 헤아려, 그런 마음을 가지고 내 마음으로 삼고, 그러한 몸을 가지고 내 몸으로 여겨야 한다. 입장을 바꾸어서 자세히 관찰하는 것, 이것을 생각하고 잘 헤아려야 한다. 즉 다른 사람이 잘못을 할 때마다 그가 그럴 수밖에 없는 부득이한 사정을 생각해보고, 이것을 깊이 증오해서는 안 된다. 이것을 알고 유연하고 온화하게 매사 반드시 관용을 가지고 임하며 모질고 박정스럽게 대해서는 안 될 것이다.(『語孟字義』「忠恕」)

진사이에게 있어서는, 사람은 다른 사람의 마음을 쉽게는 이해할 수 없는 존재라고 보았다. 차라리 자신의 판단을 한쪽에 제쳐놓고 상대방의 '마음을 가지고 자신의 마음으로 삼고' 상대방의 '몸을 가지고 자신의 몸'으로 삼음으로써 다른 사람에 대한 관용이 생기는 것이라고 하였다. 여기에는 주자학과 다른 인간관이 있다. 그것이 '서(恕)'의 이해 방법에 나타나 있는 것이다.

또 하나, 주자학은 노장사상이라는 주장을 소개해 둔다.

묻기를, "성문(聖門)의 학에서는 왕도(王道)를 가지고 근본으로 삼는다는데, 그 뜻은 무엇인가?" 답하기를, "나는 성인의 학과 불교·노장의 학이 나뉘는 점이 무엇인가 하는 것을 살펴볼 때는 스스로에게서 이것을 알아보려고 하지 않는다. 성인은 천하에서 도를 본다. 불교와 노장은 일신(一身)에서 도를 본다. 일신에 나아가 도를 구한다. 그러므로 천하가 따르는지 아닌지를 돌아보지 않고, 오직 청정, 무욕, 이것을 가지고 자기 한사람의 편안함을 성취하려고 하여 졸지에 인륜을 버리고 예악을 폐지하는 데 이른다. 이것이 이단인 까닭이다. 성인은 천하에서 도를 본다. 그러므로 천하가 마찬가지로 그러한 곳에 나아가 도를 보니, 천하를 떠나서 혼자서 그 몸을 선하게 하는 것을 바라지 않고(중략) 그 몸을 수양하고 덕을 세우며, 장차 그것을 가지고 천하의 사람들을 편하게 하려는 것이다. 그러므로 천하의 할 수 없는 것을 가지고 타인을 강제하지 않고 또 천하가 따르지 않은 것을 가지고 가르침이라고 하지 않는다. 이것이 왕도인 이유다."(「童子問」)

이 문장은 아래에서 검토할 오규 소라이와도 상당히 겹치는 점이 많다. 성인의 도가 '천하'에 관계되고 '천하를 안심'시키는 것을 목적으로 하는 것이라고 주장하였다. 혹은 노장사상이 자기 혼자만 관련되는 것이라는 인식, 나아가 '천하에서 할 수 없는 것을 강요하지 않고'라는 등의 표현은 소라이와 완전히 같다. 단지 다른 것은 '도'의 내용뿐이다.

세 번째 인물은 카이바라 에키켄(貝原益軒, 1630~1714)이다. 에키켄은 평생 동안 주자학자로 통한 사람이다. 주자학의 입장에 서서 그것을 민중에게 알기 쉽게 해설하고, 많은 저작을 집필하였다. 그 에키켄이 사실은 주자학에 큰 의문을 품고 있었다는 것은 생전에 전혀 알려져 있지 않았다.

송나라 유학자의 설은 무극을 태극의 근본으로 삼으며, 무를 유의 근본으로 삼는다. 이기를 나누어 두 가지 사물로 보며, 음양을 도가 아니라고 본다. 또 음양을 형이하(形而下)의 기(器)로 삼으며, 천지의 성과 기질의 성을 분별해서 이것들을 두 가지로 보며, 성과 리를 일컬어 생사가 없다고 한다. 이것들은 모두 불교와 노장이 남긴 말들로, 우리 유가 성인의 설과는 다르다. 학자는 이것을 상세하고 분명히 구분하지 않으면 안 된다. 또 마음을 지키는 법을 논할 때는, 주정(主靜)이라 말하고, 정좌(靜坐)라고 하며, 묵묵히 앉아서 마음을 맑게 하여 천리를 체득한다고 하면서, 정좌를 평생 동안 마음을 지키는 공부로 삼는다. 이것은 모두 정적(靜的)인 것에 너무 치우쳐, 동정(動靜)을 적절한 때에 잘 하지 못하게 한다. 즉 이것은 참선의 적막함과 정적인 것을 배우는 도술로, 유학자가 잘 할 수 있는 것이 아니다. 아울러 마음의 본체를 논하는데 있어서는, 사심이 없고 영묘(靈妙)하여 어둡지 않다고 하며, 천리를 논하여서는 공허하고 넓은 곳에 내가 없다고 본다. 이것은 불교와 노장이 남긴 뜻으로 공맹의 가르침과는 다르다. 무릇, 송나라 유학자의 설은 원래부터 공맹을 근본으로 삼아 서술하였지만 공자, 맹자에도 근거하지 않으면서 불교와 노장으로 나가는 점이 있다. 학자는 따라서 잘 선택하고 취합하지 않으면 안 된다. 원래 송나라 유학자가 불교와 노장을 배척하는 점은 매우 근엄한데, 그러면서 어찌 다른 도를 근본으로 삼아 서술하는 것이 이와 같은가? 이것은 모두 나 자신의 의혹으로 풀이를 할 수 없는 까닭이다.(『大疑錄』)

여기에서 비판의 대상이 된 것은 주자학이 '노장사상'이라고 하는 것뿐만 아니라, 현상의 배후에 '본질'이 있다고 하는 주자학의 이기이원론(理氣二元論)이다. 기일원론은 근세유학의 공통된 이해였다.

이상에서 소개한 것처럼 송학, 즉 주자학이 '노장의 도'라는 주장은 공통적인 이해였으며, 이 점은 소라이에게 있어서도 완전히 같았다.

노장의 도는 산림에 들어앉자 혼자서 행하는 도입니다. 석가라고 해도 세상을 버리고 집을 떠나 걸식의 경계에서, 거기에서 공부를 하여 나온 도입니다. 그러므로 그것은 내 몸과 마음의 일을 꾀하는 것으로 천하국가를 다스리는 도라고는 하지 않습니다. 이렇기 때문에 성인의 도 역시 오직 내 몸과 마음을 다스리고 내 몸과 마음만 다스려진다면 천하국가도 저절로 다스려 진다고 하는 말은 불교나 노장의 '찌꺼기'라고 생각됩니다.(「答問書」)

노장사상이나 불교는 자기혼자만 관련되는 것이며, 성인의 도는 천하 국가에 관련되는 것이라는 인식은 앞서 살펴본 진사이뿐만 아니라, 소코에게도 있었으나 인용은 생략한다. '예를 들면 어느 정도 마음을 다스리고 몸을 닦아 흠이 전혀 없는 구슬처럼 수행 성취를 한다고 하더라도, 아래로 우리의 고통받는 세상에 대한 마음이 없고, 국가를 다스리는 길을 알지 못한다면 어떠한 이익도 없을 것이다.' 여기에는 소위 '몸을 닦는다'는 것, 즉 개인 도덕과 '천하 국가를 다스린다'는 정치영역이 직접적으로는 결부되지 않고 서로 다른 것이라는 생각이 명확히 표현되어 있다.

소라이가 주자학을 비판하였을 뿐만 아니라, 육경(六経)과 『논어』를 근거로 삼아 그 사상체계를 구축하려고 했던 것은 명백하다. 다음으로 소라이 자신에 의한 주자학비판을 살펴보자.

2. 소라이의 주자학 비판

첫 번째는 포괄적인 '리'의 존재에 대한 불신이다. 주자학은 우주, 정치사회, 그리고 인성(人性)을 일관된 '리'가 관철되어 있다고 하는 일종의 합리주의다. 소라이는 경험적인 현실로부터 생각을 시작하여 주자학에서는 파악할 수 없는 현실 세계를 보고 있었던 점에 주의할 필요가 있다. 그 하나가 '천지의 도리(道理)'와 '인정(人情)' 사이의 괴리다.

> 대개 천지의 도리는, 낡은 것은 점차로 사라져 없어지고, 새로운 것이 생기는 것이다. 이것이 도리의 상(常)이다. 천지 간 일체의 사물은 모두 이와 같다. 낡은 물건을 어느 정도 언제까지라도 감싸고 있으려고 생각해도 힘에 부치는 경우가 있다. 재목도 썩으면 없어지고, 오곡도 매년 생겨나 바뀌고, 사람도 나이가 들면 죽어 없어지고 새로운 사람들로 교체된다. 또 천지의 도리는 아래로부터 점점 위로 올라간다. 오르다 꽉 차면 차츰차츰 사라져 없어지고 아래로부터 교체되는 것, 이것이 또 리의 상(常)이다. 도리는 이와 같다.(「政談」)

소라이에 의하면 '천지의 도리'라는 것은 새로운 것을 생기게 할뿐만 아니라 오래된 것을 소멸시킨다는 점에서, 인간에 있어서는 선(善)뿐만 아니라, 선과 악 양쪽을 포함하는 존재다. 여기에 존재하는 것은 '역(易)'에서 말하는 만물의 '영허(盈虛)'·'성쇠(盛衰)'의 사상일 것이다.

이러한 '천지의 도리'와 '인정' 사이의 괴리를 메우는 것이 '성인의 도'이며, 정치의 역할이다.

'성인의 도는 인간의 상정(常情)도 역시 조심스레 세워놓고, 인간의 정(情)도 파괴하지 않는다. 또 시종(始終)의 도리는 분명히 투명하여 흐릿함이 없는가 하면, 어리석게 인간의 상정에만 막혀있지도 않다. 이것이 세상 사람들을 다루는 기본이다.'(「앞의 글」) 이와 같이 소라이에게 있어서 세계는 예정 조화적으로 다스려지는 세계는 아니었다. 여기에 소라이학에 있어서의 정치적인 군주의 역할과 성인이 만든 '선왕(先王)의 도'가 달성해야 할 역할이 있게 된다.

두 번째로 '리'의 불안정성에 대한 비판이다.

일본에서 주자학과 양명학연구의 제일인자인 아라키 겐고(荒木見悟)는 중국 양명학이 주자학의 '리'를 고정화(固定化)하였다고 비판하였다. 동시에 일본의 고학파(古學派)는 그와 반대로 '리'의 불안정성을 비판했다고 하였는데,[9] 이 점을 가장 명확히 제시한 사람이 소라이다.

> 리는 형태가 없다. 그러므로 기준이 없다. 이학자(理學者)들 부류는 『중용』을 가지고 정교함의 극치를 이룬다고 하는데, 사실 그 말은 정말 그렇기도 하다. 그렇지만 그 사람들이 만약 선양의 도를 알고, 그런 후에 그것에 대해서 찬탄하여 이것이 『중용』이라고 한다면 즉 가능하다. 만약 그 사람들이 아직까지 지금도 선왕의 도를 알지 못하고 혼자서 자기 생각을 가지고 중용의 리를 선택해서 이것이 선왕의 도라고 마찬가지로 말한다면 그것은 불가하다. 또 도를 풀이해서 마땅히 행해야할 리라고 하는 것도 역시 그걸 가지고 선왕의 도를 찬탄할 때는 가능하다. 만약 혼자 생각으로 소위 마땅히 행해야할 리를 사물에서 찾아서, 선왕의 도에 맞는다고 한다면 그것은 불가하다. 이것은 다름 아니라, 리는 형태가 없고 따라서 기준이 없기 때문이다.(「弁道」 19)

소라이가 가장 싫어했던 것은 각 개인이 '단지 자기 생각으로' 판단하는 것, 즉 자신의 판단으로 사물의 '리'를 추구하는 것이었다. 그것을 대신하여 사람들의 행동 기준으로 제시한 것은 중국 고대에서 제왕이 만든 '선왕의 도', 즉 예악형정(禮樂刑政)이다. 소라이에 따르면 주자학의 '리'는 사람들의 자의적인 판단에 맡겨져 있다고 하는 점에서 따라야 할 기준은 될 수 없는 것이었다.

---

9 荒木見悟, 「朱子學の哲學的性格」, 『貝原益軒・室鳩巢』, 日本思想体系 34, 岩波書店.

주자학의 '리'에는 두 가지 측면이 있다. 하나는 각각의 물건이나 사건에 내재하는 '리일분수(理一分殊, 리 하나가 나뉘어 다르게 된다)'로서의 '리', 즉 '당연한 이치[所当然之則]'이며, 다른 하나는 만물의 존재 근거로서의 '리', 즉 '그렇게 된 이유[所以然之故]'이다. 일반적으로 전자는 구체적인 물건이나 사건에 갖춰진 '리'이며, 후자는 만물의 존재 근거로서의 '리'다.[10] 소라이에 따르면, 전자의 '리'는 만물이 끝없는 바와 같이 제한이 없는 것이며, 다른 쪽인 후자의 '리'는 존재하지 않는 것이라고 하였다.

그것은, 사람의 인식 능력에는 한계가 있어서 보는 사람에 따라 그가 보는 곳이 모두 다르기 때문이다. '인간이 중용(中庸)으로 여기는 것과 당연히 행해야 할 리(理)로 여기는 것은 즉 그 사람이 보는 곳에 따라 다르다. 보는 곳은 사람마다 다르다. 사람들 각각이 그 마음을 가지고 "이것이 중용이다", "이것을 마땅이 해야한다"고 말하는 것이 이와 같다. 인간 세상은 북에서 보면 남쪽이 되니, 역시 무슨 기준이 되는 곳이 있겠는가?' 그것 뿐만은 아니다. 주자학에서 도덕개념의 기초가 되는 '천리(天理)·인욕(人欲)'설에 대해서도 다음과 같이 말한다.

> 또 천리, 인욕의 설과 같은 것은 정교하다고 할 수 있을 것이다. 그렇지만 역시 기준이 없다. 예를 들면 두 마을 사람들이 서로 마을 경계를 다투는 것과 같이, 만약에 관가에 가서 그것을 묻지 않는다면, 기준으로 삼을 것이 어디에 있겠는가? 그러므로 선왕·공자는 모두 이러한 말이 없었다. 송나라 유학자들이 이런 것을 만들었다. 쓸모없는 말이다. 이것을 말하자면 아직도 견백(堅白)이 돌아온 것을 면할 수 없다고 하는 것이다.[11] (「弁道」)

소라이에 의하면 '천리·인욕'의 설은 어디까지가 '천리'고, 어디 부터가

---

10 友枝龍太郎, 『朱子の思想形成』, 昭和44年, 春秋社.
11 송나라 학자들의 말이 견백(堅白)의 궤변이라는 뜻.(역자 주)

'인욕'인지를 구분하는 것이 불가능하다고 하는 것이다. 따라서 '관(官)' 즉, 정부가 그것을 심판하는 것외에 다른 방법은 없다고 한다. 그 기준이 되는 것이 위정자가 제정한 『법도(法度)』일 것이다. 고대에 는 그것이 '선왕의 도' 였다.

세 번째로, '선왕의 도'는 후대의 위정자뿐만 아니라 사람이면 따라야 할 행동의 기준이다.

> 선왕의 다스림은 천하 사람들로 하여금 날마다 선(善)으로 이동하여 스스로 느끼게 하는 것이다. 그 가르침도 또 배우는 사람들로 하여금 날마다 그 지혜를 열고 달마다 그 덕을 이루어, 스스로 느끼게 하는 것을 소위 술(術)이라고 한다. (… 중략 …) 대체로 사람과 사물은 양육을 받으면 즉 성장한다. 양육을 받지 못하면 즉 죽는다. 단지 몸뿐만 아니라 재능과 지혜, 덕과 행동도 모두 그렇다. 그러므로 성인의 도는 양육을 가지고 이것을 이루는 것에 있다.(「弁道」)

> 그 군자로 하여금 자연히 지혜를 열고, 재능을 키워 그 덕을 이룸이 있게 하며, 소인으로 하여금 자연히 선으로 이동하여 악에서 멀리 함으로써 그 풍속을 이루도록 한다. 이것이, 그 도가 천지와 서로 유통하고 사람 및 사물과 서로 성장하게 하며 확대를 끝없이 하고, 다하고 그만두는 일이 없도록 한다.(「弁道」)

> 성인의 도를 커다란 도술(道術)이라고 합니다. 국가를 다스리는데 있어서도 바로 선악과 옳고 그름을 바르게 하여, 널리 볼 수 있는 위에서 시원시원하게 처리하는 것은 없습니다. 세속 사람들이 생각할 수 없는 곳으로부터 준비를 하여 알게 모르게 자연히 다스려지도록 하는 것입니다. 인재를 양성하는 것도 같은 일입니다. 저에게 속임수라고 하는 것을 싫어해서 술수 이야기를 없애고 송나라 유학자의 주장처럼 그 결과를 말씀드립니다. 어찌되었든 후세의 제설을 이용하지 않고 육경과 『논어』의 사이를 잘 숙독하시면 자연히 터득하실 수 있을 겁니다.(「答問書」)

여기에 있는 것은 사람들이 스스로의 의지로 자기를 실현하는 것이 아니라, 사회 시스템 안에서, 어느 순간에 혹은 알게 모르게 '길러져', '성장'해 감으로써, 사회의 분업 체계 안에서 일정한 역할을 짊어지면서 살아가는 모습이다. 인간의 삶이 본인에게는 자각되는 일 없이 위정자의 손에 의해서 타율적으로 조작되고 있다는 점을 주의하지 않으면 안 된다.

네 번째는, '리'의 부정에 의해서 제시된 것은 '천명'이라고 하는 관념일 것이다.

> 선왕의 도는 하늘을 공경하고 귀신을 공경하는 데 근본을 두지 않은 것이 없다. 이외에 다른 것은 없다. 인(仁)을 주로 하기 때문이다. 후세의 유학자는 지혜를 숭상하고 리를 탐구하는데 노력하여 선왕·공자의 도가 무너지지 않았다. 그러나 리를 탐구하는 폐해는 하늘과 귀신 모두가 경외를 받는데 부족하다고 하고, 그러면서도 자기는 즉 오만하게 천지 사이에 홀로 서있다고 하였다. 이것은 후세 유학자들의 병통으로 어찌 '천상천하 유아독존'이 아니겠는가? 또 망망한 우주는 과연 무엇을 끝까지 탐구할 수 있겠는가? 리는 어떻게 탐구하여 이를 다할 수 있겠는가?

여기에 있는 것은 세계에 대한, 주자학과는 다른 이미지다. 주자학은 원래 우주, 사회, 인성을 일관된 리가 관철되어 있다고 하여, 그 리를 인간은 본래적으로 모두 소유하고 있다고 보았다. 그렇기 때문에 그것을 파악하는 것이 가능하다고 하는 일종의 장대한 합리주의 철학이다. 그러나 소라이는 그러한 세계관을 부정하고, 세계는 인간의 한정된 인식 능력으로는 모두 충분하게 인식할 수 없는 존재로, 그것은 '천명'으로 수용하는 것 외에 달리 방법이 없다. 그럼에도 불구하고, 세상의 모든 것을 파악하려고 하는 후세의 유학자들은, 소라이에 의하면, 공자가 목표로 한 본래의 유교를 일탈하여, '자주, 옛 성인이 아직 말하지 않은 것을 말하고' 게다가 '스스로, 선왕이나 공자를 이기고 그 위로 올라가려는 행위라는 점을 알지 못하는' 후세 유학자들의 분수 넘는 행위라는 것이다.

> 성인의 가르침은 다가갈 수 있다. 그러나 어찌 그것을 이기고 넘어설 수 있겠는가? 성인이 말하지 않는 것은, 즉 진실로 말할 필요가 없는 곳뿐이다. 어찌 아직 말하지 않는 것이 있어 후세 사람을 기다리고 있겠는가? 다시 생각하지 않을 뿐이다.

주자학에 따르면, 인간에게는 태어나면서 모두 동등하게 절대선(絶對善)인 '본연의 성'이 갖추어져 있어, 때로 기의 혼탁에 의해 덮여져 있는 '사욕'을 도덕적인 수양에 의해 제거하면 누구나 성인이 될 수 있다고 하는 일종의 이상주의였다는 것은 잘 알려져 있다. 이 사상은, 인간은 이 우주를 존재하게 하는 '리'를 본래적으로 내재하고 있어 그러한 리를 개개인이 잘 발현하게만 한다면, 정치사회의 질서는 저절로 유지된다고 하는 사상이다. 그러나 소라이는 이 '리'의 인간에 대한 내재를 부정했다.

> 후세 많은 유학자들은 배우는 사람들에게 강요하는 것이 매우 교묘하고 정교하다. 보통사람들이 할 수 없는 것을 가지고 성인은 그 극치에 서 있다고 한다. (… 중략 …) 그렇지 않고, 보통사람들이 할 수 없는 것을 가지고 강제하는 것은 천하 사람들로 하여금 오히려 선(善)에 대한 희망을 끊게 하는 것이 된다.

주자학의 역사적인 의의 중 하나가 '성인은 배워서 도달해야한다'고 하는, 사회적인 현실의 차이에도 불구하고 본질적으로는 완전한 도덕성을 모두 소유하고 있다고 하는 '평등성(平等性)'이라고 한다면, 소라이는 어떤 의미에서는 그것을 정면으로부터 부정한 것이다. '그러므로 소위 "사리(事理) 당연의 극치" 및 "기질을 변화시켜" "배워서 성인이 된다"는 등의 언급은 모두 선왕·공자의 가르침이 옛것이 아니다'라고 하는 것이 그것이다. 이러한 자기 판단력에 대한 부정의 극치는 다음의 한 구절일 것이다.

선악은 모두 마음을 가지고 이것을 말하는 것이다. 맹자는 "마음에서 생겨서, 정치에 해가 된다"고 하였다. 어찌 지극한 리가 아니겠는가? 그렇지만 마음은 형태가 없다. 이를 제한할 수는 없다. 그러므로 선왕의 도는 예를 가지고 마음을 제한하는 것이다. 예를 밖에 두고 마음을 다스리는 도를 말하는 것은 모두 사사로운 지혜거나 헛되이 만들어낸 것이다. 왜냐하면 이것을 다스리는 것은 마음이기 때문이다. 다스리는 바의 그것은 마음이다. 내 마음을 가지고 내 마음을 다스리는 것은 예를 들면 미친 사람 스스로가 그 미친 것을 다스리는 것과 같다. 어찌 그것을 잘 다스리겠는가? 그러므로 후세에 마음을 다스리는 설은 모두 도를 알지 못하는 것이다.(「弁道」 18)

과연 그러할까? 인간은, 많은 욕망을 가지고 살고 있으며 또 동시에 그러한 욕망을 동시에는 충족할 수 없다고 한하면, 그 욕망에 우선순위를 매겨, 마음의 주체성을 유지하면서 살고 있는 것은 아닐까? 소라이는 왜 사람의 자각적인 활동을 부정하는 것일까? 이전의 소코와 마찬가지로, 겐로쿠(元禄) 시기, 상품 화폐 경제 속에서 사는 민중은, 그 욕망을 스스로는 제어할 수 없는 존재로 간주되었던 것일까? 소라이에 있어서 예악은 민중의 욕망을 제어하기 위한 장치였다는 것은 의심할 여지가 없다.[12]

3. 소라이의 도(道)
　―'도'의 외재화와 정치의 발견

본 절에서는 『논어』 「안연」편의 한 구절, 즉 "안연이 '인(仁)'을 물었다. 공자가 말하기를 자신을 극복하여 예로 돌아오는 것이 인이다. 하루 '극기복례'하면 천하가 인으로 돌아온다. 인이 되는 것은 자기로 말미암을 것입니까

▌ 12 安丸良夫, 「近世思想史における道徳と政治と経済」, 『日本史研究』 49号.

아니면 타인으로 말미암은 것입니까?"라는 문답에 관한 주희, 진사이, 소라이의 해석을 검토해봄으로써, 주자학이 근세사회에서 어떻게 다시 읽히고 있었는가를 검토해 두고 싶다.

우선 처음에는 주자의 『논어집주』의 해석이다.

> 인(仁)이란 본심의 완전한 덕이다. '극(克)'은 이긴다는 뜻이다. '기(己)'는 육체의 사사로운 욕심을 말한다. '복(復)'은 돌이키다는 뜻이다. '예(禮)'란 천리의 절문(節文 : 예절에 관한 문장)이다. 인을 행한다는 것은 마음의 덕을 완전하게 하기 때문이다. 무릇 마음의 완전한 덕은 천리가 아님이 없으나 역시 인욕에 허물어지지 않을 수는 없다. 그러므로 인을 행하는 것은 반드시 그럼으로써 사사로운 욕심을 이기고 예를 회복함이 있는 것이다. 그렇게 하면 일은 모두 천리가 되고 본심의 덕은 나에게 완전함으로 돌아올 것이다. '귀(歸)'는 허락의 뜻이다. 또 말하기를 하루라도 자신을 이기고 예로 돌아간다면, 천하 사람들이 모두 그 인을 허락한다고 하는 것은 그 효과가 매우 빠르고 깊으며 지대함을 말하는 것이다. 또 말하기를 인은 나로 말미암은 것이지 타인에게 능히 맡길 수 있는 것이 아니라고 하였다. 이것은 그 기틀이 내게 있음을 보고 어려움이 없음을 나타낸다. 매일 자신을 이기는 것을 어렵지 않게 여긴다면 사사로운 욕심이 깨끗이 없어지고 천리는 유행하여 인은 다 사용할 수 없을 것이다.

이러한 주자 해석의 특징은 이하 3가지 점이다. 첫 번째는 사람은 태어나면서 '마음의 완전한 덕', 즉 '천리(天理)'를 구비하고 있는데, 그 실현을 해치는 '육체의 사욕(私欲)'을 제거하기만 하면 '마음의 완전한 덕'인 '인(仁)'을 완전하게 할 수 있다. 두 번째는 '인을 완전하게 한다'는 것은 구체적으로는 '예'로 돌아가는 것인데, 자신이 '예'로 돌아가면 천하 사람들이 모두 마찬가지로 '인으로 돌아가게' 된다. 세 번째는 인을 실현하는 것은 자기 자신의 주체적인 노력에 의한 것으로 다른 사람과는 관계가 없는 것이다. 그러면 이러한 주자의 해석에 대하여, 일본 근세의 유학자들은 어떠한 해석을 내린 것일까? 이토 진사이가 지은 『논어고의(論語古義)』의 해석을 살펴보자.

진사이는 '안연이 인을 물었다. 공자가 말하길, 자신을 극복하여 예로 돌아가는 것이 인이다'라고 한 말에 대해서 다음과 같이 말한다.

이는 공자가 천하를 인(仁)으로 다스리는 도를 가지고, 그것을 알리는 것이다. '극(克)'이란 이긴다는 뜻이다. '기(己)'란 타인에 대응하는 칭호다. '복(復)'이란 반복의 뜻이다. 자기에게 이긴다는 말은 즉 자기를 버리고 타인을 따른다는 의미와 같다. 이렇게 말하는 마음은 자기가 있음에도 있지 않은 것과 같다는 뜻이다. 자기를 이긴다면, 즉 많은 사람들을 사랑하고, 예를 다시 반복한다면 즉 절문(節文)이 있다. 그러므로 많은 사람들을 사랑할 수 있고 또 절문이 있다면 즉 인은 여기에서 행해진다.

진사이에게 '자신을 극복한다'는 말은 '자신의 자아를 버리는 것'이다. 주지하는 바와 같이, 유학에 있어서 인간은 본질적으로 같아서, 자신이 옳다고 믿는 것을 '추천'함으로써, 다른 사람을 바꾸는 것이 목표로 되어 있는 것에 대해서, 진사이의 경우는 그것과 반대로 '자신을 버리고 다른 사람의 의향에 따른다'는 것이 타인에 대한 관용으로 여겨지고 있다. 여기에 있는 것은 인간은 다른 존재이며 자신의 생각으로 다른 사람을 미루어 헤아릴 수는 없다고 생각이다. 먼저 살펴 본 '충서(忠恕)'의 해석을 상기해보자. 자기와 타인이 서로 다를 경우에는 자아를 버려서 타인을 따르는 것이 '사랑'이며 '관용'이라는 것이다. 인간관이 자기와 타인 사이의 관련 방식을 규정짓고 있는 것이다.

세 번째는 소라이의 『논어징』에 나오는 해석이다.

전반: '자신을 이기고 예(禮)를 회복한다'는 것은 몸을 예에 귀속하도록 하는 것이다. '인을 행하다'라는 것은 백성을 편하게 하는 도를 행하는 것이다. 나를 극복하고 예를 회복하는 것을 인이라고 말한 것이 아니다. 백성을 편하게 하는 도를 행하려고 한다면 반드시 먼저 몸을 예에 귀속시키고 그런 후에 행해야

하는 것이다.

후반: '하루라도 자신을 이겨서 예를 회복한다면 천하가 인(仁)으로 돌아간 다'고 말하는 뜻은 만약 그 몸을 수양하지 않는다면, 즉 인정을 행한다고 하지만 백성이 그 인으로 돌아가지 않는다는 것이다. '인을 행하는데 내가 행하지 다른 사람에게 의지하겠는가'라고 하는 뜻은 인을 타인에게 베푼다고 하지만 그것을 행하는 자는 자신이기 때문에, 몸을 수양하지 않으면 인을 행할 수가 없는 것이 다. '의하다[由]'는 글자를 본다면 즉 극기복례는 인을 행하는 이유이지 인이 아닌 것임은 분명하다.

여기에서 특징적인 것은, 첫째로 주자가 '인'이나 '예'를 인간에 내재적인 것이라고 한 점에 대해서, 소라이는 어느 것이나 외재적인 것으로 본 점이다. 두 번째로 '인'을 자기 안의 도덕성이 아니라 '국민을 안심하게 한다'고 하는 타인과 관계되는 정치 문제로 본 점이다. 세 번째로 주자에게 있어서는 연속 해 있던 '자신을 극복'하는 일, '예를 회복'시키는 일, '인을 행'하는 일이 각각 다른 것으로 간주되고 있다는 점이다. 즉 '자신을 극복'하는 것은 '수신' 과 관련되며, '예를 회복'한다는 것은 외재적인 규범에 맞추는 사회적인 행위 이며, '인을 행'한다는 것은 '국민을 안심하게 한다'고 하는 정치적 행위다.

그 결과로 소라이는 '예'란 '선왕의 예'이며 '예를 지키는' 외에 '자신을 극복하는 사람은 없다는 것, 두 번째로 '사욕을 이겨내서 천리로 돌아간다'고 하는 주자의 해석은 '불교의 유습으로, 무명(無明)을 끊고 진여(眞如)를 증명하 는 것과 어찌 다르겠는가', 또 '자기[己]'를 풀이해서 '사욕'이라고 한 것은 아직 어떤 것에 의지할지 모른다고 간주되었다. 또 진사이의 '극기'를 '자신 을 버리고 타인을 따른다'고 한 해석에 대해서는 '역시 억지일 뿐'이라고 일축했다.

주자는 선왕의 예를 제외하고, 따로 '천리의 절문(節文)'을 가지고 예로 삼았다. 진사이도 역시 그것을 제멋대로 취했다. 그러나 모두 예가 아니라고 해야할 것이다. 배우는 사람들은 이것을 잘 헤아려라. 진사이는 또 "널리 사람을 사랑할 수 있고 또 절문이 있을 때에는 즉 인(仁)이 여기에서 행해진다"고 하였다. 천박하도다. 젊은이들의 행동에 어찌 참고하겠는가?

소라이가 주자학의 '리'를 부정하고, 또 그것이 인심에 내재해 있다는 점을 부정하고, 그 대신에 중국 고대의 성인이 제작한 '선왕의 길'을 정치사회에 질서를 부여하는 방법으로 제시하였다는 것은 명확할 것이다. 거기에서 다음에는, 그러한 소라이 정치학의 구조적인 특질을 명확히 하고 싶다.

4. 정치사상으로서의 '성인의 도'

소라이에 따르면 '도'란 중국 고대의 '제왕'에 의해서 만들어진 것이다.

선왕의 도는 선왕이 만든 것이다. 천지자연의 도가 아니다. 무릇 선왕은 총명예지(聰明叡智)의 덕을 가지고, 천명을 받고, 천하의 왕으로 군림하였다. 그 마음은 첫째로 천하를 안심시키는 것을 임무로 삼았다. 이것을 가지고 그 심력(心力)의 최선을 다하고, 그 지식과 기교를 지극하게 하여 그 도를 만들고 행하여 천하 후세 사람들로 하여금 그것에 따라 행하도록 하였다. 어찌 천지자연에 이것이 있겠는가?(「弁道」)

소라이에 의하면 '도'란 중국 고대의 성인이 '천하를 안심하게' 하려는 목적을 위하여 만치의 방법이며, 또 동시에 사람들의 행동 기준이 되어야 하는 것이다. 구체적으로는 다음과 같이 설명된다.

복희(伏羲), 신농(神農), 황제(黃帝)도 역시 성인이다. 그들이 만들고 행한 것은 역시 이용후생(利用厚生)의 도(道)에 그친다. 전욱(顓頊), 제곡(帝嚳)을 거쳐 요·순에 이르러 그 후에 예악이 처음으로 세워지고, 하·은·주 이후로 찬연하게 처음으로 갖추어졌다. 이것이 수천 년을 거치고 수많은 성인의 정신력과 지혜를 거쳐 이루어진 것이다. 또 그것은 한 성인이 한 평생의 힘으로 능히 이룰 수 있는 것이 아니었다. 그러므로 공자라고 하지만 그도 배우고 난 후에 알았다. 그러니 천지자연에 이것이 있다고 말하는 것이 가능하겠는가?(「弁道」, 4)

소라이는 이렇게 '도'를 중국 고대의 제왕이 만든 것으로 봄으로써 무엇을 주장한 것일까? 하나는, 주자학에 있어서의 '도'가 각 개인에게 내재하고, 각 개인이 거기에 따라 짊어지는 개인의 도덕성을 의미한 것에 반하여, '도'란 정치사회를 유지하기 위한 방법이라고 하여, 인간에게 있어서 외재적인 행동의 기준으로 보았다. 둘째는 그것이 고대의 특정한 성인에 의해 만들어진 것이라고 봄으로써, '도'를 제작한 성인이 신성화, 초월화됨과 동시에, '도' 자체도 신성화된 점이다. 그렇다면 도의 내용은 어떠한 것일까?

도(道)라고 하는 것은 통합된 이름이다. 예악형정(禮樂刑政)은 무릇 선왕이 세운 것인데 이것들을 합하여 도라고 하는 것이다. 예악형정을 떠나서 따로 소위 말하는 도라는 놈이 있는 것이 아니다. (…중략…) 송나라 유학자가 도를 풀이해서 사물이 마땅히 행해야할 리라고 하였는데, 이것은 격물궁리(格物窮理)의 학으로 학자로 하여금 자기 뜻을 가지고 그러한 응당 행해야할 리를 사물에 구해서 이것을 가지고 예악형정을 만들도록 하려는 것이다. 선왕되는 자는 성인이다. 사람들이 선왕의 권력을 다루려고 하는 것은 분수에 넘치는 일로 즉 망령되며 또 스스로 상서롭지 못함이 심하도다.

명확한 주자학 비판이다. 여기에서 언급되고 있는 것은 '도'를 '사물에 마땅히 행해져야할 리'로 삼는 주자학, 또 '리'를 격물(格物)·궁리(窮理)에 의해 획득할 수 있다고 하는 주자학이다. 그렇지만 그 비판의 핵심은 '학자가 자기 뜻에 의해' '마땅히 행해져야할 리를 사물에 요구하려고 하는' 태도인 것이다. 소라이에 의하면 도의 내용을 이루는 '예악형정(禮樂刑政)'이란 객관적인 '사물'이며 이것저것 사람들이 사변에 의해 요구할 수 있는 물건은 아니다.

여기에서 말하는 '예악'과 '형정'이란 같은 것은 아니지만, 그것에 대해서 여기에서는 자세히 서술하지 않는다.[13] 정치의 방법이란 사회전체를 질서를 지우는 방법으로, 소라이에 의하면 정치사회의 현실은 다음과 같이 그려진다.

> 하늘이 나에게 명해서 천자가 되고, 제후가 되며 대부가 된다면, 즉 신민(臣民)이 있는 것이다. 선비라면 그 가족이 있고 처자가 있다. 모두 자기가 있어서 편하게 지낼 수 있는 자들이다. 그리고 사대부는 모두 그 임금과 천직을 함께하는 자이다. 그러므로 군자의 도는 그저 인을 큰 것으로 삼는다. 서로 친하고 서로 사랑하고 서로 낳고 서로 이루고 서로 보완하고 서로 양육하고 서로 바로잡고 서로 돕는 것은 사람의 성이 그런 것이다.(중략) 그러므로 사람의 도는 한사람을 가지고 말하는 것이 아니다. 반드시 억만 명을 합하여 말을 하는 것이다.(『弁道』 7)

소라이에 따르면 인간의 존재 형태는 사람들이 서로간에 '서로 친숙하고, 서로 사랑하고 서로 낳게하며, 서로 이루며, 서로 돕고, 서로 양육하고, 서로 바로잡으며, 서로 구하는' 관계 중에서 살고 있는 것이다. 인간의 그러한 사회성은 인간존재에 있어 본질적인 것이며, 그러한 인간의 존재 형태가, 도의 존재양상이나 도덕의 존재방식을 본질적으로 규정하고 있는 것이다. 이 점은 쇼와 시대에 와쓰지 데쓰로(和辻哲郎)가 서양의 개인주의를 비판하여, '인간'을 '사람 사이'라고 부르고, 도덕을 '인간관계의 도덕'으로 재인식한

---

13 楊小江, 「荻生徂徠における'安天下'の一側面」, 東北大學, 『日本思想史研究』 37号.

것과 닮은 점이 있다.[14] 다른 점은 소라이가 본 사회의 현실이 고정된 신분제 사회였다는 것이다. 소라이는 거기에서 사회적인 지위에 따른 역할을 그려낸 것이다.

> 그러므로 사람의 도는 한사람을 가지고 말하는 것이 아니다. 반드시 수억만 의 사람을 합하여 말을 하는 것이다. 지금 시험 삼아 천하를 살펴보면, 누가 고립해서 무리를 이루지 않았는가? 사농공상(士農工商)은 서로 도와서 먹고사는 사람들이다. 이렇게 하지 않으면 살아남을 수가 없다. 도적이라고 하더라도 반드시 무리가 있다. 이렇게 하지 않으면 역시 살 수가 없다.

이러한 인간 사회의 본질규정으로부터 사회계층에 입각한, 사람들의 역할 이 도출된다.

> 그러므로 능히 수억만의 사람들을 합할 수 있는 사람은 군주다. 수억만의 사람을 벗어나 그들의 '친애하고 생양(生養)하는 성(性)'을 이루게 할 수 있는 것은 선왕의 도다. 선왕의 도를 배워서 덕을 나에게 이루는 자는 어진 사람이다. 그렇다고는 하지만 사인(士人, 사무라이)이 선왕의 도를 배워서 덕을 나에게 이루려고 하지만, 선왕의 도 역시 여러 가지가 있고, 사람의 성(性)도 역시 여러 가지 종류가 있다.

> 적어도 선왕의 도는 말하자면 천하를 편안케 하는 것을 기약한다. 힘을 인(仁) 에 사용한다면 즉 사람들이 각자 그 성(性)의 가까운 곳으로 따라가 도(道)의 한 가지 단서를 얻으려고 한다.

공자의 제자인 중유(仲由)는 용감했다. 자공(子貢)은 사물을 잘 이해했다. 염구(冉求)는 재능이 많았다. 이렇게 '모두 한 가지 재능을 잘 이루어, 어진

▌**14** 상세한 것은 和辻哲郎의 『人間としての倫理學』(岩波全書) 참조.

사람의 무리가 되었다. 그것으로 천하를 편안케 하는데 쓰임이 되기에 충분했다. 그러나 그 덕의 이룸은 이(夷)·제(齊)의 청(淸), 혜(惠)의 화(和), 윤(尹)의 임(任)[15]과 같이 모두 꼭 그 성(性)을 바꾸지 않으면서도 또한 어진 사람됨을 해치지 않았다. 만약에 혹시 힘을 인에 사용하는 것을 몰랐다면, 즉 그 재능과 덕은 모두 이룰 수 없었을 것이다. 이렇게 해서 제자백가가 여기에서 일어났다. 이것이 공문(孔門)이 인을 가르치는 까닭이다.'(「弁道」 7)

즉 사람은 각자 태어나면서 지닌 자신의 성격이나 능력에 입각하여 그것을 '기르고 배양'함으로써 사회분업을 담당하는 '재능있는 한사람'이 된다. 이렇게 정치사회의 안정에 기여하는 것이 '어진 사람[仁人]'이 되는 이유이다. 이 경우 '인(仁)'이란 한편으로는 정치사회의 안정이며, 또 다른 편으로는 각자가 그 개별성에 따라서 정치사회의 안정에 기여하는 것이다.

'어질다는 것은 양육하는 도이다. 그러므로 국가를 다스리는 도는, 곧은 것을 들어서 굽은 것 위에 둔다면 굽은 것이 반듯하게 된다. 몸을 닦은 도 역시, 선(善)을 배양하면 악(惡)이 저절로 사라진다. 이것이 선왕의 도술이다.(「변도」9)

5. 소라이의 봉건·군현론
─그 이념과 현실

'도'를 중국 고대의 성인이 만들었다고 하는 소라이가, 정치 시스템에 대해서는 '군현(郡縣)'보다도 '봉건(封建)의 세상'을 선호하는 것은 당연할

---

15 『맹자』「만장」하에 '맹자가 말했다. 백이는 성자 중에 맑은 사람이며, 이윤은 성자 중에 책임있는 사람이며, 유하혜는 성자 중에 화목을 잘하는 사람이다(孟子曰, 伯夷, 聖之淸者也. 伊尹, 聖之任者也. 柳下惠, 聖之和者也)'라 하였는데 이 문구에서 따온 말임.(역자 주)

것이다.

　　　봉건(封建)의 세상은 천하를 제후들에게 나누어 줍니다. 천자가 직접 다스리
　　는 일은 많지 않습니다. 무엇보다도, 현자를 등용하기는 하지만, 대체로 사람의
　　분수에 정함이 있어, 사대부는 언제나 사대부이며, 제후는 언제나 제후입니다.
　　그러므로 사람의 마음이 정해져 차분해지고, 세상의 법도도 소박하여 단지 상하
　　의 은혜와 의리로 다스려지며, 염치를 기르는 것을 먼저 합니다.(「答問書」)

　그것에 비하면 '군현(郡縣)의 세상'은 다음과 같다. '제후를 세우지 않고
사대부가 모두 한 세대로 끊어지는데, 영지를 다스리는 일도 없고 모두 녹봉
으로 쌀을 받는데 수입이 적습니다. 천하의 각 지방 군현을 다스리는 태수,
현령이라는 직책은 모두 관직을 빌려주는 것과 같아서, 삼년 마다 바뀌기
때문에 위세도 약하고 그 사이 법도를 세우는 것도 3대에 바뀝니다. 천자의
지방 군현을 위탁받지만, 3년이면 바뀌기 때문에 갑자기 성과가 보이는 일을
제일로 삼아 행하는 것입니다. 평민으로부터 일어나 재상까지 입신출세를
할 수 있기 때문에 사대부가 입신을 구하는 마음이 간절해지는데 이것이
삼대와 후세가 크게 나누어지는 점입니다.'(「答問書」)
　그렇지만 이러한, 이념적으로는 '봉건제'를, 군현제 보다 능가한다고 하
면서도, 사실 소라이는 현실의 정책론으로서는 군현제도 강하게 지지하고
있었다. 예를 들면 당시의 상품경제사회의 전개에 대하여는, 무사의 토착을
'봉건의 논리'라고 추진하면서도, 다른 한편에서는 국내의 생산물은 모두
쇼군의 물건이라고 하고 또, '봉건의 지배'보다도, '천하의 법'을 중시하는
것이 그것이다.(「정담」) 그것과 관계되는 것이 공사개념이다. 개별집단의 논
리를 인정하면서도 최종적으로는 보다 큰 집단의 이해를 우선하는 사고방
식이 그것이다. 이 점에 대해서는, 일찍이 논한 것이 있으므로 여기에서는
생략한다.[16]

6. 소라이의 방법
   －학문은 역사를 배우는 것

우주, 사회, 인간을 전체로 파악하는 주자학의 사변적 합리주의를 비판하고, 인간과 사회의 경험적 현실로부터 출발하고, 정치사회의 질서를 유지하는 사회이론을 구상한 소라이 독자의 방법이란 무엇일까?

그 하나는 소년시기에, 후에 5대 쇼군이 되는 쓰나요시(綱吉)의 주치의를 맡고 있었던 아버지가 주군(主君)의 미움을 사서 난소(南總, 현재의 지바현千葉縣)로 유배 되었는데, 거기에서 10여 년을 보낸 체험이다. 소라이가 거기에서 본 것은 일찍이 도회지에서 본 것과는 전혀 다른 세계의 모습이었다.

그러한 체험을 통해서 소라이는, 인간은 자신의 선택을 넘어선 세계에서 생활하고 있으며, 일상적으로는 그것을 의식하지 않는다는 것을 강하게 실감하게 되었다. 그것은 한마디로 말한다면, 서로 차이나는 세계의 발견이었다. 세계는 다양하며, 인간도 다양하다는 것, 중국과 일본에서는 역사도 차이나고, 지금과 옛날은 같지 않다라는 인식이었다. '도'는 말에 의해서 바뀌고, 말은 시대에 의해 변화된다. 주자학의 '같은(同)' 세계에 대응하여 '다른(異)' 세계의 발견이었다. 그것이 소라이의 출발점이 되었다. 세계를 알기 위해서는 '역사'를 모르면 안 된다.

> 대체로 학문은 '멀리 듣고 멀리 보는 도(飛耳長目之道)'라고 순자도 말한 바 있습니다. 이 나라에서 보이지 않는 이국의 일을 듣는 것은 귀에 날개가 생겨서 날아가는 것과 같고, 지금 세상에 태어나서 수천년의 옛날 일을 오늘에 보는 것과 같이 아는 일은 '기다란 눈(長目 : 멀리 보는 눈)'이라고 하는 것입니다. 그렇다면 견문이 넓은 사실에 미치는 것을 학문이라고 하는 것이기 때문에, 학문은 역사를 연구하는 것입니다.

16 상세한 것은 本鄉隆盛, 「荻生徂徠の公私觀と政治思想」참조.

국토가 바뀌는 시대의 변화를 잘 알지 못한다면, 다스려지고 난이 일어나고 번성하고 쇠퇴하는 도리에 고금의 차별이 없고, 성인의 도는 말세까지도 이용하도록 성인이 세우셨다고 하는 것은 삼가 알려지지 않은 일입니다. 그 위에 역대로 여러 가지 사변이 나오고, 여러 인물들이 계셨기 때문에, 우리 안목을 넓힘에 있어 한이 없는 것입니다. 이것이 모두 역사의 공적입니다.(「答問書」)

여기에서 소라이는 '사실에 익숙'하다는 점을 통해서, 현실에 대한 적용과 응용을 생각하려고 한 것이다. 언어에 대해서 살펴보면 '후세 사람들은 고문사(古文辭)를 알지 못한다. 그러므로 지금의 말을 가지고 옛말을 본다. 성인의 도가 명확하지 않은 것은 이 때문이다.' 과거의 말을 그 시대와의 관계에서 이해하는 것, 그럼으로써 처음으로 과거를 과거로서 이해하는 길이 열린다고 생각한 것이다. 인간의 사고가 항상 일정한 한계를 가지지 않을 수 없다는 것을 안 소라이는 자기 자신의 '울타리'(사고방식의 구속성과 한정성)에도 민감했을 것이다. 그런 의미에서 그는 완고한 '원리주의자'는 아니었다. 이 점은 아마도 소라이뿐만 아니라 일본의 사상전체에 대해서도 적용되는 것일지도 모른다.

맺음말
─소라이학의 의의

1)

지금까지 살펴본 것처럼 소라이 사상은, 주자학의 사변적 합리주의와 이상주의를 해체하고, 유학을 정치사회 전체의 질서 유지를 과제로 삼는 정치학으로 재구성하려는 것이었다.

구체적으로는 첫째, 주자학의 우주, 사회, 인성(人性)을 일관된 리가 관철되어 있다고 하는 '리'적 합리주의에 반대하여, 인간은 세계의 실상을 충분히 인식할 수 있는 존재가 아니다라고 하는 '천명(天命)'적 세계관을 제시했다.

둘째, 인간존재의 '현실' 배후에 '이상형'을 설정하고, 인간이 실천해야 할 도덕은 근원적으로 개인에 내재해 있다고 하는 개인주의 및 이상주의에 반대하여, 인간은 그 성격과 능력이 모두 유한하기 때문에 타고난 '기질의 성'을 바꿀 수는 없다고 하였다. 그리고 주어진 상황을 '천명'으로 받아들여 삶의 테두리 안에서 재능을 '기르고 양성'하는 것이 근원적으로 사회적 존재로서의 인간에게 어울리는 삶의 태도로 보았다.

셋째, 개인의 도덕성과 정치사회의 안녕을 연속적으로 이해하는 주자학에 대해서, '천지의 도리'와 '인정'이 가끔 서로 일치하지 않는다는 입장에서 그 양자를 꿰어 맞추는 주체로서 위정자의 책임과 그 방법을 제시했다. 그것이 정치적 군주와, 군주와 민중이 근거해야할 '선왕의 도', 즉 '예악형정(禮樂刑政)'이다. 그러면 소라이가 이러한 정치사상을 획득할 수 있었던 키워드는 무엇일까?

2)

그것은 정치사회와 인간의 다양성·차이성에 관한 소라이의 인식이다. 전자에 대해서 말한다면, 공간적으로는 중국과 일본의 차이이며, 시간적으로는 옛날과 지금의 차이다. 그것을 가장 단적으로 표현하는 것이 '언어'이며, '언어에 의한 도의 변천'이다.

소라이는 소년시절, 자기 아버지가 주군(主君)으로부터 책망을 받고 도회지에서 시골로 유배되었다. 그래서 그는 그때까지 자신이 본 적이 없는 세계를 보게 되었다. 그러한 경험으로 부터 소라이는, 인간은 각각 자신의 선택을 넘어서는 '울타리(廓)'안에 살고 있어, 일상적으로는 거기에서 벗어날 수 없으며 또 상대화할 수도 없다는 것을 배우게 되었다.

또 인간관에 대해서 말하자면, 사람은 얼굴이 서로 다른 것처럼 각자 마음의 상태도 다르다. 주자학과 같이, 인간을 본래 동질의 것으로 간주하고 고정적인 도덕성을 기준으로 다른 사람을 비판하는 태도는 '남에게 무리한 것을 요구하는 것'이며, '가혹'한 일이라고 생각하였다. 소라이는 현실에 존재하는 인간의 다양성을 전제로 한 정치 사회론을 구성한 것이다.

3)

그것이 구체적으로는 '백성을 안심하게 한다'는 것, 즉 정치사회의 평화 유지를 실현하고 그와 관련된 각 개인의 개성을 신장함으로써 사회적인 역할을 수행하는 것을, 모두 '인(仁)'의 이름으로 표현한 정치론이다. 그 키워드는 주자학의 동질적인 인간관에 대응하여, 현실존재로서 인간의 개별성, 인식 능력의 한정성과 이질적인 인간관,(『徂徠集』「書簡」) 그리고 인간의 다양성에 대한 인식이다.

인간은 그 얼굴이 다른 것처럼 성격과 능력이 다른 존재이며, 무리한 것을 요구하지 않는 것이 다른 사람에 대한 관용이다. 그러한 인간의 다양성과 개성을 기초로 해서, 그것을 사회 질서의 유지와 재생산으로 살리는 것, 그 전체를 통합하는 것이 위정자의 역할이다. 군주, 사대부, 서민은 각각의 역할을 수행함으로써 정치사회의 안정이 유지된다.

4)

그렇지만 그것은 인간의 주체적인 판단력에 '믿음(信)'을 두지 않음으로써,

중국 고대에 성인이 만든 '예악형정'이라고 하는, 사람들이 근거해야할 틀을 필요로 한다. 또 '다른 존재'로서 정치사회 전체 속에서 기능시키는 통솔자의 존재를 필연화(必然化)했다. 소라이의 사상이 본질적으로는 위정자론인 것은 그 때문이다. '천지의 도리'와 '인정(人情)'사이의 괴리를 임시변통으로 메꾸는 역할은 정치적인 군주의 손에 맡겨진 것이다.

이 점에서 소라이의 사상은 고정된 신분제 사회에 어울린 사상이다. 소라이는 그 틀 안에서 위정자의 책임의식을 환기시키고, 정무(政務)의 위임과 인재 등용을 주장한 것이다. 사상적으로 소라이는 '봉건론자'였지만, 실제로는 그 필요성에 응하여 '봉건'과 '군현(郡縣)'을 모두 실용주의적으로 채용하는 것에 전혀 망설임이 없었던 것이다. 그런 의미에서는, '성인의 도'에 대한 '믿음(信)'도 상대적인 것이었다고 볼 수 있을 것이다. 소라이의 사회론은 일종의 개량주의였으며 유학은 '지(知)의 자원'에 지나지 않았을 가능성도 있다.

소라이는 "이 늙은이는 석가를 신봉하지 않고, 성인을 신봉한다. 성인의 가르침에 없다면, 예를 들어 윤회라고 하는 것이 있다고 하더라도 끝까지 불가능한 일로 생각한다. 성인의 가르침은 무엇이든지 충분하며, 부족한 것이 없다는 것을 이 늙은이는 깊이 믿는다. 그러므로 이와 같이 소견을 정한 것이다"라고 성인에 대한 '믿음'을 표명하였다. 그렇지만, 앞서 살펴본 것처럼 인간이 습관의 유혹으로부터 자유로워지는 것을 과제로 삼았던 소라이로서는 '성인의 도에 대한 믿음'도 선택적으로 골라진 것이었다고 할 수 있을 것이다. 나중에 모토오리 노리나가(本居宣長)가 비합리적으로 '일본 신도'에 대한 '믿음'을 표명한 것과 같다.

그러나 그러한 소라이의, 개성을 존중하는 사고방식은 많은 개성적인 제자들을 배출했다. 야마가타 슈난(山縣周南, 1687~1752), 핫토리 난카쿠(服部南郭, 1683~1759), 히라노 킨카(平野金華, 1688~1733) 등 대부분은 시문파(詩文派)에 속하였으며, 의고주의적인 작풍의 시문을 지었다. 핫토리 난카쿠의 '굴절'과

‘울적함’은 바로 소라이의 성향과도 관련될 것이다.

5)

　일반적으로 정치·사회사상에는 크게 구별하여 개인을 중심으로 생각하는 경우와 사회를 중심으로 생각하는 경우의 두 가지가 있다. 서양의 사회이론에서는, 고대 도시공동체에 서는 공동체로부터 생각을 전개시켰지만, 근대에는 개인으로부터 생각을 전개하여 사회계약의 이론을 세웠다는 것은 잘 알려져 있다.

　또 유교의 정치사상은 『논어』에 ‘임금은 임금답고 신하는 신하답고 아버지는 아버지답고 자식은 자식다워야 한다(君君, 臣臣, 父父, 子子)’고 하였듯이 군신, 부자 등 각각의 인간관계에 따른 개인의 도덕으로부터 시작되었다. 또 ‘수신(修身) 제가(齊家), 치국(治國), 평천하(平天下)’라고 하였듯이, 개인의 도덕성으로부터 시작해서 그것을 밖으로 미루어 알게 함으로써 정치사회의 질서가 달성된다고 한 것처럼, 개인의 도덕성이 정치사회의 질서를 유지하는 원동력으로 간주되었다는 점은 주지하는 바와 같을 것이다.

　이와는 달리, 본문에서 다룬 오규 소라이는 한편으로 유학의 보편성에 믿음을 두면서도 다른 한편에서는 유교와 같이 개인원리와 합리주의를 기둥으로 하는 주자학의 사고방식을 근본으로부터 비판하였다. 또 정치사회의 안정과 질서를 어떻게 유지할지를 과제로 삼으면서, 전체성으로부터 생각을 전개시키는 정치이론을 수립하려고 한 사상가다.

　그의 사회이론은 권력의 다원성과 인간의 다양성을 허용하는 봉건 사회에 있어 매우 어울리는 정치사회론이다. 모든 국민을 신민(臣民)으로 삼아, 일원적인 교육에 의해 육성하려고 한 일본의 근대국가와는 이질적이었을 것이다. 그런 의미에서는, 비토 마사히데(尾藤正英)와 같이 소라이를 ‘국가주의자의 원형'[17]이라고 평가하는 것이 타당하다고 할 수는 없다.

6)

그러나 당연한 것이지만, 근세 후기 이후 사회변화에 대응하는 주체형성의 이론적인 기초를 세운 것은 소라이학이 아니라 주자학 측이었다는 것은 당연하다. 소라이는 신분제 사회를 전제로 하면서, 그 틀 안에서의 개성을 존중하고 그것을 전체사회의 질서유지에 이용하고자 하였다. 개성 그 자체의 충분한 개화(開花)를 기대한 것은 아니었다.

그러므로 사회변동에 대한 대응은 오히려 주자학 측에 있었다. 왜냐하면 인간의 주체적인 활동성은 인간이 자기의 무한한 가능성에 눈을 뜨는 것으로부터 시작되는 것으로, 그런 의미에서 주자학이 근세후기에 부활하는 것은 당연한 것이었다. 이시다 바이간(石田梅岩)의 심학운동, 덴포기(天保期)에 있어서의 니노미야 손토쿠(二宮尊德)나 오하라 유가쿠(大原幽學) 등이 추진한 황폐한 마을 부흥을 위한 민중운동이 주자학적인 사유를 사상적 배경으로 하였다는 것은 당연한 일이다.

7)

그렇지만 시대는 상품화폐경제의 사회적 침투가 진행되고 있었고, 소라이와 같은 자연경제에 대한 복고 가능성은 이미 없었다는 사실에 주의하지

---

17 尾藤正英, 「國家主義の祖型としての徂徠」, 『荻生徂徠』(日本の名著 16), 昭和49年, 中央公論社.

않으면 안 된다. 그런 의미에서 소라이는 봉건제 복고론자이며, 마루야마(丸山)가 소라이의 근대성을 '정치사상'이 아니라 '사유방법'에서 찾으려고 한 것도 이 점과 관련된다고 할 수 있을 것이다. 소라이가 억압하려고 한 상품화폐경제에 대한 대응은, 지방 번(藩)이 식산(殖産)개발의 주체가 될 것을 주장한 제자 다자이 슌다이(太宰春台)를 기다리지 않으면 안 되었다. 그것은 이미 소라이의 예악(禮樂)에 의한 사회편성과는 관계없이 전개되는 새로운 세계였다.

임태홍 옮김

3

'직분'과 '부부애' 표상의 역설

『호토토기스(不如歸)』와 일본 근대 '문학(文學)'의 재편

권정희

1. 서론—'직분'과 '부부애' 표상의 역설

이 글에서는 도쿠토미 로카(德冨蘆花, 1868~1927)의 『호토토기스(不如歸)』[1]
에 대한 새로운 해석을 시도하는 것을 목적으로 한다. 선행 연구에서는 '부
부애와 가족주의의 대립' 등으로 대표되는 '부부애' 찬미의 서사로서 개인의
사랑과 가족의 충돌에 의하여 좌절된 '부부애'라는 고정된 틀 안에서 해석되
었다. 서사의 내셔널리즘이나 국민문학의 성격을 강조하더라도 '부부애와
가족주의의 대립'을 서사의 기본 구조로 전제하여 당대의 국가주의적 성격

권정희   성균관대학교 동아시아학술원 BK21 박사후연구원.
1 『호토토기스(不如歸)』는 1898(메이지 31)년 11월 29일에서 1899(메이지 32)년 5월 24일까지
『국민신문 國民新聞』에 연재되어 이듬해 단행본으로 간행되었다.

을 지적하는 논의에 한정되었다. 그러나 이 글에서는, 여성·동정 등을 서사의 키워드로 '여성의 인간적 자각' 등을 바탕으로 구축된 '부부애'의 이미지는 '부부애'를 하위에, '직분'을 우위에 두는 대립을 통해 '직분'이 최우선되는 남성의 정체성 형성의 서사에서 파생된 것임을 제기하고자 한다. '부부애'의 탄생이 일견 '여성의 인간적 자각'이나 '부부애와 가족주의의 대립'과 연계되는 것과 같은 이미지는 보다 근본적으로 공적 영역으로서의 '직분'과 사적 영역으로서의 '연애'의 역학에 의존한 '직분' 우위 구조의 서사라는 시각에서 가시화되기 때문이다. 이러한 관점은 기존의 '부부애 찬미'의 이미지가 텍스트에 대한 오독이나 '날조된 허구'에 지나지 않는다는 것이 아니다. 텍스트, 출판, 독자의 상호 작용의 수용의 과정에서 시대의 변화와 함께 '부부애' 표상이 정착되는 그 나름의 서사적 필연성을 내재한다. 선행 연구에서 『호토토기스』는 '여성의 인간적 자각'의 단초가 되는 모티프가 과도하게 부각되면서 '남자를 남자로 하는'[2] 남성의 서사가 여성을 위한 여성의 서사라는 지위로 대체되며 '부부애' 탄생의 조건이 은폐됨으로써 '여성의 인간적 자각'과 '부부애'가 암묵적으로 연계되는 방향으로 작동했다. 이러한 해석은 메이지 당대의 현실에 제약된 서사의 '직분'과 '사랑'의 역학이 이후 변용되는 길항의 과정에서 '여성의 인간적 자각'의 서사를 모태로 '부부애'가 등장하는 정합성 있는 논리성이 부여되는 사후적인 분석의 결과라고 판단된다. 이러한 연구사는 '국가주의 이념의 질서 하에 편제되던 텍스트를 점차 탈이념화의 사회로' '문학을 예술로서 자립화시키는 문예사의 관점'[3]으로 문학사를 구축하는 과정이 남성성과 여성성이 긴밀하게 연동되는 젠더를 내포하는 방식과 긴밀하게 연관됨을 의미할 것이다. 달리 말하자면 '직

---

2 德富健次郎, 『富士』 第2卷, 『蘆花全集』 第17卷, 蘆花全集刊行會, 1929, 128면.
3 권정희, 「모자의 대결 장면으로 읽는 가족 표상―『호토토기스(不如歸)』의 '이에(家)'」, 『일본연구』 제25집, 2008.8, 155면.

분'과 '사랑'이 대립되는 역학 관계 속에 '직분' 우위로 귀속하는 서사의 구조는 수용의 과정에서 여성의 서사로서 전유되는 조건으로 작용했다는 맥락에서 '부부애' 표상이 '직분' 우위의 구조에서 성립되었다는 역설과 조우하게 되는 것이다. 이러한 전망에서 이 글에서는 '직분'이 서사를 추동하는 핵심적인 구성 요소로 작동하는 근거를 제시하고 『호토토기스』의 발표 당대의 맥락에서 '직분'의 함의와 텍스트의 내재적인 서사의 구조의 관계성을 조명할 것이다. 이러한 '직분'과 '사랑'의 대립을 통해 남성의 주체성을 자각하는 '직분' 우위의 서사의 구조를 도출하고 이것이 '문학'의 형성에서 갖는 의의를 제시할 것이다.

선행 연구에서 야마모토 요시아키(山本芳明)의 "살아남은 청년이 그 위기적 상황에서 '부'를 얻은 뒤 다시 일어서는 것으로 중단되었던 자기 형성을 완성해가는 서사"[4]라는 평가는 주체성 형성의 구체적 경위에 관해서는 본고와 의견을 달리하더라도 남성의 정체성 형성의 문제를 서사의 핵심으로 파악하는 유일한 견해라고 하겠다. 이러한 『호토토기스』의 서사 구조의 분석에는 동시대의 '직분'과 '연애'의 관계를 둘러싼 입장을 표명한 도쿠토미 소호(德富蘇峰)의 「비연애(非戀愛)」론을 참조하여 '직분' 우위의 구조를 공유하는 맥락을 제시하고 양자의 차이를 통해 '직분'과 '연애'의 분열과 갈등이 '문예(文藝)'로서의 근대 '문학(文學)' 형성의 구성 요소를 내장하는 의의를 조명한다.

이러한 분석을 위해 본론을 다음과 같이 구성했다. 먼저 서사의 직분 구조를 도출하기 위한 전제로서 메이지의 '직분' 담론의 분석을 통해 '직분'의 함의를 규명하고 이것이 서사의 '직분'의 함의로 연계되는 맥락을 제시할 것이다. 이를 바탕으로 도쿠토미 소호의 논설 「비연애」의 '연애의 정(戀

---

4 山本芳明, 「＜父＞の肖像―德富蘆花『不如歸』」, 『國文學』第40卷 第11號, 1995.9, 42～49면.

愛の情)'과 '공명의 지(功名の志)'의 대립적인 구성 방식과 『호토토기스』의 서사와 공유되는 가치와 도덕, 교양 등의 시대의 문맥을 확인할 것이다. 또한 『호토토기스』의 사랑의 '명장면'이 과거의 사랑(戀)의 방식과 서구의 '러브'의 관념이 교차하며 기존과는 다른 방식의 '부부애' 관념을 내포하는 방식으로 '직분'과 대립되는 중층적인 구성 방식을 조명할 것이다. 이 과정에서 『호토토기스』의 '직분'과 '사랑'의 대립이 주체의 분열, 갈등을 야기하는 재현 방식에 「비연애」론과의 차이가 있으며 이러한 양자에서 교환되지 못하는 감정 표현, '정(情)'의 영역이 '문예'를 형성하는 기반이 되는 의의를 내포하는 것임을 제시할 것이다.

2. '직분' 우위의 서사 구조

1) 메이지의 '직분' 담론

'직분'이란 무엇인가를 규명하기 위하여 메이지의 '직분' 담론 가운데 『호토토기스』의 서사와 공유되는 동시대적인 맥락에서 공통의 교양과 사유의 기반으로서 의미 있는 『국민지우(國民之友)』의 '직분' 담론, 「일본 국민의 신종교(日本國民の新宗教)」(『國民之友』 제201호, 1893년(메이지 26) 9월)와 「노작(勞作) 교육」(『國民之友』 제133호, 1891년(메이지 24) 10월)을 검토할 것이다.

『국민지우』의 '직분' 담론은 도쿠토미 로카(德冨蘆花)의 형인 도쿠토미 소호(德富蘇峰)가 쓴 것으로 알려져 있다. 『국민지우』를 비롯하여 『호토토기스』가 연재된 『국민신문(國民新聞)』과 단행본을 발간한 출판사 민유샤(民友社)는 도쿠토미 소호가 경영과 편집을 주관하는 저널리즘이며 로카도 민유샤의 사원으로서 참가[5]하는 등 『국민지우』와 민유샤를 중심으로 하는 저널리즘은 소호와 로카의 교양과 소양의 지반을 살피는 데 매우 유용하다. 이러한 맥락에서 『호토토기스』의 '직분'은 『국민지우』의 '직분' 담론의 자장에서 긴밀한 연관을 갖는다.

『국민지우』에 게재된 논설 「일본 국민의 신종교」의 '신종교'는 '직업'[6]의 은유로서 '최대의 교화력'을 내장한 '직업의 관념'을 갖춘 '직업은 종교'임을 강조한다. 이 논문에서 일본 국민의 직업 관념의 부재를 개탄하면서 직업을 신성하게 여기는 새로운 '직업 관념'의 창출을 취지로 하여 직업의 중요성을 역설했다. 이 논설보다 앞서 쓰인 「노작교육」에는 서구의 사상가 토마스 칼라일을 인용하여 "노작은 생명이라" 혹은 "노동은 곧 신성하다"[7]는 동일한 논조의 논설이 게재되었다.

두 논설에서 반복해서 강조하는 "직업은 신성하다"는 명제는 루터의 '천직'에 상응하는 것으로 판단된다. 그러나 소호의 이 논설이 쓰인 1893년(메이지 26)에는 막스 베버의 논문은 발표되지 않은 상태였다. 하지만 막스 베버가 말하는 '천직'의 어휘에 담겨져 있는 세속적인 일상노동의 존중이라는 개념은, 그 맹아가 이미 중세에 존재했다고 한다.[8] 물론, '직업'을 '천직'으로 하는 관념은 반드시 그리스도교에만 존재하는 것은 아니며 주자학적인 세계

---

5 西田毅(他), 『民友社とその時代 : 思想・文學・ジャーナリズム集團の軌跡』, ミネルバ書房, 2003.

6 이러한 '직업'과 '종교'의 결합은 막스 베버의 프로텐스탄티즘의 '직업 윤리'를 연상하게 한다. '직업'을 신과의 관련에서 설명하고 '직업'에 '종교성'을 발견하는 등 다양한 면에서 양자는 비견된다. 막스 베버의 논문 『프로텐스탄티즘의 윤리와 자본주의 정신』이 최초로 발견되어진 것은 1905년, 『종교사회학 논집』 3권으로 공간된 것은 1920년이다. 베버에 따르면 '세속의 직업 노동이야말로 이웃 사랑의 외적인 나타남'이며 직업을 '천직'으로 하고 세속의 직업에 금욕적으로 근면하는 프로테스탄티즘의 종교 윤리가 영리를 자기 목적으로 하는 합리적인 자본주의 정신의 토대가 되었다는 것이다. 루터의 성서 번역에서 유래하는 독일어 '천직'(Beruf)이라는 어휘에 영어 'calling'의 의미가 내재되어 있는 것과 같이 신이 내린 사명(Aufgabe)으로서의 '직업'이라는 관념이 담겨져 있다. マックス・ヴェーバー 저, 大塚久雄 譯, 『プロテスタンティズムの倫理と資本主義の精神』, 岩波文庫, 1989.

7 E・H・킨몬스, 廣田照幸ほか 譯, 『立身出世の社會史』, 玉川大學出版局, 1995, 127면.

8 マックス・ヴェーバー, 앞의 책, 109면.

관에도 유사한 관념은 존재할 것이다.[9] 직업을 신성하게 여기는 소호의 관념이 어떻게 형성된 것인가에 관해서는 알려져 있지 않지만, 기독교의 직업윤리와 소호의 '천직' 관념의 연관성을 살펴볼 수 있을 것이다.

예를 들면 「일본 국민의 신종교」에서 '직업'의 의미 내용이 핵심적으로 드러나는 구절은 다음과 같다.

> 직업은 노작을 함축하고 노작은 직분을 함축한다. 직업, 노작, 직분은 삼위일체이며 이 세 개의 대 관념, 세 개의 대 사실은 하나의 줄로 연관되어 엮어진다. 하나를 얻으면 셋을 얻고, 하나를 잃으면 셋을 잃어버린다.

이 논설에서 '직업'은 '노작' '직분' '직업'의 상호의존적 관계로서 존재하여 어느 쪽이 결핍되어도 '직업'은 성립하지 않는 '삼위일체'의 관계를 이룬다. 이를 정리한다면, '직업'은 인간을 '상제(上帝)'에 다다르게 하는 '계단'으로서, '직업'은 생활 수단이 아니라 인간을 인간답게 하기 위한 인간의 존재의의 그 자체이다. 동일한 방식으로 '노작(勞作)'도 생활을 위한 수단이 아니라 그 자체가 목적인 것이다.

「일본 국민의 신종교」에서 직업은 '직분'의 중요성을 깨닫게 하는 한편, 직업에 내재하는 '직분'은 '노작'에 깃들어 '성령'과 같은 역할에 '직분'을 대응시키고 '일'에 '혼'을 불어넣는 것과 동일하게 '노작'에 '마음'을 담으려고 하는 의미를 '직분'으로 설정한 것이다. 이와 같이 소호는 '직업'을 '삼위일체'의 관계성의 틀로 '직분' '노작' '직업'의 삼자를 연관시켜 이해했다.

---

9 平石直昭에 의하면 鈴木正三의 '천직'관의 영향으로 유교적 '천직' 관념이 재편되어 근세의 '천직'관의 주류를 이루었다. 예컨대 근세 일본의 '직업'관의 특징인 '생업'관과 '직분' 간의 상호 침투의 관점에서 일반 民의 직업도 '天'에 의하여 부여된 '天命' '天事'로 여겨지던 '천직'관의 주자학적인 사고틀을 전제로 확산되었다고 한다. 平石直昭, 「近世日本の<職業>觀」, 東京大學社會科學硏究所(編), 『現代日本社會』 第4卷, 東京大學出版會, 1991, 50~65면.

그러나 소호의 '직분' 관념과 막스 베버가 말하는 '천직'의 결정적 차이는, 소호의 경우 '인생의 직분'과 같이 '직분'이 '직업'과 연계되지 않는, 인간이 행해야 할 의무라고 하는 추상적인 의미로서 쓰인 점이다.

인간의 도덕적 당위와 관련한 '직분'의 의미는 주자학적 세계관을 바탕으로 하는 관념으로 에도시대에서도 볼 수 있다. '天'으로부터 부여받은 인륜적 상보적 인간관계의 질서에서 하나의 '분(分)'인 것을 당위로서 여기며 그것은 구체적으로는 '천(天)'에 의하여 규정된 사농공상의 '직(職)'의 의미로서 직분을 일생의 문제로서 파악했다. 즉, "'직(職)'='직분'과 '신분'의 분화"[10]가 이루어지지 않은 '신분'과 '계급'이 상호 침투하는 메이지 초의 사회에서 세습적인 신분질서가 부정되고 직업선택의 관념이 넓게 침투해가는 조건이 구비되는 것에 의하여 새로운 '직업' 관념의 정착[11]과 병행하여 '직분'은 점차 '의무'라는 추상적인 의미가 희박화해지고 '직업'과 관련한 관념으로 한정되었다는 추정이 가능하다.

1886년(메이지 19)판인 헤본의 『화영어림집성(和英語林集成)』에서 '직분'의 뜻이 "One's duty, branch or department of work, the part of one's business or employment"[12]로 풀이된 것에도 '의무'와 혼재된 의미로 쓰였으며 이러한 '직분'의 함의를 바탕으로 사뮤엘 스마일즈의 Self-Help(1859)의 번역 『서국입지편(西國立志編)』(1870)[13]에서는 'duty'의 역어로서 '직분'이 채택되었다.[14] 전술한 『화영어림집성(和英語林集成)』에서 '의무'의 어휘를 'Duty;

10 濱名篤, 「明治初期階層構造の研究ー '士族'の場合」, 筒井淸忠(編), 『近代日本の歷史社會學ー心情と構造』, 木鐸社, 1990, 64면.
11 遠田英弘 외(編), 『士族の歷史社會學的研究』, 名古屋大學出版會, 1995, 참조.
12 J·C·헤본, 『和英語林集成』, 1886(메이지19), 講談社(영인본), 1980, 590면.
13 사뮤엘·스마일즈 저, 中村正直 譯, 『西國立志編』, 1870(메이지3), 平川祐弘, 「天ハ自ラ助クルモノヲ助ク(39)ー中村正直と『西國立志編』」, 『學燈』 第102卷 第2号, 丸善, 2005.
14 『西國立志編』의 제8편의 13 '웨린트,직분의 字를 항상 마음에 두는 것'이라는 항목에서는 "그 직분을 잘 수행하려고 바라는 뜻이 독실하기 때문에 그 화를 징계해서 마침내 비상한 인내력을 이끌어냈다"고 기술했다. 그 밖에 제9편 '직무를 수행하는 사람을 논한다'에서

obligation'[15]으로 풀이했다는 면에서 'duty'에 대응하는 언어로서 '의무'나 '직분'과 같은 다양한 선택의 여지를 상정할 수 있다.[16] 이러한 다양한 선택 지에서 'duty'의 번역어로서 '직분'이 채택된 배경에는 개인이나 직업 관념 등의 서양과 일본의 문화의 차이에서 발생하는 복잡한 경위가 작용했다.

『서국입지편』의 원문의 'duty'와 '직분'의 차이의 근간에는 'duty'의 핵심 적인 개념, 당위나 의무가 어떠한 관계에서 인식되는가의 문제와 연관되어, '개인'의 문제 'duty'가 상대적으로 '위치(position)'의 문제 '직분'으로 전환되 는 문맥이 존재한다. 즉, 개인의 당위 'duty'는 에도시대의 막부체제의 사농 공상의 신분질서에서 개인의 선택의 여지가 없는 '위치'의 문제로서 '개인의 의무가 아닌 위치에 상응하는 당위'의 개념 '직분'이 선택되었다.[17] 스마일즈 의 'duty'가 청교도적인 에토스에 규정된 '의무'의 주체 '개인'이 설정되었다 면, 주자학적 '직분'은 인류 질서를 사회질서로 하는 유기적 전체 질서에서 각 개체는 자신의 위치를 발견하고 그것에 상응하는 당위를 자각적으로 수행 하는 도덕적 당위의 개념으로 '독자일기(獨自一己)'를 '직분'의 주체로 했다.[18]

이와 같이 서양과 일본의 사회의 질서 체계와 문화에서 연유하는 차이에 의해 『서국입지편』에서 'duty'의 역어로서 '직분'이 채택되었으며 이것의 연장선상에서 사뮤엘 스마일즈의 *Duty*(1880)[19]는 1904년(메이지 37)에 『직분

'職事'가 직업과 관련하여 파악되었다. 이처럼 'duty'의 역어로서 '직분'이 채택된 점에서 '직분'의 의미가 현재와는 다르게 쓰였음을 추론할 수 있다. 원문의 인용은 사뮤엘·스마 일즈 저, 中村正直 譯, 『西國立志編』(講談社學術文庫, 1981)에 의한다.

15 J·C·헤본, 앞의 책, 111편.

16 森岡健二의 조사에 따르면, 1860~1880년대의 메이지 초기 'duty'의 역어로서 '職分' '勤 メ' 'ツトメ' '義務'의 어휘가 쓰였다. 'duty'의 역어의 추이는, 森岡健二(『改訂 近代語の成 立—語彙編—』,明治書院,1991,117편)에 상세하다.

17 中島哲也, 「Self-HelpにおけるDutyと『西國立志編』における職分—文化接觸の一局面」, 法政 大學國際日本學研究所(編), 『國際日本學』5—87, 法政大學國際日本學研究センター, 2007.5, 95면.

18 中島哲也, 앞의 논문, 106면.

19 Samuel Smiles. *Duty, with illustrations of Courage Patience and endurance.*(London: John Murray, 1880)

론(職分論)』[20]이라는 제목으로 번역된 것이다.

사뮤엘 스마일즈의 『서국입지편』은 후쿠자와 유기치(福澤諭吉)의 『학문을 권함(學問のすゝめ)』과 나란히 '메이지의 성서'로 일컬어질 정도로 대성공을 거두면서 스마일즈의 저서 Character는 『인격론(人格論)』으로 Duty는 『직분론』으로 잇따라 번역되었다. 산업사회 형성기의 영국에서 '노동자 계급을 교양인으로서 육성'[21]하는 자본주의적 향상심과 도덕을 갖춘 남성의 이상상을 그린 일종의 실용서로 읽힌[22] 스마일즈의 저서는 1900년 전후의 일본의 교양주의에 대한 요청과 함께 청년의 삶의 지침을 요구하는 시대의 갈망을 채우는 역할을 수행했다.[23] 예컨대 『직분론』에서 인생의 최고 목표는 '직분'을 수행하는 것이고 "정려(精勵)·수양·극기, 특히 성실 엄정히 의무를 수행[24]할 것을 당부하는 메시지는 "입지나 학문·면학·노력·근면 등의 입신출세의 도덕"으로서 요약된다.[25] 『직분론』이 1904년(메이지 37) 러일전쟁이 발발한 상황에서 번역된 것은 '직분'을 수행하는 메시지가 국민의 전쟁협력을 동원하는 이데올로기로서 기능했음을 함축한다.[26] 『직분론』에서 '해군'과 '육군'의 항목에서 군인의 덕목을 강조하는 바와 같이, 직무와 의무를 결합하는 직무 수행의 도덕 가치가 전시의 군인들의 사명을 고무하는 기능으로 작동하는 일본 근대의 '직분'이 수행한 이데올로기의 기능을 규명하는 것에 의하여 비로소 지금까지 거의

Reprent(London: Routledge, 1997).
20 사뮤엘·스마일즈, 若月保治·栗原元吉(譯), 『職分論』, 內外出版協會, 1904(明治37).
21 室伏武, 「사뮤엘·스마일즈와 『職分論』」, 『亞細亞大學敎養部紀要』 52호, 亞細亞大學, 1995, 17면.
22 高田里惠子, 『文學部をめぐる病い―敎養主義·ナチス·旧制高校』, 筑摩書房, 2006, 335면.
23 E·H·킨몬스, 廣田照幸ほか 譯, 『立身出世の社會史』, 玉川大學出版局, 1995, 참조.
24 中尾定太郎, 『スマイルズの思想』, 白馬出版, 1985, 167편.
25 竹內洋, 앞의 책, 19면.
26 '특히 러일전쟁의 승리로 들떠 있는 국민에 대해서 '덕성의 함양, 품성의 도야, 직분을 다하는 의무를 준수'하도록 경종을 울리는 것이었다'(室伏武, 앞의 논문, 21면)

언급되지 않았던 『직분론』의 존재가 조명된다. 또한 이러한 '직분' 담론의 지평에서 『호토토기스』와 사뮤엘 스마일즈의 *Duty*의 구조상의 대응이 선명히 부각되는 것이다.[27] 단적으로 말해서 『직분론』의 구성은 『호토토기스』의 그것과 깊은 연관성을 내재하며 『직분론』의 '직분'의 관념은 『호토토기스』의 '직분'의 내실과 유사한 맥락에서 이해될 수 있다.

『직분론』의 '도덕상의 직분'의 의식은 '근면한 노동'의 '직분'을 수행하는 것으로 출발해서 '양친으로서의 가정의 직분'과 '사회의 일원으로서의 직분'으로, 나아가서는 국가에 대한 '직분'으로 확장해 간다. 이와 같이 단계로 나누어 '직분'을 수행하는 것은 종래의 교육의 결핍을 자각하고 '개량을 요하는 것'에 그리스도교의 기초를 두기 위한 것이다. 이밖에도 인생의 교훈서인 『직분론』에는 "인류인자의 당연히 지켜야 할 도덕상의 직분"을 촉구하며 '행위자로서의 직분'과 함께 '도덕상의 직분'을 요구하였다. 『직분론』의 전개에서 '직분'이 확산되는 구조는 『호토토기스』의 사랑―가족―국가로 연계되는 '직분' 우위의 서사의 구성과 일정하게 대응하며 지극히 유사한 발상에 의존하고 있다. 이러한 맥락에서 『호토토기스』의 '직분'의 함의는 스마일즈의 'duty'와 연관된 것으로 이해되며 이를 바탕으로 서사에 대한 새로운 접근의 시각이 열리게 되는 것이다.

---

27 *Duty*와 『職分論』의 목차를 병기해 둔다. 제1장 DUTY CONSCIENCE 직분 양심, 제2장 DUTY IN ACTION 행위의 직분, 제3장 HONESTY TRUTH 정직 진실, 제4장 MEN WHO CANNOT BE BOUGHT 금전으로도 매수할 수 없는 사람, 제5장 COURAGE ENDURANCE 용기 인내, 제6장 ENDURANCE TO THE END-SAVONAROLA 최후까지의 인내 사보로나, 제7장 THE SAILOR 해군사람들 수부, 제8장 THE SOLDIER 육군군인, 제9장 HEROISM IN WELL-DOING 박애, 제10장 SYMPATHY 전도에서의 용기, 제11장 PHILANTHROPY 선을 행하는 용기, 제12장 HEROISM IN MISSIONS 동정, 제13장 KINDNESS TO ANIMALS 동물에 대한 친절, 제14장 HUMANITY TO HORSES-E.F.FLOWER 말에 대한 자비, 제15장 RESPONSIBILITY 책임, 제16장 THE LAST 사람의 최후.

2) 서사의 '직분'의 함의

『호토토기스』에서 '직분'의 어휘는 그다지 빈번히 쓰이지는 않았지만, 서사를 추동하는 서사 구성의 중심 원리로서 작용한다. '직분'을 '쇼쿠분'과 '츠도메'로, 두 가지 방식으로 읽도록 루비를 달아 문맥에 따라 '직분'은 특별한 의미를 함축했다. 서사에서 '직분'의 어휘는 다음과 같이 구사되었다.

첫 번째, 서사의 사랑에 대한 인식을 드러내는 맥락에서 직분(職分[つとめ 츠도메])[28]의 어휘를 구사했다. 다케오가 나미코를 병문안하는 장면에서 나미코의 발화, "정말? 기뻐요! 네, 둘이서! ― 하지만 어머니가 계시고, 직분(職分[츠도메])이 있고, 그렇게 생각하셔도 자유롭게 되지 않지요."와 같이 '직분'을 '츠도메'로 읽도록 루비를 달았다. 이것은 텍스트의 '근무(勤務[つとめ 츠도메])'의 용법에 근접한 의미로 예컨대 "정말 ― 오랫동안 어머니도 ― 어떻게 쓸쓸하게 지내시는지요 또한 직접 근무처에 계실 것이라고 생각하면 하루가 빨리 지나서 할 수 없어요"와 같이 '근무(勤務)'의 한어를 '오츠도메(근무)'로 읽도록 루비를 단 것과 동일한 맥락이다. 이것은 역으로 보자면 '오츠도메'에 '직분(職分)'의 한어를 사용하지 않았다는 면에서 서술자가 의도하는 '직분(職分)'의 의미를 읽어낼 수 있을 것이다.

1893년(메이지 24)에 간행된 일본어 사전 『언해(言海)』의 'つとめ(츠도메)'의 항목에는 "근무(勤務)(一)근무하는 것. 해야 할 일(二) 임금을 섬기는 것. 임무, 봉공, 직무'의 뜻으로 기술되었다. 이러한 의미를 바탕으로 '근무(勤務)'의 한어에 '오츠도메'로 읽도록 루비를 달아 '오츠도메'의 의미를 『언해(言海)』의 제일의 의미 '근무하는 것'에 한정하려는 것이 서술자의 의도라는

---

28 원문의 루비는 [ ], 뜻은 ( ) 안에 표기했다.

것을 추정할 수 있다. 즉, '오츠도메'를 '근무(勤務)'로서 실체화하여 『국민지우(國民之友)』의 어법으로 말한다면 '노작'의 의미에 해당하는 것이다. 이것에 대해서 "직분(職分[츠도메])"라는 나미코의 발화는 한어 '직분(職分)'에 근무라는 뜻이 있는 '츠도메'의 음을 달았다. 『언해』의 '직분(職分)'의 항목에는 '직(職)으로서 해야 할 일'이라는 풀이가 있다. 이를 바탕으로 '직분(職分)'을 '오츠도메'로 읽는 것은 '오츠도메'의 의미를 '근무'가 아니라 '직(職)으로서 해야 할 일'이라는 의미로 한정하는 구속력을 갖는다. 즉, '오츠도메'의 의미를 '직분'의 방향으로 이끌기 위한 의도인 것이다. 이것은 다케오가 전투에 참가하여 '此職分あ(しょくぶん)の道に從(이 직분의 길에 따)'라 각오를 다지는 다케오의 심정을 '직분'이라는 어휘에 '쇼쿠분'으로 읽도록 루비를 단 것과 동일하게 '직분'을 '쇼쿠분'의 의미로 연계하는 장치인 셈이다. 다시 말하면 나미코와 다케오가 함께 죽음을 선택하는 것이 자유롭지 않은 조건의 하나인 '일'에 해당하는 어휘를 '근무(勤務)'가 아닌 '직분(職分)'의 한어를 채택함으로써 단지 근무처의 의미만이 아닌 의무, 당위의 의미를 부가하는 당대의 '직분(職分)'의 맥락을 환기하여 '사랑'과 '직분'의 대립적인 구도를 부각하는 의미를 함축한다. 이렇게 '사랑'의 가치가 '직분'의 가치에 하위로 종속되는 서사적 질서에서 동음의 '근무(勤務[つとめ])'가 아닌 '직분(職分[つとめ])'이 채택된 것이라고 하겠다.

두 번째, 서사의 가정에 대한 인식을 드러내는 문맥에서 '부모의 직분(職分[しょくぶん])'과 같이 구사되었다. "자식 말대로만 하는 게 부모의 직분(職分[しょくぶん])이 아니"다는 발화와 같이 '직분(職分)'은 '직(職)'과 연계되지 않는다는 의미에서 전술한 소호의 '인생(人生)의 직분(職分)'과 동일한 문맥에서 이해된다고 하겠다. 이것은 '가정의 일은 여자의 본분'이라는 서술의 '여자의 본분'과 유사한 의미이다. 예컨대 '여자의 본분'이 '남자는 바깥, 여자는 안'이라는 성역할의 위계와 동일하게 부모와 아들이라는 가족 관계의 위계 질서에 기초하여 '부모'의 '직분(職分)'의 가부장적 의식을 추동하는 것으로

부모의 역할, 임무를 다하도록 촉구하는 의미를 내포한다.

세 번째, 서사의 국가에 대한 인식을 나타내는 문맥에서 '직분(職分[しょくぶん])의 길'과 같이 구사되었다. "이 국가 대사(大事)에 관해서는, 막막한 창해의 한 알의 좁쌀(粟). 나 가와시마 다케오의 일신의 사활 부침, 어찌 물으려하는가. 그는 이렇게 스스로 꾸짖고 그 아픔을 누르며 이 직분(職分[しょくぶん])의 길에 따라서 절망의 용기를 떨치고 정벌 전쟁(征戰)의 사업(事)에 따르노라. 그는 죽음을 실로 먼지보다 가볍게 생각하노라"에서 나타나는 바와 같이 전투에 임하는 다케오의 심정을 서술자는 한어 '직분'의 어휘를 구사하여 전술한 『언해(言海)』의 제2의 정의, '직(職)으로서 해야 할 일=본분'의 의미를 함축했다. 여기의 '직분'은 전술한 제일과 제이의 '직분'과의 혼동을 피하기 위해서 '본분'으로 치환할 수 있다. 이렇게 본다면 '이 직분(職分)'이 규정하는 것은 직업군인의 '본분'의 의미세계이다. 즉, 서사의 '직분'은 당시의 '군인'의 '본분'에 관련한 덕목을 제시하는 군인칙유와 연동하는 함의를 형성하는 것이다.[29]

이와 같이 사랑, 가정, 국가의 서사의 중심 요소는 직분 의식과의 관계 속에서 획득된 의미 체계에서 구성되었다. 이것은 개인과 가정, 국가의 질서를 편제하는 일본 근대의 가치 체계와 대응하는 방식의 서사의 구성인 것이다.

29 이 점에 대해서는 권정희, 「<不如歸>の変容—日本と韓國におけるテクストの<翻譯>」, 동경대 박사학위논문, 2006, 제1장 4절 참조.

3. 「비연애(非戀愛)」론의 교직

—"연애의 정"/"공명의 지"

이러한 '직분'에 대한 의식은 군인칙유와 같은 당대의 지배 이념과 연관된 맥락에서만이 아니라 연애와의 관계 속에서 개인의 삶의 가치를 좌우하는 이정표로서의 지표 기능을 수행했다. 그것의 단적인 예로서 도쿠토미 소호(德富蘇峰)의 논설 「비연애」론은 전술한 바와 같은 『국민지우』의 '직분' 담론과 동일한 관념을 토대로 '연애'와 '직분'의 대립적인 논의를 전개한다.

> 사람은 두 가지 중요한 것을 할 수 없다. 연애의 정(戀愛の情)을 이루고자 하면 공명의 지(功名の志)를 물리치지 않을 수 없고 공명의 지(功名の志)를 달성하고자 하면 연애의 정(戀愛の情)을 버리지 않을 수 없고 집금오(執金吾)[30]가 되고, 음려화(陰麗華)[31]를 얻는 것과 같이 희유의 예로서 보는 것 외에 나의 청년 남녀 제군, 도대체 이것을 거울삼을 수 있는가.
>
> 연애는 사람을 움직이는 일대 지렛대가 되어, 이 잣대를 위해서는 일대의 영웅도 뒤흔들게 함이라 오직 영웅중의 영웅인 것은 지렛대의 바깥에 설 뿐, 나폴레옹 말했노라 요컨대 연애는 나태한 자의 직업이고 전사의 장해물이라 제왕의 암초라고 연애의 신은 질투의 신이라, 사람이 만약 이 성단의 아래에서 무릎꿇고 엎드려 예배할 때에는 다른 것과 관계하는 것을 받아들일 수 없다.[32]

청춘남녀의 연애에 대한 입장을 표명한 이 논설에서 「비연애」의 논리는 극히 명쾌하다. 남녀교제의 의미를 근본적으로 부정하지 않으면서도 '연애의 정(戀愛の情)'과 '공명의 지(功名の志)'를 양립 불가능한 대립 관계로 설정하여 '전사'를 지향하는 자라면 '공명의 지'를 우선해야 한다는 것이 논지의

---

30 황거제문의 호위, 출입의 허가, 천황의 외출의 봉공(奉公) 등을 담당하는 관리.
31 광무제의 황후로 후한시대의 명제(明帝)의 모친, 빼어난 미인으로 중국역사상 훌륭한 황후의 한명으로서 꼽힌다.
32 「非戀愛」, 『國民之友』 125, 1891(明治24), 7, 5~6면.

핵심이다. 국가를 위한 대망을 품은 열혈 청년이 '정(情)'을 모르는 바 아니나 사물의 경중을 따져야 할 '제자가인(才子佳人)'이라면 '명치유행소설'에 감화를 받는 청춘남녀에 유감을 표명하고 '속습(俗習)의 유행'과 멀리할 것을 요청하는 메시지는 '연애(戀愛)'와 '공명(功名)'을, '정(情)'과 '지(志)'의 대립을 전제로 하는 사유에 입각해 있다. 여기에는 '공명(功名)'과 '지(志)'를 결합하는 방식과 동일하게 당대 유입된 서양의 낯선 'Love'의 번역어 '연애(戀愛)'를 '정(情)'과 결합하는 한어의 결합을 통해서 이해하는 방식이 각인되어 있다. 이러한 용례는 막부 말, 메이지 초기 동사 love의 역어로 '연애(戀愛)'가 사용된 이래 1890년(메이지 23) 10월, 『여학잡지(女學雜誌)』에 실린 번역 소설 『골짜기의 흰 백합(谷間の姬百合)』의 비평에서도 '러브(戀愛)의 정(情)'의 형태에서도 발견되며 '러브'를 '정(情)'의 맥락에서 이해하려는 결합 방식인 것이다. 흥미로운 것은 이와모토 요시하루(嚴本善治)의 '러브(戀愛)의 정(情)'과 도쿠토미 소호의 '연애(戀愛)의 정(情)'은 각각 다른 문맥 속에 결부됨으로써 연애에 대한 상이한 관점을 드러내는 점이다. 전자는 '러브(戀愛)의 정(情)'을 '깨끗한(潔ぎ)'의 문맥과 후자는 '욕(欲)'과 결합하는 것으로 문맥을 달리했다. 다시 말하면, 두 사람은 모두 서구의 문화에 바탕을 두면서도 전자는 '러브(戀愛)의 정(情)'을 과거의 "불결한 연상을 주는 일본 통속의 문자(不潔の連感(association)に富める日本通俗の文字)"[33]와 분리하여 '깨끗한(潔ぎ)'의 문맥으로 연계한 데 반해서 소호는 '애(愛)'를 '욕(欲)'으로 인식하는 불교적 관념에 입각한 한어 '애(愛)'[34]의 맥락에서 '욕(欲)' '불결한 연상(不潔の連感)'의 이미지와 연계하여 연애에 대한 관점이 상이한 문맥에서 표출되는 것이다. 이와 같이 '정(情)'이라는 전대의 토대 위에 '러브'라는 새로운 관념을 결합하는 방식은 상이한

---

33 柳父章, 『翻訳語成立事情』, 岩波新書, 1982, 90면.
34 일본어 한자 '愛'는 중국어 '愛'와는 달리 불교용어에서 온 부정적인 의미를 함축했다. 柳父 章, 『愛』, 三省堂, 2001, 80~82면.

두 세계를 횡단하는 경계의 지점을 통과하며 획득되었다.

한편, 당대의 'Love'의 번역어 '연애(戀愛)'를 주창하며 남녀 교제의 필요성을 요구하는 당대의 지식인 논객들과의 차이는 「비연애」론의 다음과 같은 주장에 명확히 나타나 있다.

> 그렇지만 기억하라, 반드시 기억하라, 사람이 한때 연애의 금수로 된 때는 모든 자유는 반드시 이 성단에 바쳐지는 희생인 것을, 자유를 팔고 연애의 금수로 되어 한 몸을 던져 자신을 돌아보지 않는 각오 있다면 소위 바닥 있는 옥의 잔에 넘치는 한도의 애수를 떠야 한다. 그러나 만약 조금이라도 천직을 띠고 가슴에 뜻을 품은 자라면 숙고하는 것이 필요하다. 연애 무엇인가 남녀 교제 무엇인가 (…중략…) 그들은 꿈에서도 더욱 지혜를 닦아 앎을 익혀야 할 것이다. 그럼에도 그들 당연한 직분을 소홀히 하거나 방임하여 한 없이 손꼽아 헤아리며 일요 회당에는 어울려 찬미가를 소리 높여 제창하는 것을 기다려, 신 만약 위엄 있는 영이라면 어찌 이와 같이 예의가 아닌 예배를 들으려 하겠는가.

"기억하라" 하고 위풍당당한 명령형의 연설조로 시작한 위의 논설에서 청년이 "연애의 금수"로 전락하는 순간의 대가를 경고한다. 즉, 연애는 자유와 천직의 희생을 요구하므로 큰 뜻을 품은 청년들이 취해야 할 바가 아니라는 주장이라는 면에서 이와모토 요시하루(巖本善治)를 필두로 하는 "자유 연애"를 주창하는 입장과의 차이를 선명히 했다.

소호는 "남녀 교제, 자유결혼"이야말로 "메이지 사회의 신제목"이라고 기술하여 시대의 흐름을 파악하면서도 "사람의 정력은 무한하지 않고 유한하다. 특히 우리나라 인종과 같이 체력 가볍고 박약하다"며 인간의 유한성을 근거로 "남녀교제"의 과제를 유보할 것을 역설했다. 큰 뜻을 품은 청년이 인간의 유한한 정력을 '연애(戀愛)'에 빼앗기면 애국의 힘은 저하되므로 '연애(戀愛)'를 경계할 것을 호소하고 있다. 연애의 열정의 억제가 애국을 위한 열정으로 전화된다는 이러한 논리는 연애와 애국을 인간의 정력이라는 면에서 동일선상에서 인식하는 당대의 진화론[35]의 사유를 반영하는 것이다. 인간의 의지나 정신력은 체력과 등가의 산물로 서양에 비해 선천적으로 "박약"한 일본은 인종 개량의 관점에서 연애를 제한함으로써 체력의 열세를 만회하지 않으면 서양과 대항할 수 없다는 주장을 편다. 인종에 대한 관념이 서양과의 대항 논리에서 더욱 고무되며 일본 청년의 당위와 규범을 추동하는 방향으로 작동하는 것이다.

또한 소호의 연애 담론은 '연애'는 곧 '정사(情死)'라는 죽음의 이미지를 내재하는 은유의 연쇄적인 수사의 의미망에서 작동된다. '연애의 포로'가 된 '지망(志望) 있는 청년'이 '연애의 금수'로 전락한 순간, "이미 살아가면서 죽게 하는 것이고, 그들은 살아가면서 연애와 정사(情死)함이라"는 문장으로 요약되는 연애는 정(情)에 대한 부정적인 인식을 매개로 생(生)을 사(死)로 전화하게 하는 논리에 떠받쳐지고 있다. "연애는 불화, 위험, 고뇌를 낳는 부정적인 에고이즘으로 배제"[36]되는 일본의 유교적 도덕적 질서의 가치 체계는 '지망(志望) 있는 청년'의 공명은 생(生), 연애는 사(死)라는 이항대립적인 인식을 생성했다. 이러한 인식 체계에서 청년의 주체적인 생(生)의 자각은 직분이나 공명을 우선하는 선택으로 연애를 부정하는 방식으로 '연애'는 곧 '정사'라는 죽음을 잠재하는 부정적인 이미지는 비단 「비연애」론과 『호토토기스』의 서사에서만 공유되는 인식은 물론 아니다. 전술한 바와 같이, 일종의 "공명(功名)"의 표상 '직분'은 유교적 질서를 바탕으로 한 전근대적인 재래의 '직분' 관념이 서구의 '직분'의 관념과 교차하며 새로운 '직분' 관념으로 재구성되는 근대성을 내포하는 맥락에서 '공명(功名)'과 등가의 것은 아니다. 당대의 유교적 질서를 기반으로 하는 사회를 반영하는 서사의 대립적인

35 加藤秀一, 『<戀愛結婚は何をもたらしたのか―性道德と優生思想の百年間>』, ちくま書房, 2004 참조.
36 モーリス・パンゲ, 竹內信夫譯, 『自死の日本史』, 筑摩書房, 1986, 235~236면.

구조는 서구 근대의 체험에서 새롭게 재편된, 전대와는 다른 다양한 방식의 서사적 질서와 연관된 것이다.

4. '러브신'과 낭만적 상상력
―'직분'과 '사랑'의 이중 구속

서사의 '직분' 우위의 구조는 부부의 영원한 사랑을 약속하는 장면에서 극명하게 표출되었다. 폐결핵을 앓는 나미코와 해군 소위 다케오 부부가 즈시(逗子) 해변의 바위에서 나누는 대화는 '부부애 찬미'의 서사라는 이미지를 구축하는 결정적인 근거로서 작동했다. 연극과 노래, 통속소설의 러브신으로 여러 변형을 재생산하며 확산되었던 사랑의 '명장면'은 다음과 같다.

> "(…전략) 꼭 낫는다고 하는 정신만 있으면 나아. 나을 수 없다고 하는 건 나미씨가 나를 사랑하지 않기 때문이야. 사랑한다면 꼭 나을 거야. 낫지 않고 이걸 어떻게 하겠어."
> 다케오는 나미코의 오른손을 잡더니 자기 입술에 댔다. 손에는 결혼 전, 다케오가 보낸 다이아몬드 박힌 반지가 찬연히 빛났다. 두 사람은 잠시 침묵하며 말하지 않는다. 에노시마 쪽에서 출항한 흰돛단배 하나, 수면을 미끄러져 간다. 재미있는 가락의 뱃노래, 물 건너 아련하게 들린다.
> 나미코는 눈물을 머금은 눈에 미소를 띠며 "낫겠어요, 꼭 나을 거예요, ―아아, 인간은 왜 죽는 것일까요 살고 싶어요! 천년도 만년도 살고 싶어요! 죽는다면 둘이서! 네, 둘이서요!"
> "나미씨가 죽는다면 나도 살아갈 수 없어!"
> "정말? 기뻐요! 네, 둘이서! ―하지만 어머니가 계시고, 직분도 있고, 그렇게 생각하고 계셔도 자유롭지 않으시지겠지요 그때는 나 혼자 먼저 가서 기다리지 않으면 안되겠지요.―내가 죽더라도 가끔 생각해 주시겠어요? 네, 네, 당신?"
> 다케오는 눈물을 훔치면서 나미코의 검은 머리를 쓰다듬으며 "아아 이제

이런 이야기는 그만두지 않겠소 어서 몸조리 해서 병이 나으면 나미씨, 둘이서 오래 살아 금혼식을 하지 않겠소."

나미코는 다케오의 손을 양손에 꼭 잡은 채 몸을 던져 다케오 무릎에 뜨거운 눈물을 뚝뚝 흘리면서 "죽어도 나는 당신의 아내예요! 누가 어떻게 하든 병이 들어도 죽더라도 미래의 미래의 먼 훗날까지 나는 당신의 아내예요!"[37]

메이지 20년대, 서구의 'love'가 '연애(戀愛)'로 번역된 이후 유행어로 유통되었던 메이지 30년대의 서사의 '러브신'의 구성 방식을 살필 수 있다는 면에서 매우 흥미로운 장면이다. 다이아몬드 반지를 낀 손에 키스와 포옹 등의 '영원한 사랑'의 이미지를 부여하는 제반의 장치를 통해 대중의 동경을 자아내며 "플라토닉 러브의 찬미에 경사"[38]되었다는 '명장면'은 새로운 '러브'의 관념이 다른 배경의 정념과 교차하는 이질적인 문화의 교섭의 역학으로 구성되며 전대의 '연(戀)'과는 다른 방식의 대응 양상을 살필 수 있다는 맥락에서 당대의 '러브'와의 접촉에서 파생된 새로운 사랑의 방식의 출현이 가시화된다. 서양의 '러브'가 수입되기 이전의 전근대의 남녀의 육체적인 사랑을 '연(戀)'으로, 정신적 사랑을 바탕으로 한 새로운 남녀관계는 '사랑(愛)'으로 전환해갔다는 입장에 따라[39] 사랑의 담론의 구성을 '러브'나 '연(戀)'

---

37 원문은 다음과 같다. 「(中略) 是非治ると云ふ精神がありさへすりア屹度治る。治らんと云ふのは浪さんが僕を愛せんからだ。愛するなら屹度治る筈だ。治らずに此を如何するかい」武男は浪子の右手を執りて、吾唇に当てつ。手には結婚の前、武男が贈りし金剛石入りの指輪燦然として輝けり。二人は暫し黙して語らず。江の島の方より出で來りし白帆一とつ、海面を滑り行く。節面白き船乃、水を渡りてほのかに聞ふ。浪子は涙に曇る目に微笑を帶びて「治りますわ、屹度治りますわ、一あヽあ、人間は何故死ぬのでせう！生きたいわ！千年も万年も生きたいわ！死ぬなら二人で！ねエ、二人で！」「浪さんが亡なれば、僕も生きちゃ居らん！」「本當？嬉しい！ねエ、二人で！一でも阿母がいらっしゃるし、御職分(おつとめ)があるし、其う思つて御出でなすッても自由にならないでせう。其時はわたくしだけ先に行つて待なけりやならないのですねエ一わたくしが死んだら時々は思ひ出して下さるの？エ？エ？良人？」(德冨蘆花 『不如歸』, 民友社, 1900, 166~168면)

38 高杉芳次郎, 『日本名作鑑賞―明治前期』, 厚生閣, 1936, 155면.

'애(愛)'[40]의 개념의 틀로 분석할 때 전제되는 개념에 대한 불확정성이나 이에 따른 제반의 개념의 변별이 명확하지 않은 문제에 직면하게 된다. 따라서 이 글에서는 상이한 힘의 갈래에 대한 명명에 대해서는 유보하더라도 '러브'를 구성하는 특징적인 요소들이 재현되는 방식에서 이른바 서구의 '낭만적 사랑(romantic love)'[41]이라는 단일한 개념에 지배되는 방식이 아닌 상이한 경향의 역학이 뚜렷한 복합적인 양상으로 재현되는 것을 부각하고 이러한 '러브'를 상상하는 방식에서 환기되는 상이한 경향의 정념, 사랑의 관념의 충돌이 서사와 연관되는 지점에서 발생하는 전대와는 다른 문화의 단층을 조명하고자 한다.

결혼이 건강한 육체를 전제로 하는 제한성을 내포하는 조건 속에서 병리학적 사유 방식의 자리에 마음, 정신의 작용이 육체를 지배한다는 낭만적[42] 상상력은 "사랑한다면 꼭 나을 거야"라는 질병의 치유를 사랑의 물적 징표로 한다는 발화로 구현된다. 이에 호응하여 사랑의 쾌유를 다짐하면서도 건강한 신체를 전제 조건으로 하는 사랑과 사랑이 질병을 치유한다는 명제의 양립할 수 없는 모순은 "아아, 인간은 왜 죽는 것일까요."라는 인간 일반에 대한 죽음에 대한 회의로 이어진다. 여기에는 건강한 신체라는 전제 조건 하에서만 유효한 결혼 제도의 제한적인 사랑과 사랑이 질병을 치유하는, 양립할 수 없는 모순을 공존하게 하는 낭만적인 상상력이 작동된다.

다케오의 사랑이 건강한 신체를 전제 조건으로, 생에서만 지속될 수 있는

---

39 佐伯順子, 『戀と愛の比較文化史』, 岩波書店, 1988.
40 야나부 아키라(柳父 章)에 따르면 '연애(戀愛)'는 근대 이후의 번역어이며 '애(愛)'는 근대 이후의 번역어임과 동시에 고대의 일본어 번역어이다. 柳父 章, 『愛』, 앞의 책, 57면.
41 '낭만적 사랑'의 함의에 대해서는 앤소니 기드슨, 황정미·배은경 역, 『현대사회의 성 사랑 에로티시즘』, 새물결, 1996 참조.
42 서구 세계의 삶과 사고를 근본적으로 바꾼 광범위한 근대의 운동으로서의 낭만주의 개념에 대해서는 이사야 벌린, 강유원·나현영 역, 『낭만주의의 뿌리―서구 세계를 바꾼 사상 혁명』, 이제이북스, 2001 참조. 아르놀트 하우저, 염무웅·반성완 역, 『문학과 예술의 사회사 3』, 창작과비평사, 1999.

유한적인 사랑이라면, 나미코의 사랑은 생의 유한성을 초월하여 지속되는, 사랑을 최고의 가치로 하는 죽음을 향한 정념이다. 사랑과 죽음을 연계하는 구조라는 맥락에서 '의지에 의한 죽음'[43] '신주(心中)'를 암시[44]하는 나미코의 사랑은 "천년도 만년도"라는 영원함의 표상을 통해 생에서는 존속할 수 없는 제한적인 사랑을 초월하려는 열망으로 전이된다. 이별의 경계로서의 죽음은 "죽는다면 둘이서!"라는 발화와 이에 호응하는 다케오의 응답으로 '연애'는 곧 '정사'라는 '연애의 금수'로 전락한 순간을 재현했다. 생과 사의 임계점에 놓인 사랑의 선택의 순간을 재현함으로써 연애는 죽음을 내포하여 생에의 지향이 연애를 부정하는 방향으로, 사랑과 직분의 대립적인 구성을 통해 선택의 지점을 선명하게 가시화했다. 이와 같이 생과 사를 둘러싼 사랑과 '직분'의 관계라는 맥락에서 『호토토기스』의 사랑을 둘러싼 담론 편성은 도쿠토미 소호의 논설 「비연애」론과 동일한 인식 기반을 공유하며 일정하게 대응하는 방식으로 구성되었다.

그러나 「비연애」론에 공명하는 구조가 전혀 다른 방식의 상상으로 재현되는 것에 『호토토기스』의 서사의 특징이 존재한다. 예를 들면 폐결핵에 걸린 나미코가 건강한 다케오를 향한 발화[45]라는 설정은 사랑과 죽음의 연계를 다양한 선택지로 이끌면서 죽음을 유혹하는 "고풍스런 취미"의 아내라는 기존과는 다른 이미지를 연출한다. 전통적인 아내의 역할에서 일탈한 가족 제도의 틀 외부에 위치하는 사적인 공간의 유녀의 이미지를 아내라는 가족

---

43 '신주(心中)'란 동일한 장소에서 동시에 두 사람 이상의 자가 함께 자신의 의지에 의한 동의를 바탕으로 동일한 목적으로 자살하는 의미를 가리키나 '정사(情死)'와 동의어로 사용되기도 한다. '정사(情死)'는 남녀의 비련 끝에 함께 죽음을 선택하는 상태상(狀態像)으로 '신주(心中)'에 포함된다. 大原健士郎, 『心中考―愛と死の病理』, 太陽出版, 1973, 15면.

44 Ito,Ken K. "The Family and the Nation in Tokutomi Roka's *Hototogisu*." *Harvard Journal of Asiatic Studies*. 60, no.2(2000): p.528.

45 에도시대 신주는 대부분 유녀와 손님에 의해 이루어졌지만 부부의 신주를 다룬 것도 있다. 佐伯順子, 「心中の近代」, 『愛と苦難―近代日本文化論 11』, 岩波書店, 1999, 33면.

제도의 틀 안의 여성과 결합하여 공적인 위치로 이동함으로써 고정된 규범과 역할에 따른 정념의 조합을 변형하는 것이다. 이러한 전대와는 다른 결합은 '러브'를 한 축으로 하면서 동시에 직분의 대립물로서 '신주(心中)'의 장치를 설치하는 또 하나의 축을 교차하는 것에서 표상되는 결합의 방식에 다름 아니다. 사랑의 가치 우위를 측정하는 잣대로서의 '신주(心中)', 즉 정념과 죽음의 연계 장치와 그것이 불가능한 대립물로서의 '직분'과 가족이라는 구성은 '러브'를 상상하는 방식을 드러내는 것이다.

사랑의 가치를 우위에 둘 '자유'를 제약하는 '어머니'와 '직분'의 제약이 환기되며 사후 '생각'해 달라는 요청으로 후퇴하는 나미코의 발화에는 '정(情)'에 입각한 '신주(心中)'의 논리와 육체와 단절된 사후의 '영원한 사랑'의 '러브'가 혼재된 상상의 방식인 셈이다. '신주(心中)'의 기억을 경유하는 '러브'의 구현의 방식은 치카마츠(近松)의 부부 신주 서사(心中物語)의 '어머니'와 '아내'라는 대립 구조에 의존한 부부의 '상대를 생각하는 진실한 사랑'[46]의 정신과도 상통하는 일면을 지닌다. 즉 '육욕을 초월한 정신성'과 '남녀의 상애(相愛)'를 특질로 하는 '러브'의 개념의 재현이 서사의 서술 방식의 문제로서 의식되며 전대의 서사를 환기하여 서구의 '러브'와는 다른 양상으로 구현되는 것이다. 기독교적 세계관의 강박이 배우자의 육체와 정신을 구별하고 생사를 경계로 영원성의 관념과 결합하는 새로운 관계 방식을 촉진하며 육체와 연관되는 '연(戀)'을 정신과 결합하고 정신과 결합하던 기존의 부부의 정념을 육체와 결합하는 방식으로 육체에 대한 정신성의 우위를 바탕으로 하는 '영원한 아내'를 변주하는 것이다. 남녀의 사랑을 정신과 육체를 분리하여 연관하는 '러브'에 대한 상상의 방식은 일본의 전통적인 '연(戀)'과 '애(愛)'의, 심(心)과 신(身)을 분리하지 않고 하나로 취급[47]하던 문화와의 단층을 드러

---

46 白倉一由, 「『心中宵庚申』の主題」, 『山梨英和短期大學紀要』 28號, 1994, 12면.
47 최초에는 진심(まごころ)을 나타내는 언어였던 '心中'이 유녀와 객의 정사의 유행 이후 점

내는 것이다. 이러한 단층은 과거의 '연(戀)'이나 '정(情)'을 불교적인 의미에 입각한 '욕(欲)'[48]과 분리하여 과거의 문화와 구별짓고 '러브'를 '결(潔)'의 이미지와 결합하는 방식으로 정신적인 관계를 육체적인 관계보다도 고상한 것으로 하는 "플라토닉 러브"를 상상하는 문맥에서 발생하는 것이다.

전대의 '속'과는 구별되는 '고상한 감정', '러브'의 유입이 육체와 정신에 대한 새로운 인식을 동반하며 결혼과 정신과 육체의 분리, 정신의 우위라는 '러브'를 구성하는 조건에 상응하는 결합의 방식으로 전유하여 서구와는 다른 방식의 '러브'가 상상되는 지점에서 젠더 편성의 변형을 맞게 된 것이다. 이러한 맥락에서 육체와 정신의 분리라는 결합의 방식이 추동하는 낭만적 상상력의 작용은 이 시대 "죽어도 나는 당신의 아내예요!"라는 영원한 아내라는 절규, 영원한 사랑에 대한 열망을 상징하는 발화를 낳았다. 낭만적인 사랑이 부부 중심가족 제도의 필수적인 상관물[49]이라면 일부일처제와 부부 중심의 가족 제도, 결혼 제도라는 조건과는 다른 메이지 30년대의 영원한 사랑은 결혼과 연관된 열망으로 상징되는 변형된 방식으로 표상되었다는 점에서 『호토토기스』의 '러브신' 구성의 특징을 살필 수 있다.[50]

이러한 서사의 구성 방식은 남성다움의 규범이 '러브'에 대한 강박과 동

차 정사와 동의어로서 사용되었다고 한다. '옛날 성애에 관한 진실한 마음의 표현'(大原健士郞, 앞의 책, 17면)이라는 '신주(心中)'의 어휘는 심과 신을 분리하지 않던 문화를 상징하는 흔적으로 이해된다.

48 柳父 章, 『翻譯語成立事情』, 岩波新書, 1982, 94면.

49 이언 와트, 전철민 역, 『소설의 발생』, 열린 책들, 1988, 181면.

50 정신적인 영원한 사랑이야말로 '진정한 애정'이라는 관념은 "정신적으로 신성한 진정한 애정은 일생 두 사람의 여자를 취하지 않고 일생 두 남편을 보지 않으며 불행히 일찍 그 배우자를 잃은 육체는 현세에서 사별의 우고에 처하더라도 애정은 의연히 생시(生時)와 같이 맹세하여 사자(死者)를 등 돌리는 것 없어야 한다는 관념이 존재해야 비로소 이루어질 수 있는 것"이라는 기술에 단적으로 제시되었다. 이러한 관념은 『호토토기스(不如歸)』의 서사에서도 표출되었다. 杉浦重剛(筆名; 磯川), 「一夫一婦論」, 『朝日新聞』, 1900(明治33), 5月20日. 인용은 朝日新聞社(編), 『朝日新聞 100年の記事にみる 1 戀愛と結婚』, 朝日新聞社, 1979, 66면.

시적으로 작동하는 메이지 일본 사회의 '러브'에 대한 상상의 방식의 한 유형으로서 『호토토기스』와 「비연애」[51]론의 특질만은 아니다. 전술한 바와 같이 '연애(戀愛)'를 '정(情)'의 감각에서 '공명(功名)'을 표상하는 '직분(職分)'과 '지(志)'를 연계하는 메이지 지식인의 교양을 공유하는 「비연애」와 『호토토기스』의 서사는 서구의 낭만적 사랑이라는 이질적인 문화가 메이지 30년 대의 일본의 일상에서 체험되는 순간의 다양한 국면이 '직분'의 규범에 균열을 야기하는 방식으로 '직분'과 '연애(戀愛)'의 정(情)'의 세계의 갈등, 분열이 봉합된다는 맥락에서 「비연애」와는 다른 '문학'의 층위가 포착된다. 「비연애」론이 '직분' 의식으로 떠받쳐지는 '연애' 배제의 논리적 구성이라면 『호토토기스』의 서사는 '직분'과 '연애'의 대립의 구체적인 형상화 과정에서 분열과 고뇌를 각인한다. 인간의 존재에 대한 회의, 생과 "영원한 사랑"에의 욕망과 충동이 표출되는 지점은 직분의 규범에 회수되지 않는 감각과 감수성의 영역이다. 도식적인 분류가 허용된다면, 「비연애」론에서는 비분강개의 활력 넘치는 어조의 도덕과 규범, 당위와 이성과 정신이라면, 『호토토기스』는 규범에 구속되는 인간의 내밀한 영역인 신체, 감정, 존재의 언어로 구체적으로 형상화되었다. 「비연애」론의 '연애의 정(戀愛の情)'이 '공명의 지(功名の志)'와 대립되는 적대적인 가치로서 편제되는 데 비해서 『호토토기스』에서의 '연애의 정(戀愛の情)'라는 심정의 가치는 '공명의 지(功名の志)'=직분의 당위적 가치에 종속하는 구조에서도 대등하게 겨루어져 긴장을 동반한다. 즉, 「비연애」론이 '지(志)'를 '정(情)'보다 우위에 두는 위계 질서에서 '정(情)'의 가치는 부정되었다고 한다면, 『호토토기스』에서는 '지(志)'의 우위적인 위치에서도 심정적 가치 '정(情)'이 '지(志)'에 대항하여 편제되

---

51 소설 『富土』에는 "형이 잡지의 사설에 「非戀愛」를 썼다.(중략)그는 동생에게서 연애의 희생을 보았다. 돌연 성장을 멈춘 동생을 연애에 희생된 것의 결과로 판단했다"라는 언급이 있다.(德富健次郎, 『富土』第一卷, 『蘆花全集』第16卷, 蘆花全集刊行會, 1929, 75~76면)

는 방식에서 '당위와 존재의 분열'에서 자아를 각성하는 소설의 '내면의 발견'의 단초가 형성되는 계기를 내포하는 것이다. 양자의 불일치, 균열에는 '직분'의 규범에 구속되면서도 자책감과 비애의 복잡한 감정을 떨치지 못하는 다케오의 눈물, 진정(眞情) 등의 '정(情)'의 감각은 「비연애」의 구조와는 다르다. 일종의 '문인적(文人的) 에토스'라고도 할 정념, '정(情)' '감상'의 영역은 영어 literature의 역어 '문학(文學)'의 성립 과정에서 '학문(學問)'과 '문학(文學)'의 분리, 즉 '학문(學問)'에서 '문예(文藝)'로 이행하는 과정에서 새로운 '문학'으로의 재편에 한문맥의 사적 영역이 어떻게 처리되었는가의 문제를 드러낸다. 한문맥의 공(公) / 사(私)의 틀은 전대의 '문학'의 '공과 사의 이중성'을 내포하는 형태로 견지되어 사적 세계를 발판으로 공의 세계와 분리된 메이지의 근대 '문학'이 성립했다[52]. '문인적(文人的) 에토스와 서양의 literature개념이 결합된 메이지의 '문학'은 공 / 사의 세계의 에토스, 사인적(士人的)과 문인적(文人的), 혹은 정치와 문학의 대비라는 한문맥(漢文脈)의 이항 대립이 메이지 시대에도 다양한 형태로 변주되어 서사의 기본 구조를 이루었다.

이러한 근대 이전의 한문맥의 공 / 사의 이항 대립의 내실을 변용하는 방식에서 학문에서 문예로 이행하며 전대와는 다른 근대의 '문학'의 개념이 성립하는 계기는 『호토토기스』의 '직분'과 '정'의 대립적인 서사 구조에 포착된다. 공의 세계인 '직분'과 사의 세계인 '사랑' 즉, '정'의 대립은 한문맥의 공과 사의 대립의 변주이며 '직분' 우위의 구조에서도 일탈되는 '정'의 분출이야말로 「비연애」론의 구조와는 다른 사의 세계이며 이러한 '감상(感傷)'의 영역은 '문학'의 성립과 연관된다. '지(志)'보다 '연애(戀愛)'가 우선되는 가치 전도의 시대에도 『호토토기스』의 서사가 자기 존재의 변형을 이루며 대중적

---

52 齋藤希史, 『漢文脈と近代日本―もう一つのことばの世界』, 日本放送出版協會, 2007, 139면.

으로 향유되는 근거는 '공명의 지(功名の志)'에 대항하는 필적할 만한 심정적 가치로서 '연애의 정(戀愛の情)'을 조명한 것에서 연유할 것이다. 이러한 입각점에서 문학은 「비연애」와 같은 논설과 구별되는 토대가 마련되며 이것은 '정(情)'을 문학[53]의 존립 근거로서 하는 견해와 일맥상통하다. 이러한 '정(情)', 감정, 감수성[54]의 영역을 근대 '문학'의 지평에서 어떻게 보편적인 언어로 자리매김할 것인가는 이 글의 범위를 넘는다. 단, 이 글에서는 이러한 근대 '문학' 관념의 형성과 『호토토기스』의 서사는 '정(情)'을 둘러싼 가치의 편제에서 의미 있는 문제를 시사한다는 점을 제시하고자 한다. 문학이 문예로 예술로서 자립하는 과정에서, 미적 가치의 발견과 도덕이 맺는 관계 양상은 『호토토기스』를 둘러싼 담론과 상응하는 형태로 전개되었다.

5. 맺는말
-'문학'의 재편

이 글에서는 『호토토기스』가 '부부애'를 표방하는 여성독자를 겨냥한 서사라는 자리매김이 이루어졌던 선행연구와는 달리, '부부애'를 억압하고 '직분'의 길에 귀속하는 규범이 작동하는 남성의 주체성 확립을 위한, 남성 독자층을 대상으로 하는 서사로서 재검토되어야 할 것을 제기했다. 이러한 가설은 서사의 기원의 중요성을 강조하기 위한 것이 아니라 부부애 찬미의 여성의 서사라는 수용을 가능하게 하는 조건의 탐색에서 조우하게 되는 '직분' 우위의 서사 구조가 문학의 형성과 연관된 맥락에서 의미를 내포하

---

53 권보드래, 『한국 근대소설의 기원』, 소명출판, 2000, 30면.
54 여기에서 1916년 이광수의 「文學이란 何오」의 문학 이념을 떠올리지 않을 수 없다. 비단 이광수의 문학 이념만이 아니라 坪内逍遙의 『小說神髓』 등의 문학론에서 예술적 가치로서의 소설의 정립에서 '인정(人情)' 등의 '정(情)'이 부각되는 맥락과 연동한다.

는 것을 가시화하기 위함이다. '직분' 우위에서 '연애'의 우위로 가치가 전도되는 역설적인 수용에 의해 구축된 '부부애 찬미'의 신화는 '직분' 우위의 서사 구조에서 배태되었으며 이러한 역설은 문학의 가치를 정립하는 문제와 연계되는 맥락의 역사성을 은폐하는 것을 통해 가능했다. 이러한 맥락에서 동시대의 '직분'의 함의와 텍스트의 내재적인 서사의 구조의 관계성을 분석하는 것으로 기존의 선행 연구에서는 전혀 언급되지 않았던 도쿠토미 소호의 「비연애」론과 '직분'을 우선하는 논리가 교차하는 '직분'우위의 서사 구조를 조명하였다. 또한 이것은 한문맥의 공과 사의 이중적 대립을 내포하는 근대 '메이지 문예의 기본 구조'의 일환이라는 점을 제시했다. 이러한 해석은 '직분'과 '연애'의 서사 구조의 전도된 형태의 역설에 의해 '부부애' 표상이 구축된 것을 의미한다. 즉, '직분' 우위로 지양되는 규범에 문학의 가치를 두는 국가주의의 문학에서 예술로서의 문학이 성립하는 문예의 구축의 과정에서 일본 근대사회의 '러브'에 대한 욕망의 작동 방식의 일단을 보여주는 것이다.

작품명

집필자 프로필(원고 게재 순)

진재교 · 성균관대학교 한문교육과 교수(책임편집)

조창록 · 성균관대학교 대동문화연구원 책임연구원

손철배 · 성균관대학교 동아시아학술원 BK21 박사후연구원

고계혜 · 대만국립정치대학 중문과 교수

이시찬 · 성균관대학교 동아시아학술원 BK21 박사후연구원

칠영상 · 북경대학 중문과 교수

임태홍 · 성균관대학교 동아시아학술원 BK21 연구교수

신봉수 · 성균관대학교 동아시아학술원 BK21 연구교수

이안동 · 성균관대학교 중문과 교수

최문정 · 성균관대학교 동아시아학술원 BK21 연구교수

혼고 다카모리 · 일본 미야키宮城교육대학 교육학부 교수

권정희 · 성균관대학교 동아시아학술원 BK21 박사후연구원

동아시아학술원총서 09

사상과 문화로 읽는 동아시아

1판 1쇄 인쇄 2009년 2월 20일
1판 1쇄 발행 2009년 2월 28일

편집인 김동순
　　　 성균관대학교 동아시아학술원 02-760-0781~4
펴낸이 서정돈
펴낸곳 성균관대학교 출판부

등록 1975년 5월 21일 제1975-9호
주소 110-745 서울특별시 종로구 명륜동 3가 53
전화 02-760-1252~4
팩스 02-762-7452
홈페이지 http://press.skku.edu

ⓒ 2009, 성균관대학교 동아시아학술원　　　값 18,000원

ISBN 978-89-7986-789-3　93810

* 본 출판물은 2단계 BK21 사업의 지원을 받았음